CW00430809

Le fléau de Dieu

DU MÊME AUTEUR AUX ÉDITIONS J'AI LU

Petits meurtres entre femmes, n° 5986
Et le désert, n° 6137
Le ventre des lucioles, n° 6361
Le denier de chair, n° 7406
La saison barbare, n° 7800
Barbarie 2.0, n° 11236

LES MYSTÈRES DE DRUON DE BRÉVAUX
Aesculapius, n° 9486
Lacrimae, n° 9803
Templa mentis, n° 10109
In anima vili, n° 10673

LES ENQUÊTES DE M. DE MORTAGNE, BOURREAU
Le brasier de justice, n° 10357
En ce sang versé, n° 10490
Le tour d'abandon, n° 10837

LA MALÉDICTION DE GABRIELLE
À l'ombre du diable, n° 11698

ANDREA H. JAPP

LA MALÉDICTION DE GABRIELLE

Le fléau de Dieu

ROMAN

© FLAMMARION, 2015.

Le Code de la propriété intellectuelle interdit les copies ou reproductions destinées à une utilisation collective. Toute représentation ou reproduction intégrale ou partielle faite par quelque procédé que ce soit, sans le consentement de l'auteur ou de ses ayants droit ou ayants cause, est illicite et constitue une contrefaçon sanctionnée par les articles L335-2 et suivants du Code de la propriété intellectuelle.

La peste,
une maladie ré-émergente à Madagascar[1]

« Des cas de peste chez l'homme, qui avait pratiquement disparu à Madagascar depuis les années 1930, sont réapparus en 1990 avec plus de 200 cas confirmés ou présumés rapportés chaque année depuis cette date... Dans la capitale, Antananarivo, le nombre de cas a augmenté, et de nombreux rongeurs sont infectés avec *Yersinia pestis*. En dépit de la surveillance de la sensibilité de *Y. pestis* et des puces aux médicaments et insecticides, et des mesures de contrôle pour prévenir la propagation de cas sporadiques, l'élimination de la peste a été difficile car l'hôte et réservoir du bacille, *Rattus rattus*, est un rat domestique et sauvage.

« Au cours des quinze dernières années, Madagascar (13 millions d'habitants) a enregistré 45 % des cas de peste en Afrique. »

Suzanne Chanteau*, Lala Ratsifasoamanana†, Bruno Rasoamanana*†, Lila Rahalison*, Jean Randriambelosoa†, Jean Roux*, et Dieudonné Rabeson†.

*Institut Pasteur, Antananarivo, Madagascar ; et †Ministère Santé, Antananarivo, Madagascar.

---

1. http://wwwnc.cdc.gov/eid/pages/98-0114FR.htm

En novembre 2014. Deux cas de peste ont été signalés dans la capitale, preuve que l'épidémie risque de se répandre[1].

« *Pour les ulcères noirs,* le rôle de la force expulsive consiste à chasser les résidus vers l'extérieur du corps ; les organes internes sont ainsi débarrassés par une force protectrice et leur absence de réceptivité de cette humeur (74v) très âcre et brûlante ; celle-ci est dirigée vers la surface et sort à l'extérieur, n'étant pas localisée aux plis à cause de la rapidité et de la force de son expulsion. C'est ainsi que se forment ces ulcères, par un processus différent des autres formes de la maladie. »

Extrait de *La Grande Peste en Espagne musulmane au XIVᵉ siècle*, Aḥmad bin ʿAlī bin Muḥammad Ibn Ḫātima [Abū Ǧaʿfar Ibn Ḫātima al-Anṣārī[2]]

1. http://www.lemonde.fr/sante/article/2014/11/22/l-oms-se-mobilise-pour-endiguer-une-epidemie-de-peste-a-madagascar_4527702_1651302. html.
2. http://books.openedition.org/ifpo/1572?lang=fr

Liste des personnages

Personnages principaux :

GABRIELLE D'AURILLAY : jeune noble.

ADELINE MUSARD : matrone[1] de Gabrielle.

HENRI D'AURILLAY : mari de Gabrielle.

GEOFFROY D'AURILLAY : chanoine, cousin d'Henri.

CHARLES DE SOLVAGNAT : oncle maternel d'Henri.

PIERRE LENTOURNEAU : riche marchand, intermédiaire de Charles de Solvagnat pour la vente d'épices.

ARMAND DAUBERT : coutelier au service du roi.

BAUDRY PLANTARD : apothicaire.

BENOÎT FOMONTEL : notaire à Jouy-en-Josas.

FRÈRE GABRIEN : enlumineur et copiste de l'abbaye de la Sainte-Trinité de Tiron.

ANDRÉ DE MOURNELLE : abbé de l'abbaye de la Sainte-Trinité de Tiron.

GISÈLE : une Égyptienne.

---

1. Femme qui aidait à l'accouchement. Elle pouvait avoir reçu la permission d'oindre les nouveau-nés et/ou d'être matrone-jurée témoignant lors des procès.

Personnages historiques :

PHILIPPE VI[1]*, CLÉMENT VI*, JEANNE DE FRANCE*, JEAN II LE BON*, ROBERT D'ARTOIS, GUI DE CHAULIAC (prestigieux médecin, un des pères de la chirurgie moderne), JEAN DE NESLE-OFFÉMONT (conseiller très influent de Philippe VI puis de Jean II).

---

1. Pour la cohérence du roman, l'auteur a domicilié la famille royale au château de Vincennes. On sait que Jeanne de France y vivait le plus souvent, que Philippe VI y fit de fréquents séjours et que plusieurs de leurs enfants y naquirent. Cependant, comme c'est souvent le cas au Moyen Âge, la monarchie est assez « ambulante ». Ainsi, entre 1332 et 1333, le roi séjourna dans plus de soixante-dix endroits. S'ajoute à cette habitude la mobilité nécessaire en temps de guerre.

I

17 mai 1341, environs de Saulieu, Bourgogne

a paisible campagne bourguignonne explosait de la vitalité du printemps. Assise sous un chêne, si vieux que l'on affirmait qu'il avait vu la construction de la demeure familiale des Lébragnan, Gabrielle, bientôt treize ans, rêvassait. Une brise tiède jouait dans ses cheveux blond cuivré. Elle souriait aux merles qui s'activaient, aux colombes qui roucoulaient au faîte de la demeure trapue en besoin de maçonnerie et d'une réfection de couverture. Après chaque grosse pluie, elle aidait les deux serviteurs qui leur restaient à vider cuvettes et brocs placés sous les fuites du toit.

On se préoccupait peu ici des affaires du royaume. L'union, une vingtaine d'années plus tôt, d'Eudes IV, duc de Bourgogne, avec Jeanne III de Bourgogne[1] avait réuni duché et comté après plusieurs siècles de séparation. Une réunion guère au goût de certains barons comtois. Si le duc avait apporté son soutien au roi de France Philippe VI* pour lutter contre l'Anglois dans cette guerre dont nul ne pressentait qu'elle

---

1. Comtesse de Bourgogne et d'Artois, fille aînée du roi de France et de Navarre Philippe V.

durerait cent ans, les échos des batailles restaient lointains. La vie suivait son cours, monotone mais au fond rassurant. Du moins jusque-là.

Après deux minuscules années de vie, Jacques, son jeune frère, avait rendu sa petite âme à Dieu, lors qu'elle n'avait que quatre ans. Elle n'en conservait aucun souvenir hormis celui des sanglots de sa mère, Louise, folle de douleur, serrant l'enfançon mort contre elle, refusant de le lâcher afin qu'il soit porté en terre. En revanche, Gabrielle était certaine d'une chose : ce trépas avait d'une certaine façon arrêté le temps. Sa mère s'était terrée dans ses appartements durant des mois, acceptant à peine les vivres qu'on lui portait. Elle refusait de répondre aux suppliques de son époux, Jean de Lébragnan, qui la conjurait de rejoindre le monde des vivants.

Et puis, sa mère avait finalement condescendu à ouvrir sa porte, à descendre le grand escalier de pierre qui menait vers la salle commune. Gabrielle avait cru voir un fantôme tant elle était émaciée, livide, tant elle paraissait ailleurs. Son père l'avait entourée de soins, veillant à ses repas, à son sommeil ainsi que l'eût fait une bonne nourrice. Gabrielle avait alors compris qu'elle existait à peine pour Louise, et même pour Jean. En avait-elle conçu un véritable chagrin ? Elle n'aurait su le dire. Sans doute l'avait-elle déjà senti plus tôt, quoique incapable de le formuler.

Son père, Jean de Lébragnan, avait trépassé trois ans plus tard. « Une chute de cheval », avait expliqué sa mère, comme s'il s'agissait d'une évidence à peine douloureuse. Elle ressassait en revanche à l'envi l'éphémère vie de Jacques au point que Gabrielle avait parfois le troublant sentiment que son petit frère allait paraître au détour d'un couloir. Sans hoir mâle, sans époux, Louise avait dû organiser leur pénurie.

De belle noblesse désargentée – la famille Dessyze ayant parentèle avec la reine Jeanne de France* –, ce qui ne leur avait valu aucun privilège, Louise remâchait l'injustice du destin. C'est ainsi que Gabrielle avait appris que sa mère n'avait épousé son père qu'après promesse qu'il lui assurerait un train digne d'elle, ou du moins pas indigne.

Sa mère souriait parfois d'un air attendri en évoquant un certain Hugues. Lorsque la fillette lui avait demandé des éclaircissements sur cet homme capable de lui offrir ses seules joies, Louise avait répondu d'un geste vague de la main et d'un : « Vous êtes encore trop jeune damoiselle pour ouïr affaires de femmes. »

Gabrielle se souvenait avec peine de son père, Jean de Lébragnan. Un grand homme aux yeux bleu marine, comme les siens. Il vaquait à ses affaires, dont elle ignorait tout, aussi le voyait-elle peu. S'il ne s'était jamais montré impatient envers elle, elle aurait été incapable de se souvenir d'une marque de tendresse paternelle. Ignorant ce que pouvaient être celles-ci, elle ne les regrettait pas vraiment.

En réalité, ses rêves étaient devenus sa vie. Gabrielle avait le sentiment, déconcertant quoique réjouissant, de flotter dans un monde qui n'était plus tout à fait ici, mais pas vraiment ailleurs non plus. Blandine, leur dernière servante, hormis un homme de peine, lui contait parfois de jolies fables. Elle les tenait de sa sœur aînée, employée d'un riche commerçant de Vézelay dont la femme était éprise de lecture. Gabrielle ne se lassait pas de ces histoires de gentes dames, voire de princesses, fort malheureuses en leur château, arpentant mélancoliquement leur splendide jardin quand soudain se posait non loin une colombe ou un paon. L'oiseau portait en son bec le mince rouleau d'un message d'amour flamboyant. Ou alors, un beau jeune homme défendait leur vertu qu'un vil soudard menaçait. Gabrielle laissait aller cette imagination qu'elle dissimulait à tous. À près de treize ans, elle avait écrit en esprit mille poèmes, cent romans courtois. Dès que le temps le permettait, elle restait assise durant des heures sous le grand chêne et s'évadait vers cet univers parfait, peuplé de beaux et preux damoiseaux, de fougueux destriers blancs, d'oiseaux parleurs et de roses entêtantes.

Elle sourit au vent qui se levait un peu, insensible à la fraîcheur humide qu'il apportait. Tancrède, prince d'une lointaine contrée par-delà une imprenable chaîne de montagnes, posait un genou en terre et la suppliait de lui accorder sa main. D'une voix de passion mal contenue, il évoquait ses tourments d'amoureux, les interminables nuits passées à galoper à bride abattue tant le souvenir de Gabrielle le hantait et l'empêchait de trouver le repos. Conquise au-delà de la raison, elle détaillait en souriant le beau prince, son haut front, ses cheveux mi-longs et ses lèvres affolantes qu'elle rêvait de baiser.

— Ce que tu te trompes, fillette !

Gabrielle sursauta, arrachée de son rêve éveillé.

Elle tourna la tête vers la voix un peu rauque et se leva en hâte lorsqu'elle découvrit une femme déjà âgée, presque maigre, à la peau couleur de noisette, aux yeux d'un noir de jais. Dieu du ciel ! L'un de ces êtres qui sillonnaient le royaume à pied ou en roulotte et dont toutes les bonnes gens se méfiaient. On les disait menteurs, voleurs et fourbes. Ils se prétendaient chrétiens. Pourtant, leur peau sombre ne l'évoquait guère.

Gabrielle se redressa. Elle était déjà de haute taille pour une représentante de la douce gent. D'un ton qu'elle espéra ferme, elle exigea :

— Qui êtes-vous, la femme ? Que faites-vous sur nos terres ?

— Une Égyptienne[1], bien sûr. Que fais-je céans ? J'espérais que, peut-être, on m'y offrirait un bout de pain, un morceau de lard ou de fromage.

La femme l'examina d'un air grave et murmura cette fois :

— Je voulais aussi te souhaiter le bonjour et une longue vie. Ne crois pas ce que tu espères. Contente-toi d'ajouter foi à ce que tu vois. Ne redoute pas ce que tu ignores.

Un peu étonnée par la langue aisée de la femme, Gabrielle ouvrit la bouche pour exiger des explications.

À cet instant, Blandine se précipita vers elles telle une trombe en criant :

— J'lai vue de la cuisine. Oh, ceuzes autres, trucheurs[2] et bonimenteurs ! T'approche pas de ma damoiselle, ou tu t'en mordras les doigts !

Plus troublée qu'elle n'aurait souhaité l'admettre, Gabrielle s'enquit :

— Blandine, pouvons-nous offrir un peu de nourriture à cette femme ?

— Pour que Mme de Lébragnan me frotte les oreilles ? Que nenni ! On m'avait prévenue qu'un groupe de ces étrangers traînait dans les parages de sorte à ce que je rentre volailles et tout ce qu'ils pourraient marauder. Décampe la femme, sitôt ! cria Blandine, l'air menaçant.

---

1. Nom donné, de façon générique, aux gens du voyage puisqu'ils évoquaient « la petite Égypte » comme provenance, laquelle se trouve en réalité dans le Péloponnèse. Cette origine explique les mots *Gitanos* (espagnol), *Gipsies* (anglais) et *Gitans* (français). On pense, sans certitude, qu'ils seraient arrivés vers la fin du XIIIe siècle ou le début du XIVe en Europe.
2. Qui mendie par paresse. Très injurieux.

Un sourire amusé aux lèvres, l'Égyptienne salua Gabrielle d'un petit mouvement de tête et conclut :

— Peut-être nos routes se recroiseront-elles un jour, jeune fille.

Elle s'éloigna d'un pas vif.

II

8 juin 1341, abbaye de la Sainte-Trinité de Tiron[1]*

a pénombre s'installait sans hâte dans la longue salle du *scriptorium*, encombrée de *scripturabiles*[2] et d'*armaria*[3]. Le frère surveillant avait abandonné son bureau monté sur *pulpitum*[4]. Cette hauteur lui permettait de surveiller l'application silencieuse des frères copistes ou des lecteurs. L'on boudait aujourd'hui la lecture à haute voix, jadis si prisée. L'absence d'espace entre les mots et de ponctuation, mais aussi les graphies et les abréviations[5] souvent fantaisistes troublaient la compréhension. Ces obstacles légitimaient que l'on déchiffrât à haute voix. Cependant, ce brouhaha constant

---

1. Aujourd'hui Thiron-Gardais.
2. Tous supports permettant d'écrire, donc également le papyrus, les parchemins puis le papier, etc. Ici, pupitre d'écriture, de taille variable, certains étant même portatifs. Ils pouvaient être équipés de pieds et d'un banc. On disait également *scriptionales*.
3. L'*armarium* était une sorte de buffet fermé dans lequel on rangeait les ouvrages très précieux.
4. Estrade.
5. Leur but consistait à économiser le parchemin, fort cher. Elles étaient assez « personnelles » et dépendaient du copiste, ceci expliquant que le lecteur s'y perdait à moins de posséder une sorte de mode d'emploi de lecture.

rendait la concentration ardue. Aussi la *voix des lignes* avait-elle été découragée et les moines priés de lire en silence, ou de s'appliquer au murmure.

Frère Gabrien, une des plus belles mains d'enlumineur et de copiste du royaume, avait obtenu permission d'éviter l'office de nòne*[1] afin de poursuivre encore quelques heures sa tâche, de sorte à ne pas gâter ses encres fragiles et coûteuses. Il remonta ses béricles[2]. Prenant en pitié l'affaiblissement de sa courte vue, que l'avancée de l'âge n'améliorait guère, un moine italien de l'ordre de Tiron avait eu la bonté de les lui faire parvenir. L'habile assemblage de lentilles permettait à Gabrien des prouesses de trait dans lesquelles il voyait la tendresse de Dieu à son égard. Cependant, les lourds verres avaient une fâcheuse tendance à glisser sur le nez, surtout lorsque la sueur facilitait leur descente. L'ingénieux artifice provoquait ricanements de derrière la main tant il évoquait infirmité ou vieillesse. Néanmoins, peu importait à l'enlumineur que l'on se gaussât de lui. Après tout, son œuvre resterait après lui et l'on s'émerveillerait longtemps de ses lettrines[3] ornées de rinceaux[4]. Il concoctait ses mélanges d'encres et de pigments à la nuit tombée afin d'en préserver le secret. Lui seul parvenait à produire un subtil mélange entre l'oxyde de cobalt et la malachite pour obtenir un bleu-vert qui semblait réchauffer les lettres tracées. Frère Gabrien réussissait même à dessiner à merveille les lettres de langues qu'il ignorait. Quant à ses aphérèses[5] de

---

1. Pour les noms communs suivis d'un asterisque, voir le glossaire p. 370.
2. De *béryl*, qui donnera *bésicles* (lunettes). On en porte depuis le XIIIe siècle.
3. Grande initiale généralement très ornée en début de chapitre ou de paragraphe.
4. Enroulements successifs de courbes végétales stylisées.
5. Abréviation qui omet les lettres initiales et finales.

copiste, elles étaient si limpides que nul lettré ne s'y égarait. Un prodige selon leur seigneur abbé, André de Mournelle. En d'autres termes, les railleurs pouvaient ironiser tout leur saoul, Gabrien n'en avait cure[1] !

Après avoir longuement sondé son cœur, il avait fini par se convaincre qu'il ne péchait pas par arrogance. De fait, un ange guidait sa main et il copiait et enluminait des textes à la gloire de Dieu. Quoi de plus sensé que d'espérer qu'ils persistassent après lui ? Quoi de plus justifié que de s'efforcer à les orner de toute l'habileté de son art pour contribuer, bien humblement, au rayonnement divin ?

Il considéra son travail, lèvres pincées de sévérité, cherchant le plus infime défaut, puis réprima un sourire de satisfaction. Ce D de Dieu en lettrine lui faisait monter des larmes de gratitude aux paupières. La finesse et l'élégance des entrelacs[2] le ravissaient. Le minium de l'encre rouge contrastait à la perfection avec le bleu du lapis-lazuli. Un plein, doublé du jaune lumineux de la sève de chélidoine, jetait un éclat particulier sur le D et indiquait sans équivoque qu'Il était au commencement de toutes choses.

Frère Gabrien essuya ses plumes avec soin dans une touaille[3] bariolée des taches de la semaine et boucha ses cornes à encre. Il se leva, prenant garde de ne pas entraîner le vélin[4] sur lequel il s'appliquait depuis des jours.

---

1. De *cura* (soin, souci). « Ne pas s'en préoccuper. »
2. Motifs dont les lignes s'entrecroisent.
3. Torchon, linge.
4. Peau de veau, plus fine et plus chère que le parchemin classique.

Il inspira de bonheur. Il ne percevait même plus l'odeur de poisson[1] et de clou de girofle, utilisé pour conserver les colles, tant il y était habitué.

Le souper du soir[2] partagé au réfectoire ne tarderait pas. Il n'avait pas faim, son ouvrage le rassasiait. Une sorte de plénitude l'envahissait lorsqu'il avait le sentiment de montrer à Dieu son absolu amour, sa complète reconnaissance. De plus, le frère pitancier lui réservait toujours un bout de pain, un hareng sauret et quelques prunes sèches lorsqu'il ne le voyait pas assis à la grande table, parmi ses frères.

Quelle admirable chance. Dans Son infinie bonté, Dieu lui avait permis de Le servir sans avoir à se préoccuper des contingences de la vie quotidienne. L'abbaye était fort riche et l'objet de vertes mais prudentes critiques. On l'accusait de n'honorer que contrainte son devoir d'écuelles[3] mais de remplir à satiété la panse de ses moines de mollets fromages et de gros poissons[4]. Bernard de Ponthieu, fondateur de l'ordre, avait rejoint son Créateur depuis longtemps. L'opulence avait remplacé le goût du labeur et de la frugalité qu'il avait tant souhaité. Gabrien ne s'en offusquait point. Certes, les nantis les abreuvaient de dons, de présents auxquels s'ajoutaient les privilèges royaux, telle l'exemption d'impôt. Et quoi, fallait-il interdire aux généreux le rachat de leurs erreurs ? Aux pauvres d'être vertueux s'ils ne pouvaient payer ! Une belle logique en vérité. Chacun offrait ce qu'il possédait.

---

1. Les colles de poisson ou de blanc d'œuf étaient utilisées comme liant pour permettre aux encres de mieux adhérer.
2. Le dîner ou le souper constituait le premier repas de la journée. En réalité, on « soupait » à chaque repas puisqu'on servait de la soupe. « Dîner » devint ensuite notre actuel déjeuner et « souper » notre actuel dîner.
3. Qui consistait à donner à manger aux pauvres.
4. Dans *Le Roman de Renart* vers 1178. De fait, on trouve la trace de rentes en « milliers de harengs ».

Il reposa le manuscrit qu'il recopiait sur l'un des lieu-trins[1].

Décidément, Gabrien n'avait pas envie de rejoindre ses frères, de souper dans un interminable silence seulement perturbé par des bruits de déglutition, des raclements de socques[2] sur les dalles de l'immense salle. Il avait le sentiment d'évoluer dans une sorte de précieux éther, doux et accueillant. Les odeurs exhalées par trois cents de ses congénères massés au réfectoire lui lèveraient le cœur.

Il haussa les épaules et, sur un pouffement, décida de se remettre à l'ouvrage. Il n'avait plus assez d'encres rouge, verte ou bleue pour poursuivre l'enluminure du manuscrit qu'il venait de reposer. Aussi tira-t-il du tiroir de son *scriptionale* un diptyque en attente de complétude. L'abbé, André de Mournelle, l'avait prié de recopier un texte extrait de la Bible, sur un parchemin figuré, seul élément peint sur le bois pour l'instant. Le seigneur abbé souhaitait l'offrir au Très Saint-Père, Benoît XII[3], pour l'anniversaire de son élection. Le temps pressait donc, puisqu'un artiste achèverait ensuite de peindre les scènes saintes. Cependant, ne manquaient plus que quelques lettres du texte. Il récupéra les cornes contenant ses encres d'or et d'argent. Elles devaient leur miraculeux éclat à la fine poudre de mica qu'il y ajoutait. Bien futé celui qui percerait le mystère de leur composition ! Frère Gabrien protégeait son art avec une vigilance d'épervier.

----

1. Ancien français, de « lutrins », plutôt réservés à la lecture ou à la présentation des livres.
2. Chaussures à semelles de bois.
3. Jacques Fournier, vers 1285-1342, élu pape en décembre 1334. Issu d'une famille modeste, homme austère, et remarquable organisateur, il laissera surtout le souvenir d'un inquisiteur très « actif ».

Deux heures plus tard, environné par la lueur indécise des esconces[1] qui parsemaient son pupitre, il avait terminé.

Un nouveau soupir d'aise sortit de sa gorge. Ah, la belle ouvrage ! Il porterait le diptyque au seigneur abbé dès le demain. Nul doute qu'il serait fort satisfait.

1. Sorte de petites lanternes en bois ou métal dans lesquelles on protégeait la flamme d'une chandelle ou d'une lampe à huile.

III

9 juin 1341, abbaye de la Sainte-Trinité de Tiron

 abrien longea l'enceinte de grison[1] et rejoignit l'étang qui alimentait le moulin et la piscine[2] creusée dans la cour intérieure de l'imposant monastère.

À sa droite, s'étendaient les bouquetiers[3]. L'odeur des lys et des roses de Damas[4] lui parvint, grisante. Juste en face de lui, l'imposante silhouette de la basilique dissimulait le cloître, la bibliothèque, le réfectoire et les dortoirs des moines.

Un peu plus loin s'élevait le palais à un étage de l'abbé. Serrant contre lui le diptyque enveloppé d'une touaille imprégnée d'essence de cade[5], Gabrien se délectait par

---

1. Conglomérat naturel de silex, de quartz, d'argile et de minerai de fer de couleur sombre.
2. Vivier.
3. Jardin strictement ornemental, de taille en général modeste. Il fournissait des fleurs destinées à l'agrément et au fleurissement des autels.
4. Elle fut ramenée par les croisés dès le XIIIe siècle et se répandit très vite en France. Elle est à l'origine de nombre de nos variétés actuelles de roses.
5. Genévrier cade, *Juniperus oxycedrus*. Un bois dur presque imputrescible, très prisé au Moyen Âge pour ses vertus insecticides, désinfectantes et cicatrisantes. Il était également réputé chasser les mauvais esprits.

avance des compliments que lui vaudrait son travail. Prime* était encore loin et André de Mournelle devait travailler à sa table, la lourdeur de sa tâche l'accaparant tout le jour et même parfois durant les heures nocturnes. Gabrien gravit l'escalier qui menait à ses appartements et à ceux de son secrétaire. Il cogna à la lourde porte et pénétra après invite dans la vaste antichambre, meublée d'un imposant bureau de bois sombre, de deux fauteuils et de quatre cabinets[1] qui protégeaient registres et ouvrages.

— Mon bon fils ! s'exclama l'abbé. Quoi me vaut le plaisir de votre venue ?

Gabrien appréciait cet homme encore vert qu'un pénible veuvage avait rapproché du sein de l'Église. Il avait gardé de sa fréquentation du siècle une ouverture sur le monde qui ne faisait que contribuer au rayonnement de leur ordre. S'ajoutaient sa vaste intelligence et la bonhomie[2] qui se lisait dans les rides de sourire creusées aux commissures de ses lèvres. Petit, râblu[3], le teint hâlé par son goût du travail physique dont il affirmait qu'il lui détendait les membres du bas et lui clarifiait le sens, André de Mournelle ressemblait peu à ses prédécesseurs. Non que le copiste les regrettât. Notamment le dernier, un homme sombre et atrabilaire. Il avait multiplié les obligations de pénitence au point que ses fils avaient fini par soupçonner qu'il leur faisait expier une faute personnelle. Son décès subit, deux ans plus tôt, n'avait pas suscité beaucoup de regrets. Gabrien s'était, bien sûr, condolu[4] avec ses frères, attendant avec impatience la fin du deuil ecclésiastique. Le grand

---

1. Buffets à plusieurs compartiments, en général équipés de serrures.
2. Le mot s'écrivit avec deux *m* jusqu'au XVIIIe siècle.
3. Râblé.
4. Du verbe *condoloir* ou *condouloir*, dont nous n'avons gardé que « condoléances » (partager la douleur de quelqu'un).

prieur d'alors, André de Mournelle, avait été élu abbé par le chapitre, élection approuvée par Rome.

Réprimant un sourire suffisant, Gabrien posa cérémonieusement le paquet enveloppé sur le vaste bureau de l'abbé et déclara :

— Voici achevée la copie du texte par vous demandée, seigneur abbé. L'exercice se révélait délicat puisque je ne suis guère habitué au bois enduit d'un fond d'étain doré[1]. J'espère cependant y être parvenu à votre satisfaction.

La nervosité, l'avidité presque, avec laquelle André de Mournelle s'en saisit étonna l'enlumineur. L'abbé ôta le linge à la hâte et ouvrit le diptyque. Bouche entrouverte, il examina les minuscules lettres à l'encre d'or que l'on aurait crues ciselées. Après un long silence, il souffla :

— Quelle main, mon fils, quelle main ! Je gage que notre très vénéré pape ne se lassera pas de contempler votre art.

Gabrien se rengorgea mais s'efforça de feindre l'humilité :

— Oh, peu de chose, en vérité. Sans doute ai-je été inspiré par l'idée de contribuer bien modestement à un présent à lui destiné.

— Non pas. Vous y avez contribué avec le talent qu'on vous sait. Ne minorez pas l'éclatant don que vous a concédé Dieu dans Sa grande sagesse. Vous Lui feriez offense.

Gabrien hocha la tête en obéissance. Que ces élogieuses paroles le comblaient ! André de Mournelle reprit :

— Ainsi que je vous l'avais précisé, mon fils, ce présent de notre abbaye – chérie de notre Saint-Père – doit demeurer une surprise. Ah, mon bonheur que d'imaginer sa joie lorsqu'il le découvrira ! Nous ne souhaitons pas que des bavardages éventent notre aimable secret.

---

1. Qui imitait à faible coût la feuille d'or.

— Je l'ai entendu[1] ainsi et me suis efforcé à la discrétion.

— Notre fils surveillant de *scriptorium* ?

— N'a rien surpris puisque je travaillais à cet ouvrage après son départ. Il m'est coutumier de me passer de souper du soir et nul n'y trouve matière à étonnement.

— Bien. Et le texte d'origine, cette bande de papier[2] que je vous remis ?

— Brûlée, à votre ordre, sitôt copie terminée, seigneur abbé.

André de Mournelle joignit les mains en prière, un chaleureux sourire aux lèvres. Il répéta :

— Imaginez, mon fils ! Imaginez la joie de notre bien-aimé Benoît XII. Ah, le contentement ne vous donne-t-il pas des ailes ?

— Si fait, seigneur mon père, si fait.

En effet. Lorsque Gabrien ressortit du palais abbatial peu après, il se sentait presque enivré. Les éloges de l'abbé, la certitude que le souverain pontife admirerait son travail lui paraissaient un magnifique dédommagement pour les heures passées à recopier de minces lettres étranges. Sa journée s'écoula donc dans une sorte d'euphorie qui ne le quitta pas jusqu'au coucher et même ensuite puisqu'elle lui troubla l'endormissement. Enfin, le sommeil le vainquit et il s'assoupit, un sourire radieux aux lèvres.

Son voisin de dortoir dut le secouer peu avant l'office de laudes*.

---

1. Dans le sens de « comprendre ».
2. Le papier étant très cher, on l'économisait par tous les moyens, quitte à utiliser des bouts de page.

Le jeune moine en resta bée-gueule[1].

Frère Gabrien avait rendu l'âme à son Créateur dans la nuit. Une mort presque aimable, au fond. Il ne vint à l'esprit de personne que ce trépas subit et si doux ressemblait à s'y méprendre à celui de l'ancien abbé, prédécesseur d'André de Mournelle. Aucun des moines ne songea à entrouvrir la bouche de feu Gabrien. On aurait pourtant alors découvert une langue tuméfiée et noirâtre.

Peut-être l'aurait-on mise au compte d'une plume à encre ? Les enlumineurs en utilisaient plusieurs en concomitance et serraient celles dont ils n'avaient pas l'usage immédiat entre leurs dents. Peut-être un esprit plus retors ou plus coupable y aurait-il vu l'industrie d'un enherbeur[2] ? Gabrien était respecté pour son art mais peu apprécié. Aussi ne resta-t-il bien vite qu'une seule inquiétude : où trouver une main à l'égal de la sienne.

---

1. Bouche ouverte d'étonnement. Le terme n'a pris sa connotation de pruderie affectée que plus tard.
2. Empoisonneur. Crime de sang le plus sévèrement puni au Moyen Âge.

IV

14 décembre 1345,
non loin de l'abbaye de la Sainte-Trinité de Tiron

eoffroy d'Aurillay, chanoine séculier dans différentes églises, dont Saint-Germain-l'Auxerrois,
s'en voulait un peu de sa hâte infantile.

D'une vaste érudition, pieux mais madré, Geoffroy
avait conservé ses biens propres – à l'inverse des moines
et chanoines réguliers ayant opté pour la vie commu-
nautaire et la désappropriation au profit de leur monastère ou de leur ordre. Geoffroy cumulait les prébendes
et les canonicats[1], et s'assurait ainsi un revenu plus que
substantiel, tout en étant dispensé de participer au service liturgique.

Puîné[2] d'Eudes d'Aurillay auquel l'héritage familial
était revenu – héritage que celui-ci s'était employé à

---

1. Répartition du revenu de la mense capitulaire. Part des revenus
d'un bénéfice ecclésiastique, vouée à l'entretien de l'évêque ou de
l'abbé. Après la réforme du concile d'Aix-la-Chapelle (816), la mense
fut séparée en menses épiscopale et abbatiale ou capitulaire. Les
évêques et les abbés dispendieux ne pouvaient toucher à cette dernière, consacrée à l'entretien des chanoines et des moines. Rappelons
qu'au figuré, le terme « canonicat » a voulu dire : une place très lucra-
tive et particulièrement « peinarde ».
2. Né après, donc n'héritant que de peu.

dilapider avec une évidente obstination dans l'imbécillité –, Geoffroy avait amassé une belle fortune grâce à son office.

Dès qu'un messager à cheval lui avait tendu, à l'avant-veille, la courte missive de Marie d'Aurillay, née Mournelle, épouse d'Eudes, une sorte de fourmillement nerveux avait envahi ses doigts. De fait, Geoffroy d'Aurillay éprouvait une passion démesurée pour l'art, au point qu'elle aurait presque pu sembler impie. Cependant, à ses yeux, dans l'art se trouvait le véritable génie de l'homme, celui qui attestait qu'il ne pouvait être que la créature chérie de Dieu. Selon Geoffroy, on distinguait parfois des éclats du Père, de Son omniprésence, de Son omniscience et de Son omnipotence dans les lignes, les formes et dans les chants, sacrés ou profanes, des hommes. Alors même que les affaires de ses congénères le laissaient de marbre, tant il les jugeait contradictoires et de peu de conséquence, la lecture d'un poème pouvait le branler[1] aux pleurs. Quant à la disparition d'une œuvre majeure par la faute des hommes, qu'elle fût ou non délibérée, elle lui faisait monter une bile d'aigreur dans la gorge et le confortait dans son dédain de ses ineptes semblables.

Marie l'informait à mots couverts de la volonté de l'abbaye de Tiron, dont son père était seigneur abbé, de se dessaisir de certains manuscrits au prétexte que leurs bibliothèques en possédaient deux copies d'origine. Le chanoine avait tremblé de convoitise en découvrant la courte liste proposée : l'*Ave Maria* de trois cents octosyllabes à rimes plates du sieur Huon

---

1. Dans le sens d'« ébranler », « se mouvoir » puis « s'émouvoir ».

dit le roi de Cambrai[1], un poète dévot dont la célébrité ne se démentait pas depuis plus de deux siècles. Sa gorge s'était serrée d'émoi lorsqu'il avait déchiffré le deuxième titre : *De medicina equorum*[2] de Giordano Ruffo. Enfin, le dernier titre l'avait laissé sans voix : *Cansos* de Raimbaut d'Aurenga[3], un célèbre troubadour, sans doute l'un des plus raffinés. Geoffroy s'était étonné qu'un recueil de chansons et poésies profanes, célébrant la femme, soit serré entre les étagères d'une bibliothèque d'abbaye. Quoi qu'il en fût, il lui fallait ces ouvrages. Une autre idée devait ensuite lui trotter dans la tête. Il était plus qu'exceptionnel qu'une abbaye se séparât de ses œuvres ou de ses reliques, hormis dépenses somptuaires[4] qui excédaient son trésor. L'ordre de Tiron était un des plus riches du royaume et au-delà. Pour quelle raison André de Mournelle, abbé, souhaitait-il se défaire de ces manuscrits ? D'autant que Geoffroy doutait fort que ses bibliothèques renfermassent deux exemplaires d'origine de chaque texte. Mournelle avait-il fait réaliser des copies plus récentes ? Et pourquoi ? Les vendre en discrétion, ainsi que le suggéraient les phrases à double entente de sa fille ? Pour que faire ? Les abbés de l'abbaye de la Sainte-Trinité de Tiron menaient grand train, de notoriété publique.

---

1. On sait fort peu de lui, si ce n'est qu'il écrivait au XIIᵉ siècle et que son œuvre, *Planctus Mariae*, connut un tel succès qu'elle fut abondamment copiée, puisqu'il en demeure vingt exemplaires.
2. Écrit entre 1250 et 1254. Il s'agit d'un remarquable traité scientifique qui marqua le renouveau de la médecine vétérinaire médiévale. Il fut traduit en de nombreuses langues, dont le français vers la fin du XIIIᵉ siècle.
3. Grand seigneur d'Orange, vers 1145-1173.
4. À l'époque, « énorme dépense » sous-entendant par exemple la réfection ou la construction d'un bâtiment de l'abbaye. Bien que de même origine que *sumptus* (charge, coût), la signification était différente de « somptueux ».

Le chanoine connaissait bien mal sa sœur d'alliance, Marie d'Aurillay, née Mournelle, l'infortunée épouse de son aîné Eudes. Il éprouvait une vague commisération pour elle. Dépourvue de grâce et de charmes physiques avec sa face lunaire percée d'un long nez mou, mais de belle naissance, pieuse et bonne, elle avait cru faire un aimable mariage. Grave erreur, puisque hormis l'engrosser presque chaque nouvelle année, Eudes s'acharnait dans la stupidité et les mauvaises affaires. Il ne savait toujours pas reconnaître sa tête de son cul[1]. Au demeurant, existait-il une différence dans le cas d'Eudes ? Cela étant, Marie peinait aussi à faire oublier son indécrottable niaiserie[2]. Dieu qu'elle était sotte ! Une chance, au fond : ainsi n'avait-elle jamais compris quel âne elle avait épousé.

Eudes et lui-même n'avaient jamais partagé la moindre tendresse fraternelle. Leur éloignement géographique leur fournissait un honorable prétexte pour s'éviter sans recourir à des prétextes bancals. Il avait relu la dernière phrase de la missive, tracée d'une petite écriture nerveuse, trop nerveuse :

… Aussi ai-je sitôt songé à vous, mon bon frère, qui ne nous quittez pas l'esprit. Votre vaste connaissance de l'art littéraire garantirait à ces œuvres remarquables l'attention et le soin qu'elles méritent. Elles susciteront un tel intérêt qu'il m'a semblé judicieux de vous prévenir au plus preste.

Votre respectueuse et affectionnée sœur d'alliance,

Marie d'Aurillay.

---

1. Rappelons que des termes tels que « cul », « nichons », « merde », « chier », etc. n'étaient à l'époque pas des grossièretés.
2. À l'origine, en référence aux fauconneaux toujours au nid, ne sachant pas voler, donc maladroits et inexpérimentés.

Un mince sourire avait joué sur les lèvres du chanoine... *songé à vous, mon bon frère, qui ne nous quittez pas l'esprit...* qu'elle était plaisante celle-là ! Eudes et sa femme n'avaient que faire de lui, surtout depuis qu'il avait éludé deux demandes de secours financier de son aîné. Il ne l'aimait pas. De plus, lorsque l'héritage était tombé dans le giron d'Eudes, celui-ci n'avait pas songé à en offrir une part à son cadet. Enfin, peut-être surtout, la stupidité de son frère ne méritait pas récompense. Si Marie – et sa marmaille dont Geoffroy avait perdu le compte – en pâtissait, tant pis pour elle.

Un doute s'était alors imposé au chanoine. Et si André de Mournelle s'était rendu coupable d'un acte délictueux, pour ne pas dire d'un crime aux yeux de l'Église ? S'il avait subtilisé en discrétion des manuscrits afin de les vendre à profit personnel et d'en faire bénéficier sa fille et son fils d'alliance ? Oh, quelle infamie ! La pensée avait tiré un rire de Geoffroy : une réjouissante infamie, puisque ainsi il allait obtenir trois magnifiques textes à raisonnable débours. Il n'aurait plus qu'à insinuer qu'il avait vu clair dans leur jeu. Une petite extorsion, peu honorable, mais après tout, à gredin, gredin et demi.

L'obsession qu'avait fait naître en lui la possession future des manuscrits l'avait dissuadé d'attendre que Marie d'Aurillay reçoive l'expression laconique de ses remerciements et celle encore plus prudente de son intérêt pour la tractation. Il fit donc seller un roncin[1] et prit la route dès l'aube, habillé en commerçant de moyens, un bonnet à pointe enroulée autour du cou afin de dis-

---

1. Ou roussin : cheval entier de moindre valeur, moins rapide et fougueux qu'un destrier mais plus robuste, utilisé pour le travail ou en monte, du Moyen Âge à la Renaissance.

simuler sa tonsure. Il parvint au soir tombant à Tiron et décida de nuiter dans la seule auberge proche de l'abbaye : Le Chat-Borgne.

En dépit de sa clientèle assez bruyante, l'établissement lui parut familial et de bonne tenue. Il ne devait pas regretter son choix lorsqu'il découvrit sa chambre : propre, assez spacieuse, équipée d'un seau d'aisance derrière un paravent et d'une petite table d'ablutions sur laquelle trônaient une cuvette et un broc. Maître Borgne[1], un homme encore jeune et maigre, jaunâtre de peau, parut satisfait de l'approbation de son nouveau client. Geoffroy d'Aurillay – Geoffroy Rillay pour la circonstance – se tourna vers le tenancier maussade et s'enquit :

— L'un de vos jeunes souillons[2] pourrait-il porter une missive à la porterie majeure de l'abbaye ? Elle est destinée à messire de Mournelle. Je n'aurais pas le front de me plaindre de mes girondes affaires de chandelier. Cependant, si une autre abbaye me faisait l'honneur de se servir en mienne maison, je ne m'en plaindrais pas. Une bonne pièce attend le jeune messager.

— Ben, mon aîné peut vous satisfaire. Trempette[3], not' goussaut[4], l'accompagnera. Y a plus tant d'ours que ça dans nos bois, mais les vauriens de chemins manquent pas. Trempette hésiterait pas à leur sauter au col.

— Le merci à vous, déclara Geoffroy en tirant de sa bougette la lettre qu'il avait rédigée avec circonspection avant son départ de Paris. Que votre aîné précise que j'ai trouvé gîte en votre établissement. De sorte à ce qu'une

---

1. Il était de coutume de nommer les aubergistes d'après leur enseigne.
2. Serviteur auquel étaient réservées les tâches les plus pénibles et salissantes.
3. Considérés, à l'instar des chevaux, comme des animaux « nobles », les chiens étaient nommés.
4. Chien lourd et trapu, en général de défense ou d'attaque.

éventuelle réponse me parvienne. Elle m'honorerait
beaucoup.

Messire abbé,

*Votre bien-aimée fille, ma sœur d'alliance, me fait
savoir que d'anciennes enjolivures de votre abbaye vous
encombrent. M'en sachant friand, elle a eu la bonté de
m'en avertir. Magnifique coïncidence puisque ma route
me menait dans les parages de l'abbaye de la Sainte-
Trinité. J'y lis un signe du ciel.*

*En vous priant de me croire à votre entière disposition
afin de contempler ces ornements et dans l'attente de votre
réponse, croyez-moi, seigneur abbé, votre très respectueux
et très attentionné fils et serviteur.*

Geoffroy d'Aurillay.

Le chanoine se rafraîchit puis descendit pour se res-
taurer. Il fut agréablement surpris de constater qu'en ce
jour d'avent[1], maître Borgne avait prévu un repas de
poisson, alors même que ce mardi, jour de charnage[2], ne
l'imposait pas. Toutefois, et puisqu'il n'était plus chanoine pour quelques heures mais chandelier, il jugea le
civet de lapin[3] bien plus appétissant. Si la chasse en

---

1. D'abord de quarante jours (à partir de la Saint-Martin), l'avent fut
réduit aux quatre semaines avant Noël. Le jeûne et l'abstinence furent
ensuite limités par Urbain V (1310-1370) aux lundis, mercredis et ven-
dredis. Consciente que l'avent célèbre un événement heureux, l'Église
n'imposa jamais véritablement jeûne et abstinence avec sanctions en
cas de manquement.
2. Jour gras où l'on mangeait des produits animaux. On cuisinait parfois au lait les jours maigres « usuels » mais pas durant les jours de
jeûne ou de carême.
3. La cuniculture a commencé dès le VIᵉ siècle en Europe. Cependant,
elle s'est étendue au XIIIᵉ siècle, avec les élevages en garennes.

garennes était toujours réservée aux gens de noblesse, ceux-ci avaient vite été débordés par la prolificité de la petite bête, qui s'était évadée des terriers pour aller ronger à l'envi. Potagers et cultures étaient donc périodiquement ravagés. Aussi, la pose de collets et de pièges avait-elle été autorisée hors le périmètre des garennes. Une autorisation sur laquelle avait sauté maître Borgne. L'aubergiste précisa qu'une porée blanche[1] accompagnait le plat de chair. En premier service, maître Borgne proposait ce soir une tourte de menues feuilles[2] au fromage et à la poitrine de porc séchée ou un pâté de limaçons[3] aux espinoches[4]. Ces braves limaçons s'avéraient être un véritable don du ciel. L'Église n'étant jamais parvenue à déterminer s'ils entraient dans le gras ou dans le maigre, on les consommait à son vouloir. Aussi les trouvait-on sur toutes les tables. Geoffroy se prononça en leur faveur.

Ainsi qu'il devait le découvrir, l'abondance de clients en cette soirée devait beaucoup aux talents de cuisinière de maîtresse Borgne, de son petit nom Edwige. Leur jovialité qui allait croissant au fil des cruchons, aussi. En effet, lorsque Edwige Borgne débarla dans la salle pour saluer ses habitués, s'enquérir de la satisfaction de tous, Geoffroy songea que certains mariages demeuraient un mystère, sauf, peut-être, pour les intéressés. Elle était aussi dodue et avenante que son mari était long, maigre et sinistre. Le chanoine surprit quelques bribes d'une conversation qui surnageaient dans le brouhaha ambiant.

— Ça, belle vérité, ma bonne, lança Edwige à une cliente qui reposait son godet et s'essuyait les lèvres sur sa manche. C'est pas pour autant qu'y sont devenus plus

---

1. Blancs de poireaux, oignons et pain cuits dans du lait, que l'on servait en soupe épaisse ou en accompagnement.
2. À peu près tous les légumes feuilles que l'on pouvait trouver.
3. Escargots.
4. Épinards.

larges avec ceuzes autres dans l'besoin. J'avoue que l'présent abbé est point un pisse-aigre tel le précédent. De c'que m'rapporte mon vivandier qui les fournit aussi, y s'rait bonhomme[1] avec ses fils. Feu çui d'avant aurait payé pour marcher sur les braises. Paraît qu'y s'fustigeait à la discipline[2] et portait une haire[3]. Mais bon, c'est pas parce qu'on aime à se pincer les doigts dans une porte qu'y faut exiger le même appétit des autres, hein ?

Toutes deux éclatèrent de rire et Edwige s'éloigna vers une autre table. Geoffroy en conclut que, sans être resplendissante, la fame[4] d'André de Mournelle était moins terne que celle de son prédécesseur.

Il attaqua son issue[5], une fromentée[6] au miel, quoique songeant qu'il avait déjà la panse assez remplie. Néanmoins, une soudaine bise glaciale s'infiltrait par les volets et les peaux huilées rabattues, sans que le feu ronflant de la vaste cheminée ne parvienne à la contrer.

La porte de l'auberge s'ouvrit, poussée par une bourrasque. Un jeune garçon, rougeaud de froid, s'avança vers le chanoine et s'inclina. S'efforçant de maîtriser le claquement de ses mâchoires, il débita :

— Maître Rillay, j'ai ben porté vot'missive. L'frère tourier[7] m'a d'mandé d'attendre un peu. Le vent s'est

---

1. Comme « bonne femme », le terme n'avait rien de péjoratif à l'époque, mais son sens premier de « personne bienveillante ».
2. Fouet de mortification.
3. Chemise de crin ou de poils rugueux portée sur la peau en pénitence.
4. De *fama* (réputation). Le mot ne se retrouve encore que dans « bien ou mal famé » ou dans « fameux ».
5. Équivalent de notre dessert.
6. Se servait sucrée ou salée. Faite de froment, cuit dans du bouillon de viande ou du lait, avec des jaunes d'œufs et un peu de gingembre. On pouvait aussi y ajouter des fruits secs. Sans doute un ancêtre du pudding.
7. Religieux chargé de faire pivoter le tour afin de vérifier qui cognait à la porterie.

levé d'un coup et f'sait un froid d'gueux. Enfin, pour dire que j'ai patienté avant qu'y m'tende une réponse par le tour. Comme l'a ben plu ces derniers jours, le sentier est glissant d'verglas. J'a failli m'affaler.

Il tendit le court rouleau d'une missive cachetée du sceau de l'abbé. Geoffroy ne s'étonna qu'à moitié de la hâte d'André de Mournelle à lui répondre. Rusé, il s'exclama pourtant :

— Eh bien, ne dirait-on pas que mon offre de chandelles et cierges se révèle séduisante ? J'en suis fort aise. Certes, j'ai dû rogner le bénéfice que j'en attends pour appâter.

Il plongea la main vers sa bourse de ceinture et en tira deux deniers tournois en déclarant :

— Allez, bonne affaire se doit d'être célébrée. Je double le prix de ta course. Va te réchauffer un peu.

Dès que le garçon eut disparu en cuisine, Geoffroy prit connaissance du message.

Mon bien cher fils d'alliance[1],

Vous savoir en notre bourgade me réjouit le cœur et je vous y souhaite en belle forme. De fait, les discrets[2] et moi-même avons jugé avec raison que la détention insensée de certains ornements péchait. Je tente, depuis mon élection, de favoriser une discipline propice à la prière, sans pour autant verser dans une rigueur d'orgueil. Toute dépense superflue est donc traquée avec la plus entière sévérité. Les lourdeurs de ma charge m'autorisant peu de libertés, je puis, pour vous plaire, vous rencontrer à dix toises* de la porterie majeure, en direction du bourg, dès après vigiles*. Une invitation à discourir en notre hostellerie ou

---

1. Rappelons que la parentèle était élargie au Moyen Âge aux liens créés par la religion.
2. Du latin *discretus* (capable de discerner). Moines ou moniales éclairant l'abbé ou l'abbesse.

au parloir nécessiterait que je réveillasse mes fils hôtelier[1] et portier[2] qui tous deux profitent d'un repos bien gagné. Je vous saurais gré de prévoir notre causerie de sorte à nous éviter à tous deux un déplacement supplémentaire.

Au contentement de vous voir sous peu, ajoutez le plaisir que j'aurai d'évoquer ma chère fille.

Votre bien attentionné,

André de Mournelle, seigneur abbé.

Geoffroy d'Aurillay soupira de satisfaction et glissa la missive dans son gipon[3] de velours noir. Il jugula avec peine l'hilarité qui montait en lui. Quelle galéjade, au fond ! Un seigneur abbé donnait rendez-vous avant l'aube à un chanoine, pour lui vendre des manuscrits qu'il avait, à l'évidence, subtilisés de ses bibliothèques ! Diantre, la vie ne manquait pas de sel en cette contrée ! Au vu des titres, il avait d'ores et déjà « prévu leur causerie » : une ronde somme en or glissée dans la doublure de ses houseaux[4]. Quant au seigneur abbé, il se souvenait à peine de lui pour l'avoir entraperçu aux épousailles de son aîné.

Lorsque maîtresse Edwige s'immobilisa devant sa table, un sourire d'expectative aux lèvres, il sentit qu'elle espérait un compliment. Mérité, il est vrai.

— Maîtresse Borgne ! Tout me porte à croire qu'une faste étoile éclaire ma route depuis quelques jours. Jugez-en : je trouve gîte et couvert de table[5] en votre éta-

---

1. Qui s'occupait des hôtes de passage.
2. Qui détenait les clefs et surveillait entrées et sorties de l'abbaye et des parloirs.
3. Sorte de pourpoint lacé sur le côté.
4. Bottes.
5. Tout ce que l'on posait sur une table pour manger. On retrouve ce sens dans l'expression « mettre le couvert ». Le terme désigna aussi les plats que l'on couvrait d'un linge pour les tables nobles. « Couverts » (au pluriel) n'a pris sa signification restreinte « d'ustensiles pour manger » que plus tard.

blissement. Une véritable mangerie[1]. Ces lapins ne doivent guère regretter leur trépas tant leur apprêt par vos soins les aura rendus savoureux. Quant au pâté de limaçons, je ne sais quel secret de recette vous protégez, mais je n'en ai jamais goûté de meilleur.

La petite femme ronde se rengorgea et déclara émue :

— Ah ça, messire... c'est pas les compliments qui m'font défaut, mais avec autant d'élégance, jamais ! Oh, faut qu'm'efforce de les ret'nir pour les resservir : *Ces lapins n'doivent guère regretter leur trépas tant leur apprêt par vos soins les aura rendus savoureux.* Oh, qu'c'est habile et ben troussé[2] !

— Sur mon honneur, ils ne sont que le reflet de ma sincérité.

— C'est que, certains étrangers de passage se remplissent la panse tels goinfres à l'auge, se sucent les doigts pour n'en point perdre une miette puis font fine bouche dans l'espoir de se voir offrir le vin.

— Méprisables coquins !

Maîtresse Borgne opina du bonnet, satisfaite du jugement. Préparant la suite, Geoffroy reprit :

— Bonne étoile, disais-je, puisque outre me guider vers votre auberge, elle m'aura inspiré une missive qui devrait me garantir la magnifique clientèle de l'abbaye. Ils n'auront point à le regretter. Mes cierges et chandelles sont parmi les meilleurs du royaume. Et pas de tromperie sur le suif[3] !

— Ils ont un moine cirier, rapport à l'abondance de cire produite dans leur rucher.

— Mais pas de chandelier, or la fabrication est bien différente si on ne veut pas empuantir les lieux. Pour

---

1. Bon repas plantureux.
2. Dans le sens de « bien tourné ».
3. Une des fraudes habituelles consistait à remplacer le suif de bœuf, le plus cher, par du suif de porc ou de mouton.

preuve l'impatience du frère boursier[1] à me rencontrer après vigiles, mentit Geoffroy.

Une moue assombrit le visage chaleureux de l'aubergiste qui se pencha pour murmurer :

— Vous m'êtes ben plaisant, maître Rillay. Aussi, en confidence, l'boursier... c't'une peau d'vessie. D'après mon vivandier, qui en a les sangs r'tournés à chaque discussion de négoce avec lui, y s'rait capable de gratter les fientes de poules pour y ramasser les grains intacts.

L'image plut à Geoffroy, qui conserva son sérieux pour affirmer :

— Diantre, le merci pour votre sage conseil. Je veillerai donc à n'être pas plumé telle une volaille. Cependant, il me faudra quitter l'auberge à la nuit et...

— J'laisserai la clef sur la p'tite porte de la cuisine qui donne... sur l'poulailler, justement. De grâce, fermez derrière vous et rentrez quand bon vous chante.

— Au premier cri du coq, je l'espère, renchérit Geoffroy amusé par ces comparaisons fermières.

— D'après mon gars, y gèle à pierre fendre. L'sentier qui mène à l'abbaye au plus court glisse traîtreusement. Aussi, j'chais point trop si l'plus prudent est pas d'laisser vot'roncin à l'écurie, hormis s'il a jambe très sûre.

— Belle sagesse, ma bonne. J'irai à pied. Ainsi, l'effort de marche me fera sentir moins coupable de mon insatiable appétit. Et puis, en cas de glissade, je tomberai de moins haut, plaisanta-t-il. Ne vous inquiétez pas de coupebourse. Mon bâton à bout ferré dissuade.

Il omit de préciser qu'une lame rentrée à ressort le transformait en arme redoutable.

---

1. Qui avait la charge des achats et des paiements.

V

Alourdi par la bonne chère et un léger excès de vin, Geoffroy d'Aurillay s'endormit sitôt la tête sur le coute[1]. Il se réveilla brusquement. L'épaisse obscurité et le silence qui l'environnaient le troublèrent. Les clients avaient rejoint leurs logements et les aubergistes dormaient sans doute à poings fermés. Quelle heure pouvait-il être ? Ah, fichtre, avait-il laissé filer son rendez-vous de forêt ? Il sauta du lit. Au loin, la cloche d'une église tinta. Ah, morbleu, vigiles* ! De quelle durée serait sa marche jusqu'à la porterie majeure de l'abbaye ? Il s'aspergea le visage de l'eau glacée du broc et s'habilla à la hâte.

Le froid mordant qui le souffleta dès qu'il ouvrit la porte de la cuisine lui fit monter les larmes aux yeux. Il inspira longuement. Un air glacial dévala dans ses poumons, lui arrachant une quinte de toux sèche. Il posa le pied sur la marche qui menait à la courette et plus loin au poulailler. Sa semelle glissa sur le gel. Bien, progresser

---

1. Ou *coite*, ancien français : coussin, oreiller et même matelas (le plus souvent en plumes). A donné « coutil », toile serrée utilisée pour les housses, entre autres.

avec prudence s'il voulait éviter de se rompre un membre. Avançant à petits pas de vieillarde, il rejoignit le sentier qui montait vers la Sainte-Trinité.

Il était fils de hobereaux[1], des culs-terreux fortunés et pingres selon lui, et la campagne et ses souvenirs lui donnaient des aigreurs d'estomac. Il avait eu froid, avait pataugé dans la boue, la bouse et le lisier. Il avait failli être défiguré par les défenses d'un verrat[2], qu'il avait certes asticoté d'un bâton. Rendu ombrageux par les coups, l'animal l'avait chargé. Geoffroy n'avait réchappé de l'assaut que grâce à la rapide intervention de son père. Les coups de ceinture qu'il avait ensuite reçus en punition n'avaient guère amélioré ses intérêts agrestes. Autre que lui aurait sans doute été ému par cette sombre nuit, ce ciel dégagé, semé d'une multitude d'étoiles vibrantes, ce froid débarrassé de pluie, l'odeur forte et aigrelette de l'humus, ces arbres dénudés, plongés dans un profond sommeil dans l'attente de jours plus cléments. Autre que lui aurait vu dans cette permanence naturelle obstinée et vivace la preuve de Dieu. Autre que lui se serait étonné que la rumeur[3] incertaine et prudente des menues vies de la forêt s'éteigne d'un coup. Pas même une rumeur. Plutôt un chuchotement de poils et de plumes. Autre que lui aurait su que si le silence des hommes est parfois bienvenu tant ils parlent souvent pour ne rien dire, celui des autres créatures de Dieu porte à la méfiance. Mais Geoffroy progressait aussi vite que le lui permettait le chemin glissant, bran-

---

1. De l'ancien français *hobe*, dérivé de l'anglais : petit oiseau de proie. Il a vite pris son sens actuel : petit gentilhomme campagnard.
2. Les cochons du Moyen Âge étaient beaucoup plus proches du sanglier, notamment par leurs longues et redoutables défenses. Connus pour leur courage, leur intelligence et, éventuellement leur brutalité, ils étaient laissés en liberté dans les villages qu'ils nettoyaient des détritus et... parce qu'ils étaient capables de repousser une incursion de loup.
3. Dans son premier sens : bruit sourd, lointain et indistinct.

dissant à bout de bras son esconce, s'aidant de son bâton de marche. Il ressassait les arguments qu'il servirait au seigneur abbé de sorte à obtenir les manuscrits à bon prix. Mournelle protesterait pour la forme. Cependant, tous deux savaient ce que l'autre savait. Geoffroy faisait un acheteur de choix puisqu'il se moquait de la véritable provenance de ces œuvres rares. L'abbé n'était pas benêt au point de croire que le chanoine avait gobé sa fable. Peu importait pourvu que les apparences fussent sauves et la transaction rondement menée. À mutuelle satisfaction.

Autre que lui aurait su que lorsque l'on progresse au plein de la nuit le long d'un sentier forestier verglacé, l'on regarde où l'on pose les pieds. Il n'y songea pas et sa botte glissa sur un large champignon gorgé d'eau. Avant qu'il comprenne ce qui lui arrivait, il se retrouva au sol, cul par-dessus tête. Un craquement. D'abord rien. Puis, une douleur en étau serra sa cheville droite. Il sentit la soudaine chaleur, les pulsations du sang. Dieu du ciel ! Une foulure ou, pis, une fracture ! Ah, cela faisait un mal de chien. Allons, l'homme ! s'admonesta-t-il. Serais-tu douillet ? Lève-toi et avance !

Grimaçant, il parvint à se remettre sur pieds. De rage, il balança des coups de bâton ferré au pauvre champignon déjà écrasé. L'ineptie de son geste le sidéra. Serions-nous une donzelle prompte à l'humeur de fiel dès lors qu'une contrariété nous trouble le jugement ? pensa-t-il sarcastiquement. La peste soit de ton ironie déplacée, Geoffroy ! lui répondit l'autre voix, toujours la sienne.

Des éclats brisèrent le profond silence de la forêt. Grimaçant de la douleur que lui causait sa cheville, il s'immobilisa et tendit l'oreille. Un cri le fit sursauter. Un cri masculin. Diantre, se pouvait-il que l'abbé ait fait une mauvaise rencontre ? Bien que prudent, n'ayant guère à faire usage de la force puisque sa robe le protégeait, Geoffroy n'avait rien d'un pleutre. Il voulut s'élancer. Un gémissement s'échappa de sa gorge. Serrant les dents, il progressa aussi vite que possible en direction des sons. Il déboucha soudain dans une petite clairière. Derrière, un peu plus loin, s'élevait le mur d'enceinte en grison de l'abbaye.

Un homme portant la robe gris de fumée de l'ordre de Tiron gisait à terre, sur le ventre, bras allongés devant lui. Un regard rassura vaguement Geoffroy comme il s'approchait. L'anneau pastoral à chaton d'améthyste porté par les évêques ou les abbés n'ornait pas l'annulaire de sa main droite. Il ne s'agissait sans doute pas d'André de Mournelle. Le chanoine s'accroupit. Le souffle laborieux de l'homme lui parvint. Il tenta de le retourner avec douceur. Une sorte de gémissement entrecoupé de « di... di... » montait des lèvres du blessé. Geoffroy détailla le visage tuméfié, ses pommettes en pulpe, le devant de sa robe trempée de sang qui portait la trace de coups de lame. Une appréhension l'effleura lorsqu'il pensa reconnaître l'abbé sous le sang et les intumescences. Il récupéra l'esconce qu'il avait posée non loin et jeta un regard autour de lui. La couche de givre avait été retournée, à l'évidence par une bagarre violente. Deux séries d'empreintes de socques se mêlaient, dont l'une de pointure assez imposante. Il regarda les pieds de l'homme, plus courts. Surtout, il ne vit pas trace de la bougette[1] dans laquelle l'abbé avait sans doute serré les manuscrits.

— Messire abbé ? Geoffroy d'Aurillay, pour vous secourir.

---

1. Sorte de sac en bandoulière, le plus souvent en cuir, que l'on emportait pour de courts voyages.

L'autre leva une paupière qui bleuissait déjà et souffla avec peine.

— Oui... Deu... di...

— Dieu ?

— Nooo. Dipty...

— Un diptyque ?

La paupière gonflée s'abaissa, sans doute en acquiescement.

— *Di... pretios... sum... est ra... rum...*

— Ce qui est précieux est rare ?

— *Divi...*

— *Divinitas*[1] ?

— *Di... divi... na... is...*

— Le diptyque divin ? proposa Geoffroy alors même que la forme plurielle était incorrecte.

L'abbé divaguait-il ?

— *Di... vina...*

— *Divina* ? tenta de l'aider Geoffroy.

Une crispation désapprobatrice fit se hausser les sourcils de l'agonisant.

— Dipty...

— Mais qu'est ce diptyque ?

Un ultime râle... La tête d'André de Mournelle, sans doute, bascula sur le côté. Il venait de rendre l'âme.

D'un geste inconscient, Geoffroy essuya ses mains maculées de sang sur des touffes d'herbe gelées et desséchées par l'hiver. Il se releva, assez ébranlé, jetant des regards inquiets autour de lui.

L'abbé avait-il été trucidé par un gredin de forêt, qu'un sort funeste avait placé sur sa route ? Il traînait de ces vauriens autour des monastères, dans l'espoir d'une aubaine. Des coffres bourrés des pièces d'impôts pénétraient, des gens de fortune venaient visiter un proche devenu moine. Des frères sortaient parfois afin

---

1. Nature divine.

d'accompagner des trésors ou de grosses sommes d'argent. Pas à la nuit, toutefois. Et puis les scélérats coupe-bourse portaient le plus souvent des houseaux. Il détailla les empreintes plates abandonnées par les socques de grande pointure. À l'évidence par un homme de haute taille. Celui-ci avait dû décamper dès son forfait accompli, peut-être en surprenant son approche.

Une autre hypothèse s'imposa à lui. André de Mournelle avait-il été suivi par l'un de ses fils, un fils qui aurait éventé le secret de la vente clandestine qu'il s'apprêtait à réaliser ? Un fils ulcéré que soient dilapidés de précieux manuscrits, ce qui expliquait les échos de la violente dispute qui lui étaient parvenus ? Ou alors un fils décidé à récupérer le butin pour lui ?

Une bise hargneuse lui glaçait le visage et les mains. Il hésita. Devait-il prévenir l'abbaye ? Comment alors justifier sa présence au plein de la nuit, à quelques toises de l'enceinte de grison, en compagnie du seigneur abbé ? Il se signa et après une rapide prière, décida de rentrer au Chat-Borgne, sur ses gardes, quoique certain que l'agresseur avait fui.

Au fond, la male mort[1] de Mournelle le laissait assez indifférent. En revanche, elle démontrait l'extrême valeur d'un mystérieux diptyque, puisque l'abbé lui avait consacré ses derniers mots.

---

1. Mort funeste, cruelle, brutale.

VI

1er novembre 1347, Marseille

L e ventre replet de maître Éloi Donnadieu, armateur, sursautait par instants, trahissant les glous-
sements de soulagement et de bonheur qui lui
venaient et qu'il tentait de dissimuler derrière son poing
plaqué sur ses lèvres. Ah, Dieu du ciel, Divin Agneau,
Sainte Mère de Dieu, qu'il était apaisé après toutes ces
nuits de crainte et de prières, ces jours d'aigre bile ! Il
allait offrir une jolie bague d'index en opale ou même en
améthyste à sa tendre mie[1], Muriette, et payer le gorgeon aux habitués de l'auberge du Morutier-Bègue, un
établissement convenable dans lequel il déjeunait le plus
souvent. Il n'oublierait certes pas une bourse rondelette
au profit de la cathédrale La Major[2].

Assis derrière son petit bureau enseveli sous les cartes
et les rouleaux de missives, il ferma les paupières, joignit les mains et y alla d'une nouvelle prière de gratitude

---

1. Se disait également au masculin et à l'époque impliquait tout
autant l'amitié que le sentiment amoureux. Seul ce dernier sens persista ensuite, au féminin.
2. Construite au XIe siècle, elle fut rebâtie au XIIe. La cathédrale
du XIXe, Sainte-Marie-Majeure de Marseille, fut construite à côté, dans
le quartier de la Joliette.

pour la Très Bonne Mère qui, à l'évidence, avait veillé tout particulièrement sur sa cargaison. Éloi était décidé : *Le Saint-Antoine*, galée[1] génoise, deux-mâts à voiles triangulaires dont il possédait plus de la moitié avec un armateur sicilien de ses bons amis, serait rebaptisé dès son déchargement et prendrait le nom de *Bonne Mère*. D'autant qu'on pouvait également l'entendre comme « bonne mer », crucial pour un homme de son commerce qui, par superstition, ne se serait jamais risqué à une telle graphie.

Ah, quel effroi quand il y repensait ! Le bateau, parti des mois plus tôt de Crète, avait bien fait étape à Messine en Sicile. Il y avait mouillé l'ancre durant plus de dix jours, la majeure partie de son équipage ayant attrapé une fièvre qui avait nécessité de lui trouver remplacement. Éloi Donnadieu avait alors été prévenu que *Le Saint-Antoine* reprenait sa route vers Gênes. Une interminable route. Le navire semblait avoir disparu. Les suées d'angoisse avaient commencé. Des pirates ottomans ou africains l'avaient-ils arraisonné et pillé ? La voie maritime qu'il devait suivre était bien connue, éprouvée. Il ne pouvait donc s'agir d'un naufrage sur des récifs, hormis maladresse coupable de navigation. Nulle tempête, nul méchant coup de vent n'avait été signalé. Éloi n'en dormait plus, en perdait le boire et le plaisir

---

1. Ou galère. Le Moyen Âge utilisait les mêmes bateaux pour le commerce ou les expéditions militaires, mais les galées naviguaient presque toujours à la voile, contrairement aux galères militaires qui faisaient également appel à des rameurs. Ces navires, apparus dans les flottes marchandes italiennes vers l'an mil, pouvaient porter jusqu'à trois cents tonnes de marchandises et mesurer presque quarante mètres de long et jusqu'à six mètres de large au centre. L'Europe du Nord préférait les *cogges* (*Koggen*), excellents navires.

du manger. Même les jolis mollets galbés de Muriette ne parvenaient plus à le dérider. La galée renfermait dans ses soutes renflées des étoffes précieuses, des épices, quelques livres de sel indien[1] tiré de la canne à miel[2] qui soignait la lymphe ou l'atrabile et purgeait le phlegme[3], un luxe rare qui se négociait au prix de l'or[4], voire davantage. Une véritable fortune.

Maîtresse Aline Donnadieu avait passé à l'an échu. Des douleurs de ventre l'avaient prise après une nouvelle fausse couche, la clouant dans son lit durant des jours. Une fièvre intense s'en était mêlée. Aline n'avait jamais été une accorte donzelle[5] avec son museau pointu de fouine, ses seins plats et son front court[6]. Certes, elle était femme de tête, affable, très pieuse et surtout fort riche après le décès de son père, mercier[7], un des premiers clients d'Éloi. Sa dot avait donc permis à son époux d'investir dans de plus gros navires marchands. Il n'en demeurait pas moins que si Éloi l'avait appréciée pour ses qualités d'esprit et d'âme, elle ne lui avait jamais fait trembler les aiguillettes[8]. Il s'était donc acquitté de son devoir d'époux, avec autant d'application qu'elle s'acharnait à produire un hoir[9]. Mais Muriette... ah, Muriette !

---

1. Sucre.
2. Canne à sucre.
3. De la théorie des humeurs.
4. Le sucre était considéré comme un médicament et réservé aux plus nantis. Une livre de sucre valait aussi cher qu'une maison.
5. À l'époque jeune fille ou femme de qualité.
6. Les fronts hauts (et souvent épilés) étaient un critère absolu de beauté féminine à l'époque.
7. Une corporation très riche, qui fit vite partie de la bourgeoisie.
8. Cordon à bouts ferrés qui permettait d'attacher le haut-de-chausses au pourpoint ou de lacer les braguettes.
9. Héritier.

La jolie quaille[1] le ravissait par ses mines charmantes, ses sourires de coquette, son babillage au creux des nuits et sa langueur d'amoureuse. Remplacerait-elle un jour devant l'autel feu maîtresse Donnadieu ? Certes, elle s'y employait avec une finesse qui dissimulait mal son obstination. Éloi n'était point dupe. Les maîtresses installées[2], telles Muriette, s'efforçaient de toujours rester séduisantes et avenantes, faute de quoi les beaux deniers se tarissaient. En revanche, les épouses sans bien, mais très jeunes, avaient une vilaine propension à vous souhaiter roide dans la tombe au plus preste. Il repoussait donc les insistances maritales de mamour[3] au prétexte qu'un veuvage trop bref ne seyait pas à un homme de son rang et de sa fortune.

Une fortune qui ne ferait que croître et embellir depuis l'annonce de l'arrivée prochaine au port du *Saint-Antoine*. Lorsqu'il avait décacheté, au soir échu, un mois plus tôt, le court rouleau de papier que lui tendait le messager à cheval, ses mains tremblaient d'appréhension. Rédigé par le capitaine du navire lors de l'escale de Gênes, un capitaine dont il avait alors découvert le nom, l'écriture lui en avait paru incertaine, hésitante.

Messire,

Ce court message pour vous informer que je compte reprendre ma route dès l'après-demain, lors que j'aurai embauché les trois marins qui me font défaut. Le capitaine recruté par votre associé Guido Butera a rendu son dernier souffle peu après le départ de Sicile, retardant le

---

1. Ancienne orthographe de « caille ». L'anglais a gardé *quail*. Il s'agissait à l'époque uniquement de cailles de blé, un gibier prisé.
2. Le divorce étant impossible et l'annulation difficile et très longue à obtenir, en plus d'être réservée à des cas bien spécifiques, la pratique n'était pas exceptionnelle. On fermait les yeux tant que l'épouse et les enfants légitimes n'en pâtissaient pas.
3. Discours, gestes amoureux, ou petit nom de la personne aimée.

périple. Vingt-cinq marins sont décédés d'une fièvre de ventre ou de poitrine qui nous a fait craindre le pire. La mer a accueilli leurs dépouilles. Je me sens moi-même fiévreux et de vilains furoncles noirâtres endeuillent mes mains.

Quoi qu'il en soit et si Dieu me prête vie, je m'efforcerai de vous donner satisfaction et de mériter salaire en ramenant Le Saint-Antoine et sa cargaison à bon port.

Votre bien dévoué et très respectueux capitaine,

Jean Delorme.

Éloi Donnadieu attendait depuis, s'interdisant une irritation d'impatience qui montait de jour en jour. Il allait flâner chaque tôt matin au port, interrogeait les pêcheurs, répétant pour la millième fois la même interrogation : avaient-ils vu *Le Saint-Antoine* au large ?

Le matin même, le vieil Émile, un des gars qu'il connaissait bien, occupé à réparer ses filets, lui avait annoncé dans un sourire édenté :

— Z'allez être ben satisfait messire. On l'a vue, d'nos yeux vue. Elle s'ra là au tantôt ou au soir[1].

Éloi avait cru défaillir de soulagement et avait serré la main du vieux bonhomme ridé comme s'il retrouvait un parent aimé. Sur le coup de l'émotion, il avait jeté à la cantonade :

— Allez, j'offre les pichets dès qu'elle sera au port, à l'auberge de la Marinette[2].

Cette alléchante proposition lui avait valu des applaudissements chaleureux.

---

1. Étrange contradiction. Les femmes étaient réputées porter malchance en mer, toutefois les marins de l'époque utilisaient le féminin pour évoquer leurs bateaux, même baptisés d'un nom masculin. Les anglophones ont conservé cette habitude et utilisent le pronom *she* pour parler de navires.

2. Boussole, appelée « marinette » puisqu'elle était la meilleure compagne du marin.

Émile avait abandonné ses filets et l'avait suivi sur quelques mètres, jetant des regards méfiants par-dessus son épaule. Éloi s'était immobilisé, attendant :

— Messire… vous savez qu'on est ben pauvres… on trime[1] mais… Aussi, et pisque vous êtes bon et pas r'gardant…

Éloi avait saisi l'allusion et tiré une chaise d'or[2] de sa bourse de ceinture. La main maigre, aux ongles longs et noirs, l'avait attrapée avec la rapidité de l'éclair.

— Bon, c'que j'en dis, messire, c'est juste pour vous être d'utilité… M'a semblé qu'*Le Saint-Antoine* avait l'timon peu assuré. Faudrait pas qu'elle dérive ou s'fracasse en entrant au port. Mes yeux sont aussi vieux qu'moi et m'jouent de vilains tours, mais mes gars ont pas vu grand-monde su'le pont. Comment qu'elle va atterrer ?

Éloi avait aussitôt compris qu'une partie du nouvel équipage avait péri. Le navire risquait de s'abîmer, emportant avec lui sa précieuse cargaison. Jamais ! Il avait tant investi d'argent.

Il avait alors discrètement recruté quelques marins, peu regardants, appâtés par le très généreux salaire qu'il leur offrait. Ordre leur avait été donné de rejoindre *Le Saint-Antoine*, de monter à son bord, de le débarrasser d'éventuels cadavres, puis de le mener jusqu'à bon port en prétendant qu'ils avaient embarqué à Gênes. Nul doute que la fièvre de ventre ou de poitrine évoquée par le capitaine dans sa missive avait fait de nouveaux ravages. Les marins morts, balancés en mer, inutile que sa précieuse cargaison subisse la quarantaine[3] que l'on

---

1. Bien que d'origine incertaine, le verbe est très ancien.
2. Une chaise valait vingt deniers tournois, une somme généreuse.
3. Preuve indiscutable (avec les maladreries et les léproseries) que si le Moyen Âge ignorait les micro-organismes, l'idée de la contagion était très présente.

imposait à tout navire suspect. Quarante jours ! Les étoffes, les épices, le sel indien, tout serait définitivement corrompu par les rats qui monteraient aussitôt à bord en horde.

Le soir tombait et vêpres* s'annonçaient. La journée avait paru interminable à maître Éloi qui se rongeait les sangs depuis le départ de la frêle embarcation de marins recrutés à la hâte. Il était sorti cent, mille fois de son bureau, scrutant en direction du port. Clignant des yeux, il tentait d'apercevoir au loin les deux hauts mâts du *Saint-Antoine*.

Enfin, un galopin des rues pénétra en trombe et beugla en tendant la main :

— Maître Éloi, maître Éloi, l'est à la manœuvre pour accoster !

Éloi Donnadieu crut qu'il allait défaillir d'émotion. Généreux de soulagement, il tendit un beau denier au garçonnet qui n'en revint pas et détala aussitôt de crainte que l'armateur ne se reprenne.

Son cœur battait si fort qu'Éloi dut s'appuyer au rebord de sa table de travail. Il inspira et expira avec lenteur. Un point de côté lui sciait le flanc. Il essuya ses paumes moites contre le cendal[1] violine de son surcot[2]. Il avait passé les bras par les fentes d'aisance découpées sous les manches qui permettaient de ne pas les enfiler par temps chaud ou lorsque des efforts risquaient d'endommager leurs coutures.

Enfin, après d'interminables secondes, son cœur s'apaisa et il reprit ses sens. Il jeta sur ses épaules un

---

1. Épaisse soie.
2. Long manteau, fendu sur le devant et les côtés. Il pouvait être sans manches.

mantel[1] doublé de loutre[2] et fila vers le port aussi vite que ses courtes jambes le lui permettaient.

Les voiles étaient abattues lorsqu'il parvint sur l'appontement. Le vacarme produit par l'énorme chaîne entraînée par l'ancre lui sembla la plus harmonieuse musique de la terre tant il avait désespéré de l'entendre. La manœuvre d'accostage fut longue et la coque heurta à plusieurs reprises le quai, tirant au navire de telles plaintes qu'Éloi songea qu'il n'avait sans doute pas recruté les meilleurs marins. Il avait paré au plus pressé. Enfin, les aussières[3] maintinrent fermement *Le Saint-Antoine*.

La nuit était tombée depuis belle heurette[4]. Des flambeaux avaient été allumés à sa demande et fichés dans les gros anneaux. Le déchargement ne pouvait attendre jusqu'au demain. Un contrôle des officiers de port n'était jamais exclu[5]. Éloi fit aussitôt quérir Sylvine, la buandière de la rue des Épars, par un galopin et loua quelques chariots.

Sylvine arriva bien vite, essoufflée, son bonnet posé de guingois, quelques mèches s'en échappant, preuve de sa hâte à se vêtir dès que le garçonnet lui avait transmis le message de l'armateur. Elle patienta alors à ses côtés, réprimant parfois un bâillement. Enfin,

---

1. Sorte de longue cape.
2. Les fourrures, très prisées, indiquaient le rang social. Le vair et le lynx étaient réservés aux plus riches et aux nobles. Les classes populaires se contentaient de mouton et de lapin.
3. Gros cordage permettant de remorquer ou d'arrimer un navire.
4. A donné « belle lurette ».
5. Cette scène est tirée de la véritable propagation de la peste de Marseille en 1720. Le bateau, une flûte hollandaise en provenance de Syrie, s'appelait *Le Grand Saint-Antoine* et sa riche cargaison appartenait au capitaine, Jean-Baptiste Chataud, et à quelques notables de la ville. Par cupidité et sans doute aussi par ignorance, ils contournèrent les contrôles et la quarantaine afin de décharger à temps pour la foire de Beaucaire. L'épidémie fit des ravages.

une large passerelle de bois parut et tomba sur le quai en rebondissant. Éloi Donnadieu tapa dans ses mains de satisfaction et de bonheur. Ses étoffes précieuses, son sel des Indes, ses épices, enfin !

Un grand homme maigre sauta sur la passerelle et fonça vers lui : Pierre Bonnefoy, marin qu'Éloi avait catapulté capitaine de quelques heures afin de ramener *Le Saint-Antoine* à bon port. En dépit de son soulagement, Éloi lut sur le visage de fin du monde de l'homme qu'une chose affreuse était survenue. Il le suivit à son invite, peu désireux que la buandière entende leur conversation.

— Y z'étaient tous morts quand qu'on est monté à bord, messire. Ça puait tel l'enfer. Un seul respirait encore. À mon avis, çui qu'a réussi à barrer jusqu'à Marseille, sans quoi le navire aurait dérivé.

— Qu'avez-vous fait des cadavres et… du survivant ? s'enquit Éloi dans un murmure.

— J'tés à la baille[1], quoi d'autre ? Comme le mourant, d'ailleurs. L'en avait plus pour longtemps. Mais on a récité une prière pour leur repos à tous… Fallait pas que les officiers de port le trouvent, non, le presque claqué ?

— En effet, c'eût été fâcheux, admit Éloi, surtout préoccupé par les caisses et ballots que des hommes descendaient sur leur dos le long de la passerelle.

Il décrocha de sa ceinture une lourde bourse qu'il tendit à Bonnefoy, et précisa :

— La somme convenue plus une récompense pour vos bons services. Partagez-la à votre souhait avec vos hommes. Mon conseil ? Disparaissez au plus vite en oubliant tout du *Saint-Antoine*.

L'autre s'inclina et soupesa la bourse, un sourire satisfait aux lèvres.

---

1. Le terme, attesté depuis le début du XIVe siècle, viendrait soit du latin *bajula* (porteur d'eau), soit de l'italien *baia* (baie).

— Le merci. Vous êtes franc d'col. J'connais rien de c'te galée, messire. Jamais entendu parler.

— Belle sagesse de votre part, en vérité. À Dieu, l'homme.

Pierre Bonnefoy disparut, happé par la nuit. Éloi ne douta pas qu'il rémunérerait plus tard dans un bouge du port les marins qu'il avait entraînés, en s'octroyant la part du lion. Peu lui chalait[1]. Qu'ils règlent leurs affaires entre eux. Seule importait l'arrivée du *Saint-Antoine*. Bah, les marins avaient péri d'une fièvre ? Elles se succédaient. On se trouvait un jour chaud telles des braises, dégorgeant ses intérieurs, et le lendemain fringant, ou mort. Lui-même avait eu plusieurs fois les boyaux tordus de douleur après un repas d'auberge, et l'impression qu'il allait rendre son âme à Dieu. La belle affaire, après une ou deux nuits de migraines et de vertiges, il avait été sur pied. Certes, dans ce cas, au moins deux équipages avaient péri à bord. Ce qui était, ne pouvait être défait ! Et puis, engloutis par les flots, ils ne propageraient plus leur maladie. Une affaire rondement menée, conclut-il en rejoignant Sylvine, la buandière, qui surveillait le chargement des étoffes sur un chariot.

— Ma bonne, vérifie de grâce que les rats ou souris n'ont pas pissé dessus, ou pis, rongé les étoffes. Qu'il ne reste aucune de leurs crottes. Le cas échéant, lave et passe aux fers[2], que tout ait fort belle mine lorsqu'on me

---

1. Du verbe *chaloir* (s'inquiéter, se préoccuper de quelque chose) qui ne nous a laissé que « nonchalant » ou « peu m'en chaut », dans le sens de « peu m'importe ».
2. On repasse depuis fort longtemps avec des fers chauffés aux braises.

l'apportera. Je paierai en sus. N'oublie surtout pas la pattemouille[1] avec le camocas[2], le camelot[3] et le duvet de cygne[4], je t'en conjure !

— Messire, je repasse depuis l'âge de cinq ans et j'en ai cinquante, sourit la femme, lèvres closes par coquetterie puisqu'il lui manquait les incisives du bas.

— Pardonne-moi, ma bonne, s'excusa Éloi. C'est que…

— Une fortune est entassée dans ce chariot. J'en ai conscience. Cependant, elle ne risque rien grâce à mon petit secret.

— Plaît-il ?

— Je me tire un cheveu et l'approche du fer. S'il carbonise en s'enroulant sur lui-même, le fer est trop chaud et je patiente.

— Oh, quel magnifique bon sens ! s'émerveilla Éloi.

— Aussi, en sera-t-il fait à votre satisfaction, comme toujours. Vous êtes bon maître, pas avare. Or, à bon maître, bon service.

— Ah ! C'est ainsi qu'il faut parler et agir, Sylvine, approuva Éloi dans un vigoureux mouvement de tête. Un de mes gens d'armes gardera ta demeure jusqu'à ta tâche achevée. Les coquins[5] et brigands foisonnent en cette ville ! Pis que des rats.

— Certes. Bien pis puisque l'on peut écraser rats et souris d'un coup de tisonnier, pouffa la femme.

Une fois la cargaison débarquée et mise en sécurité, maître Donnadieu rejoignit d'un pas guilleret le joli appartement dans lequel il avait installé Muriette. Ça, il n'avait pas regardé à la dépense ! Les immeubles du

---

1. Ou « pate-mouille » ou « patte-mouillée ».
2. Très belle soie tissée d'or et d'argent.
3. Étoffe réalisée à partir de poil de chameau.
4. Velours qui était à l'époque à base de soie.
5. Le terme était très injurieux à l'époque et désignait un homme malhonnête, paresseux et lâche.

quartier de l'église Notre-Dame-des-Accoules[1] abritaient une bourgeoisie de négoce de plus en plus huppée. Elle appréciait que les ennuis constants en approvisionnement d'eau de la haute ville ne l'atteignent point. Lesdits ennuis engendraient une pestilence difficile à supporter au plein des chaleurs puisque les immondices s'entassaient dans les ruisseaux[2] faute d'eau pour les balayer. S'en suivaient des pullulations d'insectes et de rats.

Sa mie l'attendait, allongée sur le lit, souriante, seulement vêtue d'un fin chainse[3] de linon qui révélait la perfection de ses jeunes formes.

— Mon doux, minauda-t-elle. Que le temps m'a paru long ! Je m'impatientais de vous revoir enfin. Allez-vous tout à fait bien ? s'enquit-elle en lui tendant ses mains à baiser.

Il s'assit à côté d'elle et souffla :

— Mon joli trésor, je vais... mieux que depuis des mois. Bien mieux.

N'y tenant plus, il s'esclaffa :

— *Le Saint-Antoine* est arrivé à bon port ! La cargaison est sauve et en bel état. Je suis...

Elle se redressa d'un bond et frappa dans ses mains de bonheur :

— Oh, quelle joie, quel indicible soulagement ! Je me suis rongé les sangs pour vous. Merci, Très Sainte Vierge que j'ai priée chaque jour, merci !

En réalité, en dépit de sa réelle bonhomie, Muriette avait surtout redouté pour son confort. Elle n'ignorait pas qu'une bonne part de la fortune de son aimable

---

1. Une des plus vieilles de Marseille, construite au XIe siècle, reconstruite au XIIIe, démolie en 1794 puis à nouveau reconstruite peu avant la monarchie de Juillet.
2. Ici : rigole centrale des rues et ruelles qui permettait l'évacuation des eaux sales.
3. Longue chemise que l'on portait sous les vêtements.

soutien avait été investie dans l'achat de la cargaison. Si elle se perdait, Éloi risquait de se montrer moins généreux. De plus, Muriette s'appliquait depuis des mois à devenir grosse, certaine qu'Éloi serait incité aux épousailles si elle lui offrait enfin un hoir. Jusque-là, sans succès. Elle ne s'était pourtant pas montrée avare en dons à l'Église, en prières, en remèdes de matrones-jurées préparés à partir de testicules de belette[1] ou de cordons ombilicaux que la coutume les autorisait à conserver, en plus de leur rémunération de délivrance. Certes, elle aimait bien maître Donnadieu, son mamour, son gentil poussin, son trésor adoré... mais elle l'aimait d'autant plus qu'elle le savait assez riche pour lui offrir une confortable existence de bourgeoise. Après tout, il avait l'âge d'être son père et sa silhouette très empâtée, son petit nez, son conquérant double menton[2] n'avaient guère de quoi faire pâmer la donzelle. Aussi se réjouissait-elle du retour de son navire.

Elle se leva et proposa :

— Célébrons ce bonheur grâce à un verre de bon vin, voulez-vous, mon mi.

— Avec joie et... et ensuite, m'autorisez-vous à demeurer céans cette nuit ?

Elle eut une moue mutine et plissa les paupières, ainsi qu'il l'aimait tant. Dans un murmure de gorge, elle répondit :

— Rien ne saurait me combler davantage, mon précieux mi. D'autant que vous êtes ici chez vous, monsieur, à ma pleine satisfaction.

Elle les servit et il admira à nouveau ses gestes fluides et élégants. Maîtresse Donnadieu avait placé l'efficacité au

---

1. Censés favoriser la conception.
2. Le Moyen Âge était mince, entre autres en raison de la faible disponibilité alimentaire, mais aussi des conditions rigoureuses de vie, même si l'on fuyait la maigreur, symbole de maladie et de pauvreté.

panthéon des vertus cardinales[1], à l'instar de l'économie. Elle n'aimait rien qui fût inutile ou simplement superflu. Il claqua la langue d'appréciation dès la première gorgée : doux nectar que ce vin d'Italie. Quant à lui, l'honnêteté commandait qu'il reconnaisse qu'une vie d'utilité et d'économies l'avait fort ennuyé. Les bons vins, les riches soupers, les luxueux vêtements, et une ravissante et sensuelle maîtresse lui seyaient bien mieux.

Débordant de libéralité puisqu'il se sentait très heureux, il annonça :

— Et ma tendre quaille aimée devrait être bien satisfaite sous peu. En effet, n'allons-nous pas lui offrir une jolie bague afin d'orner ses doigts mignons ? N'allons-nous pas lui faire porter dès le demain par Sylvine quelques aunes* du plus beau camelot d'Orient afin qu'un chaud mantel la protège bientôt des frimas ?

Muriette sautilla de joie et couvrit son front d'une pluie de baisers. La caresse de ses petits seins parfaits, qu'elle ne devait ni bander, ni compléter de sachets d'étoffe[2], émut Éloi au plus vif. Il reposa son verre et lui tendit la main.

---

1. La prudence, la force, la justice et la tempérance.
2. Les corrections mammaires ne datent pas d'hier ! Le Moyen Âge aimait les petits seins ronds et hauts. Les femmes dotées d'une poitrine trop généreuse devaient l'aplatir à l'aide de bandes de lin. À l'inverse, celles dont les seins étaient trop menus glissaient dessous des petits sachets d'étoffe pour les faire paraître plus volumineux.

VII

7 novembre 1347, Marseille

Sylvine, la buandière, entourée de son mari et de ses trois enfants, avait passé dans la nuit après deux jours d'une intense fièvre. Des ulcères noirâtres lui couvraient le cou et les mains. Le mire[1] appelé à son chevet, resté à prudente distance de la malade, son museau de cuir appliqué sur le nez[2], avait hoché la tête en signe d'impuissance.

Une fois sorti de la maisonnette, il avait expliqué au mari de Sylvine, d'un ton pressé, à l'évidence désireux de quitter les lieux au plus preste :

— Une dizaine en deux jours. Je ne sais ce qu'est cette épidémie de fièvre pustuleuse, mais ne vous reste qu'à prier pour le repos de son âme. Tous ont trépassé.

Quatre puis six jours plus tard, le mari et les enfants de Sylvine la rejoignirent auprès de leur Créateur, à la suite de fortes fièvres. Les morts se comptaient maintenant

---

1. Le mire, laïc, exerçait la médecine après quelques années d'études. Le médecin, docteur en médecine et clerc, ne pouvait fonder une famille. Les deux professions furent réunies au XVe siècle.
2. Les fameux masques à long bec d'oiseau que portaient les médecins et qui sont souvent attribués au Moyen Âge ne verront le jour que plus tard.

par centaines et la panique commençait de pousser les Marseillais hors la ville, ou les encourageait à se claquemurer dans leurs demeures. Des quarantaines furent décrétées pour isoler les quartiers les plus atteints. Des gens d'armes, brandissant fauchards[1] et pertuisanes[2] à longue hampe, furent postés aux issues des pâtés de maisons avec ordre de repousser ou d'embrocher quiconque tenterait de passer ou de détrousser les cadavres que l'on entassait dans les rues dans l'attente d'être charroyés. Cependant, même les coupe-bourse et gredins de tous poils comprirent vite que leur misérable peau valait plus que les quelques deniers dont ils délesteraient un trépassé. La même déduction s'imposa vite à tous ceux qui s'étaient improvisés mires ou mages afin de tirer quelques pièces aux familles terrorisées ou aux malades prêts à tout pour survivre. Les plus malins furent les apothicaires de foire qui établirent leurs éventaires non loin des barricades montées à la hâte pour garantir les quarantaines. Leurs remèdes se vendirent aussi bien qu'oublies[3] et notamment les sachets renfermant une prétendue poudre de vipère, puisqu'elle était réputée guérir à peu près tout, de la calvitie aux cors aux pieds, sans oublier la stérilité féminine ou la goëtre[4]. Un aimable benêt eût pu s'étonner que tant de vipères existassent dans la région, avant d'apprendre que la poudre était le plus souvent tirée de limaces ou limaçons. Après

---

1. Redoutable arme d'hast. Lame de faux emmanchée droite à l'extrémité d'une hampe de longueur variable, avec un seul fil tranchant, utilisée à l'origine par les paysans recrutés pour la guerre puis qui équipa les soldats (tiré du *Dictionnaire des armes offensives et défensives de l'époque carolingienne à la Renaissance*, Eugène Viollet-Le-Duc, éditions Decoopman, 2014).
2. Sorte de lance dont le fer présentait une pointe en partie supérieure et des pointes et crocs sur les côtés.
3. Sorte de petites gaufres de forme ronde, sans doute déjà appréciées dans la Grèce antique.
4. Le goitre.

tout, Dieu n'avait pas non plus jugé souhaitable de les doter de pattes, ce qui leur créait une sorte de lien de famille. On avalait de l'ail cru à pleines poignées, et les chaussures en peau du Levant étaient réputées protéger du mal[1]. Les plus nantis s'offraient un remède réputé infaillible contre la peste et la lèpre : de l'*or potable* que l'on préparait en fondant trois pièces d'or avec du sel gemme et du safran, le tout mêlé à de l'esprit-de-vin[2].

Éloi Donnadieu, dont la propriété cossue s'élevait non loin du couvent des frères prêcheurs dominicains[3], affolé par les affreuses nouvelles, n'avait pas mis un pied en la ville depuis des jours. Il n'avait plus aucun doute que la terrible épidémie s'était propagée à partir du *Saint-Antoine*. Il en avait tremblé d'effroi. En effet, n'avait-il pas inspecté les rouleaux de précieuses étoffes passées aux fers par Sylvine, peu avant son trépas ? Jusque-là, aucune pustule n'était apparue. Il en était venu à songer que les fers chauffés aux braises s'apparentaient peut-être au feu purificateur dans lequel on jetait les hardes des défunts, morts de cette fièvre démoniaque. L'idée épouvantable de sa propre contagion éliminée, une sorte de remords s'était imposé à lui. Avait-il terriblement péché par cupidité en ne signalant pas aux officiers de port la perte de ses deux équipages ? Cependant, la rumeur que cette peste[4] était une punition divine, un

---

1. On retrouve ces superstitions jusqu'à l'épidémie de peste du XVIIIe siècle.

2. *Recueil de secrets concernant les arts et les maladies*, anonyme, Imprimerie du Roy, début du XVIIe siècle, collection de l'auteur.

3. Situé à cette époque à l'extérieur des remparts.

4. À l'époque, à prendre au sens plus général de *pestis* : grave maladie contagieuse. Voir la postface.

flagellum Dei, se répandait à la vitesse d'un cheval au galop. Elle incitait maints avares à se montrer soudain très généreux envers les différentes églises de la ville. Or si Dieu avait décidé de sévir, qu'importait que le vaisseau[1] de Sa colère fût *Le Saint-Antoine* ? À défaut, Il en eût trouvé bien vite un autre, s'était rassuré Éloi. L'habile raisonnement allégeait sa faute.

Une volée de petits coups secs contre l'un des battants de la porte de son bureau le tira de ses pensées maussades.

— Qui va là ?

Le vieux visage ridé de Robert, qu'Éloi avait le sentiment d'avoir connu de toute vie, s'encadra dans l'embrasure.

— Maître, un messager de la ville…

Éloi tendit la main pour récupérer le rouleau.

— Non pas, à pied et à voix[2].

D'effroi, Éloi plaqua sa main potelée sur sa poitrine et couina :

— Tu ne l'as pas fait entrer céans, quand même !

— Que nenni ! Non pas, s'offusqua le vieux serviteur. Et faire pénétrer la pestilence de ceuzes autres impies ? Je lui a causé au travers du haut portail, sans même ouvrir le tour[3]. Mme Muriette a été prise d'une toux violente et de fièvre et vous supplie de la visiter.

— C'est bien, mon bon Robert, répondit Éloi dans un sourire contraint. Je… je vais y réfléchir. Pour tout t'avouer, des aigreurs de ventre me dissuadent de m'y rendre sitôt.

---

1. Au sens ancien de *vascellum* : un vase, un contenant qui explique ses sens de « navire » ou de « vaisseau sanguin ».
2. Contrairement aux messagers à cheval qui portaient les messages sur de grandes distances, les messagers à voix récitaient le plus souvent les messages de gens ne sachant ni lire ni écrire.
3. Sorte de judas que l'on faisait tourner pour apercevoir le visiteur, lui permettre de remettre une missive ou discuter avec lui.

— Et vous avez grand raison, mon maître. Faut point négliger ces aigreurs, surtout avec ce qu'on entend de la ville. Une infusion de thym et de menthe vous apaiserait les intérieurs.

— Volontiers, et merci pour ton soin de moi.

Robert fila en cuisine, claudiquant par instants. Bon, son maître ne rejoindrait pas sa mie. Sage décision. La jeune femme ne verrait probablement pas l'après-demain. Inutile que maître Donnadieu ramène le fléau à sa mesnie[1]. Tous risquaient d'en périr, dont Robert, qui bien que vieillard[2] n'était guère pressé de rejoindre son Créateur. Après tout, les accortes donzelles souhaitant établissement grâce à un riche protecteur ne manquaient pas.

Muriette trépassa seule au cours de la nuit suivante. Elle n'en eut guère conscience, la fièvre lui ayant altéré le sens.

Très inquiet de la tournure prise par les événements et puisque d'aucuns affirmaient que la peste se répandait hors les remparts, Éloi décida que l'air de la campagne ne pouvait lui nuire. Escorté de Robert, qu'il avait toujours bien apprécié, il quitta sa demeure quatre jours plus tard à l'aube, dans un chariot de paysan qui passerait plus inaperçu afin de rejoindre ses terres d'Apt. Il avait enfoui dans des jarres d'huile d'olive provision d'or et de bijoux.

Éloi Donnadieu oublia vite les ennuis que lui avait occasionnés *Le Saint-Antoine*. Il revendit le navire à substantiel profit l'an suivant afin de s'offrir une nouvelle galée qui prit le nom de *Bonne Mère*.

---

1. Dès le XIIIᵉ siècle : tous les habitants d'une maison, du maître aux serviteurs logés.
2. On était vieillard à partir de soixante ans.

Trois ans plus tard, il épousa une jeune damoiselle de haut lignage et de belle silhouette mais de peu de fortune. Il s'éteignit à un âge avancé, choyé des siens, entouré de sa femme et de ses deux enfants, célébré de tous et de l'évêque comme homme de droiture et de piété que Dieu aimait tant qu'Il avait veillé à ce qu'il ne trépassât point de la maladie. Maître Donnadieu, alors qu'il rendait son dernier soupir, avait totalement oublié avoir causé la mort de centaines de milliers de personnes dans la région, dont Muriette, Sylvine et sa famille, sans omettre trois équipages, si l'on comptait les marins de circonstance recrutés pour ramener le navire à bon port.

VIII

3 août 1348, entre la porte Saint-Bernard
et la porte Saint-Victor, Paris

 abrielle d'Aurillay, vingt ans dans un mois, termina son gobelet d'infusion de mauve et de
thym, sucrée de miel. Elle caressa son ventre à
peine rebondi et s'enquit d'un ton de bonheur :

— Vas-tu tout à fait bien, mon doux amour ? Est-ce
toi qui me donnes tant envie du goût suave du miel ?

Elle pouffa, plaquant une main fine sur ses lèvres,
de crainte d'éveiller Henri, son époux, qui dormait
encore dans la chambrette de l'étage. Il était rentré
fort tard, au plein de la nuit, alors qu'elle somnolait
pour guetter son retour. Il s'était glissé dans le lit à
côté d'elle. À sa façon de ne pas la frôler, elle avait
compris qu'il était encore d'humeur maussade. Pourtant, elle s'était tournée vers lui, les paupières closes,
et avait murmuré :

— Me voici apaisée, vous êtes à mon côté.

Il avait baisé son front et déclaré de cette voix grave
et chaude qui la troublait tant :

— Dieu que vous m'avez manqué, ma tendre chérie. Une journée si chagrine en dépit du rayonnant
soleil.

— Encore des encombres avec ces vilains commis ?

— Nous les évoquerons au demain. Dormez. Notre fils a besoin de repos, tout comme vous.

Gabrielle d'Aurillay avait d'abord jugé l'inquiétude de son époux Henri excessive. Néanmoins, femme sensée irait-elle se plaindre du soin que son mari prend d'elle ainsi que de l'enfant à paraître, son premier hoir ? La délivrance n'était prévue qu'à la mi – ou à la fin – du mois d'octobre. La jeune femme n'était pas fâchée que les nausées et dégorgements des premiers mois ne soient qu'un désagréable souvenir. Henri avait tempêté : elle restait trop mince, sa peau était d'une pâleur suspecte, ses cheveux blond cuivré semblaient moins soyeux. Quant à ses nuits, elles étaient si agitées que de fâcheux cernes soulignaient ses magnifiques yeux bleu marine. On trouvait dans la capitale les meilleures matrones-jurées ou ventrières du royaume. À l'évidence, dès lors qu'elle serait proche de son terme, ils ne pourraient quitter leur demeure des Loges-en-Josas[1] au risque d'une fausse couche de voyage. Aussi, mieux valait-il saisir l'aimable proposition de l'oncle maternel d'Henri, Charles de Solvagnat, qui leur offrait hospitalité dans sa maisonnette parisienne, sise entre la porte Saint-Bernard et la porte Saint-Victor, au sud-est de la capitale. Charles n'y séjournait guère, son neveu Henri et ses secrétaires s'occupant de ses affaires. Il préférait ses terres de Bièvres[2] afin d'y chasser à sa guise et de déguster de généreux plats d'écrevisses[3] pêchées de la rivière épo-

---

1. La première évocation écrite du village date de 1201. Son seigneur était alors Guy de Lévis.
2. Essonne. Le nom viendrait du celte *beber* (castor). Ils pullulaient dans la région. Une autre origine est proposée : du celte *bawa* (boue) étant entendu la pollution répugnante de la rivière dès le XVIIe siècle. Cette dernière étymologie semble moins convaincante puisque la dégradation des eaux est relativement « récente ».
3. Rabelais les célébra.

nyme[1], qui s'écoulait pour rejoindre la Seine après avoir alimenté les moulins semés le long de son cours. Gabrielle l'avait peu rencontré, depuis son mariage deux ans plus tôt. De forte gueule et de ronde panse, Charles l'avait un peu intimidée, et sa voix de stentor l'avait fait sursauter. Néanmoins, il s'était montré affable envers elle.

Henri avait tant à faire qu'il partait au matin ou au midi pour ne revenir qu'au soir, voire à la nuit. Il contribuait au négoce de son oncle Charles, quoique n'en retirant pas grand profit si elle en jugeait par l'extrême modestie de leur train. Pourtant, il ne ménageait pas sa peine et rentrait parfois si épuisé, la mine si sombre, qu'elle peinait à le dérider par son gentil bavardage. De fait, elle lui voyait presque toujours humeur de fiel. Oh, il tentait de faire bonne figure afin qu'elle ne s'alarmât point. Cependant, il finissait toujours par lui narrer la dernière mésaventure qui lui avait chauffé la bile. Bah ! lorsque l'enfançon paraîtrait, il serait réjoui et en oublierait les incessants tracas que lui occasionnaient des valets ou des commis paresseux ou peu probes, ou encore benêts à en trépigner de rage. Ils lui rongeaient la rate au point que le délassement de nuit se raréfiait. Gabrielle se savait raisonnable de sens. Cependant, elle adorait son époux et ne se lassait pas du goût de sa peau. Mais Henri, le parfait mi, tenait d'une ventrière de dame de haut, que les rencontres conjugales passionnées lors que l'épouse était grosse influençaient le

---

1. Malheureusement, la Bièvre, qui prend naissance à Guyancourt, fut ensuite séparée en deux bras et tant polluée par les tanneurs, les tripiers, les teinturiers et autres qu'on finit par l'ensevelir dans Paris au milieu du XIXe siècle, redoutant qu'elle propage des épidémies.

genre du futur né et favorisaient les naissances de filles. Un fait avéré. Gabrielle souhaitait tant lui offrir un premier hoir mâle, qu'elle avait décidé d'adopter la patience et se contentait des baisers qu'il semait sur son front avant de s'endormir.

Elle se leva afin de récupérer dans le banc-coffre[1], un des rares meubles qui égayait la pièce commune, la brassière de fin linon qu'elle avait entrepris de broder d'une guirlande de bleuets. Elle jeta un regard aux vêtements en pile au fond du meuble. Diantre, où l'avait-elle rangée ? Elle retourna le contenu et ses doigts frôlèrent une surface dure. Intriguée, Gabrielle l'examina. Un diptyque sur bois, de main un peu grossière, présentant la Crucifixion et l'Ascension. Que faisait céans cette œuvre qu'elle découvrait ? Et soudain, elle comprit. Ah, le tendre amour ! Un cadeau pour son anniversaire proche ou pour la venue du premier hoir. Elle résista à l'envie de sautiller de félicité et expliqua à l'enfant à naître :

— Ne suis-je pas la femme la plus aimée du monde ? Ne seras-tu pas l'enfançon le plus chéri ? Qu'en penses-tu, mon adorable trésor ?

Un léger coup de pied salua cette tirade joyeuse, ajoutant au bonheur de Gabrielle qui poursuivit :

— Mais nous allons être bien habiles, n'est-ce pas ? Nous l'allons serrer[2] dans sa cachette et feindre de n'en avoir pas éventé le secret.

Elle s'installa à la table et caressa à nouveau son ventre. Ce geste répété cent fois par journée lui procurait une griserie sans pareille. Une sorte de timidité lui venait lorsqu'elle s'interrogeait sur cette merveille issue d'Henri et d'elle. Certes, elle n'était pas la pre-

---

1. Il s'agit d'un des rares meubles au Moyen Âge et on en trouvait dans toutes les maisons. Il servait de réserve à nourriture, de vaisselier, d'armoire et de siège.
2. Dans le sens de « ranger ».

mière femme de la création à porter enfant. Cependant, à ses yeux, il s'agissait quand même d'un beau miracle.

Lorsque Henri la rejoignit une demi-heure plus tard, elle n'avait semé que quelques points de broderie mais souriait toujours.

Elle se leva et tendit les lèvres. Il y déposa un baiser rapide.

— Allez-vous bien, ma dame ? Et notre fils ?

— Nous nous portons à merveille. Un gobelet d'infusion vous dessoiffera. Il fait déjà très chaud, sans un souffle d'air pour rafraîchir.

Il s'installa sur le banc et Gabrielle s'émerveilla à nouveau. Dieu du ciel, il était parfait. Elle aimait tant cette façon qu'il avait d'incliner le col, de plisser les paupières pour accompagner une moue d'incertitude, de lever les yeux vers le ciel lorsqu'il cherchait un mot. Elle le servit et s'enquit :

— Ces encombres de l'hier ?

— Bah ! Ne serais-je pas un méchant mari de vous embarrasser l'esprit avec mes ennuis de boutiquier ?

— Non pas, protesta-t-elle. Tout ce qui vous touche m'intéresse au plus haut point, mon mi. Je vous vois cette ride de déplaisir au front et sais que votre humeur est à l'aigreur.

— Les femmes sont si perspicaces qu'il conviendrait de les écouter bien davantage.

Encouragée par ce compliment, elle insista :

— Maître Pierre Lentourneau vous aurait-il à nouveau occasionné quelque ennui ?

Lentourneau, riche marchand, avait pour charge de commercialiser les épices rapportées dans les soutes des navires armés par Charles de Solvagnat, l'oncle d'Henri.

Fin renard[1], Charles avait senti l'intérêt de la mala-
guette[2], une épice africaine peu onéreuse, contrairement
au gingembre, au girofle, au safran, au poivre d'Inde.
Maître Lentourneau la fournissait aux regrattiers[3] de la
capitale puisque les apothicaires[4] et les épiciers la dédai-
gnaient encore.

— Vilaine verrue !

— Fichtre, le terme est sévère.

— Sans doute, mais mérité ! s'emporta Henri. Lentourneau plume mon oncle, j'en jurerais. Il est habile aux
écritures comptables. Madré, il ne me laisse guère
approcher des registres. Toutefois, certaines lignes aper-
çues me permettent de soupçonner qu'il confond la
poche de Charles et la sienne, et qu'il s'engraisse sur des
deniers* mal acquis.

Sidérée, Gabrielle laissa échapper un « Oh » d'indignation et suggéra :

— Ne pouvez-vous en avertir votre oncle, le mettre en
garde contre cette filouterie ?

— Ma mie, je l'ai tenté, à mi-mots, la dernière fois
que nous nous rencontrâmes. Cependant, Charles a
toute confiance en ce damné Lentourneau, qui porte
bien son nom, en roi de l'entourloupette.

— Cela ne se peut. De vos dires, des preuves existent.

— Que cet animal de Lentourneau aura tôt fait de
retourner pour les présenter à sa guise et à son avantage.
Ah, je ne sais que faire, d'autant qu'il me doit de l'argent,
une ronde somme. Il me faut d'abord tenter de la récupérer afin de vous assurer, à vous et à notre fils à venir, un

---

1. Contrairement au loup jugé bête et glouton, le renard avait réputation d'intelligence.
2. Ou maniguette, avec un goût poivré. Elle connut un énorme succès
dès le XIVe siècle puisqu'elle était beaucoup moins chère que le poivre.
3. Revendeur et colporteur de denrées domestiques ayant le plus souvent une clientèle modeste.
4. Les épices faisaient largement partie de la pharmacopée.

train plus confortable. Le cœur me saigne, ma tendre chérie, de ne pouvoir vous offrir plus que l'extrême modicité de notre vie actuelle.

Elle tendit la main vers lui. Il la baisa tendrement. Sincère, elle affirma :

— En vérité, vous avoir auprès de moi, à moi, vaut davantage que tout l'or du monde.

Il salua cette déclaration d'un séduisant sourire et reprit :

— Dès que ce fieffé margoulin[1] de Lentourneau m'aura réglé mon dû, je lui dirai son fait, et vertement. Ah ça, sur mon honneur, je rabaisserai le caquet de ce petit monsieur !

---

1. De *margouline* (bonnet). A désigné les colporteurs qui vendaient ces articles puis un individu peu scrupuleux en affaires.

IX

3 août 1348, Rouen

La traversée depuis Marseille avait été épouvantable. Cinq hommes, dont le capitaine, étaient morts en quelques jours d'une fièvre qui leur avait couvert le visage et le corps de pustules houilleuses[1]. Ils avaient été jetés par-dessus bord à l'issue d'une vague cérémonie durant laquelle les plus forts en gueule et blasphémateurs y étaient allés d'une prière, du moins les quelques mots dont ils se souvenaient. Des vents contraires avaient, de surcroît, freiné la galiote[2].

Agnan, timonier, n'avait qu'une hâte : descendre à quai, laisser loin derrière lui la puanteur qui montait des cales où les agonisants avaient déféqué, dégorgé et râlé durant des jours. Ils ne tournaient même plus la tête lorsqu'on leur balançait à manger comme à des chiens, voire des outres d'eau. Agnan voulait rejoindre

---

1. La houille est utilisée, de façon limitée, en Europe depuis le XIᵉ siècle. En revanche, l'utilisation du charbon ne se généralisera qu'au XVIIIᵉ siècle.
2. Petite galée rapide, qui pouvait avancer à voile et/ou avec trente à quarante rameurs. Elle était surtout utilisée pour les transports de marchandises précieuses ou de personnalités pressées.

à Paris sa mère veuve, lui offrir l'argent qu'il n'avait pas dépensé en beuveries et en gueuses de passage. Lui-même ne se serait pas offert le paradis sans confession. Une longue confession. Il avait volé, trompé, menti, usurpé. Une sorte de démon l'empêchait de s'établir, de s'assagir, de vivre autrement qu'au jour le jour. Mais il aimait sa mère, autant qu'il avait aimé sa sœur aînée, trépassée en couches à l'antan[1]. Sans doute son plus intense chagrin. À part cela, assez beau gars avec ses cheveux blonds ondulés, il cueillait la dame ou la moins dame où elle s'offrait. Si elle se refusait, tant pis, il passait son chemin. Ainsi que le répétait sa sœur : « Bah ! il te suffit de secouer l'arbre pour qu'en tombe une demi-douzaine. »

Enfin, le port de Rouen avait surgi de l'aube. Enfin, ils allaient toucher terre.

François de Curmine, un jeunet hobereau, intronisé second par feu le capitaine que la particule de noblesse grisait, fonça vers Agnan. Le tangage le fit broncher[2] et il se rattrapa de justesse à un cordage avant de murmurer d'un ton d'alarme :

— Grand-Jean. Le voilà retranché dans la cabine du capitaine. Des bubons noirâtres lui sont sortis aux bras et au cou à la nuit. Il sue à profusion tant la fièvre le ronge. Elle lui trouble le sens. Je n'ai pu l'approcher. Il m'a agoni d'injures, m'accusant de vouloir l'occire. Il me menaçait d'une pale de rame. Il a braillé « qu'il me tuerait, par le cul du diable ». On ne... Nous allons bientôt entrer au port. Enfin, je veux dire... Il ne peut pas descendre à quai dans cet état. Si des officiers de port

---

1. Du latin *ante annum* (l'an d'avant).
2. Trébucher.

l'aperçoivent... on en prend pour quarante jours à bord, à l'isolement.

La voix tremblante, il poursuivit :

— Je n'en peux plus. Je veux retrouver la terre ferme ! Amadoue-le, Agnan, je t'en conjure. Il te connaît.

— L'amadouer ? Pour quoi faire ? Qu'il cesse d'être malade pour te plaire ? C'est pas un mauvais gars, Grand-Jean.

Une lueur d'affolement troubla le regard noisette du second qui insista :

— Je sais. Toutefois, il ne sera... enfin, pas mort assez vite. Enfin... pas en quelques heures... robuste carcasse.

— Et quoi ? Je devrais le tuer pour te permettre de rejoindre au plus preste une quelconque puterelle[1] parce que l'entrejambe te démange ? Je puis rester quarante autres jours sans femme si le vin ne fait pas défaut.

— Ma promise, corrigea l'autre. Cela fait deux ans que nous devons nous marier. Ce voyage devait être mon dernier.

Agnan sourit et ironisa :

— Gare ! Que Dieu ne t'entende ni ne te prenne au mot. Bien, j'y vais. Je tenterai de le raisonner. Nous pourrons le faire descendre en discrétion, peu avant d'accoster.

Agnan se dirigea vers la cabine du capitaine située sous le gaillard arrière. Il aimait bien Grand-Jean, autant qu'il était capable d'apprécier quiconque, hormis sa mère, c'est-à-dire fort peu. Une brute pas si méprisable au fond, assez franche de col. Un esprit un peu lent dans un corps de taureau.

---

1. Prostituée. D'autres synonymes étaient utilisés : fillette, fillette commune, etc.

Prudent, Agnan ouvrit la porte de la cabine d'un coup de pied et avança d'un pas. Il cligna des paupières afin de s'accoutumer à la pénombre qui régnait dans l'espace restreint, encombré d'un bureau, d'une chaise, d'une banquette et d'un grand coffre. Il appela d'un ton d'apaisement :

— Grand-Jean, faut qu'on cause.

Une masse, assise à même le sol contre la coque, en diagonale de lui, bougea et grogna :

— Décampe, Agnan ! Approche-moi pas. J'veux point t'blesser. Et que l'aut' avorton d'putel[1] remette plus les pieds céans où j'y fends l'crâne en deux.

Grand-Jean ruisselait d'une sueur de fièvre. Il se redressa avec difficulté et assura son équilibre en plaquant le dos contre le bordage à clins[2]. Il n'avait pas lâché son morceau de rame.

— Écoute, compagnon, me vient une idée. Tu quittes le navire avant l'accostage. Sans quoi, on risque d'être coincés dans ce rafiot durant plus d'un mois.

— J'sais point nager. Et même si j'saurais, je me sens la force d'une mazette[3].

— La chaloupe.

— Si on met à l'eau la chaloupe, ceuzes autres du port la verront.

Agnan réfléchit à toute vitesse puis suggéra :

— Pas si on procède sitôt. Tu te débrouilleras pour ramer jusqu'au rivage. La marée monte, elle te portera.

— Mais, les autres, y vont ben caqueter, non ? Deux-trois cruchons et y conteraient la nuit d'noces d'leur mère !

---

1. Ou « merderon » : fosse septique. Des nouveau-nés non souhaités y étaient souvent jetés.
2. Les planches de coque se recouvrent partiellement, comme les ardoises d'un toit. Le technique existait déjà chez les Vikings.
3. Mauvais petit cheval. Au figuré : personne faible.

— Pas si on enfonce dans leur épaisse caboche[1] que s'ils bavardent à tort et à travers, ils pourront se la secouer durant quarante jours afin de l'occuper.

L'image tira un petit rire à Grand-Jean, rire qui mourut vite, englouti par une quinte de toux.

— J't'ai toujours ben reniflé[2], compagnon, parvint-il à articuler.

— Moi aussi. Voilà pourquoi je vais t'aider à mouiller la chaloupe. Et tu bouges vite tes escabelles[3]. Récupère ton frusquin[4] et allons-y.

— Et quand qu'y me paiera l'avorton ?

Agnan était un peu à bout de son rôlet[5]. Le rivage approchait. Grand-Jean devait disparaître au plus preste. Il improvisa :

— On se rejoint demain soir à l'auberge de la Marinette-Dorée. J'aurai récupéré ton argent, inquiète-toi point. Viens, hâtons-nous. Les autres vont bientôt monter sur le pont et s'affairer à la manœuvre.

Ils filèrent tant bien que mal vers la poupe et entreprirent de desserrer les nœuds des cordages qui retenaient la petite chaloupe. Agnan lança :

— Guide-moi que je la pousse.

Grand-Jean se pencha par-dessus bord. Une lame large et épaisse s'enfonça alors avec brutalité entre ses

---

1. De l'ancien français *caboce*, de la famille de « bosse » et de même origine que « cabosser ».
2. Signifiant approximativement « avoir quelqu'un à la bonne », expression plus récente. « Bien renifler quelqu'un » est toujours utilisé dans certaines provinces.
3. Escabeau. Le terme est souvent féminin. On « remue ses escabelles » lorsqu'on déménage.
4. Ce que l'on possède comme argent, objets, vêtements. A donné « saint-frusquin ».
5. Ne plus savoir que dire ou que faire.

omoplates. Il se tourna, suffoquant, et ouvrit la bouche pour injurier celui en qui il avait cru. Une nouvelle quinte de toux s'échappa de sa poitrine en nuée rouge. Il tenta de frapper Agnan, qui sauta de côté puis fondit à nouveau sur lui pour l'achever de face. Le jeune homme se plaqua contre l'agonisant et le poussa de toutes ses forces avant qu'il ne s'affaisse. Il n'aurait jamais assez de forces pour relever cette grande carcasse. Enfin, il parvint à faire basculer Grand-Jean par-dessus bord.

Il essuya de sa tunique crasseuse le sang qui mouchetait son visage et souillait ses mains. Heureusement, il ne s'était pas encore changé pour l'accostage et la tournée des auberges.

De fait. Les autres pouvaient caqueter. Grand-Jean aussi, une fois bien imbibé, risquait de conter son aventure en vantardise. Agnan avait donc fait disparaître la menace. Et puis, François de Curmine, le second, serait tant soulagé que s'éloigne la perspective d'un nouveau retard à rejoindre sa mie qu'il partagerait volontiers avec lui la solde du défunt marin.

Un peu plus de belles pièces pour sa mère, si du moins il ne les dépensait pas avant.

X

7 août 1348, alentours de Paris

L'idée de séjourner en Paris durant les mois d'été n'enchantait guère Gabrielle d'Aurillay. À la touffeur des quartiers s'ajoutaient la puanteur des rues, leurs encombrements, leurs insistants mendiants dont on ne savait s'il s'agissait de vils trucheurs ou de pauvres hères malmenés par le destin. Un incessant vacarme aussi, invectives de commères[1] et de compères le jour, braillements d'ivrognes la nuit. Elle regrettait leur vaste jardin. Des merles s'y interpellaient dès l'aube, des colombes roucoulaient aux faîtes des toits. Le parfum des lys et des mauves lui manquait. Néanmoins, elle aimait tant son cher époux qu'elle avait cédé sans discuter afin de lui plaire en tout. Dieu qu'il était beau ! Tout en lui incitait Gabrielle à le chérir. Depuis son mariage, elle avait le sentiment d'évoluer dans l'un de ces livres courtois qu'elle appréciait fort. Un prince charmant, à l'évidence. Leurs moyens étaient comptés, mais quelle importance ? Jamais femme n'avait été aussi heureuse, elle en aurait juré.

---

1. Le terme n'avait rien de péjoratif à l'époque. Après avoir désigné une marraine, il s'appliquait aux agréables voisines.

Certes, elle s'ennuyait un peu. La broderie la lassait vite. Elle avait relu tant de fois les quelques romans apportés, qu'il suffisait qu'elle soulève leur couverture de cuir noir pour que le texte entier défile dans sa mémoire. Quant à leurs voisins, ceux qu'elle croisait parfois lors d'une de ses courtes promenades, ils n'étaient pas de même rang qu'elle, aussi répondait-elle d'un bref mouvement de tête courtois à leurs saluts. Les autres, bourgeois ou gens de petite noblesse, ne lui avaient pas fait l'honneur et l'amabilité de la convier en leur demeure. Lorsque l'envie de rompre sa solitude et la monotonie de ses journées se faisait trop impérieuse, Gabrielle prolongeait ses sorties. L'un de ses itinéraires préférés lui faisait traverser la Seine et rejoindre la tour Barbeau. Elle flânait et admirait la hardiesse des nouvelles demeures en construction sur la rive droite. Les bâtisses pointillaient les routes de Champagne, de Normandie et de Flandre. Les vastes terres agricoles de jadis avaient été morcelées afin de loger l'affluence de ceux que l'activité de la cité attirait. Les belles maisons, pour la plupart des hôtels particuliers à deux, voire trois soliers, se dressaient au milieu de vastes cours ou de jardins clos de murs. Un luxe rare pour ne pas dire exceptionnel sur la rive gauche. Les habitations s'y tassaient tant les unes contre les autres que les venelles séparant les pâtés de maisons ne livraient parfois passage qu'à une personne de face. Gabrielle aimait aussi aller et venir le long du Grand-Pont, l'un des deux ponts de la capitale, toujours construit de bois. Lourdement maisonné, encore surchargé de moulins, il s'y serrait plus de cent boutiques et échoppes[1]. Nombre proposaient les dernières fanfreluches de dames en provenance d'Italie ou d'Angleterre. S'y mêlaient commerçantes de moyens, bourgeoises et même dames de haut

---

1. Cent quarante maisons et cent douze boutiques à cette époque d'après Jean Favier de l'Institut.

escortées d'une servante ou d'un portefaix. Il veillait à ce qu'un coupe-bourse alléché par la parure de la dame ne s'approchât point d'elle. Les ornements de ruban, de plume, de nacre ou d'argent s'arrachaient à des prix prohibitifs pour les moyens de Gabrielle. Elle en souriait, sans regret. Un jour, elle n'aurait plus à se contenter de les convoiter. À l'évidence, Henri les lui offrirait.

Gabrielle conservait peu de souvenirs de son père, Jean de Lébragnan. Sa mère, Louise, de belle noblesse bourguignonne mais de piètre fortune, était une femme d'aigreur rentrée, d'insatisfaction disciplinée. Seule l'histoire ressassée, et sans doute embellie, d'un premier amour flamboyant, Hugues, semblait encore capable de la dérider. Pas son père, donc. Au fil des répétitions, Gabrielle s'était parfois demandé si cet homme parfait, drôle, généreux, courageux existait vraiment. Le bel Hugues ne se résumait-il pas à une sorte de dédommagement que sa mère s'était inventé sur le tard afin d'effacer un peu plus le souvenir d'un mari qu'elle n'avait ni choisi ni aimé ? Tout juste l'avait-elle supporté par devoir. Après tout, il lui avait permis de manger et de tenir un rang, inférieur à celui de sa naissance, certes, mais point déshonorant. Lorsqu'elle évoquait feu son époux Jean, sa mère ponctuait toutes ses phrases d'un soupir mi-désolé, mi-agacé avec parfois un « les hommes, ma chère mie, il convient de s'en accommoder » ou un « ils pensent avec leur bas-ventre et s'enivrent avec leur tête ». Elle excluait de cet âcre jugement son unique amour, Hugues. Quant au puîné de Gabrielle, Jacques, décédé lors qu'elle n'avait que quatre ans, la jeune femme n'en conservait aucun souvenir. Toutefois, elle mentait par affabilité à sa mère lorsque celle-ci rappelait son rire, ses mignonnes mains, son petit nez. Elle s'associait à ces louanges et émerveillements avec une conviction qui l'étonnait elle-même, puisant dans les souvenirs de sa mère une description convaincante de l'enfançon trépassé à deux ans.

Quoi qu'il en fût, et en raison des maigres revenus perçus par sa mère, il avait été très vite évident que Gabrielle devrait se marier au plus preste. Eh quoi, elle était belle, vive, intelligente, de charmante disposition, pieuse, et on lui trouverait vite époux. Il ne serait jamais venu à l'esprit de Gabrielle de protester ou même d'exiger un prétendant qui lui agrée un peu, si possible pas un vieillard ou un soudard. Ainsi allait le monde et elle s'y pliait. De fait, elle était une charge pour sa mère. Confiante en sa Bonne Dame[1], elle avait attendu les déclarations, les souhaitant enflammées. À sa déception, elles n'avaient pas été légion. Du moins après que sa mère eut éliminé tous les damoiseaux ou hommes d'âge de piètre sang ou criblés de dettes. Ainsi que l'avait répété celle-ci, qu'avait-on à faire d'un mariage si la corbeille[2] était vide ? Gabrielle approuvait de la tête alors même que son rêve le plus vif et le plus doux se résumait à appartenir à un homme qu'elle chérirait plus que sa vie, qu'il fût riche, ou moins, jusqu'à ce que la mort les réunisse ailleurs.

Et Henri avait franchi le pas de l'ouvroir[3] de leur maison. Lorsqu'il lui avait souri, murmurant un « madame » grave mais joyeux, elle s'était sentie naître.

---

1. Le Moyen Âge ne croyait plus aux dragons ou licornes, mais l'existence des fées, bonnes ou mauvaises, ne faisait pas de doute.
2. À l'origine, corbeille ou petit coffre qui renfermait les cadeaux, surtout des bijoux, du futur marié à sa promise. L'expression a aujourd'hui pris un sens plus figuré.
3. Première pièce d'une maison qui donnait sur l'extérieur. Outre un effet de « sas » pour conserver la chaleur, elle permettait de recevoir, sans les faire pénétrer, de simples visiteurs ou même de dissimuler la véritable richesse du foyer.

Lorsque ses doigts avaient enserré le poignet de la jeune fille, elle avait cru défaillir tant son cœur s'emballait. Lorsqu'il avait délacé son chainse de mariage et l'avait menée par la main vers leur couche, elle avait dû lutter contre une pâmoison d'émoi. L'impatience, le désir, se mêlaient en elle à la crainte. Au cours des heures de fièvre nocturne qui avaient suivi, alors qu'elle haletait, en sueur, Gabrielle avait su que le monde venait de s'entrouvrir pour elle. Sa mère avait grand tort : hormis une transitoire et bien supportable douleur, le reste n'était qu'éblouissement et félicité. D'un autre côté, Henri était un être de lumière, de fougue et de passion. Peut-être pas Jean de Lébragnan.

Elle soupira du contentement que lui procuraient les souvenirs de sa nuit de noces et reposa la brassière. La guirlande de bleuets brodés n'avait guère avancé.

Elle se leva, fit quelques pas dans la salle commune de taille modeste et se massa le bas du dos. Ah, s'ils étaient restés aux Loges-en-Josas, un bain tiède lui aurait reposé les membres du bas. Elle serait bien montée dans leur chambre afin de s'allonger, mais une voisine, qui faisait office de matrone, l'allait visiter sous peu afin de l'examiner.

La mère Musard ressemblait à une pomme d'hiver, ratatinée et ridée, alors même qu'elle ne devait pas être âgée de plus de quarante ans. Si on l'en croyait, elle avait mis au monde des centaines d'enfants, dont huit d'elle et « pas des mauviettes, sauf deux qu'ont pas vécu plus de la semaine, mais ils étaient oints », commentait-elle chaque fois. En réalité, Gabrielle n'avait point vu encore les « meilleures matrones-jurées ou ventrières du royaume » évoquées par Henri. La mère Musard, une veuve, vivotait grâce à des onguents, des compresses,

des embrocations[1] de sa fabrication et des accouche-
ments de voisines, voire des extractions de dents
qu'elle réalisait à l'aide de tricoises à déferrer[2], après
avoir assommé son patient inquiet d'un cruchon de
piquette. Elle aimait qu'on la croie un peu sorcière,
un peu mage. Une affable bonne femme hormis cela,
de bon service et d'agréable causerie puisqu'elle
apportait à Gabrielle une moisson d'anecdotes qui la
distrayait un peu. La mère Musard n'aimait rien tant
que s'installer, se rafraîchir d'un bon gorgeon et
bavarder. Aussi Gabrielle prenait-elle garde à ce
qu'elle lui confiait. Les amateurs d'indiscrétions
devraient toujours se douter qu'ils peuvent aussi en
devenir les victimes.

Adeline Musard hésita. Elle racla avec soin la semelle
de ses socques au décrottoir de pas de porte, alors
même qu'il n'avait pas plu de la semaine.

Elle appréciait Gabrielle d'Aurillay, une gente et jolie
bécasse selon elle. Toutefois, une bécasse qui ne la toi-
sait pas et lui parlait avec considération. La sottise
d'aveuglement était-elle l'inévitable corollaire de l'amour
chez les femmes ? Peut-être. Peut-être l'était-elle également chez la forte gent. Quoi qu'il en fût, Adeline s'était
forgé une opinion longtemps auparavant et rien, jusque-
là, ne l'avait ébranlée : le véritable amour rendait bêtes
les plus intelligents, les encourageant à croire aux
contes à dormir debout. Sa pesterie la fit glousser et elle
ironisa pour elle-même : Allons, ma bonne Adeline,
avoue que tu déplores avant tout de n'avoir pas été sotte
d'amour ! Oui-da. Certes, feu son bonhomme n'avait
rien eu de nature à inciter à la rêverie amoureuse et certainement pas le fait qu'il ne savait répondre que par

_____
1. Suspension huileuse, en général produisant de la chaleur.
2. Sorte de grosse pince ou tenaille qui permet d'enlever les fers aux
chevaux.

monosyllabes, éructations ou grognements. Lorsqu'il répondait. À part cela, il avait été probe et dur au labeur, un ongle-bleu[1], valet de teinturier, non loin de la frontière de Paris. Il puait à lever le cœur lorsqu'il rentrait au soir. Et puis, un hiver, la pestilence qu'il avait respirée, dans laquelle il avait trempé les mains était ressortie de lui en dégorgements sanglants. Adeline Musard avait tout tenté pour le soigner. En vain. Veuve désargentée, avec encore deux petiots à élever, elle s'était inventé des talents, presque des dons, afin de nourrir sa maisonnée. Après tout, elle avait assez mis bas pour s'improviser matrone. Quant aux remèdes de sa fabrication, ils ne pouvaient guère être pis que ceux, vendus à prix d'or, des mires ou mages. Elle avait donc déménagé de sa masure porte Bordelle[2] pour s'installer porte Saint-Bernard où on ne la connaissait pas. Elle s'était appliquée à ne plus contracter ses mots et à réfléchir à ses phrases afin de ne pas heurter les oreilles des dames de petite bourgeoisie. Elle s'en félicitait chaque jour puisque ces dernières se montraient plus généreuses lorsqu'elle se débrouillait pour raccourcir leur labeur.

Gabrielle, qui l'avait entendue derrière la porte et s'étonnait de son immobilité, ouvrit le battant à l'instant où Adeline s'apprêtait à cogner.

— Eh bien, ma bonne, je craignais que vous vous fussiez ravisée ?

— Non pas, dame Gabrielle. Je récupérais d'un essoufflement de vieillerie, mentit la matrone. Comment se porte votre ventre ?

— Fort bien. Je l'espère. En revanche, mon dos me peine.

---

1. Profession assez méprisée à l'époque. Ce nom leur venait de la teinture bleue qui leur colorait le bout des doigts.
2. Ou porte Bordet ou Saint-Marcel. Dans l'actuel V[e] arrondissement.

— Le petiot se fait lourd. Rien de plus normal. Mais, j'vas... je vais vous masser avec une embrocation dont l'effet vous étonnera.

Adeline avait appris que la force de conviction représentait la meilleure médecine. Aussi usait-elle de déclarations assurées alors même qu'elle utilisait indifféremment la même suspension huileuse de thym et romarin[1] en proportions variables pour lutter contre les maux de bouche, les douleurs de reins ou de membres, les migraines, les insomnies, les furoncles et tant d'autres. Elle reprit, paupières plissées de concentration :

— Je vous trouve petite mine. Mangez-vous assez ? Des nausées ?

Gabrielle tenta un sourire et rétorqua :

— Non pas, en vérité je me porte bellement.

— Tss, tss... on n'apprend pas à une vieille à gober les œufs[2], dame Gabrielle.

— Eh bien... mais assoyons-nous. Un verre de vin nous rafraîchira, voulez-vous ?

— J'r... je ne refuse jamais les plaisantes invitations, déclara Adeline en se laissant tomber sur une des chaises qui ponctuaient le pourtour de la table.

Gabrielle mit à profit les secondes qui s'écoulèrent pour réfléchir pendant qu'elle les servait. Elle se méfiait un peu de la mère Musard et de son net penchant pour les clabaudages[3]. D'un autre côté, Dieu qu'elle se sentait seule !

Comme si elle lisait dans ses pensées, la matrone jeta :

— Et messire Henri, va-t-il bien aussi ? Ah ça, il doit bouillir d'impatience de dorelotter[4] enfin son hoir.

---

1. Deux antiseptiques très utilisés à l'époque.
2. L'expression « on n'apprend pas à un vieux singe à faire des grimaces » daterait du début du XIXe siècle.
3. De l'ancien français *clabaud* (chien). Signifiant d'abord « protester sans motif », le verbe a vite pris le sens de « dénigrer ». Il a toujours été péjoratif.
4. De *dorelot* : favori, chéri.

— Oh, de juste !

Le murmure peu convaincu de Gabrielle aiguisa tout à fait la curiosité de la mère Musard. Décidément, elle aimait bien cette donzelle dont la complaisante candeur l'émouvait.

— Mon petit, même si je lis mieux que je n'écris, c'est-à-dire avec difficulté, même si je suis de bas et presque vieillarde, même si je gratte quelques deniers ci ou là afin de manger chaque jour, je suis femme. Nous reniflons en aisance l'attristement chez celles autres de notre gent.

Gabrielle avala une gorgée de vin et se décida :

— Je m'ennuie fort. Henri court tout le jour afin de surveiller le négoce de son oncle. Parfois même la nuit. Il est si fatigué que… que…

— Que ses attentions envers vous faiblissent ? Plus de muguetteries[1] ?

La jeune femme hocha la tête. Puis, songeant qu'elle en avait trop admis, elle rectifia en précipitation :

— Non que… Enfin, il est si aimant, si heureux d'être bientôt père.

Adeline la dévisagea. Doux Agneau, qu'elle était jolie en dépit de son extrême pâleur et des cernes mauves qui lui mangeaient le dessous des yeux. D'assez haute taille pour une représentante de la douce gent, la grossesse n'avait pas empâté son élégante silhouette. Au demeurant, la matrone la trouvait trop mince à deux mois de la délivrance. Elle sourit à Gabrielle pendant que retentissait dans son esprit un tonitruant « vile rascaille[2], foimenteor[3] » !

---

1. Du verbe *mugueter* : courtiser, désirer. Le terme vient, bien sûr, de muguet, de l'ancien français *muge* (musc).
2. Racaille. Très ancien, du latin populaire *rasicare* (gratter, racler), il est de la même origine étymologique que *raclure*, très péjoratif.
3. L'injure est très forte : qui ne respecte pas sa foi, qui bafoue tous ses serments, bref un Judas.

— Bien sûr, bien sûr. Bah ! on ne refera pas les hommes…

— Que voulez-vous dire ?

Adeline redouta de la blesser et biaisa :

— Eh bien, d'aucuns… comment dire…

— De grâce, mère Musard, que retenez-vous ?

— Oyez ce que toute mère devrait enseigner à ses filles. Certains hommes, en dépit de leur amour et de leur désir de descendance, s'écartent un peu de leur épouse en temps de grossesse et même d'allaitement. Dans votre cas, je gage qu'une nourrice humide[1] vous épargnera de…

— Il ne s'écarte pas… non pas… enfin si… Il est moins assidu en galanterie et en mamours. Oh, j'ai bien conscience de la lourdeur de ses responsabilités, m'en croyez. Toutefois… Et selon votre expérience, ce délaissement courtois ne persistera pas…

— Non pas, jamais, je l'ai constaté cent fois, mentit à nouveau la matrone.

Elle reposa son gobelet avec lenteur et le poussa sur la table. Gabrielle comprit aussitôt et le remplit. Au fond, elle admettait son soulagement. Elle ne parvenait plus à se mentir, à se rassurer du prétexte ressassé à l'envi, la prétendue charge de labeur de son époux. Apprendre d'une habile matrone, qui avait reçu moult confidences de femmes dans son état, que nombre d'hommes s'éloignaient un peu de leurs épouses grosses la tranquillisait puisqu'ils revenaient bien vite entre leurs bras.

---

1. Nourrice qui donnait le sein, contrairement aux nourrices sèches. Elles étaient employées par les femmes de haut ou les bourgeoises fortunées qui ne souhaitaient pas allaiter.

Adeline vida son gobelet et claqua la langue de satisfaction. Pas de la piquette. Elle portait ce point au crédit d'Henri. Il ne rognait pas sur la qualité du vin. Cet unique point.

Un bellâtre avec des yeux langoureux de fille. Un suffisant qui parlait jolie langue. Un ivrogne en haut-de-chausses à rubans, houseaux de cuir et mantel. Un petit monsieur qui n'avait que gentil mépris pour celle qui porterait ses fils. Peut-être Gabrielle ne le comprendrait-elle jamais. L'aveuglement des femmes amoureuses n'a d'égal que leur obstination. Dieu, dans Son infinie mansuétude, leur concède cette cécité de la raison. Et si Dieu, Lui-même, le jugeait souhaitable, qui était-elle pour déciller la gentille bécasse ?

— Aimable moment, en vérité, madame. Et si nous passions à votre méchant dos ? Je vous devrai ensuite quitter jusqu'à l'après-demain. Vous savez où me faire quérir en cas que[1] des douleurs vous prendraient, ce dont je doute.

---

1. Ancienne locution que nous avons changée en « au cas où », plus plaisant à l'oreille.

XI

7 août 1348, salle d'arrêt du Grand Châtelet, Paris

onstruit en larges pierres deux siècles plus tôt à l'extrémité du pont de la Cité par Louis VI le Gros[1], le Grand Châtelet formait une imposante forteresse, entourée de douves profondes. La construction par Philippe II[2], dit Auguste, de la robuste enceinte qui protégeait Paris lui avait fait perdre son importance défensive. Considérablement agrandi sous le règne de Saint Louis[3], le Grand Châtelet accueillait aujourd'hui les différentes juridictions de la prévôté, dont celle chargée de la police et de la justice* criminelle. On y avait aménagé une prison. Le but principal de certaines de ses geôles consistait à hâter le trépas des détenus. Ils ne survivaient, pour les plus vigoureux, que quelques semaines après y avoir été descendus à l'aide d'une corde. D'autres cellules étaient réservées aux femmes. Ne manquaient pas à l'édifice les salles de Question, où l'on dispensait les tourments[4] imposés par les procé-

---

1. 1081-1137.
2. 1165-1223.
3. Louis IX (1214-1270).
4. Le terme était très fort à l'époque, signifiant « tortures ».

dures inquisitoires. En bref, ce gros carré de maçonnerie s'était vite taillé la réputation la plus sinistre de Paris.

Le garde de faction compta les accusés en attente de jugement, au demain ou quand un juge le déciderait. Neuf en une nuit, traînés céans par des sergents à cheval ou à pied, à la suite de rixes d'ivrognerie, d'indécences, de menus larcins, ou de tapages divers et variés. À l'habitude, les prostituées avaient été libérées en quelques heures, tout comme ceux dont l'insolvabilité se révélait notoire et le délit de peu d'importance. Inutile de leur offrir le manger[1] et d'agacer les juges avec un surcroît de travail non rémunéré. Les neuf restants étaient encore trop saouls pour désigner un proche qui honorerait au plus preste l'amende décidée, permettant leur libération[2], ou alors on les soupçonnait de se prétendre miséreux afin de ne pas l'acquitter. Une malefoi qui pouvait leur coûter cher.

Une violente quinte de toux attira l'attention du garde. Il tourna la tête et distingua une forme allongée dans la faible lueur dispensée par son esconce. Il enjamba deux corps dont montaient des ronflements d'ivrogne. L'homme, un manœuvrier[3] à sa mise, était tassé sur lui-même, le visage luisant de sueur. Il tenta de se redresser et hoqueta en claquant des dents :

— Compagnon, j'ai froid mais la fièvre me brûle. À boire, de grâce.

---

1. Les prisonniers devaient payer leurs repas.
2. Les peines de prison étaient relativement peu fréquentes au Moyen Âge, on leur préférait les amendes voire, dans les cas plus graves, des châtiments corporels ou la mort.
3. Qui louait ses bras.

— J'suis pas ton compagnon et t'as assez bu. T'avise pas de dégueuler sur les autres. Y pourraient te coller une bonne volée ! Et, ça, au moins, tu l'aurais pas volé !

Le gardien s'esclaffa, heureux de son bon mot et sortit.

On retrouva l'homme mort au petit matin. Un des autres inculpés, enfin dégrisé et d'une pâleur verdâtre de lendemain de cuite[1], hésita avant de révéler que son infortuné compère de salle d'arrêt, un certain Agnan, s'était déclaré marin, débarqué de Rouen et en la capitale pour visiter sa mère. Il n'en aurait pas juré étant entendu son degré d'ébriété de la veille. Une sainte ébriété, avait-il cru bon préciser, puisque la Très Bonne Vierge lui était apparue en rêve, un lys à la main et un gentil sourire aux lèvres. Il ignorait qu'il mourrait quelques jours plus tard, seul, avec cette pensée pour unique souvenir aimable.

Les fossoyeurs du prévôt furent chargés d'ensevelir le prévenu défunt en terre consacrée, dans la fosse commune aux indigents puisqu'on ignorait son nom et celui de sa mère. Ils traînèrent un peu. Leur chef offrait la tournée pour fêter la naissance de son premier fils. Le marin, un Agnan sans patronyme, fut jeté en terre le lendemain, dans une fosse nouvellement creusée du cimetière des Saints-Innocents[2], unique nécropole de ville, et de façon bien fortuite. En effet, ce lieu, à l'origine créé en dehors des limites de la cité, s'y était trouvé inclus en raison de l'extension de la capitale. On entassait dans les fosses jusqu'à mille ou mille cinq cents cadavres de

---

1. Le terme est très ancien. Il vient probablement des nombreux plats cuits dans le vin.
2. Dans le quartier des Halles.

pauvres avant de les refermer[1]. En dépit des très hauts murs de clôture construits sous le règne de Philippe Auguste, la puanteur qui en montait durant les mois d'été encourageait les riverains à un long détour de sorte à ne pas longer le cimetière[2]. On se rassurait cependant puisque la rumeur certifiait que la terre de ce lieu réduisait les cadavres en ossements en moins de deux semaines. Les rats qui pullulaient en proches berges de Seine n'y étaient sans doute pas étrangers.

---

1. Authentique. Des historiens ont calculé qu'il y avait eu jusqu'à deux cents cadavres ensevelis par mètre carré.
2. Selon les estimations, deux à trois millions de Parisiens y auraient été enterrés. On récupérait les ossements après quelque temps pour les ensevelir hors de la ville, afin de « libérer de la place ».

XII

11 août 1348, église Saint-Germain-l'Auxerrois[1], Paris

enri d'Aurillay était rentré en tapinois au plein de la nuit. Gabrielle dormait à l'étage, sans doute après l'avoir attendu de longues heures. Il s'était assoupi vautré sur une des chaises, la tête lourdement posée sur la table de la salle commune de la modeste demeure prêtée par son oncle maternel. Vieux coquin acrimonieux qui roulait sur l'or, un or qu'il protégeait avec rapacité !

Henri s'éveilla au chant du coq des voisins, la nuque endolorie. Sa décision était prise. Il lui fallait vendre au plus rapide le diptyque religieux. Une Crucifixion avec une Ascension, dorées à la feuille, de trait un peu maladroit. Des dires de l'apothicaire[2] malchanceux à qui il l'avait arrachée durant une nuit fiévreuse de gains, quelques semaines plus tôt, l'œuvre valait une fortune.

---

1. Dans le Ier arrondissement. Selon l'auteur, sans doute une des plus belles églises de Paris, bien qu'elle soit tragiquement liée au massacre de la Saint-Barthélemy. Sa construction date de l'époque mérovingienne. Molière s'y maria en 1662.
2. De *apothecarius* (boutiquier). L'apothicaire tenait boutique, gage de sérieux par rapport aux pseudo-pharmaciens ambulants, bien souvent des charlatans. La profession a très vite été très réglementée.

Ainsi pourrait-il solder les dettes qu'il avait semées dans Paris, après s'être mis à dos tous les créanciers potentiels des Loges-en-Josas. Ou mieux. La chance allait revenir, il le sentait. Il s'imagina : il posait un sac de pièces sur une table. Les dés[1] roulaient comme mus par une puissante magie. Henri raflait les mises, encore et encore, sous l'œil rond des clients ébaubis[2]. La chance, une capricieuse et exigeante maîtresse, lui donnait l'œillade[3], il l'aurait juré.

Toutefois, à qui vendre ? Il connaissait peu de gens en la capitale, hormis ses créanciers. Ceux-là récupéreraient le diptyque pour solde de tout compte. Or, il valait bien davantage, Henri en était convaincu. Soudain, une idée lumineuse lui traversa l'esprit. Geoffroy d'Aurillay, un de ses lointains cousins, chanoine séculier dans différentes églises. Il vivait dans ses meubles, un petit hôtel particulier d'allure discrète non loin de l'église Saint-Germain-l'Auxerrois.

Lorsque Henri se fit annoncer par un valet, le diptyque serré dans sa bougette, la midi sonnait. Au fond, il n'avait guère réfléchi. Il n'avait pas revu son cousin depuis au moins trois ans. Celui-ci n'avait pu assister à son mariage. Il s'y était fait représenter par un laïc à petite tonsure[4] porteur d'un présent, une magnifique Bible enluminée qu'Henri avait vendue depuis, suppu-

---

1. Un jeu ancien et très en vogue à l'époque. Objet de paris d'argent, il était fustigé par l'Église.
2. Ébahis. De l'ancien français *baube*, racine que l'on retrouve dans « balbutier » (en général d'étonnement).
3. Le terme à l'époque signifie juste « regard très appuyé », il n'a pas nécessairement de connotation séductrice.
4. Des laïcs adoptaient la petite tonsure pour marquer leur dévotion à l'Église.

tant qu'elle n'avait pas dû coûter un seul denier* à son bon cousin. De surcroît, ils ne devaient pas s'être aperçus plus de cinq fois de toute leur vie. Dans quelle disposition serait Geoffroy à son égard ? Il l'ignorait. Cependant, Henri était aux abois. Inutile de tenter de tirer du bonhomme quelques livres* de prêt. Il se réfugierait derrière la grande pauvreté de l'Église et de ses clercs, sa nécessaire prodigalité vis-à-vis des miséreux dont il s'était fait le berger. Les gens de sa sorte tiraient l'argent des autres. Ils ne le distribuaient pas, ou alors quelques piécettes ci et là, à grand renfort de mouvements de manches et de déclarations d'amour fraternel.

Il n'espérait pas non plus que Geoffroy achète son diptyque à bon prix. Néanmoins, l'homme possédait une vaste culture, et parlait le latin, le grec et l'hébreu. Aussi pourrait-il lui préciser la valeur réelle du tableau et peut-être traduire le parchemin peint, dont on n'apercevait qu'une moitié, derrière le Christ sur la Croix. Il ne s'agissait pas de latin, qu'Henri déchiffrait avec peine. Assez, cependant, pour lui permettre de reconnaître certains mots. L'écriture grecque, cyrillique ou hébraïque ? Il n'aurait su le dire.

Installé sur l'un des bancs de l'ouvroir recouverts de longs coutes râpés, d'un terne gris, il patienta durant ce qui lui parut une bonne demi-heure. La modestie, pour ne pas dire le dénuement de la pièce, l'étonna. Enfin, le valet vint le quérir, réprimant un petit sourire goguenard qui déplut fort à Henri. Eh quoi ? Oui, il était l'agnat[1] désargenté de province. Il lutta contre l'envie de botter le siège[2] de ce ventre-creux qui pétait plus haut

---

1. Collatéral de la lignée masculine.
2. Ce sur quoi on s'asseyait, donc aussi le postérieur.

que son cul parce qu'il démerdait les seaux d'aisance des riches et des puissants.

— De grâce, messire, suivez-moi. Mon maître concède à vous recevoir d'impromptue manière. Toutefois, la tâche l'accapare et il vous supplie de ne le pas retarder et de ne lui point tenir rigueur de la brièveté de votre entretien. Croyez-l'en désolé. Il vous attend dans sa réserve d'archives.

Henri d'Aurillay jugula avec effort la colère qui montait en lui. Ah, par la sambleu[1] ! On le traitait tel un colporteur à dos[2] ou, pis, un quémandeur de caquetoires[3]. On le recevait en salle d'archives et non pas d'études ou de réception. Néanmoins, il ne pouvait se permettre un écart de langue, pas même avec un valet. L'affligeante médiocrité de sa condition, qui le contraignait à faire échine basse, lui fit monter des larmes d'indignation aux yeux.

Il suivit le domestique sans un mot. Ils sortirent de l'ouvroir tout en longueur et obliquèrent aussitôt à droite pour gravir les marches de bois sombre d'un escalier quart tournant. Une fois qu'ils furent parvenus sur l'étroit palier, le valet lui indiqua une porte entrouverte, d'un geste qu'Henri jugea arrogant.

— Mon maître vous attend, messire. Il sonnera afin que je vous raccompagne à l'issue de votre causerie.

L'homme encore jeune redescendit quatre à quatre. L'amertume le disputait à l'inquiétude chez Henri. Pour la première fois de son existence, il se demanda s'il ne s'était pas gravement fourvoyé. En vérité, la vie d'aises et de plaisirs qu'il avait toujours appelée de ses vœux se

---

1. Contraction jugée acceptable du juron blasphématoire « par le sang de Dieu », tout comme « palsambleu ».
2. Marchands ambulants qui vendaient de petits objets qu'ils portaient dans un panier ou une hotte harnachée sur leur dos, en faisant souvent du porte-à-porte.
3. Porches des églises, propices aux bavardages d'après-messe.

révélait d'une rare complexité et de sournoise aspérité. Il se faisait l'impression d'un jongleur de piètre adresse dont les balles et quilles choiraient quelle que soit la manière dont il les lançait. Bah ! il n'avait de goût ni pour l'étude, ni pour la guerre ou la politique, et encore moins pour la robe. Pas même celle de chanoine séculier pourtant fort prisée par les puînés de noblesse ou d'opulente bourgeoisie. Ne lui restait qu'à chasser l'héritage et à cageôler[1] la chance.

Un homme qu'il aurait eu du mal à reconnaître s'il l'avait croisé au détour d'une rue se tenait derrière un bureau de mauvaise facture sur lequel s'amoncelaient manuscrits, cornes à encre, missives pincées sous des galets pour éviter qu'elles ne s'enroulassent et un cruchon de terre qui avait dû contenir du vin d'épices ou une infusion.

Vêtu de sa robe, de son surplis[2] et de son aumusse[3] doublée d'hermine, le cousin Geoffroy en imposait. Il sembla à Henri qu'un léger embonpoint de bon aloi[4] l'avait gagné, preuve de l'excellente chère qu'on lui servait. Henri fouilla son souvenir : Geoffroy devait avoir six ou sept ans de plus que lui. Une pesterie le soulagea : il paraissait maintenant son aîné de douze.

Geoffroy d'Aurillay contourna son bureau et s'avança vers lui, mains tendues en cordialité, un sourire benoît aux lèvres :

---

1. Cajoler. Le terme vient de « geôle » (comme « enjôler » qui lui a conservé son accent circonflexe). À l'époque : user de manières douces pour garder un être près de soi (dans une cage d'affection).
2. Aube qui parvenait aux genoux.
3. Capuche. Hommes et femmes la portaient, souvent doublée de fourrure. Ce vêtement devint très vite « l'uniforme » des chanoines.
4. Titre légal d'une monnaie, à l'époque d'or ou d'argent. La forme figurée « de bon ou de mauvais aloi » signifie donc « digne d'estime ou pas », selon la pureté en carats du métal précieux que la pièce renfermait.

— Mon excellent cousin ! Quel bonheur à vous revoir après tout ce temps et de bonne mine. Je m'en réjouis.

Henri s'inclina et murmura :

— Le bonheur et l'honneur sont miens, seigneur chanoine.

— De grâce, pas de cela. Nous partageons le même sang. Mais assoyez-vous. La chaise n'est guère confortable et je m'en désole. Cependant… une tâche urgente à terminer… Mes archives me sont nécessaires, expliquat-il en désignant d'un geste les bibliothèques de vilain bois dans lesquelles s'entassaient registres et volumes à épaisse couverture de cuir.

— Nulle excuse souhaitée, mon cousin. Ne suis-je pas le plus fieffé impudent à vous venir visiter, sans m'annoncer, lors même que je vous sais fort occupé ?

En place du sourire qu'il espérait, Henri lut une sorte d'improbation[1] dans le regard de l'autre. Icelui se ressaisit aussitôt et lança :

— Je suis fort aise de vous voir en belle santé, cher cousin Henri. Et comment se porte votre délicieuse épouse…

Il avait oublié son prénom. Peu importait.

— Bellement. Gabrielle est grosse et proche de son terme.

— Aimable nouvelle !

— Qui m'enchante, en effet. Cependant, le soin dont j'entoure ma mie tant aimée et mon futur hoir exigent des dépenses imprévues pour ma bourse dont vous n'ignorez sans doute pas la légèreté…

Henri marqua une pause, espérant, sans y croire, que son cousin allait s'écrier : « Ah certes, je me fais fort de vous secourir en la matière. » Le silence persista. Geoffroy avait croisé les doigts en prière et attendait la suite.

— Aussi, voici le moment de me dessaisir à ample regret d'une œuvre précieuse au sujet de laquelle je

─────────────

1. Désapprobation.

requiers humblement votre sentiment. Votre érudition et votre connaissance de l'art saint sont de notoriété. Je vous serais grandement reconnaissant d'avancer une évaluation du prix que je puis en espérer.

— Bien volontiers mon cousin, pour vous plaire. Et cette œuvre...

Henri récupéra la bougette posée à ses pieds et en tira le diptyque qu'il tendit au chanoine. Tout à ses élucubrations[1] et supputations, Henri ne constata pas le subtil changement de son interlocuteur. Celui-ci recueillit le diptyque et l'ouvrit d'un geste amoureux. Son regard se fit tendre avant même qu'il ne l'étudie.

Il plissa les lèvres et détailla le bois peint de couleurs heurtées[2]. À nouveau, tout à ses calculs et supputations, Henri ne saisit pas son bouleversement d'expression. Au contraire, il se méprit sur sa moue et précisa :

— Vous remarquerez, cher cousin, le minutieux travail et la peinture à l'or[3].

Incapable de répondre sur l'instant, Geoffroy d'Aurillay hocha la tête d'incertitude. Un doute soudain, un merveilleux doute s'était insinué dans son esprit. Si l'idée insensée, invraisemblable qui lui était venue se révélait vérité, il faudrait, à l'évidence, y voir la main de Dieu. Une question ne cessait de résonner dans sa tête : s'agissait-il du diptyque mentionné par

---

1. De *elucubrare* : travailler sous la lueur. Réflexions, ouvrages composés lors de longues veilles studieuses. Le terme n'a pris son sens péjoratif (idées farfelues) qu'assez récemment.
2. Le Moyen Âge était friand de couleurs vives, sans doute parce qu'elles captaient la lumière. Les murs des maisons, les meubles, mais également les crucifix et les statues des saints ou de la Vierge, étaient le plus généralement très colorés.
3. Très utilisée au Moyen Âge, l'or étant symbole de spiritualité.

André de Mournelle à l'agonie ? Non, cela ne se pouvait. Et pourquoi pas ? Il contra d'une voix lointaine :

— Je doute qu'il s'agisse d'or...

D'un ton affermi, il enchaîna :

— Ainsi que vous le savez, nombre d'artistes ont recours à des incrustations d'étain qu'ils recouvrent de vernis doré[1]. Une gentille ruse bien moins onéreuse. Il est parfois difficile de le déterminer, hormis par grattage, au risque d'endommager l'œuvre.

Henri jugula l'inquiétude qui montait en lui. S'était-il fait gruger par l'apothicaire ? Son cousin disait-il vrai ou tentait-il de dénigrer le diptyque pour en offrir un moindre prix ? Cependant, Geoffroy reprit :

— Peu importe, en vérité. Certaines réalisations d'art, hideuses, ne valent que pour leur poids d'or fondu.

— Et que jugez-vous de celle-ci ?

Geoffroy d'Aurillay leva les yeux puis, au prix d'un considérable effort, expliqua d'une voix plate :

— Je ne crois guère vous surprendre en vous avouant que le trait manque... de subtilité, pour ne pas dire d'habileté. Ainsi, nulle sidération, nulle souffrance ne se perçoit sur le visage du Divin Agneau.

Il marqua une courte pause et reprit dans un murmure, se replongeant dans l'examen de l'œuvre :

— Étrange composition.

— Euh...

— Un Christ glabre à cheveux courts, sur la Croix, peint de trois quarts.

— Qu'en faites-vous, mon bon cousin ?

---

1. http://archeosciences.revues.org/2527.

— Ma foi... Je n'ai guère vu ce type de représentation de notre Sauveur, hormis sur d'antiques patènes[1]. Certes, nul ne peut affirmer que le Divin Agneau portait ou non le cheveu long et bouclé, blond de blé mûr ou d'un clair noisette et quelle était la couleur de ses yeux.

— De fait, approuva Henri.

L'impatience le rongeait. Il se demandait où voulait en arriver son cousin. Eh quoi ! Les représentations picturales du Christ lui importaient peu. Il souhaitait juste connaître l'avantage pécuniaire qu'il retirerait de la vente du diptyque.

Geoffroy caressa le bois et poursuivit presque pour lui-même :

— Néanmoins, l'œuvre est assez récente. Elle date tout au plus de quelques lustres[2].

— Et le parchemin figuré en arrière-plan ? On y distingue quelques mots en langue étrange. Du grec, que vous maniez à merveille ?

Geoffroy approcha son visage du diptyque à le frôler. Quelques interminables secondes d'un silence de plomb. Soudain un long soupir, lèvres entrouvertes. Puis :

— Dieu du ciel !

— Quoi, mon bon cousin ?

Le regard d'un vert incertain de Geoffroy d'Aurillay le fixa et Henri eut la dérangeante impression qu'il ne le voyait plus. Le chanoine déglutit avec peine. Un fard lui était monté aux joues et au front.

— Est-ce bien du grec ? insista Henri.

L'autre ne parut pas l'entendre.

— Mon bon cousin ? Est-ce écrit en langue grecque ? Geoffroy ?

---

1. Petit plat recevant l'hostie. http://www.lemonde.fr/societe/article/ 2014/10/07/l-une-des-plus-anciennes-images-du-christ-exposee-en-espagne_4502151_3224.html.
2. Période de cinq ans.

— Euh… pardonnez-moi… je fouillais ma mémoire… Non, il ne s'agit pas de grec mais d'hébreu ancien.

— En avez-vous percé la signification ?

Le chanoine hocha la tête en acquiescement, puis en dénégation. Il s'essuya le front d'un revers de main. Son regard fila à droite, puis à gauche, semblant incapable de se poser sur son vis-à-vis. Son soudain malaise, si tangible, déconcerta Henri qui osa :

— Seigneur chanoine, votre réaction me trouble. De grâce, que…

Geoffroy d'Aurillay lui intima le silence d'un petit geste nerveux et inspira avec lenteur. Il plaqua les doigts sur sa bouche, s'apprêta à prendre la parole, puis hocha à nouveau la tête. Enfin :

— Ma gorge se serre à vous devoir révéler ce que j'en ai compris. Il s'agit de… d'une coquinerie sans précédent, j'en gagerais. Que dis-je, d'une monstruosité dont l'auteur devrait être pendu haut et court jusqu'à ce que les freux l'aient déchiqueté à l'os.

— Ah çà, monsieur mon cousin, vous m'effrayez !

— Il y a de quoi. M'en croyez.

— Aurais-je l'outrecuidance de requérir d'autres détails de vous ?

Soudain ressaisi, Geoffroy asséna :

— Une obscénité ! Une révoltante paillardise[1] ! Ah, ce monstre mérite l'excommunication en plus d'un châtiment exemplaire ! Peindre ce sacrilège… cette… immondice derrière le supplice du Divin Agneau ! Mais vous rendez-vous compte ?

— Une grivoiserie[2] ? s'enquit Henri qui voyait s'effondrer ses espoirs de subite richesse.

---

1. De « paille ». Des vagabonds qui couchaient sur la paille (« paillards »).
2. Le terme n'était, à l'époque, pas uniquement réservé au domaine sexuel. Beaucoup plus ambigu, il pouvait aussi désigner des comportements ou des êtres libérés, hardis, habiles, entreprenants.

— Une ordurerie. Ne m'en demandez pas davantage, mon cher. Il est des mots que l'on ne peut répéter sans en être sali. Quoi qu'il en soit, notre lien de sang m'incite à vous recommander la prudence. N'offrez pas ce... cette chose à la vue des uns et des autres. Il pourrait vous en cuire. Ah, mon Dieu ! Que l'on vienne à s'imaginer que sa possession vous comble ! Je frémis des conséquences néfastes que cela vous vaudrait.

Ce fut au tour d'Henri de déglutir avec peine. Il bafouilla :

— Ne pouvez-vous m'éclaircir sur cette monstruosité ? S'agit-il d'une infamante attaque contre Notre-Seigneur...

Le poing du chanoine s'abattit avec violence sur le bureau. Une corne à encre se renversa sur le flanc. Son contenu, rouge, se répandit avec mollesse sur le bois. Couleur de sang. Henri y lut un terrible présage. Empourpré, Geoffroy d'Aurillay rugit :

— Oui-da ! Pis que de traiter la Très Sainte Mère de Dieu de catin, m'entendez ! Et je n'en dirai pas davantage.

Il referma le diptyque et le plaqua sur son bureau avant de reprendre :

— Ma parole, monsieur, que votre visite et cet examen resteront en confidence. Après tout, nous sommes parents et partageons le même nom. Toutefois, permettez-moi un conseil fraternel : tenez cette... chose à l'abri des regards. Serrée en quelque endroit secret.

— À ce point ?

Feignant l'outrage, le chanoine répondit :

— En vérité. Ah... me vient une autre idée si cette... bref, si elle vous était quand même d'intérêt en dépit que son unique place se trouve au fond d'un coffre. Faites repeindre ce qui est tracé sur le manuscrit, une singerie démoniaque. Je puis... pour vous plaire, la confier à un artisan que j'emploie à pareille tâche. Fort habile de ses mains mais qui n'a pas inventé l'eau tiède. Il écorche tant notre belle langue qu'on ne peut le soupçonner d'en entendre une autre, pas même le latin.

Henri faillit accepter. Pourtant, une sorte d'instinct l'en dissuada. La soudaine sollicitude de son cousin, au fond un étranger, après son émoi, son affolement et son emportement l'étonnait. À l'instar de nombre de menteurs incorrigibles, Henri soupçonnait la roublardise en chacun. Il s'efforça de conserver une attitude benoîte, un brin soumise, et déclara :

— Oh, mon excellent cousin, la gratitude me suffoque. Cependant, je me détesterais de vous occasionner tracas. Vous vous montrâtes déjà si bon de me recevoir et de m'éclairer.

— Une proposition de cœur sincère.

Henri n'eut plus aucun doute que l'autre lui baillait le lièvre par l'oreille[1]. Faisant appel à son indiscutable talent pour les balivernes, il broda :

— Elle vous honore et ne m'étonne guère. Cependant, gîte en Jouy-les-Loges un étonnant vieillard. Il ne sait ni lire ni écrire et compte sur ses doigts. En revanche Dieu, dans Son infinie bonté, lui a accordé une main d'artiste. Il me doit quelques bontés.

Il n'eut plus qu'une hâte : partir d'ici. Il se leva, un gentil sourire aux lèvres, et s'inclina pour prendre congé en répétant :

— Monsieur mon cousin, le merci, infiniment, pour votre temps, votre patience et votre aide. Je me permettrai de vous faire porter message lorsque l'enfant paraîtra.

_____

1. Leurrer quelqu'un, le tromper.

Le chanoine se leva à son tour et tira le cordon de passementerie qui pendait le long du chambranle de la fenêtre. Il articula :

— En êtes-vous bien sûr ? Je vous aiderais d'un cœur fraternel.

— Tout à fait. Le merci, encore.

— À votre guise.

Henri se leurrait-il ou une étrange dureté avait-elle assombri les iris vert noisette de son cousin ?

Après avoir récupéré le diptyque, il sortit sur un dernier salut et attendit le valet sur le palier. Celui-ci ne tarda pas. L'espace d'un fugace instant, avant que l'autre ne referme le battant de porte, Henri aperçut un coin de la salle de réception, une magnifique table de noyer, ponctuée de champlevés[1] aux chandelles de cire[2] allumées, une dépense inconsidérée au plein du jour. Un haut miroir à cadre d'argent scellé au-dessus du manteau de la cheminée lui renvoya le reflet d'une multitude d'œuvres peintes, dont une Vierge à l'Enfant.

Il comprit pourquoi son cousin l'avait reçu tel un commis, dans une aile chiche[3] de l'hôtel particulier. Le luxe qui l'entourait devait surprendre le visiteur et le plonger dans un abîme de spéculations quant aux revenus réels d'un chanoine séculier.

---

1. Une technique dérivée du cloisonné, qui vit le jour à Limoges dès le XIIIᵉ siècle et était particulièrement prisée pour la réalisation de chandeliers, en dépit de son coût.
2. Elles étaient très coûteuses. On s'éclairait uniquement en cas de besoin grâce à des lampes à huile, des flambeaux, voire des chandelles de suif pour les gens ayant plus de moyens. Les chandelles de cire d'abeille étaient réservées aux plus fortunés.
3. Du latin *ciccum* : un rien, d'où le sens de « pauvre », « parcimonieux ».

Une fois dehors, Henri tapota sa bougette pendue à l'épaule et se sonda. Il ne ressentait aucune acrimonie. Étrange. Au contraire, une sorte de jovialité l'habitait. Allons, l'homme, réfléchis, s'encouragea-t-il. Que tentait le coquin de chanoine ? Plus il y repensait et moins il croyait à cette fable d'un texte sacrilège, obscène, peint derrière la Croix. L'explication de Geoffroy avait été laborieuse après qu'il eut annoncé que le texte était tracé en langue hébraïque. Ah fichtre ! De quoi pouvait-il s'agir ? Un secret fort monnayable ? Et en ce cas, lequel ? Ou alors une œuvre d'un maître italien réputé ? Elles s'arrachaient à prix d'or, dont celles de Cenni di Pepe[1] ou de son élève Giotto di Bondone[2]. Les connaisseurs affirmaient que leurs mains étaient guidées par les anges. Quel but poursuivait alors Geoffroy en lui proposant l'aide de son habile artisan ? Faire réaliser une copie afin de la lui rendre et conserver l'original ? Ah foutre, l'animal ! Le croyait-il assez benêt pour ne point flairer la ruse ? Il s'esclaffa, seul au milieu de la rue en cette heure de souper de midi. Mon bon cousin, que tes mets fins t'étouffent !

Très satisfait de lui, il décida de célébrer sa perspicacité dans une auberge, et de vider un bon cruchon à la gloire de son discernement. Il devait mettre la main sur un érudit capable de déchiffrer le manuscrit peint. Or qui donc lisait l'hébreu ancien, hormis les Juifs ou quelques rares savants chrétiens[3] ? Cepen-

---

1. Dit Cimabue, vers 1240-1302.
2. 1266 ou 1267-1337. Ses œuvres sont considérées à l'origine du renouveau de la peinture occidentale.
3. Rappelons qu'à l'époque, hormis le français, seul le latin était une langue « considérée ».

dant, les Juifs avaient à nouveau été expulsés et leurs biens saisis deux décennies auparavant[1], avant d'être massacrés où ils avaient trouvé refuge, notamment en Alsace[2].

---

1. 1322.
2. 1338, puis avec l'arrivée de la peste. L'Alsace ne sera annexée par la France qu'en 1648.

XIII

11 août 1348, île de la Cité

ingt minutes plus tard, Geoffroy d'Aurillay sortit par la porte de service de l'hôtel particulier. Il s'était donné l'allure d'un commerçant aisé, dissimulant sa tonsure sous un chaperon gris à pointe enroulée autour du cou. Il se dirigea d'un bon pas vers l'île de la Cité, l'une des juiveries[1] de Paris, presque désertée par ses anciens habitants.

Il transpirait de chaleur et d'effort lorsqu'il pénétra dans l'échoppe d'un relieur, connaissance de longue date à qui il procurait du travail. Le vieil homme au visage ridé leva son regard presque noir et lui sourit en se redressant de sa table de travail. Il récupéra la béquille qui remplaçait sa jambe gauche, amputée à la suite d'un accident de charrette qui avait failli lui coûter la vie.

— Messire Geoffroy, quel bonheur, quel honneur à vous revoir. Bonheur trop rare. Cependant, je sais à quel point votre charge est lourde.

Soudain inquiet, il ajouta :

— Aurais-je oublié l'une de vos commandes ?

— Isaac...

---

1. Quartier juif.

— Non, non. Robert. Robert Blanchet, pour vous toujours servir.

Isaac ben Joseph n'avait pu suivre l'exode de ses amis et voisins d'infortune en raison de son infirmité. Sans doute était-il aussi trop vieux. De plus, ainsi qu'il l'avait répété à Geoffroy lorsque celui-ci lui avait offert l'hospitalité dans son hôtel particulier durant sa longue convalescence, il était de France. De nulle part ailleurs. Pis, il était de Paris, de l'île de la Cité. Sa femme était défunte, ses enfants mariés avec enfants. Il ne se sentait pas le goût de mourir en quelque terre lointaine.

— Votre pardon, mon bon Robert, d'arriver ainsi sans annonce. Votre mémoire ne vous joue pas de méchant tour. Je ne suis pas passé pour récupérer une commande mais afin de m'entretenir avec vous… en extrême confidence.

— Fichtre… Des ennuis ?

— Non. Du moins pas vous concernant.

— Venez partager une infusion de mauve dans mon arrière-boutique. Je ferme l'échoppe quelques instants.

L'odeur écœurante des colles de nerf et d'os de bœuf ou encore de poisson, mêlée à celle des peaux qui pendaient d'une poutre, fouetta les narines de Geoffroy d'Aurillay dès que le vieux relieur poussa la porte basse. La pièce, minuscule de son encombrement, était équipée d'un âtre dans lequel Robert préparait ses repas ou ses empois[1]. À son invite, le chanoine s'installa avec précaution sur une chaise qui paraissait en moins piètre état que sa voisine. Robert leur servit deux gobelets d'infusion fumante dont les effluves très odorants ne

---

1. À l'origine, colle épaisse. Désigna ensuite l'empois d'amidon ou de fécule uniquement.

parvenaient pas à masquer les relents de colles. Il s'assit et lâcha :

— Je vous écoute, messire Geoffroy.

Geoffroy d'Aurillay avait toute confiance en Isaac ben Joseph. Il l'avait accueilli en ami, chez lui. Surtout, il s'était arrangé pour que disparaisse la mention de sa conversion quatorze ans plus tôt. Robert Blanchet était maintenant né chrétien. Il savait que la reconnaissance du vieil homme, mais également son estime, lui étaient acquises.

— Une affaire bien dérangeante. Du moins, je le suppute. Un mien cousin, dont j'avais oublié l'existence, un Henri de même nom, s'est présenté chez moi. Il souhaitait mon sentiment au sujet d'un diptyque sur bois représentant une Crucifixion et une Ascension. Derrière la Croix est peint un parchemin sur lequel figure un texte en hébreu ancien.

— Que vous lisez en aise, intervint le relieur.

— Hum... Un trouble, que dis-je un vertige s'est emparé de moi lorsque je l'ai déchiffré. J'ai prétendu qu'il s'agissait d'un blasphème obscène, dans l'espoir de décourager mon cousin de le vendre. Cependant, je l'ai senti aux abois.

— En impérieux besoin d'argent ?

Geoffroy approuva d'un signe de tête avant de préciser :

— Il le cédera donc bien vite contre une ronde somme. Stupéfié par ce que je découvrais, j'étais si bouleversé que je n'ai pas eu la présence d'esprit de lui faire une offre alléchante. Ensuite, le moment propice était passé. J'ai tenté de le convaincre de me confier l'œuvre, afin de requérir votre science pour son déchiffrement. Il a senti que j'essayais de le gruger. Je l'ai lu dans son regard. En bref, je me suis fort mal débrouillé de cette affaire.

— Et ce texte, qu'indiquait-il, si je puis ?

112

— Juste quelques mots. Cependant, j'ai eu la brutale prescience que l'œuvre ne devait pas tomber entre n'importe quelles mains.

Le chanoine récupéra la tige de bois carbonisé dont Robert se servait pour faire des marques effaçables et traça sur la petite table les mots, parfois tronqués, qu'il avait reconnus.

כבא

שפה

מא

שו

ש

Isaac ben Joseph plissa le front de concentration. L'absence de voyelles dans l'ancienne écriture hébraïque ne facilitait guère la compréhension.

Après un long silence, troublé par l'écho de leurs souffles, le chanoine s'enquit :

— Qu'en faites-vous, Robert ?

— Eh bien... voilà qui est malaisé.

— Mon sentiment à l'égal.

Le relieur hésita, puis murmura :

— *Prophète* me paraît clair...

— Ah, ainsi que je l'avais traduit, l'interrompit le chanoine que l'excitation gagnait à nouveau. Poursuivez, mon bon ami, de grâce...

— Concernant le reste, plusieurs explications sont permises...

— D'autant que certains mots sont partiellement dissimulés derrière le Christ en Croix.

— Hum... voyons, messire...

Le vieux relieur hésita et désigna trois autres lettres :

— Si tant est que ce mot soit complet *lèvre*, ou *bord* ou encore *rivage*... nous manque le contexte. Ici, peut-être *loin de*, *cent*, ou *beaucoup*, ou même *depuis*, puisque nous n'avons que les deux premières lettres[1]. Pour la même raison et sans certitude aucune, *retourner* ou *se détourner ou cor* ou *bœuf* ? Vous n'avez tracé que la première lettre du dernier mot... Cela nous laisse avec tant de possibilités, prévint-il en pointant vers les traits de charbon du chanoine. *Nom*, *deux*, *porte*, *an*, *mensonge*, *cieux*, *préserver*, *huile*, et tant d'autres. Aussi, les hypothèses au sujet de leur signification seraient-elles bien hasardeuses... Votre jugement, messire Geoffroy ?

— À l'identique, soupira le chanoine, déçu.

Il avait espéré que la parfaite connaissance que possédait Isaac de l'hébreu ancien et de l'araméen l'éclairerait.

— Selon vous, mon ami, combien de lettrés capables de ce déchiffrement persistent-ils dans le royaume ?

Un sourire triste étira les lèvres ridées du vieil homme qui répondit :

— Hormis vous et moi ? Je n'en connais que quatre, dont trois qui affirmeront ne rien entendre aux langues du Texte.

Geoffroy hocha la tête et renchérit :

— Redoutable imprudence que de s'en vanter aujourd'hui.

— En revanche, notre excellent et bien-aimé pape Clément VI* a accueilli nombre de savants juifs afin de les protéger de l'extermination.

— Que Dieu le garde toujours, approuva Geoffroy d'Aurillay.

Non sans ironie, il songea qu'il se sentait des points de communauté avec le souverain pontife : une vaste

---

1. Rappelons que l'hébreu se lit de droite à gauche.

intelligence aidée par un cynisme sans malveillance, le goût de l'argent et des belles choses, une inclination prudente pour la douce gent qui le distrayait, sans oublier une certaine sensibilité envers le peuple d'Isaac ben Joseph puisque le Divin Agneau et Sa Très Sainte Mère en étaient issus. Il reprit :

— Robert, votre aide me serait précieuse...

— Elle vous est acquise, sans même connaître la nature de votre besoin.

— Le merci, mon bon. Auriez-vous la bonté de prévenir ce quatrième savant de votre connaissance que... Dans l'éventualité où mon cousin Henri se présenterait par-devant lui...

Robert interrompit à nouveau le chanoine tant il percevait son encombre :

— Soyez assuré qu'il ne déchiffrera pas le manuscrit peint pour plaire à Henri d'Aurillay. Je l'en convaincrai, si de nécessaire. Néanmoins, j'en doute. Il se méfiera aussitôt d'un gentil[1].

Geoffroy d'Aurillay se leva et lui tendit la main, soulignant :

— Vous fûtes une des rares bonnes actions que je n'ai jamais regrettée. Le merci à vous. Ma reconnaissance également pour ne m'avoir point posé de questions sur la nature de ma prescience et l'origine de mon bouleversement. À votre honneur que cette discrétion. Je ne puis m'en ouvrir davantage avec vous. Tout cela est si imprécis, si intangible et pourtant menaçant.

— Je sais que rien d'indigne ne peut naître de vous, messire Geoffroy. Aussi ne discuterai-je jamais l'une de vos volontés.

Le vieux relieur se leva et récupéra sa béquille. Geoffroy d'Aurillay songea que son appréciation flatteuse

---

1. Nom donné par les Juifs (et les premiers chrétiens) à ceux étrangers à leur religion.

relevait de l'aveuglement de gratitude. Quoique ! Après tout, il ne s'était jamais couvert d'indignité, du moins à ses propres yeux. Il avait juste été un renard retors !

Sur le chemin du retour, mille idées tournoyaient dans son esprit. Le *prophète*, ainsi qu'il l'avait lui-même déchiffré. Le Messie. Jésus avant qu'il ne devienne le Fils de Dieu. Nul en Chrétienté ne l'aurait nommé *prophète*, un blasphème. Mais que signifiaient ces *lèvres*, ce *rivage*, ce *bœuf*, ce *cor*... ? De quoi, d'où quelqu'un retournait-il, s'en retournait-il ? Une seule conclusion s'imposait : cette œuvre malhabile ne devait pas tomber entre mauvaises mains et certainement pas celles de l'Église, qui la détruirait au moindre soupçon « d'impiété », c'est-à-dire si elle allait à l'encontre de ses certitudes. N'était-il pas bien étrange, bien affligeant que cette magnifique parole de Jésus, de nature à révolutionner le monde en le rendant plus doux, plus compatissant, ait été peu à peu récupérée au profit de quelques-uns ? Tout ce qu'avait combattu le Christ, jusqu'à périr sur la Croix. Geoffroy d'Aurillay éprouvait une véritable passion pour le Sauveur et sa Mère. S'il méprisait les prélats vautrés dans leur opulence et leur insensibilité, il était assez avisé pour en tirer sa part de fromage. Une très jolie part. Une sorte d'intuition nerveuse l'avait envahi et il y lut un autre signe. André de Mournelle, seigneur abbé, avait été assassiné pour cette œuvre grossière et sans intérêt artistique ou religieux. En d'autres termes, son extrême valeur ne laissait aucun doute. Une valeur dissimulée. Certes, son minable cousin Henri d'Aurillay en espérait quelques beaux deniers. En revanche, Geoffroy sentait maintenant que son secret valait tous les sacrifices, toutes les compromissions.

XIV

13 août 1348, non loin de la tour Barbeau, Paris

enri d'Aurillay reposa son gobelet et dodelina du chef. Ses yeux papillonnaient et il songea, brièvement, qu'il ferait mieux de rentrer. Des hoquets de plus en plus fréquents ramenaient une bile âcre et des sucs avinés dans son gosier. Il avait déjà perdu trois chaises royales[1], somme qu'il ne possédait pas, pas plus que celle de la veille ou de l'avant-veille.

L'aigreur le rongeait ce soir-là. Ah foutre, un mauvais sort rendait-il sa main moins chanceuse ? Cette échauffeuse[2] despoitraillée qui lui agaçait l'oreille et la nuque de sa langue lui faisait-elle perdre le peu de lucidité que le vin n'avait pas noyé ? Henri n'était guère taquin[3] et la pénurie dans laquelle le faisaient vivre ses vices – le jeu, le vin, les femmes et la paresse – l'ulcérait. Quant à son oncle maternel, Charles de Solvagnat, il n'était qu'une vieille baderne qui ne comprenait pas que jeunesse devait vivre et vieillesse s'effacer ! Henri lui en voulait affreusement.

---

1. L'équivalent de soixante deniers.
2. Entraîneuse.
3. À l'origine « avare » : qui chicanait sur chaque dépense. N'a pris son sens de « querelleur » puis « d'espiègle » que tardivement.

Il aimait ce cercle de jeu, non loin de la tour Barbeau. S'y croisaient de riches négociants, des officiers royaux, des clercs de notaires, et des gens de moyenne noblesse qui tous jureraient le lendemain ne s'être jamais rencontrés[1] céans. On y buvait du bon vin et les puterelles dont on permettait les affaires étaient encore fraîches, savaient se tenir et disparaître lorsque le client sur lequel elles avaient jeté leur dévolu se montrait récalcitrant. Le pelletier contre lequel il jouait avait joui tout le soir d'une insolente chance qu'Henri finissait par juger suspecte. Aussi son aigreur était-elle à son comble. Ce fieffé coquin de pelletier semblait satisfait de lui et le plumait. Au demeurant, tout dans l'homme lui déplaisait. Sa façon de grasseyer, son front dégarni luisant de sueur, son ventre en outre, ses petites mains grasses et roses, ses lèvres de femme. Jusque-là, Henri n'avait pu remarquer quelque vilain tour, un échange de dés pipés dissimulés dans une manche par exemple. Ce n'était pas faute de l'avoir surveillé. Quand même, une telle chance, depuis la fin de l'après-midi, sentait le louche[2] et l'entourloupette.

1. Les jeux d'argent datent de toute antiquité. L'Église a tenté de les faire interdire durant des siècles, puisqu'ils étaient très souvent prétextes à bagarre. Saint Louis interdit même la fabrication des dés, un des jeux d'argent les plus en vogue, en vain. Les échecs furent d'abord un jeu d'argent pour devenir un enseignement stratégique prisé de la noblesse.
2. L'utilisation de ces termes physiques : louche, borgne, gauche, bancal, boiteux, etc. pour désigner péjorativement des comportements ou des situations traduit la grande méfiance, pour ne pas dire la réprobation, du Moyen Âge pour ce qu'il considérait comme des défauts de naissance, lesquels étaient en général associés au diable.

Ajoutant la condescendance à sa jovialité de plus en plus braillarde, le pelletier se claqua les cuisses de bonheur et beugla :

— Allez, va, mon bon compère ! Je vous offre le cruchon. Bah ! pas de cette mine renfrognée. Ne dit-on pas : malheureux en argent, heureux en amour ? Je suis bien sûr qu'une jolie mie vous fera revenir le sourire. Moi, pauvre de moi, je suis veuf et bien seul.

Sur quoi, il éclata de rire. Henri d'Aurillay fournit un prodigieux effort pour ne pas le souffleter. Pas tant pour son allusion à Gabrielle. Cependant, ce presque vieillard qui frisait une cinquantaine portée sur la riche chère lui chauffait la bile depuis des heures. L'autre, inconscient de l'orage qui se formait, persista :

— Et puis, nous pourrions mettre à profit notre cordialité naissante pour poursuivre avec ce jeu de cartes[1] qui commence d'émoustiller[2] le royaume. Même les dames y joueraient en discrétion ! s'esclaffa-t-il.

En dépit de la migraine d'ivrognerie qui lui martyrisait les tempes, Henri détailla pour la dixième fois la mise de l'autre, quand lui devait se contenter de vêtements de tiercelin[3] qui dataient de deux ans ! Le gipon d'épais cendal lie-de-vin qui sanglait le ventre du joyeux pourceau, sa jacque[4] de brunette[5] violette rappelaient à

---

1. Le jeu de cartes, dont la figure de la dame était absente, fut introduit en Europe au début du XIVe siècle. Il se répandit en France avec un considérable succès vers le XVe siècle, grâce à l'imprimerie qui rendit les cartes moins onéreuses.

2. À l'époque : « engager à la gaieté, exciter de façon heureuse », sans connotation sexuelle.

3. Drap de qualité moyenne tissé à trois fils : soie, laine, lin ou chanvre.

4. Sorte de veste longue arrivant aux cuisses.

5. Laine d'excellente qualité.

Henri son fieffé égoïste d'oncle qui voilà peu lui avait refusé un autre prêt d'un :

— Lorsque vous cesserez, mon neveu, de vous conduire en godelureau et en grugeur, lorsqu'un peu de sens vous viendra et que vous ne perdrez pas dans les tripots[1] l'or que vous ne possédez pas, nous en reparlerons. N'espérez rien de mon trépas. Mes trois enfants sont défunts, mais je préférerais offrir mes biens à un monastère que vous permettre de les dilapider avec des fillettes communes ou au jeu. À vous revoir, si, toutefois, la raison se frayait un jour chemin en votre tête épaisse. En espérant que Dieu, dans Son infinie bonté, épargne à feu ma sœur, votre mère, la vue de la déchéance de son fils.

Gredin, vieux rat qui reniait son sang et l'unique hoir mâle qui lui restait. La rage troublait le peu de jugement qui restait à Henri. Ah, morbleu ! Ne s'était-il pas soumis à la volonté du vieil homme en épousant Gabrielle ? Charles jugeait qu'un homme de vingt-cinq ans, célibataire et sans enfant, n'augurait rien de bon. Henri avait songé que s'il produisait un fils – qu'il nommerait bien sûr Charles –, le très substantiel héritage de son grand-oncle lui reviendrait. Il pourrait alors en disposer à sa guise jusqu'à la majorité de l'enfant. Il se voyait fort bien arpenter ses nouvelles terres de Bièvres, distribuer des ordres à ses gens, tout en s'installant à Paris lorsque l'envie lui prendrait. Seul.

Il lui fallait donc trouver épouse. Gabrielle de Lébragnan lui avait paru un choix judicieux. Elle était de beau sang, pieuse, jolie comme un matin de printemps, agile d'esprit et surtout douce et obéissante. Quant à lui, beau spécimen de la forte gent, il pouvait faire miroiter à sa future mère d'alliance l'héritage de Charles de Solvagnat, en taisant le mépris de son oncle pour ses frasques et sa légèreté.

---

1. De l'ancien français *triper* (sauter, danser, faire la fête).

Dès après les épousailles, il avait ressenti une sorte de tendresse pour la jeune femme. En vérité, l'amour incandescent qu'elle éprouvait pour lui le grisait. Enfin, elle lui avait annoncé, rose de timidité, l'aboutissement de son projet : elle se savait grosse. Henri jubilait. L'héritage se rapprochait. Il était criblé de dettes, étranglé par des débiteurs qui commençaient à douter que l'oncle volerait au secours du neveu pour honorer, une nouvelle fois, ses créances. Henri avait alors joué son va-tout et organisé une rencontre entre Charles et Gabrielle. Il tablait sur le fait qu'elle charmerait son oncle, très sensible aux douceurs féminines, et qu'il ne manquerait pas d'être dulcifié par la promesse d'enfant. Lui-même avait opté pour une allure de résipiscence et de modestie qu'il jugeait très convaincante, oubliant qu'il avait servi le même boniment à son oncle une bonne demi-douzaine de fois.

Gabrielle n'avait pas perçu l'acrimonie de Charles sous sa feinte cordialité. Elle l'avait mise au compte de manières de veuf un peu rustre. D'autant que Charles, ému par la donzelle ainsi que l'avait prévu Henri, s'était efforcé de dissimuler son ressentiment.

L'accalmie n'avait point duré. Aux abois, Henri avait fait preuve d'une précipitation peu propice à convaincre son oncle de la profondeur de son repentir. Moins d'un mois après ce bucolique déjeuner familial, il avait filé à Bièvres pour supplier son oncle de lui avancer une somme rondelette. Se croyant retors, il avait argué que l'enfançon à venir, le recrutement d'une ventrière puis d'une nourrice humide grevaient sa bourse déjà mal en point.

Si Charles l'avait jusqu'alors habitué à des gueuleries, à de grands gestes furibonds, sa colère froide, ce jour-là, avait impressionné Henri. Blême, mâchoires crispées, son oncle avait martelé :

— Ne faut-il pas, mon neveu, être une chiure malodorante pour user de sa femme grosse afin d'extorquer l'argent nécessaire au troussage de puterelles de bordes[1] ou aux nuits d'ivresse à jeter des dés ? Je ne suis guère saint, mais la scélératesse en habit de soie m'insupporte.

— Mais je... vile menterie que cela, avait tenté Henri.

— Foutre, ne me prenez pas pour un niais. Mon bon compère, Pierre Lentourneau, s'efforce d'éconduire vos créanciers auxquels vous avez fait accroire que je couvrirais vos dettes. Sortez à l'instant ! Vous m'offensez les narines !

Charles s'était levé, grande carcasse menaçante, son visage lourd cramoisi de rage. Henri avait craint que le poing de son oncle ne s'abatte sur son nez. Il avait opté pour une prompte retraite.

Ne lui restait plus qu'à trouver acheteur pour son diptyque religieux. Cette Crucifixion avec son pendant d'Ascension dorée à la feuille, ou vernie s'il en croyait son cousin Geoffroy d'Aurillay. L'apothicaire à qui il l'avait arrachée après une nuit de jeu effréné s'en était dessaisi les larmes aux yeux, jurant qu'elle valait une fortune. Jusque-là, Henri avait répugné à la proposer à des marchands. Le diptyque devenait une sorte de talisman, le souvenir de sa plus belle nuit de gains. Parfois, il le caressait du bout des doigts avant de rejoindre l'un des cercles de jeu dans lesquels il tenait ses habitudes. Pour la chance. Quant au jugement de son cousin, Geof-

---

1. De l'ancien français, « cabane de planches ». Dès 1200, le terme a pris sa signification actuelle de « bordel », situé dans des quartiers mal famés.

froy d'Aurillay, au sujet de l'œuvre, le madré chanoine lui avait baillé le lièvre par l'oreille, Henri en aurait juré.

— Allez, levons nos verres aux cocus[1], aux perdants et aux endettés ! rugit soudain le pelletier, lui aussi imbibé.

Henri, ulcéré par ses pertes, perdit son dernier vestige de raison et y alla d'un rire mauvais :

— Cocu, vous le fûtes sans doute, juste rétribution de votre hure et de vos courtes pattes. Quant au reste, j'espère pour feu votre gourgandine[2] qu'elle était moins grasse que vous !

L'autre, peu fin mais assez bonhomme, resta interdit, bée-gueule. Puis, incertain, il observa :

— Oh là, compagnon, aurions-nous le vin aigre ? Feu mon épouse n'avait rien d'une gourgandine. Elle serrait les dents et pinçait le nez quand… peu importe, j'ai trop bu et rougis de honte à un tel commentaire, irrespectueux envers une défunte dont tous louaient la foi et la dévotion à l'Église. Votre malchance me pèse et me gâte le plaisir de mes gains. Allez, je remets en table un quart de l'argent puisque j'ai fait rafle[3] maintes fois. Nul débours de votre part sur ce jeté de dés. Vous gagnez, la mise est à vous. Vous perdez, votre dette ne croîtra pas pour autant.

Henri aurait dû le remercier de cet élégant geste. Au lieu de cela, il lui en voulut encore davantage de ce qu'il prit pour une injurieuse charité.

Il se leva, tituba et se retint de justesse au rebord de la table de jeu en éructant :

— Et pourquoi pas un pourboire, tant que vous y êtes, gros fat, vil pédant, tricheur !

---

1. Le terme est très ancien. On le trouve déjà dans Rabelais.
2. Peut-être de « goret ». Le terme est très ancien.
3. Le terme de « rafle », très ancien, vient du jeu de dés, lorsque tous les dés amenaient le même point, mais également d'un filet qui permettait de prendre au piège les petits oiseaux.

Le cinglant camouflet fit mouche et le pelletier se leva à son tour en fulminant :

— C'en est assez, l'homme ! Qui ne tient pas son gorgeon se contente d'infusions de vieille femme ! Je me suis montré beau joueur et vous m'offensez.

En quelques pas chancelants, Henri fut sur lui. Son ébriété ne lui permit pas de constater le soudain durcissement du visage de l'autre, ni les deux anciens soldats recrutés par le propriétaire du cercle pour décourager les cherche-noises[1] de tous poils et les mener par le fond de leur haut-de-chausses jusqu'à la sortie, avec quelques beignes en prime si de nécessaire.

---

1. Le terme « noise » est très ancien et son origine mystérieuse. On ignore s'il dérive de *nausea* (nausée) ou de *nocere* (nuire).

XV

14 août 1348, rue Saint-Victor[1], Paris

n dépit d'une longue nuit d'inquiétude, Adeline Musard avançait d'un bon pas rue Saint-Jacques, plantée de chaque côté d'immeubles cossus de pierre pâle. Les fenêtres de certains étaient protégées de carreaux de verre sertis de plomb. La chaleur et la puanteur montaient déjà, lors même que le jour n'était pas tout à fait levé. Elle n'avait qu'une hâte : rejoindre son logement du quartier Saint-Victor et s'affaler sur sa paillasse pour jouir d'un repos mérité. Elle soupira en tapotant l'aumônière, cadeau d'une dame délivrée en une heure l'année dernière. Par prudence, elle dissimulait le bel objet brodé de fils d'argent sous sa cotte[2]. Certes, la dame en question était de celles qu'Adeline nommait les « fournières[3] ». Un surnom de cordialité

---

1. Qui correspond aujourd'hui au début de la rue des Écoles. Les indications de rues seront dans l'ensemble approximatives, tirées de deux plans qui mentionnent seulement le nom des plus grandes artères et sont postérieurs à l'époque à laquelle se situe le roman (plan de Saint-Victor vers 1550 et plan de Truschet et Hoyau, dit plan de Bâle, où il fut retrouvé, publié en 1553).
2. Robe.
3. Qui cuisait le pain, le plus souvent en dehors des villes par crainte d'incendie.

qu'elle donnait à ces bienheureuses mais dont elle ne se vantait pas, alors même qu'elle se rangeait dans cette catégorie de femmes bénies, dont les enfants sortent avec presque autant d'aise que les pains dorés d'un four et pour lesquelles les tourments d'enfantement sont brefs et supportables. Adeline n'avait pas précisé à la dame en question que Dieu avait jugé bon de lui épargner les souffrances de la plupart et le cauchemar de certaines en la dotant d'une conformation rare de femme. Elle avait, à l'évidence, préféré insister sur l'efficacité de son art. À une rétribution très satisfaisante s'était donc ajouté un présent.

La bosse dure qu'elle frôla la fit glousser de satisfaction. Elle avait encore rondement gagné son pain. Un dédommagement légitime, tant l'accouchement de cette nuit s'était révélé long et délicat, au point qu'elle avait cru que la bourgeoise y abandonnerait son dernier souffle.

Adeline Musard avait été un peu surprise qu'un serviteur cogne à sa porte à l'hier, au soir descendant. Il l'avait suppliée de le suivre en lui offrant la moitié de son paiement. Les premières douleurs avaient pris sa jeune maîtresse. Adeline ne regrettait pas d'avoir fléchi à son insistance. Elle fréquentait peu le quartier assez huppé du haut de la rue Saint-Jacques, contrairement à son extrémité proche du fleuve, ce quartier où l'on parlait le latin[1], hanté par des étudiants avinés cherchant l'esclandre ou la bagarre. On y braillait à la nuit et jusqu'au jour. Aussi avait-elle été intriguée qu'on la fasse quérir avec tant d'urgence. Le ventre de la dame grosse devait déjà être entouré par une matrone-jurée, à tout le moins.

---

1. Quartier latin.

La mère Musard devait vite en comprendre la raison lorsqu'on l'avait introduite dans l'hôtel particulier de maître Paul Duquesne, un riche faïencier. Tout dans la bâtisse respirait l'aisance de ses propriétaires, jusqu'aux toits d'ardoises et à la cour intérieure pavée. On l'avait menée dans la chambre de sa deuxième épouse, Madeleine, qui gémissait déjà. Pourtant, la jeune femme s'était redressée sur ses coudes et avait ordonné d'un geste aux deux servantes de les laisser seules un instant. Un peu essoufflée, elle avait engagé Adeline à s'approcher. Dans un murmure d'affolement, elle avait expliqué :

— Ma bonne, voici venue l'heure de mon premier enfantement. J'avoue manquer soudain de bravoure. Une mienne mie m'a assuré, en stricte confidence, que si par malheur... il en venait à cela... vous... enfin, vous préserveriez en préférence la vie de la mère... même sur celle d'un fils.

Méfiante, Adeline s'était retournée pour s'assurer qu'elles étaient bien seules avant de confirmer à voix basse :

— De fait, madame. Comment aurais-je pu donner à Dieu huit petiots si j'avais trépassé au premier ?

— Ah... quel soulagement, avait avoué la jeune femme dans un pauvre sourire. C'est que... vous m'allez croire bien sotte... j'ai rêvé[1] que... à plusieurs reprises... je suis terrifiée...

Il faisait une chaleur d'étuve dans la pièce. En dépit de la touffeur de la journée, on avait cru bon d'allumer

1. Les rêves étaient pris très au sérieux au Moyen Âge. On les croyait prémonitoires ou alors on pensait que des esprits visitaient les gens durant leur sommeil afin de les mettre en garde ou de les conseiller.

un feu rugissant dans la cheminée. Adeline avait essuyé le front trempé de sueur de Madeleine. Après avoir dérangé l'empilement excessif de bûches dans l'âtre de sorte à ce qu'elles étouffent, elle avait hoché la tête et répliqué d'un ton doux :

— Allons, ma chère dame. Ces vilains songes sont fréquents chez les femmes proches de leur terme. Selon mon expérience, une fort longue expérience, ils sont propices.

— Comment cela ?

Racontant ce qui lui passait par la tête afin d'apaiser la jeune femme, Adeline avait lâché d'un ton d'autorité :

— Eh bien, pas une de mes nombreuses parturientes les ayant subis ne trépassa en couches. M'entendez, pas une !

— Pas une ?

— Oui-da. Je ne puis être si formelle ensuite, durant les relevailles[1], ne m'en étant pas occupée. Mais, je l'affirme, pas une ne périt jusqu'après la délivrance[2] ou le lendemain.

— Oh quel baume sur mon inquiétude, ma bonne. Et cette... enfin... façon... insolite[3] n'est pas le terme dont j'userais mais... qui paraît-il peut hâter la venue au monde...

— Nous y viendrons si de nécessaire en nous débarrassant au préalable de vos gens, madame.

---

1. Période de quarante jours après l'accouchement, durant lesquels les femmes vivaient presque recluses, aidées par des voisines ou une matrone.
2. Expulsion du placenta qu'on arrachait à l'époque, ce procédé se soldant par maintes infections souvent mortelles.
3. De la même famille qu'« insolent », le terme était péjoratif et désignait un comportement, des paroles ou un individu étrange dans le sens de « blâmable ».

De fait, l'accouchement avait duré jusqu'à l'aube. Paul Duquesne avait, bien sûr, été exclu de la chambre. Nul homme n'assistait à « l'affaire de femmes ». Tous les nœuds de la maison avaient été défaits pour ne pas inciter le cordon ombilical à s'enrouler autour du cou du presque nouveau-né. Alors que Madeleine haletait, trempée de sueur, incapable de prononcer trois mots, de conserver mors en bouche, une servante était allée prévenir le mari. Il avait sitôt fait mander le prêtre, sa première femme ayant trépassé en couches. Ainsi l'homme de Dieu oindrait-il l'enfançon paru et, peut-être, donnerait-il l'extrême-onction à Madeleine, après les sacrements de pénitence et d'eucharistie, du moins si elle avait encore son sens.

À un moment, alors qu'elle sentait la parturiente s'affaiblir dangereusement, Adeline s'était tournée vers les deux servantes tremblantes pour jeter d'un ton hargneux :

— Mais sortez, à la fin ! Votre nervosité et vos faces d'enterrem... de carême me troublent les gestes. Sortez, vous dis-je !

Les autres avaient pris l'escampe[1], sans discuter.

— Est-ce la fin ? avait bafouillé Madeleine que la panique avait gagnée.

— Non pas. Enfin si, mais certes pas la vôtre. Voici venir l'insolite. À genoux sur le lit. Je vous en conjure, poussez de toutes vos forces, bouche fermée, comme si un étron se refusait de vous quitter[2]. Allez, de grâce.

— À genoux ?

— Sitôt.

Adeline avait aidé la jeune femme à se redresser et l'avait prise entre ses bras afin qu'elle ne glisse pas.

---

1. Partir en hâte. A donné « prendre la poudre d'escampette ».
2. Les femmes devaient accoucher adossées contre des oreillers, les jambes simplement écartées ce qui, bien sûr ne favorisait pas les poussées.

Enfin, entre deux gémissements de la jeune mère, une petite tête rouge et gluante de mucus avait paru.

Contente d'elle, soulagée d'avoir laissé Madeleine épuisée, endormie mais en vie, Adeline souriait au petit matin lumineux. Maître Duquesne, pâle d'angoisse, ses joues replètes fripées par la nuit d'insomnie, lui avait serré la main avec effusion lorsqu'elle lui avait annoncé un fils et la bonne santé de son épouse. Il avait délié les cordons de sa bourse sans chercher la lésine[1], bien au contraire.

Ah ça ! Après son repos, elle s'offrirait un généreux souper de midi dans une auberge de décente réputation. Choisir entre plusieurs mets, être servie, écouter les conservations qui s'échangeaient, peut-être y participer ou repérer de futures clientes. Un excellent moment en perspective. Elle hocha la tête avec vigueur, saluant cette aimable proposition.

L'écho des roues ferrées d'un chariot la fit se retourner. Tiré par deux traits du Perche, il avançait à vive allure dans la rue encore déserte en cette aube. Elle se plaqua contre le mur d'une maison pour le laisser passer. Les deux charretons[2] lui lancèrent un fugitif regard qu'elle jugea presque torve. Et soudain, la stupéfaction la figea. Des bras et jambes dépassaient de la bâche de grosse toile jetée sur le chargement. Elle vit distinctement un pied nu sursauter sous les cahots. Le chariot filait vers la porte Saint-Jacques, à l'opposé donc du cimetière des Saints-Innocents.

---

1. Que nous n'employons plus qu'en verbe : « lésiner ». Le terme était fort à l'époque, désignant des économies sordides, à la limite de la malhonnêteté.
2. Charretiers.

Adeline faillit crier d'alarme lorsqu'une étrange main s'accrocha à sa manche pour la tirer vers la courette intérieure de la maison.

Elle se tourna d'un bloc. Un nain levait la tête vers elle. Elle dégagea son bras dans un frisson de dégoût et fournit un effort pour contempler le visage grave, cette grosse tête posée sur un corps trop court, ces jambes solides et torses et ces mains d'homme trop petites. Comment se faisait-il qu'il paraisse en ce quartier bourgeois de la ville ? N'avait-il pu trouver un montreur de foire pour l'embaucher ? Ce n'est qu'alors qu'elle remarqua sa mise d'artisan prospère, son tablier et ses surmanches[1] d'épais cuir noisette, ses bonnes chaussures robustes. Sans doute l'homme, âgé d'environ trente ans, lut-il la surprise sur son visage. Il en connaissait la cause. Il serra les lèvres sur un sourire et s'inclina en déclarant, non sans ironie :

— Armand. Armand Daubert. Nabot[2] mais coutelier au service du roi, après son père et son grand-père. Pour vous servir, madame.

— Puisque vous ne cherchiez pas l'aumône, pourquoi m'avoir…

— Avoir sollicité votre attention ? demanda-t-il.

Sa voix éduquée et très grave acheva de dérouter Adeline.

— Que… ?

— Vous sembliez stupéfaite de voir ce… charnier ambulant qui rejoint des fosses nouvellement creusées à

---

1. On les portera jusqu'au début du xxᵉ siècle. De différents matériaux, elles protégeaient les vêtements ou les avant-bras lors de tâches dangereuses.
2. Le terme est ancien mais d'origine incertaine, peut-être une contraction entre nain et pied-bot. Il a toujours été péjoratif.

une demi-lieue* des anciens remparts. Il se passe, ma bonne, des choses étranges, et je vous déconseille d'y fourrer le nez.

Il s'inclina à nouveau et déclara goguenard :

— Ainsi votre serviteur se rencogne-t-il bien vite sous le porche dès qu'il entend le chariot approcher. Presque chaque matin depuis peu. À la jeune aube.

— Le besoin de cet... attelage ?

— Je ne sais au juste, si ce n'est que les trépassés s'entassent en piles de plus en plus saisissantes.

— Une fièvre ?

— Sans doute... dont on nous dissimule l'existence, sans même évoquer sa gravité, approuva le nain. De sinistres rumeurs courent dedans la ville. Hommes, femmes et enfants périraient telles des mouches dans certains quartiers. Des bourgeois quitteraient leurs habitations pour rejoindre leurs demeures de campagne. Certains évoquent une malédiction divine. D'autres affirment que les Juifs ont empoisonné les puits[1].

— Hum, aucune scélératesse ne m'étonne venant de ces impies qui ont crucifié le Divin Agneau.

— Saint-Bernard[2] a affirmé qu'il s'agissait d'une menterie. Quant à l'implication de ce gouverneur du nom de Pilate, il n'en pouvait mais, alors qu'il eût volontiers libéré le Fils de Dieu. Les Évangiles nous le confirment.

— Vous lisez ? Le latin ?

— Si fait. De plus, pourquoi les Juifs iraient-ils empoisonner les puits dont ils boivent l'eau, celle de la

---

1. Une vague d'antisémitisme brutal accompagna la Peste noire. Les Juifs furent pourchassés et parfois exterminés au point que le pape Clément VI prit sous sa protection efficace ceux d'Avignon et du Comtat Venaissin. Il fit aussi une démonstration de son courage en demeurant à Avignon en pleine épidémie.
2. 1090 ou 1091-1153. En effet, l'abbé de Clairvaux était effaré par l'animosité violente envers les Juifs.

Seine puant la carne et la teinture[1] ? Seraient-ils si sots ou privés de sens ?

Argument convaincant selon Adeline, qui s'efforçait de dissimuler son esprit vif et retenait sa langue acerbe. Que d'ennuis vous apportait parfois une intelligence alerte. Aussi finissait-elle le plus souvent par acquiescer aux fables de ses vis-à-vis, quitte à se contredire dans la minute. Après tout, elle se montrait bonne commerçante.

— Armand, en ce cas, qui sont ces malheureux jetés en tas à l'arrière ?

— Des pauvres gens, quoi d'autre ? La question me semble davantage : de quoi ont-ils trépassé ?

Il était à l'évidence de moyens et courtois, parlait une langue plaisante et savait lire. Pas de la roupie[2], en d'autres termes. Certes, son infirmité demeurait suspecte. Toutefois, il vivait dans un quartier de choix. Sans doute pas un suppôt satanique, donc, ni même une de ces pommes pourries que le Malin se plaisait à semer parmi les créatures de Dieu. Elle proposa :

— Nommez-moi Adeline.

— Le merci, ma bonne, s'inclina-t-il. Cependant, je connaissais votre prénom, expliquant mon audace à vous tirer par la manche.

— Votre pardon ?

— Vous accouchâtes ma sœur d'alliance il y a un peu plus d'un an. Elle s'est remise bellement et vous en sait gré chaque jour. D'autant qu'elle est à nouveau grosse et requerra sous peu votre art. Tout à votre

---

1. La pollution de la Seine expliqua que l'on creuse des puits à Paris dès Philippe le Bel.
2. Morve.

office, vous ne m'avez pas vu parmi les miens assemblés. Nous sommes une bonne famille, une famille aimante, ajouta-t-il, d'un ton de tristesse. Lorsque l'on est myrmidon[1] ainsi que moi, on porte aux nues l'amour de son propre sang. Tant d'autres de ma difformité sont jetés à la rue.

Adeline s'en voulut un peu de sa sécheresse de cœur, d'autant qu'elle avait fait belle recette à la nuit et que Dieu lui avait accordé le privilège de sauver deux êtres. Quelle griserie de se sentir en ces occasions ainsi qu'une mouche à miel[2] du Père. Elle s'activait, ne comptait ni sa peine ni sa fatigue. D'ailleurs, la fatigue disparaissait. Elle bataillait parfois des heures entières, ne s'avouant jamais vaincue, hormis lorsque Dieu avait décidé de rappeler à Lui Ses créatures. En vérité, elle se sentait comme un fragile mais indispensable soldat, fermement campé. Un soldat qui ne tolérerait jamais que la négligence, l'indifférence ou même le diable usurpe le droit de Dieu à disposer de Ses créatures.

Armand Daubert reprit :

— N'en demeure pas moins que les chariots de l'aube proviennent de l'ouest et se rendent à l'est. Quelques badauds ont hélé les charretons afin d'en avoir cœur net. Ils se seraient fait frapper à coups de fouet pour toute réponse. Je compte aller fourrer mon museau où il ne devrait pas se trouver. Cette incertitude me ronge. Faut-il que nous quittions la ville au plus preste ? À ma connaissance, aucun crieur[3] n'a répandu d'information à ce sujet.

---

1. Nom d'un ancien peuple de Thessalie. Au figuré et de façon péjorative : « nain », ou « jeune homme de très petite taille et sans force ».
2. Abeille.
3. Les autorités faisaient « crier » (ou « décrier ») les nouvelles importantes, telles que les informations diverses, les nouveaux règlements et lois ou la valeur de la monnaie, etc.

— Allez fourrer votre museau où cela ?

— À l'ouest, justement. Vers la porte de Buci ou la tour de Nesle.

— N'est-ce pas bien téméraire... dangereux ?

— Peut-être, ma chère Adeline. Moins toutefois que de se retrouver cerné par une fièvre meurtrière. Ma famille prend soin de moi, je vous l'ai dit. Aussi me fais-je devoir de lui rendre la pareille.

Par la sambleu ! L'alarme du nabot semblait sincère. Que leur cachait-on ? La vie d'Adeline n'avait guère été douillette. Elle s'était démenée entre manque d'argent, pénurie d'amour et peur du lendemain. Tous les lendemains. Chacun semblait receler des menaces indistinctes mais imminentes. Aujourd'hui veuve, sans enfant à charge, elle soufflait un peu. Le sort lui devait bien quelques années paisibles, où elle mangerait à sa faim, se chaufferait au creux de l'hiver et dormirait tout son saoul sans que des rêves d'effroi ne la réveillent.

Une pensée presque incongrue lui traversa l'esprit à cet instant. Elle ne pouvait abandonner Gabrielle d'Aurillay grosse si une vilaine fièvre se propageait. Une gente bécasse pour laquelle elle éprouvait une sorte d'affection. Une gente bécasse qui ignorait que son bel amour menait belle vie dans des tripots à puterelles, la laissant sans un fretin[1] vaillant.

En dépit de sa fatigue, de la faim qui la tenaillait, de son envie de rentrer chez elle, elle s'entendit proposer :

_____
1. Pièce d'un quart de denier, de très faible valeur. A donné « menu fretin ».

— Je vous emboîte le pas, maître Armand. Je veux, moi aussi, en avoir cœur net. Et puis, nous serons plus braves de concert.

— Volontiers. J'aime les bonnes femmes de décision telles que vous, salua Armand Daubert.

XVI

*14 août 1348, aux environs de la tour de Nesle[1],
Paris*

Ils avaient redescendu la rue Saint-Jacques et longeaient la Seine. Adeline s'agaçait parfois de la
lenteur de son compagnon. Les courtes jambes
d'Armand Daubert le contraignaient à trotter derrière
elle. Habile commère, elle savait que nombre de gens
n'aimaient rien tant que de discourir d'eux-mêmes.
Aussi lui posa-t-elle quelques questions au sujet de son
art.

— Coutelier du roi. C'est que vous devez réaliser de
la belle ouvrage !

— J'ai la faiblesse de le penser, sourit-il. Un art que
nous développons depuis trois générations... des
dagues de chasse jusqu'aux minuscules couteaux à
lame émoussée des dînettes[2] d'enfants de noblesse. La
reine, qui me fait l'immense honneur de m'apprécier un
peu, je crois, nous a commandé le service de Mme Marie

---

1. Une des tours qui surveillaient l'enceinte de Philippe Auguste.
Construite vers 1200, face au palais du Louvre, elle fut détruite en
1665. La bibliothèque Mazarine se dresse aujourd'hui à son emplace-
ment.
2. Ce très ancien jeu d'enfants était partagé par filles et garçons.

de France[1]... Dieu berce son âme, puis de la pauvre enfançonne Jeanne[2]... qui n'a pas vu l'année.

Contraint au petit trot, son souffle se faisait court et ses phrases hachées.

Impressionnée, Adeline s'enquit :

— Avez-vous approché le roi ?

— Non pas... au contraire de la reine, afin qu'elle choisisse... la matière des manches. Ne pourriez-vous un peu ralentir le pas, ma bonne ? Un point de douleur... me scie... le flanc.

Adeline s'exécuta, quoique pestant intérieurement. À cette allure, ils ne parviendraient pas en vue de la tour avant sexte*. Or, elle avait promis à Gabrielle d'Aurillay d'examiner son ventre avant vêpres*. De plus, la faim chahutait avec insistance ses intérieurs.

— Est-elle si laide et maligne[3] qu'on le prétend ? Une gorette qui s'empiffre[4] tout le jour et s'enivre la nuit ?

Armand, qui l'avait rattrapée, leva un visage grave vers elle et rectifia :

— Le cœur me saigne lorsque j'ouïs ces racontars malveillants. Certes, on ne pourrait plus qualifier sa silhouette d'élancée. Toutefois, elle est épouse fidèle et accompagne le roi dans ses incessantes mangeries très arrosées. De plus, elle fut grosse plus de quinze fois, si l'on se fie aux ventrières qui l'entourent. Vous savez par métier que les courbes des dames s'empâtent alors. Au demeurant, si elle est gorette, le roi, lui, ressemble de plus en plus à un verrat à l'engrais[5] !

---

1. Deuxième enfant de Jeanne de France, 1326-1333.
2. 1337.
3. À prendre dans le sens initial : « portée à faire, penser et à dire du mal ».
4. De l'ancien français *piffre* désignant quelqu'un de très gros.
5. Le gisant de Philippe VI révèle un roi obèse.

Adeline songea qu'il devenait bien imprudent. Après tout, il ne la connaissait que de la nuit de couches de sa sœur d'alliance. Qui l'assurait qu'elle n'irait pas clabauder et répéter ses dires injurieux qui pourraient lui coûter fort cher ? Deux idées s'emmêlèrent dans sa tête. Il semblait pourtant d'esprit aiguisé. Pourquoi prendre le risque de se livrer à une presque inconnue ? D'un autre côté, si elle propageait ses confidences, la faute ne retomberait-elle pas sur elle ? Elle décida de rester sur le qui-vive, sans s'appesantir toutefois, puisqu'il reprit :

— Peut-être la reine m'a-t-elle montré humeur amène en raison de ma difformité, elle dont la boiterie provoque de fielleux quolibets. J'avoue n'avoir perçu en elle qu'une mère aimante, une épouse dévouée. Sa courtoisie envers ses gens, sa foi profonde et son agilité d'esprit font honneur au royaume. Un bel et bon esprit, je vous l'assure.

De manière générale, Adeline s'efforçait à la discrétion, avec un succès bien irrégulier. Cependant, la perspective de cancans[1] l'affriandait[2] tant qu'elle en oublia sa propre recommandation de prudence à l'égard du nain. Elle se pencha vers lui et, baissant la voix, insista :

— Hum… on affirme qu'elle le mène par le dard, si vous me passez l'expression.

— Des bruits de cour. Elle ne serait alors pas la seule à jouir de ce… talent.

L'oreille aussitôt dressée, Adeline demanda :

— Qui donc ?

---

1. Du latin *quanquam*, « scandale sans légitimité » puis « bavardages malveillants ».
2. Rendre friand de. Au propre et au figuré, attirer par des mets ou des propositions savoureuses ou agréables.

— Entre autres, Blanche de Navarre[1], la plus belle princesse d'Europe, répète-t-on, au point que tous la nomment Belle Sagesse.

De surprise, Adeline s'immobilisa et souffla :

— Oh là, que me dites ? N'est-elle point promise au Dauphin Jean ? De plus, le roi Philippe est d'âge de son grand-père[2].

— Toutefois son dard, ainsi que vous le formulez, est réputé bien vif... à défaut du reste, ajouta-t-il dans un murmure.

— Quel reste ?

— Si les grands barons du royaume ne sont dans l'ensemble que fiel à l'endroit de la reine, il convient de ne point oublier qu'ils furent pour certains de désastreux conseil auprès de Philippe, alors même que la reine s'opposait à eux. Que vaut-il mieux, ma bonne ? Une femme avisée qui porte chausses ou un noble de haut incapable de distinguer sa tête de son cul ?

Adeline hocha la tête, l'esprit ailleurs. Elle reprit sa marche. Il commençait à faire chaud et des remugles nauséabonds montaient du fleuve. D'étranges nappes rougeâtres ou noirâtres flottaient en surface, effluant de tanneries ou de teintureries. Aucun canard, aucune mouette ne pointillait la surface de cette eau malsaine. Aucun pêcheur n'aurait eu le peu de sens d'attendre la prise. Seuls les bateaux marchands sillonnaient la Seine. Elle s'en voulait de sa curiosité. De grandes oreilles traînaient en badauds de par les rues, dans les auberges ou sur les marchés de la

---

1. Ou Blanche d'Évreux, 1333-1398.
2. Blanche épousa Philippe un mois après la mort de Jeanne, alors qu'il avait quarante ans de plus qu'elle. Il ne semble pas que le futur Jean II, à qui elle était promise, lui en ait tenu rigueur. Philippe mourut quelques mois après son remariage, d'épuisement amoureux selon certains contemporains.

villace[1] et rapportaient aux hommes du prévôt de Paris les vilenies proférées contre l'autorité. Prêter ouïe complaisante à des ordureries de nature à ternir la réputation du roi se révélait parfois aussi dangereux que les répandre soi-même. Elle jeta un regard méfiant alentour. Désireuse d'effacer son ardoise[2] calomniatrice dans l'éventualité où une mouche[3] les aurait croisés, saisissant quelques bribes de leur échange, elle lança d'une voix plus forte :

— Oh, comme vous y allez, maître Armand ! Le roi est le neveu de feu le très regretté Philippe le Bel, Dieu garde son âme, et par la lignée masculine, de surcroît.

Daubert sembla prendre d'un cœur léger la remontrance qu'il essuyait. Il changea de sujet et s'enquit :

— Et vous, ma bonne, votre art ? Un art bien délicat, j'en jurerais.

— Si fait, mais riche en satisfactions même si... eh bien, de gentilles femmes trépassent parfois.

— Faites-vous également office de ventrière... entourant la grossesse de vos futures parturientes ? Ne voilà-t-il pas que vous retrouvez votre foulée, on croirait un cheval pressé ? De grâce, moins vite !

La mère Musard ralentit à nouveau avant de répondre :

— Rarement, et je le déplore. Peut-être mes avisés conseils et ma longue expérience pourraient-ils contribuer à épargner des vies, se rengorgea-t-elle.

— J'en suis bien certain.

_____

1. Grande ville mal peuplée et mal bâtie. N'est plus du tout usité aujourd'hui.
2. On a utilisé très tôt des plaques d'ardoise pour établir des comptes, le papier étant très cher.
3. Espion. Nous a laissé « mouchard ».

Les questions du nain fusèrent. Adeline s'étonna qu'un homme qui ne semblait pas père se montre tant intéressé par l'enfantement, alors même que les médecins n'y prenaient pas part, considérant cette tâche méprisable. Grisée par sa petite importance, elle répondit avec empressement et s'octroya des réussites assez abusives.

Une chaude brise soufflait, à l'habitude, de l'ouest[1]. Pourtant, ce jour d'hui, plutôt que de chasser les mauvaises odeurs vers l'est, elle charriait des exhalaisons qui tirèrent une grimace à la mère Musard. Les relents prenaient en force au fur et à mesure qu'ils avançaient au point qu'Adeline interrompit son monologue, qui virait à l'éloge de ses talents, pour lancer :

— Maître Armand, sentez-vous ?

Il huma en fronçant des sourcils et hésita :

— Les émanations malsaines de la Seine, renforcées par la touffeur de cette matinée ?

Elle hocha la tête en signe de dénégation et souligna :

— Plutôt la proximité d'une tannerie. De la charogne.

— Il n'en existe pas dans ce périmètre, de plus...

Le nain jetait depuis quelques instants de furtifs regards autour de lui. Il désigna d'un coup de menton une file d'hommes puis murmura si bas qu'elle dut se pencher pour saisir son propos :

— Que sont tous ces gens d'armes ? Regardez en discrétion, à votre gauche, derrière, à une toise*.

La mère Musard tourna la tête et remarqua à son tour quatre hommes du prévôt. Ils avaient passé leur tenue de combat avec cuissots[2], une nouvelle invention fixée sur leurs chausses de mailles à l'aide d'une courroie de cuir

---

1. Ces vents expliquent que l'on ait souvent implanté les quartiers résidentiels à l'ouest et les quartiers pauvres ou les occupations nauséabondes à l'est.
2. Plaque de métal qui protégeait les cuisses. Le cuissot apparut dans la première moitié du XIVe siècle.

et rivée à la genouillère. La tête protégée d'une cervelière[1] qui recouvrait un camail[2] de peau, ils suivaient à pied un officier de la garde monté sur un lourd roncin. Tous étaient armés de la hache à fer carré, les haches danoises[3] toujours très en faveur dans la cavalerie s'avérant trop lourdes pour les piétons. Ébahie, Adeline remarqua aussi leurs pertuisanes et l'épée pendue au baudrier de l'officier monté. Fichtre ! L'Anglois qui s'agitait aux côtes avait-il envahi Paris ?

Sans même se concerter, Armand et elle ralentirent, feignant de s'absorber dans la contemplation des embarcations marchandes qui pointillaient la Seine.

Les gens d'armes les dépassèrent, sans leur prêter attention.

— Que se passe-t-il ? s'enquit la matrone dans un souffle.

— Le mieux consiste à leur emboîter le pas afin de s'en assurer… à prudente distance. D'autant que je ne passe guère inaperçu, ironisa-t-il.

Ils attendirent que les gens d'armes se soient éloignés et adoptèrent un pas de badauds pour les suivre de loin. Les deux soliers de la tour de Nesle se dessinaient maintenant avec netteté en bord de fleuve. Massive et ronde, percée de minces et rares ouvertures, surmontée d'un chemin de garde en mâche-col[4], cette tour parmi celles qui défendaient l'ancienne enceinte de Philippe Auguste faisait face à la tour de Coin du palais du Louvre. À la nuit, on tendait entre les deux de grosses chaînes pour

---

1. Elle pouvait aussi être faite de mailles ou de plaques de métal.
2. Posée sur la tête et les épaules, en toile épaisse puis en peau et ensuite renforcée par des plaques de métal.
3. Hache à très long manche et large tranchant.
4. De *mâcher* (meurtrir, frapper) et *col* (cou). A donné « mâchicoulis ».

empêcher la navigation nocturne, peut-être des envahisseurs.

Armand Daubert se frotta le nez et admit :

— Vous aviez juste raison, chère Adeline. Ça pue maintenant à dégorger. La carne décomposée, en effet.

La matrone sembla ne pas l'entendre. Étonné, il leva le regard vers elle. L'appréhension s'était peinte sur le visage de la femme déjà âgée qui détaillait les maisons, ses yeux furetant de droite à gauche. Elle se signa.

— Adeline ? murmura le nain.

Il peina à comprendre son chuchotement.

— Oh, Divin Agneau… Voyez… Les portes des maisons sont fermées, les peaux huilées[1] et les volets rabattus. Au plein du jour et de la saison chaude… La rue est soudain déserte. Je n'ai aperçu qu'une silhouette furtive depuis une bonne minute.

Soudain, une sorte de lointain brouhaha leur parvint. Des hennissements déchirèrent l'air. Adeline se retint de foncer droit devant. Le son se précisa : des clameurs furieuses, des cris, des injures, un hurlement de femme, des claquements de sabots, les entrechoquements du métal.

Une porte s'entrouvrit à leur gauche. Un homme parut, bonnet de feutre enfoncé sur le front, engoncé dans une superposition de nippes[2] que seul un rigoureux hiver aurait justifiée. Il lança un balluchon à quelques pieds* de lui et referma la serrure à double tour.

---

1. Le verre étant très cher, peu de gens possédaient des fenêtres vitrées. On les occultait avec des peaux huilées.
2. Sans doute de l'ancien scandinave *nappa* (vieux vêtements). Aurait donné « guenipe » puis « guenille ».

Adeline se précipita vers lui si vivement qu'elle le fit sursauter. Il était jeune et d'une pâleur de spectre. Un duvet de barbe très brune[1] lui mangeait le menton et les pommettes, une indignité que seule une grande hâte pouvait expliquer. Il la dévisagea d'un regard sombre et désespéré qui la dérouta.

— À la fin, qu'est tout ceci ? exigea-t-elle.

— Oh ma bonne, Dieu ait pitié de nous ! L'fléau de Dieu... pour nous punir d'nos péchés. Ou alors le diable.

— Mais... mais quoi ?

— Les rumeurs les plus folles circulent. J'm'éloigne aussi vite que possible. J'trouverai du labeur ailleurs. J'suis apprenti tonnelier.

— Quelles rumeurs, l'ami ? s'enquit Armand qui les avait rejoints.

Après une grimace de réprobation pour la difformité du coutelier, le jeune homme débita, maintenant affolé :

— J'puis point m'attarder. Chaque jour, ils avancent et condamnent d'aut' maisons du quartier. Ils ont élevé des barricades, gardées par des gens d'armes jour et nuit, afin d'empêcher les habitants d'sortir. Certains ont été navrés[2] par les hommes du prévôt, lors qu'ils tentaient d'fuir. Les maçons s'raient en route avec ordre d'monter au plus preste un mur d'enceinte. Y vont tous crever derrière ! J'veux point ! J'suis un des derniers à quitter la rue.

— S'agit-il d'une fièvre ? le pressa Armand.

— Oui-da. Le souffle du Lucifer, si m'en croyez. Ça commencerait à la manière des écrouelles[3], mais des écrouelles noirâtres. Pis, une fièvre de ventre ou alors de poitrine s'en mêlerait. De c'qu'on raconte, nul n'en

---

1. On se rasait, en général, de près au Moyen Âge. Au XIe siècle, l'archevêque de Rouen avait même menacé d'excommunication les hommes qui portaient la barbe.

2. Transpercés gravement.

3. Qui sont, elles, d'origine tuberculeuse.

réchappe. Cette démonerie s'répand à la vitesse d'un cheval au galop !

Il récupéra son frusquin et tourna les talons. Adeline le retint avec fermeté par la manche de ses vêtements empilés.

— La pestilence ? D'où provient-elle puisque des chariots transportent les cadavres hors les limites de la capitale ?

Il hocha la tête en signe de dénégation.

— Les cadavres de ceuzes autres qu'ont crevé un peu partout, hors les barricades. Mais à l'intérieur, plus personne ne pénètre. Ils les laissent pourrir au milieu des vifs. Et...

— Et ?

Un autre hurlement de femme s'éleva, strident, puis s'arrêta net. Des vociférations masculines retentirent. Le choc du métal contre le métal. Le jeune homme balbutia :

— Et... Oh ! Très Bonne Vierge, y viennent d'en transpercer une autre... Même les petiots, ils les achèvent.

— Crachez la bribe[1] ! s'énerva Armand.

Larmes aux yeux, le jeune homme le considéra. Adeline songea que se lisait dans les prunelles sombres l'insondable désespoir humain. Il reprit d'une voix tremblante :

— Et y s'raconte qu'on leur jette même plus d'quoi s'nourrir. Pour qu'ils crèvent plus vite ou qu'ils s'entretuent.

---

1. D'abord « morceau de pain », puis « miette », puis « petit bout de quelque chose » (notamment d'une conversation).

Il se dégagea d'un mouvement brusque de son étreinte et recula en lâchant :

— Laissez-moi. En bon chrétien, j'vous l'conseille : vous approchez pas. Un vieux, mais pas capon[1], est allé aux nouvelles... on l'a jamais r'vu. (Un sanglot sec, râpeux, s'échappa de sa gorge.) C'est l'diable, j'vous dis ! Ou Dieu qui nous punit.

Avant qu'Adeline et Armand n'aient pu esquisser un geste, il avait filé tel un lapin devant le liemier[2]. Ils demeurèrent figés quelques instants, en silence. Puis le coutelier demanda d'une voix incertaine :

— Que fait-on ? Rebroussons-nous chemin ?

— M'est avis que vous devriez, maître Armand. Ne le prenez pas en offense mais... au pis, les gens d'armes ne feraient pas de quartier envers vous. Ils hésiteront face à une vieille femme qui pleure au vouloir. Les vilains souvenirs ne me manquent pas. Suffit que je les ravive pour que les larmes me trempent le visage.

— Non, je ne laisserai pas une représentante de la douce gent aller seule au-devant du danger. Admettez que je suis un homme, même en demi-portion.

Il plia un bras musculeux et banda son respectable biceps en pouffant :

— Vous seriez surprise de la force de ces muscles. Allons, mais de grâce exerçons une extrême circonspection.

Ils avancèrent en direction des cris, des invectives et des hennissements. À trois ou quatre toises, au détour d'un coin de rue, Adeline aperçut la barricade montée de roues de charrette, de poutres, de solives, de pierres,

---

1. À l'origine « poltron » puis « qui trompe pour arriver à ses fins ».
2. Grand chien de chasse. A donné « limier ».

hérissée de pieux, de lances dont les crocs et pointes étaient tournés vers ceux qui allaient périr. D'une façon ou d'une autre. Une trentaine de pauvres gens, couverts de hardes crasseuses, certains si affaiblis qu'ils tenaient à peine debout, d'autres si furieux qu'ils brandissaient le poing, gueule grande ouverte sur des malédictions. Un monceau de cadavres s'entassait juste derrière eux. Des femmes aux cheveux épars, aux jupes retournées sur leur intimité dénudée. Des hommes aux joues creuses et au visage noirâtre. Des enfants, aux petits pieds pâles comme des lunes d'hiver. Leurs lèvres desséchées se rétractaient, découvrant leurs dents. Une petite fille avait été jetée en haut du tas, sa poupée de chiffon bourrée de paille posée sur son ventre. Le jouet portait encore un mignon bonnet brodé de bleu. Et Adeline songea que l'enfer était ici et maintenant.

Un couinement la tira de son malsain vertige. Un gens d'armes à la mine revêche avait agrippé de sa main gauche les cheveux de Daubert et le menaçait de son gantelet de métal[1] serré en poing. Adeline, preuse en dépit de sa crainte, beugla en retrouvant ses accents de faubourg :

— Eh ben, mon gars ! C'est'y pas qu'on aurait humeur de bile ? Y t'a point cherché noise l'nabot. Laisse-le donc aller.

Le soldat la détailla des pieds à la tête et rugit, mauvais :

— T'en mêle pas la vieille. J'veux pas filer une tourniée[2] à une bonne femme qu'à l'âge d'êt' ma mère, mais

---

1. Le plus souvent, il couvrait le dos de la main droite, celle qui combat.
2. Grosse gifle.

t'y fie point trop. D'ailleurs, les courtauds d'pattes m'font aigrir l'vin dans la panse.

— Mon sentiment, à l'égal, approuva Adeline en priant pour qu'Armand leur épargne son habituelle vivacité de langue qui, en l'occurrence, pouvait leur faire rejoindre leur Créateur dans la seconde.

Sans doute le comprit-il puisqu'il demeura coi, sans gigoter pour se libérer de la poigne de l'autre. Le gens d'armes reprit d'une voix aiguë et hargneuse :

— Vous autres avez rien à faire céans ! Tu veux que j'le balance de l'aut' côté des pieux, ton nain ?

Elle sut qu'il était à bout. Elle sentit que la moindre parole maladroite pouvait signer leur sentence de mort à tous deux.

— Tu le feras pas parce que t'es un bon gars. J'le vois dans tes yeux. D'ailleurs, si tu lâches l'infirme, je délivrerai ta mie sans denier délier. Ma promesse, celle d'une des meilleures matrones de Paris.

Il la fixait. Son esprit oscillait entre fureur de sang et renoncement de fatigue, entre dévastation et envie de fuir ce lieu oublié de Dieu. Adeline s'approcha d'un pas et demanda d'un ton doux :

— C'est toi qu'a occis la femme ? Celle qu'a hurlé y'a peu ?

Il serra les lèvres et hocha la tête avant de balbutier :

— Non... mais j'ai rin fait pour les en empêcher. Deux. Ils lui ont fiché deux pertuisanes dans le corps. Là.

Il désigna d'un geste vague une mare de sang à quelques pas de lui.

— Je... Je... elle m'a supplié, sa petiote plaquée contre son dos. Elle... toussait... beaucoup... J'sais pas par où qu'elles avaient pu sortir d'l'enclave... peut-être une cave... Elle toussait, crachait... on pouvait pas... les ordres... les autres... Y sont impies selon toi, ceuzes qui ont chopé la fièvre ?

— J'en doute. J'ai délivré tant d'mignonnes pieuses qu'ont rendu leur âme d'une fièvre. Elles avaient pas péché, j'en mettrais ma main aux braises[1]. Et l'enfante ?

Ailleurs, errant dans un univers douloureux, il ne comprit pas :

— Hein ?

— La fillette que la femme navrée cachait derrière elle ?

— J'sais pas, rapport que j'ai clos les paupières quand que... quand qu'ils l'ont chargée. Ensuite, ils l'ont soulevée et jetée de l'autre côté. Elle s'est... euh... empalée sur les pieux. J'crois bien qu'elle était jeune et jolie. J'sais plus trop.

— Donc, t'es pas coupable. Dieu le voit. Gâte pas ton innocence à cause d'un nain, un peu lent d'esprit et inoffensif. Lâche-le, pour l'amour du Divin Agneau.

Il hésita quelques instants et ouvrit la main. Armand baissa la tête et murmura :

— Dieu te garde, l'homme. Il aime Ses bonnes créatures.

Adeline salua le gens d'armes d'un mouvement de tête et pria pour que son esprit tourmenté trouve l'apaisement. Elle agrippa Armand par l'épaule et le poussa sans ménagement.

Lorsqu'ils eurent mis assez de distance entre eux et la barricade, le coutelier pesta :

---

1. Expression dérivée de l'ordalie. Épreuves physiques (fer rouge, immersion dans l'eau glacée, duel judiciaire, etc.), destinées à démontrer l'innocence ou la culpabilité. Ce jugement de Dieu sortit d'usage au XIe siècle et fut condamné par le concile de Latran IV en 1215.

— Le merci ! Un peu faible d'esprit en plus d'être nain.

Le sang monta à la tête de la matrone qui le secoua à lui démancher l'épaule en sifflant :

— Ah ça, vous ne manquez pas d'aplomb pour un déformé ! J'aurais dû vous abandonner là-bas. Belle gratitude, en vérité ! À Dieu, maître Armand. Les gens de votre sorte me font regretter le peu de charité qu'il me reste.

— Votre pardon, je rougis d'encombre à ma bêtise quand je devrais vous exprimer mon immense gratitude. Sans vous, il m'aurait pourfendu. Que mes nerfs soient mon excuse, chère Adeline. Autant l'avouer, j'ai vu ma dernière heure arrivée. De grâce, restez à mon côté. Cependant, éloignons-nous sitôt. Ces visions me suffoquent. L'enfer déferlerait-il en crue ?

La mère Musard se signa à nouveau pour toute réponse et Armand l'imita.

— Pressez le pas, ma bonne, même s'il me faut galoper derrière vous. J'exècre ce lieu et prie qu'il ne hante pas mes cauchemars.

Adeline ne se le fit pas répéter et avança à bonne allure. Un piètre soulagement naquit en elle lorsqu'elle calcula qu'ils avaient dû mettre vingt toises entre eux et les gens du prévôt sans que ceux-ci manifestent la moindre envie de se lancer à leur poursuite.

La matrone lança au coutelier qui la suivait avec peine à cinq pas :

— Maître Armand, avez-vous vu le visage de ces pauvres défunts, ceux du tas de cadavres ?

— Non pas... J'évitais de battre un cil afin de ne pas encourager le soldat à la cuirée[1]... sur ma modeste personne, pour laquelle j'éprouve une solide amitié, grommela-t-il, essoufflé.

---

1. Du cuir de la bête chassée. A donné « curée ».

— Le visage et les membres de certains d'entre eux étaient noirâtres.

— Et ?

— Dans ma jeunesse, j'ai été témoin de cas de trousse-galant[1]. Fort semblable, du moins d'où je me tenais.

— Trousse-galant ?

— Une fièvre charbonneuse[2].

— En... réchappe-t-on ?

— Parfois. D'autres trépassés... là-bas... ne présentaient nulle couleur hormis celle, blafarde, d'un cadavre.

Tête baissée afin d'éviter les immondices amassées dans la rue, ils progressèrent en silence quelques instants. Soudain, une silhouette maigrelette se détacha d'un porche et fonça vers eux. Une menotte ensanglantée s'accrocha à la cotte d'Adeline et un joliet visage ravagé de larmes se leva vers elle. La fillette, âgée de cinq ou six ans, blonde comme les blés, aussi crasseuse que le cul d'une marmite, hoqueta :

— Aidez-moi. Pour l'amour de Dieu. Y z'ont tué la mère et l'père a claqué d'une fièvre. Mes deux frères aussi.

L'enfante qui était parvenue à fuir l'enclave. Adeline s'accroupit devant ce chaton efflanqué, terrorisé, et saisit ses poignets rougis du sang de sa mère jetée sur les pieux qui défendaient la barricade.

— Est-ce bien avisé de la toucher ainsi ? remarqua Armand en reprenant son souffle.

— Elle me paraît saine. Affamée, mais saine. Je ne détecte aucune pustule brune sur sa peau. Comment te nomme-t-on ? demanda-t-elle à la fillette.

---

1. Se disait d'une maladie violente qui emportait le sujet rapidement. Le terme a désigné tout autant le choléra que le charbon.
2. Un des multiples noms du charbon.

— Blandine. Me laissez pas, la femme. J'puis travailler pour payer mon manger et mon dormir dans un coin. J'fais point d'bruit et j'connais mes prières.

Armand hocha la tête en signe de dénégation. Il se détestait de son manque de bonté, surtout envers une innocente gamine[1]. D'un autre côté, il n'avait pas envie de rejoindre les dépouilles entassées sur les chariots, ni de transmettre une fièvre maléfique aux siens. La honte au front, il décida :

— Il me faut vous quitter, Adeline. Je vous souhaite longue vie, du fond du cœur. Dieu connaît votre valeur et vous protège. À Dieu, ma bonne.

Sans même un dernier regard pour Blandine, il trottina, les abandonnant au milieu de la rue.

---

1. Gamin. À l'origine « petit garçon qui aidait les briquetiers et les fumistes », puis « enfant des rues ».

XVII

14 août 1348, rue de la Harpe, Paris

artine Levier n'aimait guère maître Baudry Plantard, l'apothicaire qui s'était installé dans le quartier quelques années auparavant. Tout en lui lui déplaisait : sa grande carcasse épaisse, son crâne chauve, ses énormes sourcils broussailleux et ses prunelles noires de jais. S'y ajoutait cette voix onctueuse et trop haut perchée pour sa corpulence et cette agaçante habitude qu'il avait de se frotter sans cesse les mains lorsqu'il vous parlait. Cela étant, les membres du bas de Martine, raidis par la maladie de vieillerie[1], ne lui permettaient plus de remonter la rue Saint-Jacques pour établir ses habitudes dans une autre officine. Aussi devait-elle s'accommoder du remplaçant de maître Rimeau, l'ancien apothicaire décédé sans crier gare. Elle le regrettait fort, ce petit homme débonnaire, toujours une gentillesse aux lèvres. Il avait passé dans la nuit. Le soir bon pied, bon œil, le matin, mort. Ses deux fils, installés à Blois, avaient vendu en hâte l'apothicairerie. L'acheteur, Baudry Plantard donc, avait refait de neuf la vieille officine sombre, preuve que les moyens ne lui faisaient pas défaut. Certes, Martine Levier admettait que

---

1. Arthrose.

la boutique avait maintenant fière allure. On n'y péné-trait plus pour acheter un quelconque remède en son-geant que l'on avait déjà un pied dans la tombe, tant la tristesse que sécrétait l'ancien lieu n'engageait pas à se sentir bien portant.

Plutôt que le fouillis de pots, de sachets, de fioles, de simples[1] séchés entassés sur la longue table de pré-paration, maître Plantard avait fait installer un beau comptoir de bois clair. Les gerbes odorantes étaient maintenant pendues aux poutres. Une rutilante bilance[2] de bois et cuivre, ainsi que sa multitude de poids de toute matière, dont certains à peine plus gros qu'un demi-grain de blé, trônait sur la table cirée, à côté d'un encrier, d'une plume et d'un épais registre de pres-criptions.

Baudry Plantard se leva de son banc de préparation et se porta au-devant d'elle en appliquant sur son nez le museau de cuir qui ne le quittait plus depuis que les pre-mières rumeurs au sujet de cette fièvre étrange et meur-trière lui étaient parvenues. D'une voix nasale, déformée par le masque, il demanda :

— En quoi puis-je vous servir, madame Levier ?

— Enfin, ôtez cette chose grotesque de votre face ! Eh quoi, je pue du bec ? Vous me voyez bien vive mais per-cluse de douleurs. Je n'ai pas ouï qu'elles s'attrapaient.

Baudry Plantard s'exécuta à contrecœur. Martine conti-nua :

— Mes douleurs de membres m'amènent. J'éprouve tant de peine à me lever au matin ! Mes genoux cra-quent et se plaignent. Des douleurs en coup de poinçon

---

1. Plantes médicinales.
2. De *bilancia* (*bi* et *lanx* : plateau) : balance. Nous a laissé « bilan ».

me sillonnent la jambe depuis la fesse. Descendre quelques marches s'apparente maintenant à une épreuve.

— L'âge, ma bonne, l'âge.

L'aigreur gagna Martine Levier. Eh quoi ? Oui, elle avait passé les soixante années. Et alors ? N'était-il pas apothicaire, fabricant de potions et de remèdes ?

— Certes, mais j'en connais des plus âgés que moi qui courent, aussi lestes que des lapins. Votre art ne consiste-t-il pas à m'offrir soulagement plutôt que de banales constatations ?

Il tourna ses yeux de gemme noire vers elle et elle y lut la méchanceté. Toutefois, Martine Levier en avait vu, subi dans sa longue vie, et n'était guère commère à se laisser souffler dans les narines en complaisance.

— Au cas que vous ne m'auriez point entendue, et sauf votre respect, je me répète : votre art ne consiste-t-il pas à offrir soulagement à vos clients ?

Martine Levier eut le net sentiment qu'il l'exécrait et ne se retenait que parce que la devanture ouvrait sur la rue, très affairée en cette heure. Elle se jura qu'elle ne remettrait plus les pieds céans, quitte à payer un galopin[1] de rue pour aller quérir ses mélanges de simples rue Saint-Jacques.

De cette voix onctueuse et aiguë que détestait Martine, il proposa :

— Je puis, pour vous soulager, vous préparer une mixture de ma recette : une macération de camomille, de grande ciguë et de menthe[2].

À la mention de grande ciguë, les sangs de Martine Levier ne firent qu'un tour. Ah ça, se proposait-il de l'enherber ? Elle n'aurait pas juré du contraire. S'effor-

---

1. À l'origine, « petit garçon employé à faire les courses » puis « enfant mal tenu de rues ».
2. Trois analgésiques très utilisés.

çant de maîtriser son alarme, elle feignit de s'absorber dans la contemplation des passants qui défilaient devant l'apothicairerie et s'exclama :

— Oh, cet excellent M. Charreste ! Je me demandais ce qu'il était devenu. À vous revoir sous peu, maître Plantard.

Elle sortit en trombe de la boutique, en dépit de ses genoux roidis.

Resté seul, Baudry Plantard souffla d'exaspération et de mépris. Dieu du ciel, qu'il détestait ces gens ! Des moutons abrutis qui se donnaient des airs. Ce métier l'ennuyait à dégorger. Tous ces geignards, pleurnichards avec leurs douleurs de dos, de jambes, leurs furoncles, leurs dents déchaussées, leurs toux, leurs bouffées nocturnes de vieillardes et leurs cors au pied le suffoquaient d'ennui. Ne savaient-ils pas, ces déchets larmoyants, qu'ils devaient périr, le plus tôt étant encore préférable ?

Il se réinstalla derrière son comptoir et la lancinante inquiétude le submergea. Où se trouvait ce jour son diptyque ? Le gentillâtre[1] à qui il l'avait cédé, alors que l'ivresse lui troublait l'entendement, en échange de ses dettes de jeu l'avait-il revendu ? À cette pensée, l'apothicaire crut défaillir. Ah, non, cela ne se pouvait ! Baudry Plantard se détestait de cette faiblesse de tempérament qui le poussait à jouer, à s'enivrer et à rejouer. Ce soir-là, il avait proposé le diptyque en échange de l'effacement de son ardoise. Il était si ivre qu'il tenait à peine debout et ne parvenait plus à aligner deux pensées cohérentes. Au demeurant, il était déjà saoul lorsqu'il s'était installé à la table de dés. Il s'injuria pour la millième fois. À la fin, l'homme, serais-tu une femmelette incapable

---

1. Terme de dénigrement pour un gentilhomme pauvre.

de résister à ses sots amusements ? Serais-tu l'un de ces faibles d'esprit que tu conspues tout le jour en ton échoppe lorsqu'ils te font monter la bile ?

Il tomba à genoux et supplia Dieu de le venir visiter afin de le rendre plus fort, plus apte à dominer ses vices.

Il se releva enfin, le visage baigné de larmes, honteux. Assez avec ces jérémiades ! Dieu aimait les forts, ceux capables de porter haut Son message.

Ainsi, Dieu ne l'avait jamais puni. Baudry Plantard se souvint. Il n'avait pas dix-neuf ans et secondait l'apothicaire de l'abbaye royale de Tiron.

An de grâce 1339. Ce matin-là, une aube lumineuse de printemps se levait. Baudry s'activait à récolter les jeunes fleurs de tilleul humides de rosée. André de Mournelle, leur grand prieur d'alors, se planta derrière lui. De courte taille mais charpenté, messire de Mournelle était homme avenant et on l'appréciait fort céans. Il souriait volontiers, et nombre des moines souhaitaient tout bas qu'il devienne un jour leur guide. Au plus preste, si Dieu le jugeait bon. Cependant, la verdeur sinistre de leur actuel seigneur abbé laissait préjuger que d'interminables années de privations, de corvées inutiles, d'aigre tristesse les séparaient encore d'une nouvelle élection. Certains s'interrogeaient : quel acte odieux avait-il donc pu commettre pour ne paraître se réjouir que des jeûnes superflus, des tâches ingrates et exténuantes qu'il s'imposait, ainsi qu'à ses fils ? Le péché qu'il semblait expier à chaque heure du jour et de la nuit devait être bien lourd pour qu'il entraînât près de trois cents moines dans des mortifications. Une sorte d'incessante pénitence qui les faisait souffler d'irritation. Cette injustice répétée depuis l'arrivée de l'abbé pesait à tous et l'atmosphère s'en ressentait. Une sorte de pesanteur malsaine s'était infiltrée dans chaque dortoir, dans les chapelles, dans les cuisines, partout. L'on fuyait aussi vite que possible dès que l'on apercevait la haute silhouette squelettique du seigneur abbé, certain qu'il n'ouvrirait la bouche que pour condamner, reprocher, inventer une autre expiation. Baudry piaffait aussi, de façon plus personnelle mais tout aussi confidentielle. Frère Arnaud, l'apothicaire perclus de douleurs de vieillerie, sourd et presque aveugle, dont la main tremblait tant qu'il ne pouvait plus réaliser les pesées, s'accrochait à la vie alors même qu'il sentait déjà le cadavre. Le jeune homme le servait depuis quatre ans et connaissait aujourd'hui tous les secrets des simples et de leurs combinaisons. Sans doute mieux que le vieillard dont la mémoire devenait de plus en plus rétive.

— Faites-vous généreuse récolte, mon bon frère ? s'enquit André de Mournelle.

— Si fait, les premières feuilles sont d'un délicat vert, si délicat qu'on les croquerait à pleines dents.

— Voilà qui nous promet de délicieuses infusions apaisantes à l'hiver, commenta le grand prieur.

— D'autant que le tilleul est aussi diurétique et lutte contre les spasmes de ventre, approuva le jeune moine tout en se demandant où l'autre voulait en venir.

— Vous m'allez croire bien oisif et babillet[1] de m'attarder ainsi.

— Non pas, et la faute m'en reviendrait : je ne taris point d'éloges et d'enthousiasme dès lors que l'on évoque les merveilles que le Tout-Puissant a semées autour de nous afin de nous guérir. N'est-Il pas d'une infinie générosité ? Voyez, toutes ces fleurs, ces herbes qui nous protègent, embaument nos journées et égayent nos existences de leurs couleurs.

---

1. Bavard, une faute puisque le silence était de règle, hormis pour les échanges d'importance.

— Sans oublier que certaines parfument aussi nos mets.

André de Mournelle hocha la tête et poursuivit d'un ton attristé :

— Quant à la gaieté... Et pourtant, ne devrait-on pas déborder de bonheur et de joie à l'idée de célébrer Dieu ?

Baudry Plantard saisit la perche, à peine voilée, que l'autre lui tendait :

— Il est vrai qu'une persistante... mélancolie[1] semble régner céans et qu'elle doit étonner notre Père.

— Au-delà de l'étonnement, Il doit en concevoir du chagrin, Lui qui offre tant à Ses créatures.

— De juste.

— Baudry...

— Oui... ?

— N'y voyez nulle jacasserie ou perfidie. Seule une légitime alarme justifie mon propos. Il me semble que... frère Arnaud a considérablement baissé depuis quelque temps. Une erreur de composition ou une lourdeur de main d'apothicaire peut se solder par de fâcheuses conséquences.

— Très fâcheuses en effet. Certains principes actifs, tel celui de la digitale, occasionnent la mort à quelques gouttes de différence[2].

— Je le redoutais et m'en suis ouvert auprès du seigneur abbé, mentit André de Mournelle qui ne lui avait fait part d'aucune appréhension de cet ordre.

— Qu'en a-t-il fait ?

— Vous le connaissez, pas grand-chose. Selon lui si notre bon Arnaud se trompait, à l'évidence Dieu aurait mené sa main.

_____
1. Au sens de dépression.
2. Dont on a tiré un remarquable cardiotonique, la digitaline, par ailleurs un poison mortel à doses modestes.

— Afin de nous punir encore ? lâcha Baudry d'un ton d'exaspération.

La moue trompeuse du grand prieur lui donna raison.

Baudry était encore jeune et la frustration bouillonnait en lui depuis des mois. S'y ajoutait cet impossible désir qu'il ressentait dès qu'une servante laïque, point trop défraîchie, croisait sa route, un désir qui le tenaillait au point de lui gâcher le dormir certaines nuits. Et pourtant, il luttait avec vaillance, contrairement à nombre de ses frères. Son amour pour Dieu, la gratitude qu'il se sentait d'avoir été admis en cette prestigieuse abbaye, un des phares de l'Occident, lui tissaient une armure qui résistait encore. Cependant, l'autorité mortifère de l'abbé, son appétence pour la pénurie, la presque sénilité de frère Arnaud, tout concourait à saper la résistance du jeune moine. Avant même qu'il ne réfléchisse, ne soupèse ses mots, il s'exclama :

— Ce monastère devait rayonner ! Or, il s'étiole, se ferme sur lui-même.

Songeant qu'il avait été bien téméraire, il tenta :

— Votre pardon, mon frère. Quelle impudence de ma part. Les mots ont dépassé ma pensée.

— Pourtant, j'aurais pu les prononcer, avoua le grand prieur d'un ton d'apaisement.

Ainsi se scella une profitable mais dangereuse alliance entre eux. Quelques mois plus tard, le seigneur abbé périssait. Un jour bien vif, le lendemain trépassé. Seule sa langue tuméfiée et noirâtre aurait pu indiquer que son Créateur ne l'avait pas rappelé à Lui. Mais nul ne songea à l'examiner. André de Mournelle fut élu abbé, une fonction qu'il convoitait depuis son arrivée à la Sainte-Trinité. Ancien soldat et toujours gaillard[1], il remplit bien vite sa part de la transaction. Frère Arnaud, qui n'y voyait plus guère et marchait avec peine n'aurait jamais dû partir seul en forêt à la recherche de simples sauvages. On le découvrit le lendemain, la nuque brisée. Le pauvre avait, à l'évidence, glissé sur des rochers moussus. Mournelle se convainquit qu'il lui avait rendu beau service en lui évitant une longue, trop longue déchéance. De plus, il n'avait eu qu'à l'inciter à l'accompagner en forêt, puis à le pousser. Pas même un meurtre. Baudry Plantard devint donc apothicaire.

Grisés par l'aisance avec laquelle ils inclinaient le sort, rassurés par l'indulgence du Tout-Puissant qui ne les avait pas frappés de Son ire, les deux compères ne purent s'arrêter en si bon chemin ! Marie, la fille d'André de Mournelle, épouse d'Aurillay, fit part à son père de ses graves difficultés financières. Si l'abbé écartait sans vergogne et sans remords ceux qui le gênaient, il éprouvait pour sa fille une véritable tendresse, sans doute en raison de ses manques dont il se sentait un peu responsable. Ardu de trouver à Marie une quelconque qualité d'esprit ou de silhouette. Seules sa piété et sa bonté étaient louables. Un lucratif trafic de manuscrits anciens, précieux et rares commença. Mournelle retenait les deux tiers de leurs gains mal acquis et offrait le reste à Baudry. Le jeune apothicaire jugea bien vite ce partage inique. Après tout, lui prenait tous les risques. Il volait des manuscrits peu consultés, dont on ne remarquerait pas l'absence, à la nuit dans la grande bibliothèque. Il filait ensuite jusqu'à Saint-Denis d'Authou et les confiait à un faussaire, ancien moine défroqué, marié, peinant à nourrir sa trop nombreuse marmaille. Une fois la copie réalisée, il la plaçait sur son étagère. L'original pouvait donc être vendu à vaste profit.

---

1. Dans son premier sens : vaillant, hardi.

L'aigreur de Plantard envers Mournelle devait bien vite se mâtiner de méfiance. Il lui sembla soudain que l'abbé lui dissimulait un secret, un secret très monnayable. Il le surprit à deux reprises en conversations murmurées avec le frère enlumineur, cette grosse outre prétentieuse, mais talentueuse, de Gabrien. Il apprit même d'un semainier de palais[1] que le seigneur abbé avait fait mander le copiste et qu'ils avaient discuté longuement dans son bureau. À quel objet ? Aux aguets, il constata que les absences de Gabrien au réfectoire lors du souper du soir se multipliaient. Que copiait-il dont Mournelle l'écartait ? Baudry tenta bien sûr de tirer les vers du nez de l'enlumineur qui le toisa et haussa les épaules avant de déclarer, d'un ton de fatuité :

— Ah ça, mon bon frère, trouveriez-vous à redire des décisions de notre excellent père ? Devrait-il requérir votre sentiment à leur sujet ? Votre pardon, le labeur m'attend et s'impatiente !

Quelques jours plus tard, alors qu'il ne relâchait plus sa surveillance, Baudry vit Gabrien trottiner telle une grasse souris jusqu'au palais abbatial, serrant sous son aisselle un objet rectangulaire, enveloppé d'une touaille épaisse. De la taille d'un manuscrit, par exemple. Le doute s'évanouit dans son esprit. Mournelle faisait affaire dans son dos. L'apothicaire ne déragea pas de deux jours. Pourtant, il parvint à ronger son frein et à maintenir une mine affable lorsque le seigneur abbé le rejoignit lors qu'il travaillait à son xylarium[2] dans l'apothicairerie.

---

1. Moine chargé d'une certaine tâche à la semaine. Ici, de s'occuper du palais de l'abbé.
2. « Herbier » qui s'intéresse aux arbres uniquement.

— Mon bon fils Baudry, j'ai le sentiment d'un éloignement qui me peine. Vous ai-je ulcéré en quoi que ce fût ? attaqua sans ambages André de Mournelle, la mine grave. Ne sommes-nous pas liés par des secrets qui, s'ils étaient connus, nous vaudraient le déshonneur et les fourches patibulaires[1] ?

Plantard ne tergiversa qu'une seconde avant de lancer :

— Que manigancez-vous avec Gabrien, vous gardant bien de m'en informer ?

— Dieu du ciel ! Pensez-vous que je tenterais de vous escobarder[2] ? Vous n'y êtes point du tout ! Nous nous sommes trouvés, par miracle. Je gage que nous sommes les deux seuls êtres lucides en ce lieu. L'éblouissante vérité de Dieu exige que des forts portent sa parole. Et que voyons-nous céans ? Pour la plupart des châtrés qui s'égosillent en psaumes dans l'espoir de se rassurer. D'autres, minables fourmis qui auraient dû gratter la terre de leurs ancêtres afin d'en extraire pitance et trouvent céans écuelle bien plus généreuse. Certains, profiteurs en herbe, qui s'agitent dans l'espoir de gravir les marches et d'atteindre une nomination de grand prieur ou de cellérier. Je m'efforce de secourir ma fille, ainsi que le doit un père. Je me doute que vous faites de même, sans doute une mère ou une sœur en pauvreté ?

— Si fait, ma mère. Veuve depuis de longues années et sans le sou, mentit Baudry.

Sa mère avait passé lors qu'il n'avait pas cinq ans. Le seigneur abbé fut-il dupe ? Peut-être : la compassion s'était peinte sur son visage.

— Je le pressentais, mentit Mournelle qui n'avait aucune illusion au sujet de Plantard, un fieffé coquin et

1. Où l'on pendait les condamnés.
2. Tromper, obtenir par la ruse ou un double discours.

un menteur d'envergure. Quoi qu'il en soit, voici l'objet de ma visite. Gabrien a recopié à mon ordre un texte ancien, très précieux. J'ai affirmé qu'il s'agissait d'un cadeau pour notre Saint-Père. Notre bon enlumineur est benêt et vaniteux mais comprendra tôt ou tard que je lui ai baillé le lièvre par l'oreille.

— Qu'attendez-vous de moi ?

— Votre art, quoi d'autre ? sourit André de Mournelle. Il me faudra ensuite dénicher un aussi bon copiste que feu Gabrien.

— Qu'obtiendrai-je en échange ?

— La moitié de la vente… pour votre chère mère.

Gabrien rendit donc son âme à Dieu dans l'indifférence quasi générale de ses frères, grâce à la préparation déjà utilisée avec succès pour expédier l'ancien abbé vers un monde meilleur.

Baudry garda un œil acéré sur Mournelle qui le rassurait périodiquement, affirmant qu'il cherchait un riche acheteur pour le manuscrit en question. Le jeune apothicaire doutait de sa parole et le soupçonnait de chercher à monnayer à gras deniers le volume à son unique profit. Jusqu'à ce soir de décembre 1345. Il faisait un froid de gueux et les chemins avaient gelé. Baudry Plantard fut prévenu au plein de la nuit par un moinillon dont il avait surpris les mamours avec une lingère en âge d'être sa mère. L'adolescent avait compris qu'une totale obéissance envers l'apothicaire préserverait sa réputation et ses amours clandestines. Le seigneur abbé était sorti de l'abbaye, à pied, l'épaule sciée d'une lourde bougette.

Le sang de Plantard ne fit qu'un tour. Il se faufila à sa suite par la porterie des fours qu'un piètre verrou défendait, verrou repoussé par l'abbé ce soir-là. La porterie majeure, quant à elle, était barricadée de traverses et seul le frère portier en possédait la clef. Baudry repéra vite la robe gris de fumée plantée sous une lune généreuse.

L'altercation qui s'en suivit fut houleuse. Démonté de colère, Baudry exigea de vérifier le contenu de la bougette, qui lui semblait bien ventrue pour ne renfermer qu'un manuscrit. André de Mournelle s'en offusqua, refusant de se soumettre. De fureur, l'apothicaire lui arracha le sac d'épaule et s'enfuit à quelques mètres afin de l'explorer. Trois manuscrits prestigieux et un diptyque y étaient serrés.

— Lâchez cela, lâchez-le, m'entendez, hurla le seigneur abbé en le rejoignant.

Incrédule, le jeune apothicaire détailla la vilaine scène de Crucifixion et la disgracieuse Ascension.

— Rendez-le-moi ! Ceci m'appartient en propre, éructa Mournelle, fort peu inquiet au sujet des manuscrits dont l'extrême valeur ne faisait pourtant aucun doute.

— Qu'est ceci ? exigea Baudry.

— Sot que vous êtes, un vrai cul d'âne ! Faut-il jeter des perles au groin de porcs tels que vous[1] ? Que savez-vous de l'art, de l'immensité de Dieu, marmot[2] que vous êtes ?

Le camouflet fit rougir Baudry qui balbutia :

— J'ai agi comme j'ai pu, avec le peu dont je disposais.

— À l'instar de cette mère que vous aidez, lors qu'elle est passée depuis des lustres ? Paltoquet. Vous ne méritez aucune estime ! Un valet, rien d'autre. Quant à moi, je subviens aux nécessités de ma fille et de ses enfants.

---

1. *Margaritas ante porcos*, Évangile selon saint Matthieu (7,6). Aujourd'hui l'expression est devenue « jeter de la confiture aux cochons ».
2. Terme péjoratif désignant le singe, puis les jeunes enfants.

Sont-ils coupables d'avoir pour père et époux un lent d'esprit dont seul le membre viril semble apte, pour le malheur de Marie, grosse chaque an ?

— Qu'est ce diptyque par ailleurs hideux ?

— Mon pauvre ami, même si je vous l'expliquais, vous n'y comprendriez goutte ! s'esclaffa l'abbé. Vous n'avez aucune idée de sa valeur. D'aucuns tueront ou paieront fortune pour se le procurer. Rendez-le-moi, sitôt. Gare si vous me résistez. Contentez-vous de ma générosité. Elle vous a déjà rendu riche, même si j'ignore à quoi vous réservez cet argent.

— Partir d'ici, quoi d'autre ? Vivre enfin, libre. L'abbaye m'a nourri, m'évitant de crever de faim. Il est vrai. Cela étant, Dieu n'est pas entre ses murs. Il s'y sent à l'étroit dans ces petites âmes, ces mesquins esprits qui ânonnent leurs prières avec autant de dévotion et d'amour que s'ils pissaient ou se mouchaient. Je veux Le chérir ailleurs. Libre.

Avant que Baudry n'ait pu parer, André de Mournelle fut sur lui. Il rugit tel un fauve et tenta de lui arracher le diptyque. (Un peu plus loin dans la forêt, Guy d'Aurillay qui venait de s'affaler en se foulant la cheville entendit les cris.) Les manuscrits churent sur le sol gelé. L'abbé avait conservé de sa vie de guerre des muscles d'acier. Il saisit Baudry au col dans la ferme intention de l'étrangler. Le jeune apothicaire tira le couteau à forte lame qui lui servait à hacher les tiges des simples. Il frappa. Son poing libre s'abattit encore et encore sur le visage de Mournelle. L'abbé s'effondra, à l'agonie.

Le jeune apothicaire perçut l'écho d'une progression, non loin. Il ramassa les manuscrits et, le diptyque fermement serré sous son bras, rejoignit en hâte l'abbaye de la Sainte-Trinité.

Baudry Plantard revint à ici et maintenant dans cette apothicairerie de la rue de la Harpe. À nouveau, il ne trouva pas d'injures assez cinglantes pour fustiger sa stupidité, ce soir de jeu, lors que le vin lui avait fait perdre le sens au point de céder le diptyque. Il était coupable, grandement coupable.

Cependant, Dieu ne l'avait jamais sanctionné pour ses actes, a priori répréhensibles, mais à l'évidence admissibles, à Ses yeux.

Les regrettait-il ? Pas vraiment. Pas même le meurtre de maître Rimeau, l'ancien apothicaire qui ne cessait de tergiverser à lui vendre son officine quand ses fils, bien plus avisés, l'y poussaient. Bah ! le vieil homme avait fait son temps. Les manuscrits avaient amplement payé l'apothicairerie et sa réfection. Ils permettaient toujours à Baudry Plantard de vivre en confort, quelles que fussent ses ventes de simples et d'onguents.

Il lui fallait retrouver le diptyque, le racheter ou, éventuellement, envoyer son actuel propriétaire rejoindre son Créateur. André de Mournelle, le vieux coquin, ne lui avait jamais expliqué son secret. Toutefois, des dérobades du seigneur abbé, Baudry Plantard avait compris que d'aucuns paieraient une fortune pour le connaître ou le faire disparaître. L'apothicaire en avait rencontré, dont deux dont les propositions lui avaient noué la gorge de bonheur. Un, surtout, dont l'inépuisable richesse n'avait d'égale que la dangerosité. Une grande ombre en apparence affable et débonnaire mais dont Plantard aurait juré qu'elle avait lucratif commerce avec le diable. Une grande ombre que mieux valait ne pas décevoir et encore moins trahir. Un puissant parmi les puissants dont la voix posée et douce dissimulait le venin le plus ravageur.

Ah morbleu ! Où retrouver ce gentillâtre dont il n'était même pas certain qu'il habitât Paris et dont il avait oublié le nom tant il était saoul ? Le tenancier du cercle de jeu était resté muet comme une carpe lorsqu'il le lui avait demandé, ainsi que son adresse. L'homme au visage si vilainement balafré que l'on aurait cru que les deux moitiés avaient été recollées de guingois avait lâché, goguenard :

— Vous surprendrais-je, messire Louis, qui ne vous appelez certainement pas Louis, en vous disant que la plupart de mes habitués usent d'un nom d'emprunt afin d'éviter de malencontreuses indiscrétions ? Peu me chaut, en vérité. Dès qu'ils me doivent de l'argent, je les fais suivre en discrétion par l'un de mes hommes jusqu'à leur domicile. Il est alors plus... aisé de leur demander en courtoisie de régler leurs dettes, voire de les rappeler aux bons usages. Ainsi, vous me dûtes de l'argent en plusieurs occasions. Aussi, n'insistez pas, messire *Louis*.

À la façon dont il avait accentué son faux prénom, Baudry Plantard avait compris la menace à peine voilée.

XVIII

14 août 1348, plus tard, rue Saint-Antoine, Paris

abrielle s'était rongé les sangs toute la nuit, puis le jour. Où donc se trouvait Henri ? Elle était parvenue à conserver son maintien composé lors de la visite de la mère Musard. Au demeurant, la vieille matrone, l'air préoccupé, ne s'était point attardée, fatiguée par une nuit de délivrance.

Affolée, ne sachant que faire, où frapper, Gabrielle s'était vêtue à la hâte dès après son départ. Elle ne connaissait personne en la capitale, hormis l'odieux Pierre Lentourneau, acolyte de Charles de Solvagnat. Aussi fila-t-elle par les ruelles encombrées et puantes de Paris, se tordant les chevilles sur les pavés que Philippe Auguste avait exigés, faisant trimer ouvriers et repris de justice durant des années. La volonté du souverain ne tenait que peu au confort des Parisiens. En revanche, une fable courait : l'un de ses étalons préférés s'était cassé une jambe en glissant dans une rue transformée en mare boueuse par des pluies d'orage, et il en avait été fort marri[1].

Le jour déclinait. Elle parvint en nage, se tenant le ventre à deux mains, dans la petite cour carrée de la

---

1. Du francique : « triste » ou « fâché ».

belle demeure de maître Pierre Lentourneau. Un vil coquin selon Henri, qui avait eu maille à départir[1] avec lui au sujet des comptes qu'icelui remettait à Charles, comptes assaisonnés à la gredinerie, en plus de retenir les sommes qu'il devait à son mari.

Un valet fit pénétrer Gabrielle dans l'hôtel particulier après lui avoir proposé un gobelet d'eau qu'elle déclina. Son cœur battait à tout rompre. Elle patienta dans l'ouvroir, le temps qu'il aille prévenir son maître de cette visite à l'improviste. À sa panique se mêlait maintenant une indiscutable aigreur. Ah cela ! Ce Lentourneau, guère plus qu'un vivandier[2], était logé tel un prince alors que son époux, d'assez jolie noblesse et de beaux talents, vivait en petit commerçant malchanceux ? Quelle cinglante injustice !

Elle détailla les élégants dorsaux[3], leurs douces teintes champêtres, la haute cheminée de pierre, une dépense insensée dans une pièce qui ne servait qu'à entrer et sortir ou à de courtes visites. Gabrielle n'eut pas le temps de s'appesantir sur l'iniquité de la vie. Un homme assez grand s'inclina devant elle et murmura d'une voix grave dans laquelle perçait l'étonnement :

— Madame d'Aurillay ?

---

1. Sous cette forme, l'expression date du Moyen Âge. « Départir » signifiait « partager ». La maille, unité de mesure, était également la pièce de monnaie de plus faible valeur. En d'autres termes, on ne pouvait pas la diviser, donc la partager. Au sens figuré, cette impossibilité devait donc se solder par un litige. L'expression, telle que nous la connaissons, « maille à partir », date du XVIIe siècle.
2. Intermédiaire qui revendait les vivres.
3. Tapisseries que l'on pendait aux murs pour se protéger du froid et de l'humidité.

Des descriptions d'Henri, jamais elle ne l'aurait imaginé ainsi. Elle s'était forgé l'image d'un petit replet, aux joues grassettes, au crâne dégarni, un vieillard d'une soixantaine d'ans obséquieux et fourbe. Au lieu de cela, un homme à la belle quarantaine, d'une robuste minceur, aux cheveux bruns, drus, à peine saupoudrés d'argent, au regard bleu pâle, se tenait devant elle et suggérait :

— De grâce, madame, passons dans ma salle de travail. Une infusion ? Un verre d'hypocras[1] ? Un en-cas de bouche[2] ? Votre pâleur m'alarme, dans votre état.

Elle refusa d'un courtois mouvement de tête mais accepta la main qu'il lui tendait afin de l'aider à se relever. Elle baissa les paupières, consciente de l'insistance avec laquelle elle le détaillait.

Il était richement vêtu et pourtant sans l'ostentation assez criarde de certains messieurs de moyens qui abusaient des couleurs, des rubans, des fourrures et des bijoux. Elle eut presque honte de sa mise de petite-bourgeoise. Sa cotte en droguet[3] bleu devenait trop ajustée sur son ventre. Son décolleté carré qu'elle dissimulait d'une gorgerette[4] pudique était depuis longtemps passé de mode. Quant à ses courtes bottes à grosses semelles d'allure presque masculine, elles ne se concevaient que dans les chemins terreux des Loges-en-Josas. Toutefois, elle espérait qu'il ne les remarquerait pas. La mode des

---

1. On l'écrivait « ypocras » à l'époque. Vin rouge, parfois mélangé à du vin blanc, sucré de miel et parfumé à la cannelle et au gingembre.
2. Contraction d'« en cas de besoin ». Il existait des en-cas de bouche, de nuit, de voyage, etc.
3. À cette époque : étoffe de laine de piètre qualité.
4. Pièce de tissu de lin ou de soie dont les dames couvraient leur décolleté lorsqu'elles sortaient.

houppelandes à haut col carcaille boutonné, portées sur la cotte, fendues sur les côtés et dont la ceinture était serrée sous la poitrine avait déferlé. Le comble de la coquetterie se jouait dans les manches traînant au sol que les élégantes portaient artistement déchiquetées. Les coiffes de dames avaient abandonné leur sagesse et leur discrétion du temps jadis pour devenir plus volumineuses et se doter de bourrelets dont pendait un voile. Leur forme évocatrice leur avait valu le surnom de « coiffe en pain fendu ». Faute de moyens, Gabrielle en était restée au touret[1] à barbette[2] de sa mère et de sa grand-mère sous lequel était pincé un voile court. Bah ! elle avait l'excuse de n'être qu'une provinciale de faibles moyens. Toutefois, elle était de beau sang par sa mère et ne l'oubliait pas, surtout dans des circonstances qu'elle jugeait abaissantes, telle celle-ci.

Pierre Lentourneau fit pénétrer la jeune femme dans une vaste salle d'études, dont les multiples fenêtres étaient protégées de vitres et de volets intérieurs, des luxes rares. Elle admira la facture des épais tapis de Perse dans les tons rouge, bleu et or. Des bibliothèques qui montaient jusqu'au plafond couvraient l'un des murs. Sans même y réfléchir, elle se dirigea vers la chaise sévère qui faisait face au bureau de merisier sur lequel rouleaux de missives et registres de comptes gisaient. Il lui sourit et offrit :

— Assoyons-nous plutôt ici, nous y serons plus en aise.

La soutenant par le coude, il la mena jusqu'à l'un des fauteuils qui ponctuaient le pourtour d'un large guéridon, sans doute italien.

---

1. Coiffe en forme de tambourin.
2. Large bande de tissu qui passait sous le menton pour maintenir la coiffe en place.

Il désigna d'un geste vague le cordon de passementerie pendu au coin d'une cheminée coffrée de bois sculpté.

— Nul rafraîchissement ou réconfortant ne saurait-il vous contenter ?

— Le merci, monsieur. En vérité, je n'ai pas soif. Mon insolite venue me fait paraître bien déhontée. Je n'ai pas eu la courtoisie de vous faire prévenir. Que mon inquiétude soit mon excuse, si vous l'agréez.

— Certes pas insolite, madame. Votre inquiétude, si je puis ?

Gabrielle baissa les yeux et chercha ses mots. Elle regrettait d'avoir refusé un verre d'hypocras qui aurait sans doute desserré l'étau qui lui coupait le souffle.

— Je... J'ai eu vent de vos... votre... brouillerie avec mon époux Henri. Je... enfin, là n'est pas affaire de femme. Cependant, sachant que vous lui deviez un peu d'argent, j'ai songé que, peut-être, il était passé céans ou à votre bureau de commerce à l'hier.

Une ombre passa sur l'élégant visage de Lentourneau qui plissa les lèvres de mécontentement. Son regard se fit dur, adoptant une teinte plus foncée. Elle songea que cet homme d'affable apparence pouvait se révéler retors et impitoyable, ainsi que le lui avait conté Henri.

— Je n'ai pas revu votre époux depuis notre... différend, il y a plusieurs semaines. Quant à l'argent que je serais à lui devoir... Rien, peu importe.

— Votre pardon ?

— Une affaire peu seyante à oreille de femme, surtout de femme grosse.

En dépit de sa timidité et de son tempérament doux, Gabrielle n'était pas épouse à tolérer ce qu'elle percevait à la manière d'une insinuation perfide au sujet de son mari. Aussi se redressa-t-elle et exigea-t-elle d'un ton beaucoup plus sec :

— Allons monsieur, que retenez-vous ? Mon époux n'a nul secret pour moi.

— Tant d'hommes l'affirment, contra-t-il.

— Vos sous-entendus ne vous honorent pas. Quoi qu'il en soit, puis-je vous prier de me répondre ? Auriez-vous idée d'où se trouve mon époux ?

Lentourneau sembla hésiter, puis soupira :

— Non, madame.

Pour la première fois depuis le début de leur entrevue, elle sut qu'il mentait. Elle tenta d'insister mais il se leva en proposant :

— L'un de mes gens vous raccompagnera chez vous. La nuit tombe et les rues sont peu sûres.

La jeune femme se leva à son tour et rétorqua :

— Votre sollicitude me touche. Néanmoins, nul n'en est besoin.

— J'insiste, madame, et passerai outre votre ordre, le cas échéant. On vous accompagnera. Il ne sera pas dit qu'une dame proche de son terme a souffert d'un débauché, d'un coupe-bourse ou d'un pris de boisson par ma négligence.

Avant même qu'elle n'ait conscience de la phrase qui se formait dans son esprit, elle s'entendit demander :

— Vous ne lui devez pas d'argent ?

— Non, à l'inverse. Sur mon honneur. Encore une fois, peu importe.

Les atténuations d'Adeline, qui l'avait tant rassurée sans pour autant la convaincre, lui revinrent. Une sorte de vertige la saisit. Trêve de caponnerie, se morigéna-t-elle.

— Une affaire peu seyante que ce différend, avez-vous dit ? S'agissait-il des comptes que...

Certain qu'elle connaissait les dessous de l'affaire en dépit de ses précautions de langue, et même qu'elle en avait bénéficié, il commit l'imprudence de compléter :

— Qu'Henri d'Aurillay a... interprétés à sa manière ? De fait.

Gabrielle eut le sentiment que ses jambes se dérobaient sous elle. Elle se retint au bras de Pierre Lentourneau qui l'aida à se rasseoir. Il proposa d'un ton tendu :

— Un malaise ? Dois-je faire sitôt quérir une matrone-jurée ?

— Non pas. Un simple étourdissement. La chaleur du jour ajoutée à une mauvaise nuit.

En quelques longues enjambées, il fut à l'autre bout de la pièce et tira d'un geste presque brutal le cordon de passementerie. Gabrielle tentait de reprendre son souffle par courtes inspirations laborieuses. La salive s'accumulait dans sa bouche au point qu'elle crut qu'elle allait dégorger. À ceci près qu'elle n'avait presque rien avalé de la journée. Une gigantesque confusion l'habitait. Elle entendit à peine l'ordre claquer lorsqu'un serviteur passa la tête par la haute porte à double battant.

— Deux verres d'hypocras, une collation, ce que tu trouves, au plus preste. Hâte-toi. La pâmoison la guette. Elle est pâle jusqu'aux lèvres.

Elle eût été incapable d'évaluer le temps qui s'écoula avant que le même serviteur ne dépose un plateau sur le guéridon et n'allume les pommes d'ambre[1], censées chasser les miasmes et purifier l'air.

---

1. Leur usage encore peu répandu à l'époque, en raison de leur prix, deviendra plus fréquent. Il s'agissait de boules, en général en bois précieux, percées de trous dans lesquels on plaçait du santal, ou de l'ambre gris ou toute autre essence.

Pierre Lentourneau porta le verre aux lèvres de la jeune femme. Elle avala une longue gorgée. Aussitôt, la chaleur aimable de l'alcool l'apaisa. Il désigna le plateau de pâtes de poire aux noix et intima :

— De grâce, madame, mangez.

Un haut-le-cœur renvoya une bile âcre dans la gorge de Gabrielle. Pourtant, elle mâcha une pâte. Puis une autre, et une troisième, sidérée de se découvrir une faim de loup.

S'interdisant un ton interrogatif, afin de le pousser aux confidences, elle lâcha :

— Il a... arrangé à sa convenance les livres de comptes.

— Oui-da. Puisque vous êtes informée... D'habile manière puisque je n'y ai vu goutte durant des mois. Et puis un jour, une somme rondelette soustraite de livraisons a piqué ma curiosité. Charles de Solvagnat – pourtant de bonne disposition et vous sachant avec enfant – est entré dans une colère de fiel. À sa décharge, les sommes qu'il avait prêtées à son neveu et la généreuse rémunération qu'il lui accordait, plus par fidélité familiale que par besoin d'un nouvel employé. Belle reconnaissance ! ironisa Pierre Lentourneau.

Étrangement, Gabrielle n'eut aucun doute qu'il disait vrai. De petits détails, des invraisemblances, des contradictions défilèrent dans son esprit. Elle s'était acharnée à les ignorer depuis des mois. Où donc était passé cet argent, volé ou emprunté à son oncle ? Où donc était passé le généreux salaire offert par Charles ? Elle comptait, épargnait chaque denier et se refusait la moindre babole[1] de femme, résille de cheveux ou rubans, lotion parfumée de mains ou de visage[2]. Elle s'était souvenue

---

1. A donné « babiole ».
2. Le Moyen Âge était très friand de cosmétiques, sans doute parce que l'on vieillissait vite en raison d'une alimentation souvent de piètre qualité.

d'une recette de paysanne. Celle d'une pommade à base de suif de bœuf qu'elle parfumait d'essence de chèvre-feuille pour en atténuer l'odeur peu plaisante. Elle s'en massait le ventre chaque jour, dans l'espoir d'éviter des marques de grossesse.

Elle termina son verre et s'enquit d'un ton d'exigence :

— Vous savez où se trouve Henri. Je vous conjure de me le révéler, monsieur.

Il fronça les sourcils, indécis. Elle s'obstina :

— De grâce, monsieur.

— Deux salles de jeu où il a ses habitudes me viennent à l'esprit.

Elle força un sourire et reprit d'une voix qu'elle souhaita ferme :

— Eh bien, j'accepte votre généreuse proposition d'accompagnement et vous en remercie vivement. Que votre homme m'y mène.

Pierre Lentourneau lui jeta un regard stupéfait et contra :

— Certes pas, madame ! Mon homme, un garde-mengier[1] taillé en ours de foire, vous mènera jusqu'à votre logement, la maison de votre oncle d'alliance. Aucune femme de bien n'a affaire en ces lieux. Surtout à la nuit. Seules les fillettes communes y dénichent leur gibier...

Conscient de la maladresse de sa dernière phrase, il s'interrompit net et tenta de se rattraper :

— Enfin... une image...

Elle hocha la tête et observa :

— Je ne suis guère au fait des habitudes de la grande ville mais connais le... commerce des maisons lupanardes.

---

1. Valet de cuisine. Le terme évolua ensuite en « garde-manger », la petite armoire à aliments.

Elle se leva pour prendre congé. Il la précéda et héla au service. Un valet fut chargé d'aller quérir au plus preste un certain Bernard, sans doute le garde-mengier.

Un peu hébétée par les involontaires révélations de maître Lentourneau, Gabrielle parvint à conserver une allure sereine. Elle inclina la tête et le remercia à nouveau avant de conclure :

— À Dieu, monsieur. Qu'Il vous garde toujours.

— Vous aussi, madame, ainsi que l'enfant à naître. Je suis désolé de...

— Non, de grâce.

Une fois qu'ils furent sortis de la cour carrée, Bernard passa derrière elle afin de la suivre à deux pas. De fait, la montagne d'homme était de nature à dissuader les petits gredins qui verraient une femme seule en bonne aubaine.

Gabrielle laissa alors dévaler les larmes qu'elle retenait depuis quelques minutes.

XIX

14 août 1348, au même moment,
palais de la Cité, Paris

ne volée de coups assénés contre sa porte tira la reine Jeanne de France de son sommeil alourdi par un excès de boisson. Entre rêve et réalité, elle cria d'effroi. Aussitôt, Catherine de Soulay, sa dame d'entourage préférée, se leva du petit lit que l'on installait dans la chambre royale lors des absences du souverain. En cheveux[1] et chainse de nuit, une chandelle à la main, elle se précipita vers la couche de Jeanne.

— De grâce, douce reine, point d'alarme. Quel manant[2] mène si fort tumulte à la nuit ? s'offusqua-t-elle. Ah ça, M. de Nesle-Offémont[3] en sera averti et ne manquera pas de sévir !

Mme de Soulay se rua vers les hauts battants, décidée à en remontrer vertement au tapageur. Jeanne appréciait sa dame, une jeune veuve ruinée par l'imprévoyance de son époux. Une femme de haut lignage et de

---

1. Sans bonnet ni voile.
2. Le terme n'est pas injurieux à l'époque et désigne les habitants d'un manoir ou d'un château.
3. De son prénom Jean (1288-1352). Membre très influent du Conseil du roi Philippe VI, il conservera ensuite sa place sous le roi Jean II.

180

belle vaillance. Catherine n'eût pas hésité à affronter un ours pour défendre sa reine. Après tout, la souveraine ne l'avait-elle pas tirée de la misère quand toutes les portes lui claquaient au nez ? De plus, leur expérience du mariage les rapprochait. Toutes deux avaient aimé leur époux sans réticence et avaient été cocues sans réserve. Cet « état » conjugal persistait dans le cas de Jeanne. Catherine n'oublierait jamais leur fou rire aux larmes, lors que la reine essayait une de ces nouvelles coiffes en pain fendu qui rehaussait sa taille d'un pied. La dame d'entourage s'était enquise :

— Madame, les embrasures de portes seront-elles assez hautes ? Il serait indécent qu'elles vous contrai-gnissent à incliner le chef[1].

Jeanne l'avait regardée, amusée, avant de souligner :

— Ma bonne mie, si je puis passer dessous depuis des lustres avec les cornes qu'il m'a plantées au front, croyez-m'en : la coiffe se faufilera en aise !

Elles avaient éclaté de rire, engouffrant entre deux pouffements des amandes confites dans le miel.

Les coups n'avaient pas cessé. Parfois, un « Madame, Madame ! » étouffé par l'épaisseur des panneaux leur parvenait. Catherine de Soulay ralluma deux chandeliers et se planta devant la porte, poings sur les hanches, l'air peu amène. Elle cria :

— Qui va là ?

— Gui de Chauliac[2], médecin de la reine !

_____

1. Lorsque la mode des très hauts hennins déferla plus tard, il fallut rehausser les ouvertures de certains châteaux.
2. Ou Gui de Chaulhac, 1298-1368. Un des deux plus prestigieux médecins de l'époque, chanoine. Né d'une famille paysanne très modeste, il reçut la protection de la châtelaine de Mercœur qui paya ses études à Montpellier, Bologne et Paris. Il se remit de la peste et soigna rois et papes. Il est connu comme le père de la chirurgie moderne et fut un des premiers à apprendre des autopsies. Il s'agit dans ce cas d'un patronyme de provenance, pas d'une particule de noblesse.

— Oh fichtre, murmura la dame d'entourage en jetant un regard à sa souveraine, toujours alitée[1].

— Ouvrez, ma mie.

— Votre bonnet de nuit, Madame !

Une alopécie de vieillarde avait dégarni le haut du crâne de la reine, formant presque tonsure. Chaque matin, Catherine de Soulay remontait ses longs cheveux blonds qui persistaient en couronne, les tressait de sorte à les enrouler au-dessus de chaque oreille afin que nul ne devine cette infirmité de femme. Elle épinglait ensuite la coiffe.

Jeanne récupéra sa coiffure qui avait glissé au sol.

Le chirurgien pénétra, vêtu de sa longue robe sombre, la tête enfoncée dans son vieux couvre-chef carré de velours pourpre. Bien que chanoine, il dédaignait la tonsure et arborait une barbe, méprisée en cette époque[2]. Sa peau, habituellement mate, avait viré au blafard.

Sans prendre le temps de saluer, il traversa la vaste chambre à grandes enjambées et se planta devant le lit royal dont les courtines[3] étaient repoussées en raison de la touffeur. Il déclara d'un ton heurté :

— Madame, de grâce, vêtez-vous sitôt ! Nous partons à l'instant à Vincennes. Un messager à cheval galopera à franc-étrier[4] jusqu'à Bourges pour en avertir le roi et le Dauphin Jean. Le chariot couvert est prêt, ainsi que dix hommes d'escorte. Vos coffres de voyage vous sui-

---

1. Couchée dans le lit. Le terme n'avait pas la connotation de « maladie » que nous lui donnons aujourd'hui.
2. C'est du moins le portrait que l'on a de lui.
3. Rideaux fermant les lits. À cette époque, il n'existait pas encore de baldaquin et les courtines étaient fixées au plafond.
4. À bride abattue.

vront au demain. Allons, Madame, je vous en conjure, hâtez-vous !

— À la fin, monsieur mon médecin, que se passe-t-il ? Paris brûlerait-il ? L'Anglois serait-il dans la place ?

— Pis que cela. L'Anglois respecterait votre rang, Madame. Pas cette... démonerie !

— Mais alors quoi ? intervint Catherine de Soulay.

— Je l'ignore. Cependant, je sais qu'il ne demeurera sous peu plus assez de vifs pour ensevelir les trépassés. Ce que des mires m'ont rapporté... Bref, cela m'évoque de sinistre manière la description que fait Procope de Césarée[1] d'une *pestis* au temps de l'empereur Justinien[2]. L'historien affirme qu'il mourait jusqu'à dix mille personnes par jour et que nul, riche ou pauvre, homme ou femme, jeune ou vieux, n'était épargné.

La reine Jeanne se signa et murmura d'une voix blanche :

— Doux Jésus ! Céans ? En la capitale ?

— Si fait.

— Mais... Monsieur mon médecin... tant de nos sujets périront... à vous en croire... Ma présence près d'eux s'impose.

— En quoi votre trépas, celui de vos enfants, éviteraient-ils le leur ? rétorqua sèchement Gui de Chauliac que les tergiversations de Jeanne agaçaient.

1. Vers 500-vers 567. Un des plus grands historiens du VIe siècle dont l'œuvre est consacrée à l'empereur Justinien. Il mentionna la peste justinienne.
2. La peste de Justinien frappa le Bassin méditerranéen. Elle est mentionnée dès 541 en Égypte et remonta en France, en Irlande et en Angleterre entre 541 et 767. Vers l'est, elle se propagea jusqu'en Chine. Elle sévit durant plus de deux siècles. Il n'existe plus grand doute qu'il s'agissait bien d'une peste bubonique et pulmonaire.

La reine était maintenant une vieille femme de cinquante-cinq ans. Elle avait perdu un peu de cette astringence, de cette fermeté inflexible mais silencieuse qu'il lui avait connue. Peut-être la perspective de la mort qui se rapprochait ? Ou alors l'apaisement né du fait que Philippe ne régnait plus que de titre, Jean assumant de fait une régence discrète ?

Le médecin poursuivit :

— En vérité, je vous l'affirme, ma reine : si j'en juge par les écrits de Procope, rien ne peut arrêter ce fléau, ni prières, ni pèlerinages, ni notre science.

— Un fléau de Dieu ? demanda d'une voix affolée Catherine de Soulay.

Le médecin la toisa et déclara :

— Pourquoi Dieu, dans Son infinie bonté, occirait-Il l'enfançon innocent à qui Il vient d'offrir le souffle ? Gardons-nous des superstitions de vieillardes.

— Alors... le diable ?

Gui de Chauliac se tourna vers la souveraine blême jusqu'aux lèvres et asséna :

— Peut-être. Quoi qu'il en soit, hâtez-vous. Mon devoir, par le roi confié, consiste à veiller sur votre santé et celle de vos enfants. Sur mon honneur, je m'en acquitterai sans faillir. Je vous attends dans la grande cour carrée, avec votre transport et votre escorte. Je vous supplie de faire au plus preste.

— Et ma dame d'entourage ? protesta Jeanne en désignant Mme de Soulay, qui suivait l'échange, soucieuse.

L'idée que le médecin se proposait de la séparer de sa maîtresse n'avait pas effleuré Catherine jusque-là. Au-delà de sa propre sécurité, elle s'inquiétait pour Jeanne. La souveraine était l'objet d'un tel fiel, d'une telle animosité.

Jeanne se trouvait placée au centre d'un échiquier politique vénéneux, notamment de la part des alliés de Charles de Navarre[1], dit le Mauvais, de meilleur sang capétien que le Dauphin Jean. S'y ajoutaient les proches acrimonieux de Philippe de Moustiers, dont la famille de Valois qu'il avait longtemps servie. L'ancien maître de l'Écurie du Roy, exécuté quatorze ans plus tôt[2], avait été accusé de détournements. Toutefois, nul n'ignorait la véritable raison de l'impitoyable sentence qui l'avait frappé. Moustiers s'était répandu en injures contre la reine avant d'être dénoncé par un témoin de la scène. Un peu ivre, il s'était écrié selon ce témoignage : *Ceste roynne est une mauvaise fame et je sçay bien par qui m'en vouldroit croire que elle et le roy seroient departis et il seroit bon à faire*[3]. D'abord assommée par cette humiliation dont la rumeur s'était répandue à la vitesse d'un cheval au galop, la reine s'était enfermée dans ses appartements. Puis était venue la fureur. Certes, elle usait de sa place d'épouse afin d'influencer Philippe pour le bien du royaume. En dépit de ses réelles qualités, Philippe ne tenait pas en place, se contredisait, s'agitait, lui-même doutant, en son for intérieur, de sa légitimité sur le trône. Le but de Jeanne et de ses rares fidèles se résumait en quelques mots : doter le royaume d'une lignée solide afin de le préserver des conflits de succession et

---

1. 1322-1387. Fils de Jeanne (fille de Louis X le Hutin, donc petite-fille de Philippe le Bel. La loi salique, même si elle ne fut pas évoquée à cette époque, écarta celle-ci de la succession royale, d'autant qu'on la pensait bâtarde) et de Philippe d'Évreux, neveu de Philippe le Bel. Il ne cessa de comploter contre Jean II.
2. Le 1er juin 1334.
3. Aline Vallee-Karcher, « Jeanne de Bourgogne, épouse de Philippe VI de Valois : une reine maudite ? », *Bibliothèque de l'École des chartes*, 1980, vol. 138, n° 1, pp. 94-96. On peut trouver le texte sur le site www.persee.fr. Moustiers insiste ici sur sa perception très négative de la reine, dont il juge l'influence sur le roi néfaste, et que leur « séparation », quelle qu'elle soit, serait une bonne chose.

former de robustes alliances alors qu'Édouard III rêvait
d'ajouter le joyau France à la couronne d'Angleterre. Par
sang, il était encore plus fondé que Charles le Mauvais
à revendiquer le royaume franc. Lasse, exaspérée d'être
à nouveau traînée dans la boue par des pions poussés
par de puissants intérêts qui s'agitaient de derrière la
tenture[1], Jeanne avait exigé du roi une punition exemplaire. Il ne s'agissait pas véritablement d'une vengeance mais plutôt d'un acte politique de nature à
indiquer à ses innombrables ennemis qu'elle ne rechi-
gnerait pas à la riposte. Philippe de Moustiers avait
rendu son âme à Dieu.

Jeanne ne se leurrait pas. Philippe VI, son époux,
s'était discrédité aux yeux de tous, et notamment des
bourgeois qui pestaient de forte gueule contre les
levées incessantes d'impôts et les mutations monétaires
qui bouleversaient fâcheusement le commerce. La
raclée de Crécy* puis la chute de Calais un an plus tôt,
provoquée par l'indécision de Philippe qui n'osait
affronter Édouard III, avaient été fatales au roi de
France. Ses excès de bouche et de gosier, sans même
parler de ses excès de coucheries, l'entraînaient vers la
tombe. Il fallait maintenant que deux valets le tirassent
du lit tant son corps distendu de lard pesait sur ses
jambes. Jean, leur fils aîné, duc de Normandie, assurait en discrétion la régence avant de monter sur le
trône. Cependant, le futur roi, âgé de vingt-neuf ans,
avait toujours fait preuve d'une extrême sensibilité,
d'une versatilité d'humeur qui le poussaient parfois aux
emportements violents et n'auguraient rien de bon, sa
mère en était consciente. Il n'aimait rien tant que les

_____
1. En secret.

arts et les livres[1] et dédaignait les jeux ou activités physiques, hormis, parfois, la chasse. Or, une guerre éprouvante et sans merci était lancée avec, de l'autre côté, un véritable chef d'armée. Le revanchard, mais viril Édouard !

À cinquante-cinq ans, après vingt ans de règne et dix ans de pleine régence[2] lors des durables absences de son époux, Jeanne n'aspirait plus qu'à une chose : la paix avant la mort et la dissolution. Elle ne supportait plus de chercher derrière quels aimables visages se terraient ses pires adversaires. Elle ne tolérait plus de redouter à chaque heure d'être occise par quelque sournois poison. Pis que cela, au fond, elle ne trouvait plus la force de s'inquiéter de l'amour de son époux. Dieu du ciel, qu'elle l'avait aimé et désiré ! Elle avait sangloté des nuits entières lorsqu'elle le savait entre des bras plus jeunes, plus fermes, plus ronds. Tant de bras. Jeanne s'était acquittée de son devoir et au-delà : devenir reine de France, donner au roi des mâles qui fonderaient une dynastie, préserver son peuple et son royaume. Aujourd'hui était venu le temps de sa récompense. Oublier la peur, sa plus tenace compagne depuis vingt ans. Elle la connaissait dans ses moindres stratagèmes, dans ses ruses les plus sournoises. Ah, Très Sainte Vierge, rire d'un rien : les trilles d'un merle, le parfum d'une rose, l'éclat d'un bijou, une obstinée pluie d'orage, les gentils bavardages de Catherine qui trouvait amusement en tout. Et puis, s'il seyait à son époux, jouir encore de quelques magnifiques nuits de

---

1. Jean II fut un protecteur des arts.
2. Régence confiée par Philippe VI, preuve de la confiance que lui témoignait son époux et des qualités intellectuelles et de « monarque » de la reine.

fièvre contre sa peau. La seule peau autre qu'elle eût connue, la seule peau autre dont elle eût jamais voulu. La seule peau qu'elle connaissait aussi bien que la sienne.

D'un ton qui ne souffrait pas la contradiction, elle intima :

— Messire, soyez assuré que je n'abandonnerai point ma dame d'entourage dans ce palais. Elle m'est essentielle et me réconforte lors des absences de mon époux le roi.

Après un soupir irrité, le prodigieux médecin temporisa :

— Mme de Soulay a-t-elle quitté votre proximité récemment ?

— Votre pardon ?

— A-t-elle rendu visite ou accueilli dans ses appartements des familiers logeant en ville ?

— Non pas. Mes... familiers se sont si bien appliqués à ne plus me reconnaître dès après mon veuvage, de crainte de devoir bourse délier, qu'hormis ma reine et ses enfants, je n'ai plus d'attaches, intervint l'intéressée avec un léger sourire d'ironie.

Jeanne de France renchérit :

— Ma dame ne m'a pas quittée depuis le départ de mon aimé, il y a deux semaines.

— Fort bien. Elle vous accompagnera donc. Vos autres gens demeurent céans, Madame. J'ignore qui a pu approcher qui. En revanche, le temps nous presse.

Il quitta la chambre. Il n'ignorait pas que Jeanne détestait plus que tout que l'on aperçoive son pied-bot.

XX

14 août 1348, au même moment,
non loin de l'île de la Cité, Paris

enri avait traîné tout le jour, grimaçant parfois de la douleur que lui causaient ses phalanges et sa mâchoire meurtries. Aux regards curieux que lui jetaient les passants, il avait déduit qu'un large hématome devait le défigurer et baissait la tête autant que de possible.

La veille, l'esprit embrumé par le vin, il avait tenté de résister aux nervis-soldats employés par la salle de jeu. Mal lui en avait pris. Comble de l'humiliation, il avait été battu et jeté dehors à la manière d'un paltoquet[1]. Sa chute au milieu du ruisseau puant d'immondices avait été saluée par les rires des hommes à la hure patibulaire. Puis l'un d'entre eux avait jeté, hargneux :

— Oublie pas tes dettes, p'tite chiure. Ça nous gaudirait[2] d't'enfoncer les dents dans la gorge et d'donner un peu d'virilité à ton minois d'donzelle. Oublie surtout

_____

1. De la même famille que « paletot » : courte veste portée par les gens du peuple. Du vieil anglais *paltok*, par extension : « homme insignifiant, grossier » puis « prétentieux ».
2. De l'ancien français *gaudir* (se réjouir).

pas. La s'maine prochaine, on vient chez toi pour une aimable causerie.

Henri d'Aurillay s'était rencogné sous un porche afin d'y terminer la nuit et de cuver son vin. Il ne se sentait pas l'envie de rentrer, de parler à Gabrielle, d'inventer d'autres menteries afin d'expliquer son état, ses vêtements crottés, les marques sur son visage. La menace des soudards[1] l'avait impressionné tant il la sentait authentique. Il s'était moqué dans le passé de ces joueurs invétérés que l'on revoyait le visage tuméfié, les dents ou le nez cassés, un doigt, puis deux, puis trois amputés. Cependant, il n'avait nul souhait de rejoindre leur triste légion.

Il lui fallait vendre le diptyque religieux. Ainsi pourrait-il jouer un va-tout. Il allait gagner, il en aurait juré.

Il avait ensuite erré, jetant parfois des regards inquiets derrière son épaule. Et si les sbires balafrés du propriétaire de la salle de jeu à qui il devait beaucoup d'argent s'étaient déjà mis à sa recherche ?

Des bourrasques de rage le suffoquaient par instants. Quelle injustice, quelle forfaiture que cette vie, en vérité ! À la fin ! Il était d'assez haut, beau représentant de la forte gent, plutôt plaisant quand le sort lui était faste et il aurait fallu qu'il se contente de vivoter à l'instar de la populace de bas, de se consacrer à femme et marmots ? Enfin, si Dieu avait jugé bon de le faire naître en pareil lignage, c'est qu'Il imaginait une existence plus opulente pour Son humble sujet Henri. Pas celle d'un de ces gentilshommes-à-lièvre[2] dont on se gaussait. Le simple

1. Soldat qui a longtemps fait la guerre et en a acquis les manières. Le terme a vite pris sa connotation péjorative.
2. Péjoratif : gentilhomme de campagne sans fortune, contraint de chasser le lièvre pour se nourrir.

bon sens commandait cette déduction. La chance allait donc tourner en sa faveur, il ne pouvait en être d'autre.

Il dénicherait bien dans la juiverie de l'île de la Cité quelque vieil érudit, capable de transcrire le message peint sur la Crucifixion, l'un des derniers Juifs qui s'y terraient ayant renoncé à l'exil.

Au soir échu, il traversa l'ancien Grand-Pont qui reliait l'interminable rue Saint-Martin à l'île de la Cité. Construit par les Romains, puis détruit par les Normands cinq siècles plus tôt, n'en restait aujourd'hui qu'une large passerelle de bois[1] encombrée d'échoppes et d'étroites maisons, sans oublier quelques moulins. L'on se proposait toujours de le remplacer par un pont de pierre, pour remettre ensuite le projet au demain. Aux aguets, la pénombre parisienne étant propice aux mauvaises rencontres, Henri avança d'un bon pas. Plus aucune lumière ne brillait derrière les peaux huilées rabattues sur les fenêtres. Il s'en voulait un peu de son imprévoyance. Il aurait dû rentrer, récupérer le diptyque qu'il avait celé[2] dans le coffre de la salle commune. Cependant, il lui aurait alors fallu inventer un nouveau prétexte pour ressortir. La peste fût des femmes aimantes ! Elles s'inquiètent à la manière de poules écervelées et vous assomment de questions et de mises en garde. Sottes et fatigantes. Certes, parfois émouvantes.

Bah ! Il allait trouver un lettré et revenir au demain avec le diptyque.

À l'instant où il posait pied sur l'île de la Cité, une sorte de grognement d'animal lui fit tourner le regard vers la balustrade du Grand-Pont. Une masse vêtue de

---

1. Elle sera emportée par les crues en 1406.
2. Cacher. Dérober à la vue ou à la connaissance.

hardes pouilleuses rampa vers lui. À l'évidence, un gueux pris de boisson. Henri d'Aurillay détestait ces mendiants qui enlaidissaient les rues, semaient leur puanteur et leur vermine, ulcéraient les bonnes gens, offensaient les dames où qu'ils passassent. Henri, pour qui travailler s'apparentait à une déchéance de sang et de rang, fustigeait la paresse chez les autres. Selon lui, hormis les infirmes véritables, seuls les fainéants tendaient leur sale patte pour l'obole. Il effleura le pommeau de sa dague, prêt à en faire usage.

La forme se souleva et marmonna :

— Je... pour l'amour du Divin Agneau... mon fils...

— Quoi, l'homme ? Je ne suis pas ton fils puisque tu n'es pas homme de Dieu et que mon père est défunt.

— Non... mon fils... le prévenir...

— Et puis quoi encore ? Veux-tu que je te berce ?

Une main, étonnement ferme, agrippa le haut de sa botte. S'aidant de son bâton de marche, ou de défense, l'homme se mit à genoux puis se redressa. Un regard fiévreux perça Henri. Le vieillard gronda :

— Rat ! Tu n'es point bon. Une vilaine merde dans de beaux habits. Tu ulcères Dieu Qui détourne le regard de toi. Sache-le.

Une fois debout, le mendiant se révéla plus grand et bien plus lourd que lui. Son bâton pouvait se transformer en arme redoutable. Henri tira sa dague.

— Passe ton chemin, vieux fol !

Une quinte de toux secoua la grande carcasse. Un souffle pénible lui fit monter des larmes d'effort aux paupières. Il articula :

— Minable scélérat. Le diable t'emporte si, toutefois, il te trouve seyant[1].

Un jet tiède percuta l'œil droit d'Henri et dévala sur sa pommette. Le trucheur venait de lui cracher au

---

1. Du verbe *seoir* (même racine qu'« asseoir ») : convenir, bien aller.

visage. La fureur lui fit lever la dague, mais l'autre, leste en dépit des ans, brandit son bâton et feula d'un ton de défi :

— Viens-y ! J'aurais grand bonheur à te fracasser le crâne avant d'expirer.

Henri jugea préférable de mettre un terme à cet affrontement. Une empoignade de rue, quelle vulgarité ! Il fila, escorté par le ricanement rauque du vieux.

XXI

14 août 1348, un peu plus tard,
porte Saint-Bernard

abrielle d'Aurillay n'avait cessé de pleurer durant le trajet de retour, se souvenant à peine qu'un des serviteurs de Pierre Lentourneau la suivait à trois pas pour sa sauvegarde. Il disparut telle une ombre dès qu'elle eut ouvert la porte de la maisonnette de Charles de Solvagnat, sans même écouter son remerciement.

La nuit était échue, la maison sombre à l'exception d'une faible lueur jaunâtre qui vacillait sur la table de la salle commune. Celle de l'esconce que l'on conservait allumée pour s'épargner la corvée et les dangers du battage de foisil[1] d'acier. Il n'était pas rare de s'entailler la main avec le silex, en dépit du morceau d'épais cuir dont on la protégeait. Dans une sorte d'état second, Gabrielle ralluma les autres lampes à huile. Elle frissonna, malgré la chaleur de ce début de nuit, et lança

---

1. Ou *fuzil* ou *fousil*. Fusil à silex. Petite pièce en acier très trempé, le plus souvent en forme de C, avec laquelle on percutait les arêtes du silex pour obtenir une étincelle qui servait à enflammer un morceau d'amadou. Ce procédé d'allumage sera utilisé durant des siècles, sous différentes formes, de moins en moins risquées.

un petit feu dans la cheminée pour faire tiédir la marmite d'infusion de thym et de mauve.

Ses pensées avaient erré tout le trajet, rebelles au point qu'elle n'était pas parvenue à les museler. Elle avait pris garde où elle posait les pieds, tête baissée afin de ne pas broncher sur les irrégularités des pavés ou les tas de déchets que lui dissimulait la pénombre. Afin, aussi, qu'un promeneur tardif ne devine pas les larmes qui dévalaient sur ses joues. Et puis, sa mémoire avait déferlé sans qu'elle le souhaite. Des souvenirs en éclats, des images indisciplinées, des bribes de conversations. Ce qu'elle avait toujours refusé de voir, d'entendre. Et pourtant, les signes n'avaient pas manqué. Elle les avait écartés avec une fougueuse application. Deux semaines après leurs épousailles, Henri avait commencé à ne pas reparaître de la nuit : des affaires pressantes à régler. Elle l'avait découvert d'humeur fort versatile : gai tel le pinson un jour, triste comme une pluie de novembre le lendemain. Elle s'en était accommodée en se rassurant : certains commerces de la forte gent échappaient à la compréhension des femmes. On les en tenait à l'écart afin que le monde soit bien réglé et que chacun vaque au mieux à ses devoirs réservés. Aux femmes les enfants, le foyer, l'agencement du confort domestique. Aux hommes les périls et difficultés de l'univers extérieur. Du moins était-ce l'explication qu'on lui avait répétée depuis l'enfance.

Elle soupira, les mains posées sur son ventre à peine rebondi pendant que s'opérait une addition cinglante, implacable. Les billevesées, les fallacieux prétextes, les menteries déhontées d'Henri. Ses incessantes tromperies. L'aimait-il seulement ? L'avait-il jamais aimée ? Elle n'en était plus certaine. Quel homme aimant pousserait sa jeune épousée engrossée dans le dénuement afin de s'enivrer en compagnie de fillettes communes dans les cercles de jeu de la capitale ? L'attitude de plus en plus distante des notables des Loges-en-Josas, qu'Henri avait mise au compte de leur jalousie pour leur lignage, lui revint. Celle de Charles de Solvagnat également. Leur isolement de plus en plus frappant. Du moins le sien, puisque Henri menait grand train ailleurs.

Gabrielle ne savait ce qui l'emportait en elle du chagrin d'amante éconduite, de l'humiliation d'épouse bafouée, de la sourde colère de femme dupée, du désespoir de l'enfante qui avait cru au doucet mais ardent prince des lais de Mme Marie de France[1].

Le mépris, sans doute. Au-delà d'elle-même, la duplicité sans vergogne d'Henri souffletait son sang, son nom. Celui des Lébragnan par son père. Et surtout celui des Dessyze par sa mère, une belle noblesse ayant lien de parentèle avec les ducs de Bourgogne, donc avec la reine Jeanne. Parentèle lointaine, quoique indiscutable. En d'autres termes, elle n'avait pas failli à sa part du contrat de mariage puisqu'il savait sa mère et elle sans le sou, ou presque, et sans espoir d'héritage. Gabrielle apportait son lignage et la possibilité que la souveraine octroie à leur premier-né une charge confortable s'il s'en montrait digne. En revanche, sa mère n'avait accordé sa main à Henri qu'après qu'il eut fait miroiter l'héritage de Charles de Solvagnat. Ainsi sa fille et elle pourraient-elles tenir un rang estimable. Faisant fi de l'honneur et de sa parole, il les avait toutes deux grugées.

---

1. 1160-vers 1210. Première femme écrivain d'expression française. On sait peu de chose d'elle, hormis qu'elle vécut en France et surtout en Angleterre. Ses lais et fables eurent un succès retentissant durant des siècles.

Elle avala d'un trait l'infusion à peine tiédie. Ses mains tremblaient tant qu'elle faillit renverser le godet de terre cuite. Que pouvait-elle faire avec cette promesse d'enfant en elle qui l'avait tant réjouie ? Rejoindre la maison maternelle en avouant du même coup sa défaite, son humiliation ? Requérir de Charles de Solvagnat une intervention autoritaire ? Elle ne doutait plus que l'âpre réserve de celui-ci trouvait sa source dans la méconduite de son neveu. Néanmoins, Henri ne le lui pardonnerait jamais, et elle n'était pas certaine de pouvoir supporter son courroux. Se soumettre encore et subir toujours, à l'instar de tant de femmes ? Au fond d'elle, elle le savait : Henri ne changerait pas. Plus. Même l'annonce de son futur hoir ne l'avait pas incité à la résipiscence. Elle aurait pu se résigner à un train d'économie s'il les avait aimés assez, elle et l'enfant. Cependant, de quelque façon qu'elle tournât cette affligeante révélation sur les vices d'Henri, vices de vie et surtout d'âme – le mensonge, la duplicité, le défaut d'honneur, l'insensibilité –, une unique conclusion s'imposait. Elle n'avait été qu'un joli meuble. Peut-être aussi un ventre qui lui permettrait de rentrer dans les bonnes grâces de son oncle afin, lui aussi, de l'abuser.

Elle bagarra pied à pied contre la crise de sanglots qui menaçait. Elle s'en voulait de son aveuglement qui confinait à la bêtise. Elle se détestait de sa naïveté nigaude. Une bécasse bonne à plumer, elle qui s'était rêvée lanier[1]. Elle se mordit la lèvre inférieure au sang, s'interdisant les pleurs. Assez ! Redresse-toi à l'instant ! Le roman courtois qu'elle s'était inventé se fracassait

---

1. Du lien de patte avec lequel on le retenait. Faucon de taille moyenne utilisé pour la chasse au lièvre et à la perdrix. Le lanier désigne la femelle. Son mâle, plus petit, est le laneret. Quoique assez rebelle et de dressage délicat, le lanier était réputé « adopter » son fauconnier. Les laniers forment des couples durables et chassent souvent à deux.

dans un bouge[1] de jeu, bruissant de gueuleries avinées. Toutefois, elle ne tolérerait pas d'ajouter l'indécence au chagrin et à l'offense. Elle ne supplierait pas, ne quémanderait pas un amour qu'on lui refusait.

Gabrielle d'Aurillay s'admonesta. Se lever, décider, agir. Où aller ? À qui demander appui et conseils ? Qui tendrait une main secourable vers elle ? Certes pas sa mère qui plisserait les lèvres de dépit et d'aigreur face à ce qu'elle considérerait comme l'échec ultime de sa fille, incapable de leur assurer confort à toutes deux. À quoi, hormis alliance profitable, servait donc une fille bien née et bellement tournée ? L'implacable démonstration de sa solitude lui donna le vertige. Ne restait que Charles de Solvagnat. Cependant, il n'avait fait qu'acte de courtoisie envers elle et de charité vis-à-vis de l'enfant à venir, en leur offrant l'hospitalité dans sa demeure parisienne. Pourquoi se préoccuperait-il de l'épouse d'un neveu discrédité à ses yeux ?

L'incompréhensible cours adopté par sa vie la frappa. Elle avait vivoté au fil des jours à l'instar d'une graine qui se demanderait quelle fleur naîtrait d'elle lorsque la saison le permettrait. Le sourire d'Henri lui avait permis d'éclore, de se métamorphoser en magnifique rose, en lys. Las[2], la rose n'avait pas senti que la saison venait de se terminer avant même d'avoir commencé. Elle avait continué d'ouvrir ses pétales, d'embaumer. Et soudain, l'hiver surgissait, brutal, au plein du mois d'août. La rose, âgée d'à peine vingt ans, se recroquevillait, fanait. Elle ferma les yeux devant le saccage de son existence.

---

1. Du latin *bluga*. À l'origine « bourse » puis « petite pièce sordide » et par extension « lieu sale et mal fréquenté ».
2. Un peu de même sens que « hélas ».

Sa mère fit une nouvelle incursion dans son esprit. Était-ce la raison de ce parfait amour qu'elle ressassait à l'envi, cet Hugues, qu'il fût réalité ou conte de femme dont l'impérieux besoin d'amour trouvait ainsi un exutoire ? Gabrielle devait l'admettre : elle aussi s'était composé un Hugues en la personne d'Henri, un immense amour qu'elle avait inventé de toutes pièces avec une obstination, un acharnement qui la stupéfiaient. Cet Henri-là n'avait jamais existé, hormis en elle.

L'envie de se dissoudre, de disparaître tout à fait, puisqu'elle n'existait pas pour l'homme qu'elle chérissait, s'insinua en elle. Elle supplia Dieu de la rappeler à Lui. L'étendue de sa sottise la redressa sur la chaise. Inepte ! Impie ! Fallait-il être privée de sens, de bonté pour condamner du même coup l'enfant qu'elle portait ? La proche venue de ce petit être lui avait paru être la manifestation tangible de la fusion des époux, une sorte de miracle qui scellait leur union bien plus fermement qu'un échange d'alliances. À ceci près que pour Henri cette fusion s'était résumée au partage de son nom signé au bas d'un registre d'église. La déroutante impression que cet enfant n'était maintenant que d'elle, que son essence venait de basculer s'imposa. Un insondable gouffre s'ouvrit dans son esprit. Elle posa les mains sur son ventre et assura d'une voix douce :

— Mon adorable mi, ou ma mie tant aimée. Savez-vous que vous êtes la seule chose qui me retienne de hurler ? Savez-vous que sans vous, je... je crois que je perdrais le sens. Savez-vous que vous êtes la dernière force qui me reste ?

Partir de ce lieu. Elle se sentait incapable de supporter d'autres fables ou feintes, de nouvelles balivernes lorsque Henri rentrerait. Un long soupir désolé s'échappa de sa gorge : elle n'avait pas dix deniers devant elle. Jamais elle ne pourrait payer un charreton et un homme d'escorte pour rejoindre Les Loges-en-Josas. Quitter cette maison. Elle ne voulait pas le voir ce soir, son sourire enjôleur que démentait son regard d'indifférence ou de préoccupations dont elle ne faisait pas partie. Elle comprit soudain que les mamours d'Henri, de plus en plus espacés, célébraient un gain au jeu ou peut-être un échauffement de sens dû à une puterelle. Ses fatigues, ses humeurs, ses agacements pour une broutille, l'inverse. Quelle meurtrière gifle[1] ! Avait-elle fait preuve de piètre jugement, d'arrogance en se jugeant désirable ?

Assez ! À la fin, assez !

Soudain, une sorte d'énergie inconnue dévala en elle, la tirant de sa douloureuse promenade de mémoire. Elle reposa d'un geste trop sec, presque violent, le godet qui se fracassa sur la table et vola au sol en éclats. Une écharde de terre cuite effleura son index. Elle contempla les esquilles noirâtres et y lut une métaphore de sa vie. D'elle. Un vulgaire ustensile cassé en vingt morceaux. Elle examina sa main. L'écharde n'avait pas entaillé la peau. Gabrielle était brisée mais ne saignait pas. Il lui sembla qu'un ange lui faisait part d'un message : le sang de la lignée de femmes qui l'avait précédée ne s'épanchait pas avec tant de complaisance. Ce qui ne les tuait pas les rendait plus fortes[2]. Ainsi en serait-il aussi d'elle. Pour l'enfant à naître.

Le tumulte de son esprit cessa d'un coup. Sa décision était prise. Henri pourrait rester à Paris s'il lui seyait, se

---

1. Du francique *kifel* (mâchoire).
2. La citation « Ce qui ne me tue pas me rend plus fort » serait à l'origine d'Alexandre le Grand, reprise par Nietzsche dans le *Crépuscule des idoles*.

dévergonder à son habitude. Elle rentrait aux Loges-en-Josas afin d'y attendre en paix son terme, entourée du chant des oiseaux, des effluves des fleurs du jardin. Elle se délasserait des gentils bavardages de leurs deux servantes. Et il paierait le prix de son voyage et de son escorte. Sans quoi, elle en appellerait à la bonté de Charles de Solvagnat. Elle lui ferait part de sa déception et de son amertume et le supplierait de bien vouloir croire qu'elle n'avait jamais soupçonné les filouteries d'Henri. Nul doute que cette perspective ramènerait son mari à plus juste vision des choses ! Quant au reste, peu lui en chalait. Du moins ce soir. Du moins jusqu'à ce que paraisse l'enfançon.

Elle se leva après un dernier regard pour les éclats du godet. Elle grimpa jusqu'à leur chambre et ramassa dans une almaire[1] de vilain bois clair sa robe et ses deux chainses de change, son voile de messe, sans oublier ses bas de genoux et son mantel. La pauvreté de sa trousse[2], celle qu'elle avait constituée pour son mariage, la laissa de marbre.

Elle redescendit d'un pas déterminé et souleva le couvercle du banc-coffre. Elle en tira ses chaussons de laine bouillie, et ses poulaines de satin brodé à fines semelles de cuir, déformées par une pluie. Elle les avait souhaitées d'allure modeste, alors que sa noblesse lui permettait une pointe beaucoup plus longue[3], rembourrée de chanvre ou renforcée de baleines pour tenir bien roide

---

1. Armoire.
2. A donné « trousseau » dans ce sens. Le terme « trousse » désignait un ensemble de choses de même « nature ». Ce pouvait être des outils, des plumes pour écrire, du linge et des vêtements, etc.
3. La pointe des poulaines était fonction du rang. Parfois d'une longueur excessive, il fallait des chaînettes pour relier les pointes aux genoux et permettre une marche à peu près normale.

et courbée vers le haut. L'Église ne décolérait pas contre cet ornement frivole et propice à la débauche. En effet, des polissons s'amusaient à soulever la robe des dames du bout de leur poulaine durant la messe[1]. Sa dague de dame étincelait dans son fourreau de cuir brodé. Le long châle de sa mère en cendal turquoise ourlé au fil d'argent, son seul luxe, gisait au fond du coffre, plié avec soin. Elle n'hésita qu'une seconde et le récupéra ainsi que le diptyque protégé entre les plis de l'étoffe. Non, sotte qu'elle avait été : il ne s'agissait pas d'un cadeau à elle destiné. Ses pensées se figèrent : qu'était cette œuvre ? Pourquoi Henri l'avait-il dissimulée au fond du coffre ? Pourquoi ne la lui avait-il jamais montrée ? Un gain de jeu dont il aurait eu du mal à dissimuler la provenance ?

Une fièvre d'aigreur fit perler la sueur à son front, entre ses seins. L'odeur écœurante de la pommade de paysanne à base de suif dont elle s'enduisait le ventre lui monta aux narines et lui souleva le cœur. Sainte Mère de Dieu, que l'amour rendait bête ! Ce diptyque lui revenait de droit et de sacrifices. Il la remboursait de toutes les privations qu'elle s'était imposées pour plaire à Henri. Le poisson, trop onéreux, qu'elle se refusait les jours maigres, se contentant de pain et de soupe aux raves. Les crèmes et lotions de dame dont elle repoussait toujours l'achat. Les nouvelles chaussures dont elle s'était convaincue qu'elle n'en aurait pas l'usage. L'aumône de messe, si pingre[2] qu'elle en avait honte. L'habile ventrière qu'elle n'avait jamais vue.

---

1. Les poulaines seront d'ailleurs interdites quelques années plus tard par Charles V et le pape mais la mode persistera encore.
2. Le mot est ancien mais d'origine incertaine, peut-être une déformation d'« épingle ».

Cette promesse bafouée d'Henri, une autre, lui remit la mère Musard à l'esprit. La matrone savait ou se doutait que son époux se résumait à une séduisante supercherie. Gabrielle en aurait juré alors même qu'elle avait refusé d'entendre les insinuations de la commère. Il était déjà fort tard. Cependant, il lui fallait parler à quelqu'un, au risque sans cela de s'empoisonner les humeurs avec ses regrets, sa désillusion et même sa hargne.

Elle serra son maigre frusquin dans leurs deux bougettes de cuir, passa la dague de voyage à sa ceinture, jeta son mantel trop chaud pour la saison sur ses épaules. Elle récupéra une des esconces et sortit en claquant la porte derrière elle.

La chaleur moite de la nuit l'environna sitôt qu'elle rejoignit la rue. L'orage se tenait en embuscade depuis deux jours. Les bougettes passées aux épaules, elle s'enveloppa de son mantel, rabattit la capuche bas sur son front et hâta le pas pour rejoindre la maisonnette d'Adeline Musard. Quelques bribes de conversations provenaient encore de derrière les peaux huilées des fenêtres. La lune parcimonieuse peinait à percer un ciel couvert et n'aidait guère sa progression, seulement facilitée par la faible lueur de sa lampe à huile.

Des braiements[1] lui parvinrent du milieu de la rue. Des beuglements d'ivrognes auxquels se mêlaient des glapissements féminins. Une taverne. Gabrielle traversa la rue afin de raser le mur d'en face, espérant que nul n'apercevrait sa silhouette engoncée dans son mantel de tiretaine[2] sombre. Les bordées d'injures et d'obscénités

---

1. Le verbe « braire » (pour désigner le cri de l'âne) s'est d'abord utilisé uniquement pour les personnes et de façon péjorative.
2. Un drap assez grossier, moitié laine, moitié lin.

qui fusaient par la porte entrouverte de l'établissement lui firent baisser la tête et presser le pas. Fort heureusement, les habitués de beuverie ne la virent pas et personne ne l'interpella.

Du moins le crut-elle jusqu'à ce que l'écho d'un pas masculin résonne dans son dos.

Un client de la taverne rentrant en son logement, peut-être ? Pourtant, la gorge de Gabrielle se serra, contredisant la benoîte explication qu'elle s'adressait afin de se rassurer. Elle allongea encore la foulée et s'interdit de regarder derrière elle. Le pas s'adapta et accéléra même. Une voix lourde et pâteuse grogna dans son dos :

— On se promène seule à la nuit, la jolie ? Telle une chatte échauffée qui cherche matou ?

Des relents de vieille sueur et d'haleine avinée parvinrent à Gabrielle qui continua d'avancer sans répondre. La peur l'avait gagnée et son cœur battait à rompre. Elle songea à rebrousser chemin, à rejoindre en courant l'auberge. Certes, tous devaient y être ivres, mais elle risquait bien moins d'une foule des deux genres que d'un gredin isolé favorisé par le désert des rues. Cependant, elle ne filerait pas assez vite pour lui échapper.

— Allez, fais point ta nitouche[1], j'sais ben c'que tu veux. J'm'y connais en bonnes femmes. Tu r'gretteras rin, sauf d'avoir hésité, poursuivit l'autre dans un rire gras.

Elle faillit se tourner d'un bloc pour le toiser et le traiter de la façon qu'il méritait : en vil soudrille[2]. Néanmoins, sa voix risquait de trahir sa peur.

Soudain, une main brutale s'abattit sur son épaule et elle se sentit tirée avec violence sous un porche. La panique faillit lui faire perdre l'équilibre. Elle voulut hurler à l'aide mais une gifle mauvaise s'abattit sur son

---

1. De « n'y touche pas ». A donné « sainte nitouche ».
2. Soudard (de « solde » qui a donné « soldat »).

visage. Les bougettes glissèrent de ses épaules et l'esconce chut au sol.

— Ferme ton clapet, catin, ou j't'assomme !

Gabrielle se débattit avec l'énergie du désespoir, gênée par les pans de son lourd mantel. L'individu la poussa sans ménagement contre le mur de la courette intérieure. Son crâne heurta les pierres irrégulières et elle redouta de défaillir. Le bras de l'homme se plaqua contre sa gorge à l'étouffer. D'une main, il défit la ceinture de ses braies[1] puis remonta la cotte de Gabrielle. Elle sentit la pression de ses *genitalia* contre le haut de sa cuisse. Mon Dieu, son enfant ! Mon Dieu, il risquait de tuer son petit.

Haletante, elle bafouilla :

— Je suis grosse !

— J'vois bien. Ben justement, comme ça, j't'en mettrai pas un autre dans l'four, grasseya le ruffian[2].

L'impact léger d'un minuscule pied contre son ventre. Et la fureur remplaça la terreur. Une onde rouge dévala dans son cerveau annihilant la panique. Il ne tuerait pas son enfant !

Henri ! Les vices dilapidateurs d'Henri se trouvaient pour part responsables. S'il n'avait pas jeté sur les tables de jeu leurs quelques sous, elle aurait été habillée d'autre chose que de ses nippes fatiguées de commère de peu. Le gredin saoul n'aurait jamais osé aborder, et encore moins tenter de prendre de force, une noble ou une bourgeoise de moyens, sachant que les hommes du prévôt se montreraient sans pitié pour son infâme méfait[3].

---

1. Sorte de pantalon ample que portaient les hommes du peuple depuis les Gaulois. Nous a laissé « débrailler ».
2. À l'origine un souteneur, puis un individu de basse moralité.
3. Rappelons que le viol, même celui d'une prostituée, était puni de mort au Moyen Âge. Encore fallait-il le prouver !

✠

Le soudard palpa avec brutalité son intimité, frottant sa bouche contre le menton de la jeune femme, marmonnant des encouragements obscènes. Sans même savoir ce qu'elle faisait, Gabrielle dégagea son bras droit. Que crut-il lorsqu'il bafouilla :

— Ouais, vas-y, ça m'plaît. Tu vois ben qu'c'est bon ?

La fraîcheur de l'acier contre sa paume. Dans un état second, elle tira la dague pendue à sa ceinture d'un geste sec et en appuya la lame contre la gorge du vaurien.

D'abord, il ne parut pas comprendre. Elle enfonça légèrement la pointe acérée. Une goutte rouge, puis un filet carmin dévalèrent vers l'épaule de l'homme qui recula d'un bond. Il porta la main à sa gorge et détailla, stupéfait, le sang qui maculait sa paume. Fou de rage, il éructa et fit mine de fondre sur elle :

— Salope ! Catin, démone !

Gabrielle abaissa la longue lame fine, visant le cœur. L'homme se figea.

D'une voix inflexible qu'elle ne se connaissait pas, elle martela :

— Halte-là ! J'ai dit, je suis grosse. Il suffit, l'homme, ou je te navre sans l'ombre d'une hésitation. On ne trousse[1] pas une dame de Lébragnan à la manière d'une puterelle de maison lupanarde ! Recule sitôt, sans foi ni loi, scélérat de bas-fonds ! Profite de ma mansuétude avant que mon humeur ne change.

— Hein ? Quoi... quoi ?

— File au diable où se trouve ta place !

Elle avança d'un pas vers lui, menaçante, prête à frapper. Sans doute lut-il une sentence de mort dans son regard très bleu.

---

1. De « relever la robe d'une femme », le terme a vite signifié « avoir une relation sexuelle hâtive ».

Il remonta ses braies à la hâte, sans plus oser tourner les yeux vers elle. Immobile, sur ses gardes, Gabrielle attendit, arme toujours brandie. L'homme fonça vers la rue et disparut au détour du porche.

Elle expira bouche grande ouverte. Une sorte de gigantesque fatigue balaya l'onde rouge. Elle ferma les yeux et s'appuya contre le mur de la courette. Ses jambes lui parurent d'étoupe[1]. Un claquement métallique la fit presque sursauter. Elle avait lâché la dague qui ricochait au sol. Elle se sentit glisser, sans parvenir à se retenir. Accroupie, elle se contraignit à inspirer, à chasser cette scène de son souvenir. Une voix, la sienne, contrecarra son envie d'oubli. Elle résonna dans son esprit : Non, préserve chaque détail avec précision. Il n'a pu te violenter, ni t'occire ou tuer ton enfant dans l'œuf parce que tu t'es défendue, battue, madame de Lébragnan ! Pleutre si tu l'oublies.

Et s'il n'avait pas pris l'escampe ? Gabrielle fut contrainte d'admettre qu'elle l'aurait occis pour protéger son petit et s'épargner le déshonneur d'un outrage de femme. Elle en resta abasourdie.

Ce n'est qu'alors qu'elle se rendit compte qu'elle venait de délaisser son nom d'épouse pour reprendre celui de son père.

---

1. Partie grossière de la filasse. On l'utilisait beaucoup en rembourrage ou pour colmater.

XXII

14 août 1348, au même moment,
île de la Cité, Paris

enri d'Aurillay arpentait depuis deux heures la juiverie de l'île de la Cité. Il était passé d'une auberge à l'autre pour constater que les habitués commençaient de célébrer avec force gorgeons l'Assomption de la Bienheureuse Vierge Marie. Rien n'égalait les tavernes pour glaner des informations. Encore fallait-il y découvrir un client capable d'entendre une question simple et d'y répondre. Une tâche qui pouvait se révéler ardue en cette heure avancée, d'autant que l'on se méfiait un peu de sa mise, pourtant guère opulente. Aussi s'efforçait-il d'atténuer ses élégances de langue pour adopter l'expression du peuple de la capitale qu'il jugeait fort vulgaire dans l'ensemble. Jusque-là, il avait fait coup blanc[1].

Lorsqu'il descendit les quelques marches plates qui menaient à la salle commune de la Dent-de-Loup[2], il

---

1. Ou chou blanc : ne pas marquer de point. Sans doute en relation avec le jeu de quilles, d'origine béarnaise et probablement inventé au XIVe ou au XVe siècle. Henri IV en était amateur.
2. Dans ce sens, prémolaire atrophiée qui pousse parfois chez le cheval et occasionne une gêne à cause du mors.

jaugea la clientèle. Quatre femmes de tenue étaient atta-
blées dans un coin et chuchotaient. Sans doute les
épouses des quatre hommes installés en diagonale, à
l'autre bout de la salle, à leur mise des merciers ou des
drapiers. Ils discutaient négoce, pendant que les dames
parlaient domesticité, voisinage, prix des chandelles ou
du poisson.

Henri repéra sa cible : un homme seul, d'un âge déjà
avancé, commerçant ou artisan, toutefois pas de la
même corporation que les autres qu'il aurait sans cela
rejoints. Il buvait un gobelet de vin yeux mi-clos, sans
doute de fatigue puisqu'il bâillait entre deux gorgées.
Henri lança l'habituel « le bonsoir, gens de bonne compagnie » à quoi répondirent des hochements de tête et
des regards discrets mais curieux. Feignant l'hésitation,
il s'approcha. L'autre le détailla.

— L'ami, me ferez-vous l'honneur de m'accepter à
votre table ? J'offre le prochain cruchon. Rien de plus
triste que de se dessoiffer en solitude.

— Vraiment ? Je connais pourtant moult choses bien
plus affligeantes, rétorqua l'autre sur un mince sourire.
Mais assoyez-vous donc. La perspective d'une causerie
de bon aloi me réjouit tout autant que celle d'une boutille[1] de vin. Celui que sert maître Loup est plaisant et
ne vous tord pas les boyaux.

À son élocution et à la souplesse de son vocabulaire,
Henri d'Aurillay conclut qu'il avait affaire à un lettré ou
à une personne de bonne naissance, ce que ne suggérait
pas son vêtement. Il tendit la main et se forgea une identité :

— Henri de Ménès, chartrain.

— Bienvenu en notre ville, messire, salua l'autre en
acceptant sa poignée, sans toutefois se présenter.

---

1. Bouteille, le plus souvent en terre cuite.

Maître Loup surgit, un grand sourire aux lèvres, et se planta devant leur table.

— Ah, un nouveau venu ! Ah, faste choix, messire, que celui de mon modeste établissement. Ça, je ne connus guère de clients marris, hormis les mauvais payeurs. Que puis-je pour votre satisfaction ?

— Eh bien, une boutille de votre meilleur et un en-cas de bouche pour mon compagnon de rencontre et moi-même.

Henri songea qu'il devrait ensuite annoncer à Gabrielle que les quelques deniers qu'il lui avait promis deux semaines plus tôt pour l'achat de quatre aunes* de drap de laine afin qu'elle taille une cotte de grossesse lui avaient été volés par une crapule. Bah ! après tout, son ventre restait discret, et ses deux vieilles robes y suffiraient encore.

— Fort bien, messire, fort bien, approuva maître Loup comme si l'on venait de lui faire la meilleure proposition de son existence.

Dès qu'il fut reparti en cuisine, le compagnon anonyme d'Henri déclara :

— Un homme heureux et ils sont rares, m'en croyez. Du reste, il s'agit de l'intérêt majeur de ce lieu selon moi. En plus du bon vin. La jovialité de maître Loup ne se dément jamais. Il virevolte, chaque jour satisfait de son sort.

— En effet, plaisante disposition de tempérament. Je comprends votre attirance pour cette auberge, se trompa Henri.

— Non pas. Dans mon cas, il s'agit d'une gigantesque incompréhension. Comment peut-on se satisfaire du monde ? Aussi cette charade m'intrigue-t-elle. Je suis friand d'énigmes humaines.

Henri considéra le bonnet à pointe enroulée qui dissimulait la chevelure, donc la possible tonsure, de son compagnon d'auberge et s'enquit :

— Seriez-vous clerc[1] ?

— Je m'en suis gardé bien que m'y préparant. Ancien avocat, de l'université de Montpellier.

— Ah, me voilà impressionné. Et, si je puis, votre nom, monsieur ?

— Hubert d'Avensy. À l'origine, piètre noblesse cul-terreuse. La perspective de démerder les porcs ou les oies ne m'enchantait guère.

— Et comme je vous comprends ! Mais le droit, quelle carrière prestigieuse ! lâcha Henri, ne reculant devant aucune flatterie.

— C'est que vous n'y connaissez goutte, sauf votre respect[2].

Maître Loup déposa leur vin et un plateau de beignets d'anguille à la farine et au vin blanc. Henri réprima une grimace : il avait oublié que le jour était maigre[3]. La peste fût de ces interdits qui vous gâchaient la vie. Eh quoi ? Fallait-il croire que Dieu se préoccupait de la façon dont il se remplissait la panse ? N'avait-Il d'autres charges bien plus pressantes ? Par prudence, il garda son commentaire pour lui. Le tenancier reparti, il poursuivit :

— Et vous exerçâtes votre art en la capitale ?

— Disons que j'y ai moult amis que les arguties[4] de tribunal intéressent. Votre occupation, si je puis ?

---

1. À l'époque, toute personne formée pour entrer dans l'état ecclésiastique.
2. Contraction de « votre respect est sauf » lorsque l'on faisait une remarque qui pouvait passer pour désobligeante.
3. Le vin était théoriquement interdit durant les jours maigres. Théoriquement !
4. De *argutus* (clair, pénétrant), raisonnement subtil. Le terme n'avait pas la connotation péjorative actuelle.

— Ma foi… je surveille mon domaine de Chartres et ne viens céans que pour y conclure affaires. D'autant que j'ai développé une certaine attirance pour l'art. Avez-vous logement en ce quartier ?

— Si fait. L'expulsion des Juifs m'a permis d'acheter une maisonnette en mauvais état mais à vil prix. Je la rafistole[1] lors que le désœuvrement me guette.

Les biens et maisons des Juifs avaient été pour la plupart confisqués et revendus afin de renflouer un Trésor royal exsangue. Le temps pressant, les immeubles avaient été bradés[2] et les chrétiens qui s'étaient portés acquéreurs avaient le plus souvent fait de bonnes affaires. Des dizaines d'artisans et de commerçants s'étaient installés et avaient ouvert boutiques ou étaux, également attirés par la proximité du palais de la Cité, qui leur garantissait un afflux de clients. Ainsi les tavernes avaient-elles poussé tels champignons après la pluie.

— Bah ! la guerre nécessite d'immenses efforts financiers, commenta Henri.

— En vérité. Aussi vaut-il mieux trouver les deniers ailleurs qu'en nos bourses.

L'ironie légère de son vis-à-vis lui passa dessus la tête et il approuva :

— Habile raisonnement. Dois-je en conclure que vous connaissez bien les habitants de ce lieu ?

— Depuis dix ans que j'y vis, l'inverse serait singulier, s'amusa Hubert d'Avensy.

— Auriez-vous ouï d'un lettré versé dans le déchiffrement de la langue hébraïque ?

---

1. Du latin *fistula*.
2. De l'ancien néerlandais *braden* (rôtir puis gaspiller).

L'avocat haussa les sourcils et commenta :

— Avouez, mon cher, qu'en cette période il faudrait être bien fol pour se vanter de lire l'hébreu avec pour meilleure perspective le bûcher ou l'un des culs-de-basse-fosse du Châtelet. De quoi rabêtir[1] soudain le plus érudit des savants qui prétendra ne savoir ni lire ni écrire. De ce que j'ai compris, ceux qui n'ont pas fui au loin ont rejoint Avignon. Selon moi, vous ne trouverez nulle aide aux alentours.

— Fichtre, souffla un Henri dépité.

— Si je puis, pourquoi cette question ?

— Oh, peu de chose en vérité... une... Bible tracée dans cette langue et dont j'ignore si elle est véritablement antique.

— En ce cas, un ecclésiastique instruit vous permettra un jugement sûr. S'ils ne sont pas légion, on en dénombre quelques-uns sur la place de Paris, observa Hubert d'Avensy.

— Intéressante suggestion, approuva Henri d'Aurillay en tentant de dissimuler son désappointement.

— N'est-ce pas ? fit l'autre en se levant. Le merci à vous pour ce gorgeon de cordialité. Je suis exténué et quelques heures de repos ne me feront pas dommage. Dieu vous garde.

Hubert d'Avensy, de son vrai nom Alard Lhérault, de fait ancien avocat, sortit dans la moiteur de la nuit. Il ferait dès le demain porter missive à Geoffroy d'Aurillay. Déçu par ce qu'Alard venait de lui conter, Henri d'Aurillay abandonnerait sans doute son idée de trouver un habile traducteur dans les anciennes juiveries de Paris.

---

1. Rendre bête.

Veillant à n'être pas suivi, il rentra chez lui, un petit logement que lui louait par amitié et pour quelques pièces Robert Blanchet, autrefois connu sous le nom d'Isaac ben Joseph, au-dessus de son atelier de reliure. Alard était un peu fatigué, mais satisfait d'avoir suivi Henri d'Aurillay en discrétion à la demande de Robert après suggestion du chanoine Geoffroy. La juiverie de l'île de la Cité n'était guère étendue. Aussi repérer Aurillay avait-il été aisé. Le voyant inspecter les tavernes du quartier, Alard avait vite compris ce qu'il y cherchait. Lorsque Henri était ressorti de l'Âne-Bâté, ne lui restaient que deux possibilités : le Cerf-Amoureux, une gargote malfamée, où il ne trouverait pas son bonheur, et l'établissement de maître Loup dans lequel Alard s'était précipité pour l'attendre.

XXIII

abrielle devait longtemps s'étonner de l'étrange énergie qui l'avait redressée après l'attaque répugnante du vaurien. Elle avait rectifié sa tenue, récupéré dague, esconce et bougettes au sol. Puis, main droite sur le pommeau, elle avait rejoint la rue, jetant un regard calme alentour, dans l'éventualité où le scélérat aurait eu l'outrecuidance et le peu de jugement de tenir embuscade. Cependant, il avait décampé sans demander son reste.

La légèreté de son pas la surprit. Elle avançait, l'oreille certes aux aguets, mais d'une démarche assurée, plus de ce menu trot de souris affolée. Quelque chose avait changé. Plus exactement, les murs qui étouffaient son esprit venaient de s'effriter. Elle retint un pouffement qu'elle jugea d'abord déplacé. Pourquoi « déplacé » ? Elle avait vaincu. Elle avait protégé son enfant et son honneur de dame. Qui plus était, en ne versant que quelques gouttes du sang de l'infâme. Ne pouvait-elle s'en réjouir ? Par une mystérieuse mais puissante alchimie, des pensées émergèrent à la manière de grosses bulles crevant la surface d'un chaudron magique. Aigle, elle avait rêvé de voler haut, de chasser en compagnie de son mâle, de piquer tel l'éclair vers le sol, de déchirer le ciel d'un cri perçant à nul autre pareil, de veiller bec et serres sur ses aiglons. Au lieu de cela, elle avait volontiers sacrifié ses ailes pour devenir une poule de basse-cour, affairée à dénicher sa pitance de vers dans la terre poudreuse. Pour un amour qui n'avait pas existé. Pour un aigle mâle de parade, une baudruche de suffisance.

Elle soupira. Ses rêves n'avaient-ils été que sottises de dame que l'ennui des jours rongeait ? Emportements de donzelle à l'esprit troublé par les romans courtois ? L'amour existait-il seulement ? Les poèmes, les rimes et chansons ne se résumaient-ils pas à un bel emballage destiné à dissimuler la crudité des contrats passés par-devant notaire et sous l'approbation de circonstance d'un prêtre ?

Cela ne se pouvait ! Elle avait tant aimé... personne. Son cœur s'était tant emballé pour des ombres imaginées au travers de lignes. Ses soupirs de nuit avaient tant attendu une bouche, une main, un souffle, un corps. Le corps. Ce corps dans lequel elle se fondrait. Elle avait voulu croire que l'ombre, le corps, la bouche étaient Henri. L'aigle mâle avec lequel elle finirait sa vie[1]. Par facilité. Stupide bévue.

Cela ne se pouvait. L'amour existait, plus lointain, bien plus compliqué que les arrangements d'une mère désireuse de se défaire au plus vite d'une fille de dix-huit ans, tout en s'assurant un confort de vieillesse.

---

1. L'aigle royal est monogame. Les couples persistent le plus souvent toute une vie, sauf mort d'un des conjoints ou stérilité.

L'aigle femelle[1] ne se battait-elle pas, sans concession, contre le mâle, afin d'acquérir la certitude qu'il deviendrait le compagnon d'une vie ?

Elle s'était contentée de battre des cils et de rosir de timidité. Bécasse, triple bécasse !

Enfin, elle parvint devant la maisonnette de la mère Musard. Le petit bâtiment, coincé entre deux demeures plus imposantes, inclinait vers l'avant. Deux lourds madriers avaient été poussés en étais, occultant presque les trois étroites fenêtres.

Quelle heure pouvait-il être ? Matines* approchaient-elles ? Elle n'hésita qu'une seconde avant de tambouriner contre le battant de la porte. Après quelques instants, environnée par une dense obscurité, elle frappa à nouveau. Des volets s'entrouvrirent à l'étage, l'un d'eux bloqué par un madrier. Adeline Musard, coiffée d'un bonnet de nuit, dont dépassait une natte grise, découvrit une forme engoncée dans son mantel plantée devant son huis[2] et beugla :

— Qui va là ? Et lève la tête que j'voie ta gueule !

Gabrielle s'exécuta.

— Oh, votre pardon, madame d'Aur...

— Chut ! Pas de nom, je vous prie.

— Sentiriez-vous le terme...

— Non pas.

— Je descends et vous ouvre.

Gabrielle l'entendit intimer à une autre personne :

— Rendors-toi, Blandine.

Quelques secondes plus tard, la mère Musard, brandissant une esconce, la faisait pénétrer dans une salle commune tout en longueur. En dépit de la modestie de sa surface, l'endroit était d'une impeccable propreté,

---

1. Plus lourdes et plus grandes que les mâles, elles ont préférentiellement été utilisées pour la chasse.
2. Porte extérieure d'une maison.

ainsi que le découvrit Gabrielle lorsque la matrone alluma les autres lampes à huile.

— Assoyez-vous, de grâce, madame Gabrielle, invita la femme âgée en désignant l'unique chaise en bout de table, adoucie d'un coute brodé.

Elle-même prit place sur un banc, serrant son paletot violine sur son chainse de nuit.

— Que se passe-t-il ?

Gabrielle d'Aurillay baissa les yeux et défit l'agrafe du col de son mantel avant de déposer ses bougettes à ses pieds. D'une voix douce mais ferme, elle lâcha :

— Ma bonne, qu'avez-vous retenu, il y a quelques jours, au sujet de mon époux ? (D'un geste, elle interrompit la moue de protestation de l'autre.) Me sont venues aux oreilles de... fâcheuses évaluations... que j'ai senties véritables. Pour ma plus grande désillusion.

Adeline la détailla et plissa les lèvres. Elle se leva et se dirigea vers un coffre de facture modeste, ciré avec amour, et jeta :

— Un gorgeon ? La potion sera amère.

— Volontiers. Un gobelet contribuera à me redonner des forces[1].

— Comment cela ?

— Outre ces détestables révélations ? Une odieuse rencontre de rue. Un vaurien enivré. Il a battu en retraite, soudain assagi par ma dague de dame.

— Bien, mon petit ! En l'absence de lame, n'oubliez jamais qu'un bon coup de genou où je pense fera également l'affaire.

---

1. Pour l'anecdote : le verbe « requinquer » conviendrait aujourd'hui. Cependant, à l'époque il signifiait « être trop parée, pour une vieille femme ».

La façon dont la matrone asséna ce conseil tira un faible sourire à la jeune femme. Force lui fut d'admettre qu'hormis Adeline, elle n'avait personne. Dieu du ciel, comment en était-elle arrivée là ? Elle bagarra contre l'insondable tristesse qui menaçait d'à nouveau l'engloutir.

Adeline les servit et se réinstalla en face d'elle. Après une gorgée silencieuse, Gabrielle insista :

— Votre réponse ?

— C'est que... Nous ne sommes guère de même extraction, du même monde. Loin s'en faut. Que sais-je des attentes, des exigences, des pudeurs d'une dame de haut ?

— Ne rêvons-nous pas toutes d'un bel amour ?

Un pouffement salua sa sortie. Adeline rectifia :

— Non pas. Nombre, telle moi, espèrent juste un époux travailleur et pieux qui rapportera à la maison de quoi faire bouillir la marmite et ne dilapidera pas sa paie dans les tripots à filles, ni ne cognera les soirs d'ivresse.

Ce fut au tour de Gabrielle de réprimer un rire. Elle déclara :

— Que voici justement résumées les involontaires confidences que je reçus un peu plus tôt !

— Ah ?

— Vous saviez, n'est-ce pas ? Adeline, soyez franche de col, je vous en conjure.

— Oui-da. J'ai vu votre époux sortir d'une salle de jeu au petit matin, ivre et bien escrillard[1]. Une fille écarlate[2]

---

1. Ancien français pour « égrillard ».
2. Les prostituées avaient obligation de signaler leur occupation par des tenues voyantes et de couleurs vives, dont le rouge.

était pendue à son bras et riait à gorge déployée. Ce rire qu'elles adoptent pour flatter le poisson qu'elles viennent de ferrer. Bah ! vieux comme le monde. Madame, j'en suis désolée. Je…

— En vérité, votre compassion vous honore mais elle ne m'est pas nécessaire.

— Que si ! Le vil rat, si vous me permettez. Je vous voyais, le ventre trop serré dans de vieilles robes, regardant au pain, au lard et au fromage pendant qu'il régalait. Si j'ai économisé chaque piécette ma vie durant, mon défunt bonhomme ne s'emplissait pas la panse ni ne se rinçait le gosier derrière mon dos en nous laissant, ma marmaille et moi, ventre creux.

Gabrielle hocha la tête et termina son gobelet.

— J'ai été bien sotte, n'est-ce pas ?

— L'inextricable question. Est-on sot d'avoir trop aimé, jusqu'à l'aveuglement ? En hâte, il conviendrait de répondre par l'affirmative. Mais à la réflexion, qui a le plus perdu ? Vous, qui en sortez avec une belle âme d'amante blessée ? Ou lui et ses médiocres calculs menteurs ? Que restera-t-il dans quelques mois, quelques années, de votre chagrin d'épouse trompée et de l'humiliation que vous infligea ce triste sire ? Bien peu. Que restera-t-il de sa petitesse ? Tout, puisqu'il est ainsi constitué.

Gabrielle sourit et tendit la main. La femme âgée y déposa sa paume.

— Le merci. Vous me faites grand bien, Adeline. C'est que… dans mon extrême solitude, j'en venais à penser que…

— Que vous étiez coupable ? Non pas. S'il n'a pas vu le rubis[1] qui s'offrait à lui, qu'il retourne à l'auge à cochons.

---

1. La « pierre reine », la plus prisée en cette époque où on ne savait pas tailler le diamant qui restait donc terne.

Adeline hésita, se demandant si elle avait vu juste, si les bougettes renflées indiquaient que Gabrielle avait fui le domicile conjugal. Elle osa :

— Je puis, pour vous plaire, vous offrir logement temporaire. Rien de luxueux, ainsi que vous en jugez, mais les paillasses sont propres et dépourvues de vermine.

Le soulagement se peignit sur le beau visage de la jeune noble qui accepta :

— Oh... vous êtes bonne et m'ôtez une profonde épine du flanc. Je ne savais guère où requérir hospitalité. Je ne... je ne suis pas en nerfs de supporter les fables d'Henri une minute de plus. J'ignore ce que je ferai ensuite. Mon esprit est tour à tour une plaine désolée et aride ou une tempête.

— Reposez-vous et réfléchissez.

Gabrielle tira un mouchoir[1] de sa manche et le déplia sur la table.

— Les neuf deniers* que je suis parvenue à mettre de côté. Peu de chose. Cependant, je ne possède rien d'autre, hormis le châle de ma mère et une bien malhabile peinture sur bois, expliqua-t-elle en désignant d'un geste une des bougettes. Ces quelques pièces nous nourriront au moins deux semaines.

Adeline, pourtant regardante par nécessité, les repoussa en conseillant :

— Conservez-les. Qui sait de quoi demain est tissé ? N'ayez crainte. Nous nous remplirons l'estomac en aise. Je ne compte plus les cadeaux nourrissants des dames que j'ai aidées. Allons, il faut aller prendre un peu de repos. J'ai recueilli ce matin une petite Blandine dont la mère a péri. Elle est aussi discrète qu'une souris et ronfle moins que moi.

— L'allez-vous garder auprès de vous ?

---

1. Ces précieux accessoires existent depuis la Rome antique.

— Je ne sais, madame Gabrielle. J'ai besoin d'une enfante comme d'un clou à la fesse[1]. D'un autre côté, que puis-je faire ? La jeter à la rue ? Elle n'a pas même six ans. Elle s'est accrochée à moi, me suppliant de la secourir. Oyez... je crois que Dieu nous envoie des signes, de menues épreuves pour nous jauger. N'y pas répondre serait fauter.

Un vrai sourire illumina le regard bleu marine de Gabrielle qui approuva :

— Il vous aura donc envoyé deux épreuves ce jour : une jeune orpheline et une femme grosse et désespérée.

— Qui peut savoir, hormis Lui ? Allons.

Gabrielle se leva et la suivit à l'étage, posant avec précaution les pieds sur les marches d'un escalier branlant. De fait, elle était épuisée et quelques heures de repos s'imposaient, même si elle doutait de parvenir à s'endormir.

Une frêle enfante blonde, entortillée dans un drap, était assise sur le lit et les regarda entrer sans un mot. Adeline annonça :

— Blandine. Elle était aussi sale qu'un peigne. Je l'ai lavée au baquet[2] et épouillée. Fillette, nous avons une invitée, Mme d'Au...

— Gabrielle, la coupa l'intéressée.

Adeline fit tomber d'un coup de pied la paillasse adossée au mur et tira d'une almaire un drap et une mince couverture.

— Certes, c'est bien pauvret, mais...

— Je vais m'y sentir en aise.

---

1. Contrairement à ce que beaucoup pensent, l'expression, ancienne, est française, « clou » signifiant « furoncle ». Les Anglais l'ont adoptée en traduisant « clou » au sens littéral (*nail*).
2. Le Moyen Âge était une époque propre, par rapport à d'autres.

La jeune femme saisit les mains de l'autre et murmura :

— Dieu doit être fort satisfait ce soir. Vous n'avez pas manqué un de Ses signes. Qu'Il vous garde toujours.

— Et vous, madame Gabrielle, ainsi que l'enfant à venir qui sera aussi beau que sa mère, j'en suis certaine. Demain, jour d'Assomption[1], nous irons porter un bouquet de jolies fleurs à la Très Bonne Vierge. La journée nous offrira un repos bienvenu... sauf si l'une de mes chères dames décide de mettre bas.

Gabrielle eut à peine le temps de songer qu'enfin elle ne se retournerait pas sur sa couche toute la nuit épiant dans un demi-sommeil les bruits qui indiquaient le retour d'Henri. Elle s'endormit tel un loir sitôt allongée.

---

1. Il a été fêté liturgiquement dès le VIII\ siècle.

XXIV

15 août 1348, porte Saint-Bernard, Paris

enri se sentait fatigué, crasseux, mal en point de ses abus de boisson et du peu de nourriture qu'il avait ingéré de la journée. S'ajoutait l'inflammation des plaies occasionnées par les coups reçus. Le jour ne se lèverait pas avant plusieurs heures.

Il ouvrit la porte de la maisonnette de son oncle, gredin parmi les gredins, bien décidé à envoyer au diable Gabrielle si elle se ruait vers lui en pleurs et l'assommait d'un torrent de questions. Il avait besoin de dormir tout son saoul, puis de manger et enfin de filer en quelque étuve[1] pour se récurer. En dépit de son épuisement, un fugace amusement le dérida. Peut-être une jolie croupe ou une fière paire de nichons[2] s'offrirait-elle à lui à la faveur d'un bain collectif ?

Dans la faible lueur de l'esconce veilleuse, il ne distingua pas les éclats du gobelet au sol et sur la table.

---

1. Bain public. On se lavait le plus souvent collectivement dans d'énormes cuves. Certains bains étaient mixtes, d'autres servaient de lieux de rencontres galantes.
2. Venant du verbe « nicher », le terme n'a à l'époque rien de grossier.

Il grimpa d'un pas lourd l'escalier qui menait à la chambre et resta stupéfait. Le lit était replié. Nulle trace de Gabrielle.

Il redescendit et alluma deux autres lampes à huile. Sa semelle écrasa une écharde de terre cuite. Son regard parcourut chaque recoin, s'attarda sur la table, le manteau de la cheminée. Aucun message. Gabrielle avait-elle perdu les eaux ? S'était-elle précipitée chez la vieille matrone ? Non, en cas qu'elle se savait proche de la délivrance, elle l'aurait fait mander par un galopin des rues contre une pièce. Mû par une impulsion, il souleva le couvercle du coffre et remarqua qu'il était presque vide. Il plongea la main, tâtonna et souleva un drap, un chainse usé jusqu'à la trame. Où était le diptyque, son diptyque ?

Sa fatigue se volatilisa. La colère se mêla à l'affolement. Qu'en avait-elle fait ? L'avait-elle soustrait ? Cela ne se pouvait ! Elle ignorait sa valeur et même son existence. De fait, Henri ne s'était pas vanté d'avoir gagné l'œuvre à une table de jeu, s'évitant ainsi d'avouer qu'il y avait aussi perdu une véritable petite fortune.

La peste était des femmes qui ne comprenaient rien, dont l'horizon se limitait à leurs marmots, leur besogneuse comptabilité de cuisine et leurs domestiques !

Un remords tempéra sa mauvaise humeur. Dieu du ciel ! Gabrielle était-elle bien sauve ? Et l'enfant qu'elle portait ? Fichtre, où se trouvait-elle, pourquoi ? Remords passager puisqu'il aurait fallu qu'Henri soupèse ses manquements pour qu'il durât un peu. Or, le gentillâtre n'aimait rien tant que s'aimer lui-même. La pesanteur des choses et des êtres lui donnait le tournis et l'envie de fuir. Il se rassura vite sur son compte. S'il avait été fort riche, ainsi qu'il le méritait, sa mie aurait été entourée d'une ventrière installée à demeure, de servantes et même d'une dame d'entourage, sans oublier un chapelain. Il ne pouvait se reprocher un vil coup du sort qui l'avait dépossédé d'une fortune semblable à celle des gens de son rang.

Cet habile raisonnement le fit revenir à son urgence : recouvrer le diptyque que Gabrielle avait dû emporter.

Il fila par les rues désertes et malodorantes et parvint devant la maisonnette de la mère Musard. Il gratta puis cogna du poing contre l'huis. Les mêmes volets s'entrouvrirent à l'étage. Le même bonnet, la même natte grise parurent. Adeline se pencha et feignit la surprise et l'inquiétude avec talent :

— Messire d'Aurillay ? Madame serait-elle en travail ? Je me vêts et...

— Non pas. Euh... l'auriez-vous... euh, aperçue cette nuit ?

— Votre pardon ?

— Eh bien... Peut-être est-elle rentrée aux Loges-en-Josas et aurait-elle omis de me laisser un message. Elle n'aime guère la capit...

Une voix masculine rugit non loin :

— Tu vas pas l'fermer, ton clapet ? On dort !

— Je ne l'ai point vue, déclara Adeline, d'une voix moins forte. Mais en effet, elle avait évoqué son désir de quitter les miasmes de la ville.

— Ta gueule ! Faut-y qu'j'descende ? hurla le voisin, furieux.

Adeline adressa un petit signe de main contrit à Henri et referma les volets. Elle colla son œil contre l'une des fentes du panneau de bois et attendit qu'il s'éloigne et disparaisse dans la pénombre pour chuchoter :

— Il a gobé la fable !

Le cœur de Gabrielle s'était emballé dès qu'elle avait reconnu la voix de son mari. Atterrée, elle se rendit compte qu'il ne s'était pas agi d'un emballement d'amour, mais de colère.

Elle chassa les pensées néfastes qui tournoyaient dans son esprit, s'efforça de se concentrer sur les fleurs de son jardin, les roucoulements des colombes, le glougloutement du petit ru de source qui longeait le parc. Elle caressa la peau tiède de son ventre et sourit, s'adressant muettement à son enfant afin de le rassurer. Le sommeil lui fit la grâce de s'imposer à nouveau.

Adeline la réveilla à l'aube, le visage grave. Gabrielle s'enquit d'un murmure :

— Henri ?

— Non pas. Blandine grelotte d'une forte fièvre. Le signe... ce signe de Dieu... mais si, au contraire, le diable l'avait envoyé ?

— Ma bonne, je n'entends rien à ce que vous me dites. Blandine, acolyte du diable ?

Gabrielle se leva et s'approcha du lit que la matrone avait partagé avec la fillette. Celle-ci gémissait, plongée dans une sorte de torpeur, le visage luisant de sueur. Elle bafouilla :

— J'ai mal... là tête... le... la cuisse...

Gabrielle appliqua sa paume sur le petit front trempé et bouillant. Elle se tourna vers Adeline et suggéra :

— Une fièvre de ventre ? Elle ne tousse pas.

La mère Musard hésita. Puis, elle raconta en mots pressés son incursion dans le quartier condamné non loin de la tour de Nesle en compagnie du nain coutelier, le chariot où s'entassaient des cadavres. Elle raconta l'assassinat de la mère de Blandine, son cadavre jeté sur une herse de pieux.

À cette évocation, Gabrielle demeura muette d'effroi. Cependant, le sens commun lui revint vite et elle se signa avant de bafouiller :

— Blandine aurait-elle apporté ce fléau céans ?

— J'le... je le redoute. Comme je m'en veux de mon action charitable ! Moins fol le nain. Il s'est carapaté[1] aussi vite que ses jambes torses le portaient. J'ignore ce qu'est cette maladie, mais elle semble... implacable.

— Et nous, et... l'enfant que je porte ? s'affola la jeune femme en se reculant du lit.

La panique remplaça l'inquiétude sur le visage d'Adeline. Elle se mordit la lèvre inférieure et énonça d'un ton sans appel :

— Que voulez-vous que je fasse ? Mettre la petiote dehors, frissonnante de fièvre ? Attirer l'attention sur nous qui avons passé la nuit avec elle ?

— Ah, Divin Agneau, vous avez raison ! Un quartier en quarantaine, cerclé par les gens d'armes qui achèvent ceux qui tentent d'en sortir ? Si la pauvre Blandine a rapporté cette démonerie avec elle... nous serons jugées et condamnées d'expéditive façon. Que faire, mais que faire ?

— Rester enfermées, prétendre que tout va bien en implorant le secours de la Très Bonne Vierge. Ne parler à personne. Dès le demain... j'irai faire amples provisions de bouche... si du moins...

— Pour l'amour de Dieu, n'évoquez rien de la sorte supplia Gabrielle. Prions ! Prions de toute notre âme.

Elles s'agenouillèrent et joignirent les mains. Soudain un sanglot sec tira Gabrielle d'Aurillay de son recueillement.

— Ma bonne, que se passe-t-il ?

— Et si... Et si, par ma faute... vous et votre hoir à venir...

---

1. Bien que le verbe s'écrive avec un seul *t*, il viendrait de « patte ».

228

La jeune femme se releva et enveloppa la matrone de ses bras en murmurant :

— Cessez. À l'instant. Nulle faute d'avoir eu pitié d'une enfante. Et si... Dieu souhaite me rappeler à Lui, avec mon enfant, qui suis-je pour m'y opposer ? Je Le supplie juste de nous offrir une fin paisible puisque je n'ai jamais péché.

Adeline la détailla et déclara, surprise :

— Seriez-vous, ainsi que je l'ai supputé, bien plus forte que moi qui redoute tant la mort ?

Gabrielle s'assit au côté de la femme âgée, sur le plancher de bois brut, lisse de décennies d'allées et venues.

— Savez-vous, ma bonne, que j'ai cru naître lors de ma nuit de noces ? Je me fourvoyais. Je suis véritablement née à la dernière nuit échue, face à un ivrogne qui me violentait. J'ai touché du bout des doigts ce que je suis mais n'ai jamais su. Ni voyez pas sottises de donzelle, ou sornettes de nerfs.

Adeline se releva et lui tendit les mains en hochant la tête :

— Hum... Lorsque mon bonhomme a trépassé en dégueulant ses boyaux, après qu'on l'a porté en terre, je suis restée terrée dans notre chambre trois jours durant. Je tremblais telle une feuille au mauvais vent. Mes aînés nourrissaient les petits. Ils cognaient parfois à la porte et je les dissuadais à coups d'injures et de menaces. Je perdais le sens, suffoquée par la peur. Bon, on s'aimait pas avec mon homme, mais l'existence était moins dure à deux. Il n'était pas mauvaise âme. Et puis, au quatrième jour, une de mes petiotes a sangloté derrière l'huis : « On a pu rin à manger, plus de bois, plus d'huile pour les lampes, la mère. Et pis, y fait froid. » Un ange, sans doute. Un ange gardien m'a soulevée. J'ai procédé à mes ablutions, je me suis vêtue et je suis sortie affronter le dehors.

— Un ange ?

— Hum... sans doute pas ma mère qu'a passé... qui a passé lors que j'avais deux ans. Peut-être mon père, un homme triste mais bon. Ou alors mon frère aîné.

Elle sourit de ses souvenirs et poursuivit :

— Oh, un éclat de soleil, celui-là ! Qu'il était beau avec ses cheveux couleur paille. Il riait de tout. Les bonnes fées l'avaient éventé, bercé à sa naissance. Ça, il n'avait pas besoin d'offrir des rubans ou des peignes aux filles pour qu'elles lui fassent douce mine !

Elle se rembrunit aussitôt et acheva :

— Le jour où le tueur[1] est venu chercher quatre bêtes, il puait la carne, le sang et la mort à dégorger. Ceux autres nommaient par dédain mon homme un ongle-bleu. Lui, le tueur, c'était un « ongle-brun ». Le brun du sang sec. Les bêtes se sont affolées dès qu'elles l'ont senti. Mon frère a tenté de les contenir. Il a été piétiné. Ah... oui, sans doute est-ce lui mon ange gardien. Je ne pourrais m'en souhaiter de meilleur.

— Je... je doute qu'un ange gardien veille sur moi, déclara Gabrielle d'une voix défaite.

— Je suis bien assurée du contraire. Mais voyez, madame d'Aurillay, on ne distingue les contours de son ange que lorsqu'il nous tire par la peau du cu... du cou des sables mouvants où l'on s'enfonce.

— Croyez-vous ?

— Non. Je sais.

— J'ai soif, la fièvre me brûle... j'ai peur, j'ai mal...

Blandine venait de sortir de ce sommeil qui ressemblait déjà à la mort. Gabrielle n'hésita qu'un instant. Eh quoi ? Elle avait partagé la chambrette de l'enfante durant une nuit. De fait, si Dieu jugeait bon de la rap-

_____
1. Égorgeur d'abattoir que l'on appelait une *tuerie*.

peler à Lui, avec son enfant à venir, que Sa volonté soit faite. Elle se précipita vers le lit et demanda :

— Où as-tu mal, petite ?

— Le haut... la cuisse...

Une menotte maigre se faufila sous le drap que Gabrielle repoussa.

Elle souleva le chainse trempé de sueur. Se tournant vers la mère Musard, elle demanda d'une voix blanche :

— Qu'est cette sorte de... d'excroissance à l'aine ? L'on croirait... un gros ver court. Rose sombre, chaud au toucher.

Adeline se pencha au-dessus du petit corps maigre et parcouru de frissons.

— Je ne sais, souffla-t-elle. Pas une simple pustule... Cela ne ressemble en rien à ce que j'ai vu au cours de ma longue vie. Blandine ?

La fillette dodelina de la tête.

— Blandine, souffrais-tu déjà à l'hier de la cuisse ?

— Hein ?

— Souffrais-tu à l'hier ? insista Adeline.

— Un peu chaud... non...

— Fichtre, cette... protubérance se serait-elle formée dans la nuit ?

— Selon vous, ma bonne, existerait-il un onguent ? Une cure quelconque ?

— Nous allons lui passer de ma remarquable embrocation de thym. Ça ne peut pas aggraver son état, décida la matrone.

Elle réfléchit avant d'ajouter :

— Ensuite... je connais un peu cette Égyptienne, si courbée par la vieillerie qu'elle ne peut plus se déplacer par tout le royaume.

— Une Égyptienne ? répéta Gabrielle avec une moue réprobatrice[1].

— Leurs incessants périples de par le monde leur ont enseigné tant de choses. Certes, nul ne souhaite frayer avec leur sorte ! Cependant, elle est de sage conseil et affirme être baptisée et se prénommer Gisèle.

— Comptez-vous la faire venir céans ?

— Madame Gabrielle, allons, vous n'y songez pas ! Quand je viens d'en appeler à notre plus complète discrétion ? D'autant qu'on ne peut accorder sa confiance à ces gens, toujours à l'affût de rapines. Et puis… chrétien, chrétien… Leur peau sombre évoque bien davantage celle des Sarrasins, à ce que l'on m'a décrit ! Je lui conterai cette excroissance en prétendant qu'une mienne accouchée la présentait et que je m'en inquiète. Bon, je descends lui préparer un panier de vivres afin de payer sa science, si tant est qu'elle ait connaissance de ce que j'évoque. Durant mon absence, faites silence, ne vous montrez pas à la fenêtre, pas même en cas qu'un voisin me hélerait.

---

1. Rappelons que la population se méfiait des gens du voyage, qu'ils étaient chassés de partout, parfois de façon très brutale, même si de grands seigneurs les utilisèrent comme soldats.

XXV

15 août 1348,
non loin de la porte Saint-Bernard, Paris

L'auberge de la Grue-Verte[1] pâtissait d'une fâcheuse réputation, en dépit du fait qu'elle était tenue par une veuve encore jeune. Certes, maîtresse Grue, Jehanne de son prénom, ne pouvait être qualifiée de femme de bien lorsqu'on la croisait dans ses vêtements révélateurs, et encore moins lorsqu'on prêtait oreille à son verbe peu raffiné, mais richement imagé de jurons. Elle avait adopté ces manières de charretier pour plaire à sa clientèle constituée, précisément, de charrons et de menuisiers, et les abandonnait dès qu'elle se trouvait seule en compagnie de ses enfants. Il se colportait qu'elle possédait une idée assez inhabituelle de la famille : sœurs, belles-sœurs et cousines avaient pour office d'échauffer les clients pour les rendre libéraux en cruchons et en en-cas de bouche avec, si accord, un escalier à grimper vers les chambrettes de l'étage. Pas une mauvaise femme à part cela, même si elle avait la

---

1. Pour l'anecdote, si *grue* a signifié assez récemment au figuré « femme de petite vertu », le mot désignait au préalable une personne facilement bernée puis une grande femme à l'air empoté.

torgnole[1] facile. On la disait pieuse et ne renâclant jamais à nourrir un vrai pauvre, quoique capable de soulever un faux mendiant par le col pour le jeter dehors. Une maîtresse femme qui portait chausses, bien que ne s'étant jamais remise du trépas de son époux. Une faiblesse de pouls, avait affirmé le mire. Jehanne l'avait trouvé roide et froid, allongé à son côté, en s'éveillant le matin, trois ans auparavant. Ils s'étaient follement aimés cette nuit-là et elle refusait de penser que leurs ébats nocturnes aient contribué au décès de son mari. Allons, seules les amours malheureuses tuaient. Quoi qu'il en fût, aucune autre peau d'homme ne l'avait tentée depuis, en dépit des insinuations ou propositions plus ou moins subtiles. Car Jehanne était gironde avec sa bouche pulpeuse et ses bras potelés juste ce qu'il fallait. La fossette qui creusait l'une de ses joues lorsqu'elle souriait en faisait rêver – ou saliver – plus d'un.

Maîtresse Grue s'était donc retrouvée veuve un matin, avec trois enfants en bas âge. D'abord assommée de chagrin, elle avait ensuite vite compris que personne ne viendrait à son secours. Dès que les vilains museaux des églefins[2] désireux de dépecer la bête avaient paru, elle était parvenue à la conclusion que seule sa virulence la sauverait. La sachant effondrée, perdue sans la solide épaule de son défunt époux, ils auraient volontiers racheté la Grue-Verte pour une minable bribe, tout en lui faisant accroire qu'ils la sauvaient du pire. Jehanne s'était relevée et avait montré les crocs, devenant maî-

_____
1. De *tournier*, même origine que « tournée », dans le sens de « battre ».
2. Aigrefins.

tresse Grue. Pourtant, parfois, au creux de la nuit, elle essuyait ses larmes d'un geste revêche. Dieu du ciel que son homme lui manquait ! Jamais elle n'aurait cru qu'il avait rempli une telle place dans son esprit et dans son cœur. Jamais elle n'aurait pensé qu'elle avait tant dépendu de sa vie à lui. Néanmoins, la sienne continuait, même bancale et douloureuse, et elle avait des enfants à mener vers l'âge adulte.

Au soir échu, à deux hivers passés, maîtresse Grue avait surpris une forme pliée sur les poubelles de l'auberge. Elle était sortie et avait déclaré d'une voix ferme quoique sans méchanceté :

— Tu prends ce que tu trouves mais la courette reste propre, sans quoi je te donne du bâton à te faire passer l'envie de venir fouiner chez moi. Je ne nettoie pas la porcherie des autres.

La forme s'était tournée et Jehanne avait découvert une femme âgée, au visage sillonné de rides profondes, à la peau couleur de noisette, aux mains déformées de maladie de vieillerie.

— Je me nomme Gisèle, maîtresse, et suis chrétienne, et bonne chrétienne. Il se répète que vous êtes femme de droiture quoique de sang vivace. Dieu vous bénisse. Vous reste-t-il un peu de pain rassis, une écuelle de soupe chaude ? Il fait bien froid pour mes vieux os.

Jehanne n'avait hésité qu'un instant avant d'intimer :

— Je vais vérifier en cuisine. Tu restes là, tu pues. Ne t'avise pas de mettre un pied chez moi.

— C'est que, les opportunités de se laver dans les rues sont rares, avait souri la vieille en découvrant une bouche édentée.

Un peu étonnée par sa langue adroite, Jehanne était rentrée.

Elle était vite ressortie avec un plateau chargé d'une soupe épaisse au lard, d'un bout de pain, d'un morceau de fromage un peu aigrelet qu'elle ne pourrait servir au demain, sans oublier un gobelet de cidre. L'autre avait dévoré comme si elle n'avait rien mangé de plusieurs jours, ce que sa maigreur pouvait laisser penser. Pourtant, Jehanne avait été surprise par l'élégance avec laquelle elle maniait sa cuiller, l'absence de bruits d'aspiration ou de déglutition lors qu'elle avalait la soupe.

— Tu es égyptienne, non ?

— Si fait. Trop vieille pour le chariot et pour espérer retrouver de l'emploi chez des maîtres exigeants mais justes payeurs.

Ainsi s'expliquaient son élocution et ses manières.

— Es-tu probe ? Ne me mens pas. Je ne tolère pas les menteries et puis houspiller[1] vertement si l'on me souffle aux narines.

— Si je mange à ma faim, bien sûr. Il faut être privée de sens pour mordre la dernière main qui vous nourrit.

— Et donc, tu erres de par les ruelles ?

— Quel choix me reste-t-il ?

Jehanne avait désigné d'un geste le petit bâtiment bas en brique et bois qui flanquait le coin opposé de la courette.

— Tu peux dormir en haut de la remise. Tu auras un seau d'aisance, une cuvette d'ablutions et trois repas le jour. Tu recevras quatre deniers tournois la semaine. C'est modeste mais tu obtiens le gîte et le manger. En échange, tu t'occuperas le jour de mes trois petiots, éplucheras, plumeras et videras tout ce dont j'ai besoin et nul ne t'apercevra dans la salle de l'auberge. Qu'en fais-tu ?

---

1. De *housser* (houx) et de *pigner* (peigner), le terme signifiait à l'époque des réactions physiques « musclées ».

— J'en fais que j'accepte avec empressement. Le merci. Du fond du cœur. L'offre est honnête. Rien ne vous la fera déplorer, croyez-m'en. Je possède quelques talents que vous découvrirez, avait-elle terminé dans un plissement de paupières mystérieux.

De fait, l'aubergiste ne devait jamais regretter sa proposition charitable quoique intéressée. D'autant que l'étrange Égyptienne faisait peur et dissuadait les petits voleurs qui la croyaient sorcière. Après tout, peut-être l'était-elle un peu ?

Adeline se faufila dans la cour arrière de l'auberge. L'endroit était encore désert. Des hordes assoiffées s'y précipiteraient dès après la messe. Des gosiers desséchés d'avoir braillé des cantiques s'attacheraient à oublier qu'en ce jour d'Assomption, le maigre imposait l'abstinence d'alcool. Cependant, avisée, l'Église avait senti que mieux valait imposer des proscriptions acceptables. Le vin n'en faisait pas partie pour la majorité de ses ouailles. Elle fermait donc le plus souvent les yeux sur des entorses discrètes et limitées, se faisant fort ensuite d'exiger des pénitences.

Adeline pénétra dans la remise et leva la tête :

— Gisèle ?

D'abord, le silence. Un silence presque dérangeant. Ce silence qui indique qu'un être est tapi et retient sa respiration pour qu'on ne décèle pas sa présence. Intriguée, pas encore inquiète, Adeline haussa le ton :

— Ma bonne Gisèle ?

Toujours le silence. Puis, un léger froissement d'étoffe. Celui de la cotte d'une femme immobile qui s'incline. Pressée par son urgence, décidée d'en avoir le cœur net, la matrone posa son panier de vivres et s'approcha de l'échelle de meunier qui montait vers les combles. Elle la gravit avec prudence, le regard toujours levé. Elle passa enfin la tête par l'ouverture ménagée. Gisèle se tenait droite, son ballot à ses pieds. Elle lui parut encore plus vieille qu'au mois échu.

Adeline se rétablit sur le plancher de bois brut et avança d'un pas. Elle s'enquit :

— Partez-vous ?

— …

— Votre famille itinérante vous vient-elle chercher ?

— …

— Auriez-vous eu maille à départir avec maîtresse Jehanne ? Je ne puis le croire. Elle vous tient en belle estime et peut-être même en affection de ce que j'ouïs. Allons, Gisèle ! De grâce, livrez-vous un peu.

— J'ai tenté… Je tente depuis une dizaine de jours de la convaincre de me suivre, avec ses petiots.

— Et pour vous rendre en quel lieu ?

— Ailleurs. Peu importe où. Néanmoins, elle me croit atteinte par une faiblesse d'esprit qu'elle met au compte de la vieillerie.

— La raison qui motive votre soudaine impulsion à partir, si je puis ?

— Une vilaine farce du diable, ou la colère de Dieu. Je ne sais laquelle je redoute le plus. Sans doute la seconde.

— Mais… de quoi parlez-vous ?

L'Égyptienne la détailla, le regard vide, la ligne de ses lèvres se faisant dure. Elle cracha :

— Rien ne vous serait-il revenu ? Les femmes de notre sorte, qui ont traversé tant de tempêtes, évité tant d'écueils, ont pourtant oreille fine. Nous reniflons l'orage avant qu'il ne survienne. (Son humeur sembla basculer et ses traits s'adoucirent un peu.) Adeline… ne croyez pas que j'éprouve de l'affection à votre égard, mais vous m'avez toujours traitée avec une prudence bienveillante. Aussi, soyez assurée que votre salut m'importe peu, contrairement à celui de Jehanne qui m'a recueillie, nourrie, logée alors que je crevais de faim. La confidence que je m'apprête à vous offrir, et dont vous ferez ce que bon vous plaît, n'a rien d'une marque de cordialité. Son unique objet est de plaire à notre Sauveur.

Elle se signa et Adeline se raidit, sentant que le reste serait terrible. La vieille Égyptienne la fixa de ses prunelles presque noires et poursuivit :

— Les antiques runes[1] ne mentent pas pour qui sait les faire parler. Elles content la même histoire depuis un an. Tant périront, tant crèveront de fièvre. D'autres seront exécutés. Des foules affolées, déchaînées achèveront ceux que le diable n'aura pas raflés. Croyez-m'en. Quittez cette ville au plus preste.

Elle ramassa son maigre ballot et haussa les épaules avant de murmurer :

— Je ne puis plus rien pour Jehanne. Mon cœur en saigne, mais tant pis.

Étrangement, Adeline, pourtant matoise, n'eut aucun doute que la vieillarde disait vrai. Elle lutta contre l'alarme qui lui desséchait la gorge. Toutes les habiles finasseries[2] qu'elle avait inventées afin d'obtenir l'aide de l'Égyptienne sans lui confier la raison de son inquiétude volèrent en éclats. Et Adeline s'entendit raconter les

---

1. Sorte de petits galets tracés des lettres de l'alphabet des anciennes langues germaniques, utilisés pour prédire l'avenir et formellement interdits par l'Église.
2. Finesse excessive qui confine à la ruse. Le mot n'avait pas le sens de « pinaillage » qu'il a souvent de nos jours.

deux derniers jours : un accouchement difficile, un nain, le quartier de Nesle encerclé par les gens d'armes, la femme trucidée, sa fillette recueillie, l'excroissance parue au matin.

— Ainsi, les runes avaient raison. Les hordes démoniaques sont lâchées. Elles ne feront pas de quartier[1], commenta Gisèle d'un ton presque lointain. Je dois partir. Ôtez-vous de mon chemin !

— Non, non, éclairez-moi ! Je ne puis quitter Paris. Cette jeune noble, la fillette, je ne puis les abandonner.

— Ôtez-vous de mon chemin, vous dis-je ! intima l'autre, menaçante.

Elle avança de deux pas, leva son bâton de marche et Adeline songea qu'elle allait la frapper. La vieille femme voûtée semblait soudain formidable. La matrone cria presque :

— Pour plaire au Sauveur, avez-vous expliqué ! Alors, songez qu'Il vous regarde ! Condamneriez-vous trois femmes et un enfant à naître ? Lourde, très lourde ardoise, je vous l'affirme.

Des larmes liquéfièrent le regard sombre. Gisèle s'immobilisa et murmura :

— Divin Agneau. Il savait ce qui allait Lui échoir. Il n'a pas fui. Il l'aurait pu. La chair a si peur de son anéantissement.

À l'étonnement d'Adeline, l'étrange Égyptienne se laissa tomber assise au sol et ouvrit son ballot fait d'une large touaille serrée aux quatre coins. Sa main, si maigre que l'on aurait cru une serre de frêle oiseau, plongea à l'intérieur. Elle en ressortit une bourse de cuir

---

1. Quartier de sauveté. Lieu où les troupes pouvaient se réfugier pour être en sécurité puis obtenir la vie sauve.

noir et en tira ce qui paraissait de petits osselets, peints de signes étranges et sans doute impies. Gisèle les jeta au sol et se pencha au-dessus avant de déclarer :

— Quelle confusion ! La mort rôde autour de vous. Pourtant, elle hésite encore. Des chevauchées, des fuites, des tromperies. Les anges quittent le cercle béni. Ils se réfugient non loin, en larmes, espérant qu'une accalmie leur permettra de revenir où ils doivent se trouver. Une chimère naît des cendres du passé. Elle dissimule un glaive. Elle saura le brandir. Ainsi doit-il être puisque des ombres malfaisantes et impitoyables se rapprochent. Le diable ou ses suppôts, sans doute. Une femme pâle et triste mourra. Nul ne la regrettera. Une autre vie sera mouchée à la manière d'une chandelle. Partez ! Fuyez, vous dis-je !

Une femme pâle et triste ? Gabrielle ? Gabrielle emportant dans la tombe son enfant à naître ? songea aussitôt la matrone. Non, cela ne se pouvait. Très Bonne Vierge, protégez Mme d'Aurillay.

— Ce serait ignoble pleutrerie ! L'excroissance parue à l'aine dans la nuit ? L'auriez-vous déjà constatée ?

— Ma grand-mère, une guérisseuse, m'a conté une histoire lorsque j'étais enfante. Il y a très longtemps, une effroyable maladie née en Égypte se répandit à la vitesse d'un cheval au galop. Les défunts se comptèrent par dizaines de milliers. Beaucoup présentaient cette grosse excroissance rouge et douloureuse, au pli de l'aine, derrière le genou, ou au cou, voire sous l'aisselle.

— Une cure existait-elle ? Ou alors une prière ? Ou... que sais-je ?

— Je n'ai jamais entendu mentionner le moindre remède. Hormis l'évitement des malades.

Son front ridé se plissa de concentration. Elle ramassa les galets et les fourra dans leur bourse avant de poursuivre :

— Me revient un détail. Ma grand-mère affirmait que d'aucuns en réchappaient après suppuration du bubon[1], nom donné à l'excroissance. Je ne sais rien d'autre.

— Est-ce tout ? N'avez-vous le souvenir d'aucune recette d'onguent, de potion ? supplia presque Adeline.

— En vérité, je vous l'assure. Laissez-moi aller, maintenant. Je veux être loin de la capitale lorsque le jour déclinera. Je redoute que les gens d'armes ne barricadent les grandes portes.

Gisèle la poussa sans brutalité et descendit l'échelle de meunier. Elle n'hésita qu'une seconde mais retint la dernière prédiction offerte par les runes : leurs chemins se croiseraient à nouveau, un jour. En effet, Gisèle avait appris à ses dépens, dans un lointain passé, que le destin se réjouit parfois des vilains tours dont il a le secret. Il nous indique de cette manière que le fil du temps reste sa propriété. À trop vouloir éviter une épreuve qu'il sème sous nos pas, l'on se précipite parfois vers un malheur bien plus cinglant. Si Adeline apprenait que le fléau qui se répandait allait l'épargner, peut-être agirait-elle autrement ? Or, les runes avaient été formelles. Le destin d'Adeline était la clef de tant d'autres qu'elle devait poursuivre sa route sans l'infléchir. Aussi convenait-il de maintenir ses œillères[2] en place.

Quelques interminables secondes furent nécessaires à la mère Musard afin d'ordonner son esprit. Lorsqu'elle rejoignit le sol en terre battue, elle remarqua que l'Égyptienne avait emporté le panier de vivres. Bah ! après

---

1. Du grec *boubon* (aine) latinisé.
2. Elles sont mentionnées depuis le XIIe siècle. Cependant, la forme que nous connaissons et qui empêche le cheval de voir sur les côtés n'a vu le jour qu'au début du XVIIe siècle.

tout, il s'agissait de son dédommagement pour des révélations que la matrone ne savait comment considérer.

Elle remonta dans la chambre de sa maisonnette. Gabrielle était à genoux au pied du lit et priait avec ferveur. La jeune femme leva un grand regard bleu marine noyé de chagrin vers Adeline et murmura :

— Elle est au plus mal. Ah, Divin Agneau. Votre... cette Égyptienne vous a-t-elle confié un secret de remède ?

— Non. Cependant, selon elle, si du pus suinte de ce qu'elle a nommé un bubon – l'excroissance – le malade peut guérir.

Elles se penchèrent vers Blandine, inerte hormis des frissons qui secouaient son petit corps baigné de sueur. De laborieuses inspirations soulevaient sa poitrine.

Adeline palpa le bubon avec douceur et hocha la tête, dépitée.

— Il est bien sec. Rouge et très chaud, mais sec. Et si... et si...

— Si... ma bonne ? la pressa Gabrielle.

— Si nous l'incisions de sorte à ce qu'il dégueule son pus ? Peut-être reproduirions-nous cette guérison miraculeuse ?

— Faisons ! décida la jeune femme. Avec l'aide de Dieu.

— Oui, mais si...

— Blandine est en train de passer. Constatez son souffle heurté. Voyez ses lèvres desséchées de fièvre. Elle grommelle par instants des paroles inintelligibles et ne sait plus où elle se trouve. Je doute que notre... intervention empire son état. Je percerai ce bubon si vous guidez ma main. J'ai l'intuition nerveuse qu'il s'agit là de son ultime chance de survivre.

— Je vais chercher ma lame à cordon d'ombilic. La plus affûtée. Quant au reste, en dépit de votre vaillance, j'ai tant tranché dans des chairs humaines que j'ai main sûre. Je m'efforcerai de vaincre mes tergiversations.

Elles se concertèrent sur la meilleure façon de procéder. Adeline insista sur l'immobilité nécessaire de sa petite patiente de sorte à ne pas la blesser d'un coup malheureux de lame, précisant qu'un large vaisseau de sang passait à proximité de l'excroissance. Gabrielle plaqua deux mains fermes sur le ventre de la fillette. Adeline approcha la lame et, après une longue inspiration, l'incisa d'un geste habile. Alors, un pus d'un blanc jaunâtre gicla avec force et lui éclaboussa le visage, ainsi que les mains de Gabrielle. La matrone demeura maîtresse de ses gestes et pressa les bords de la plaie afin qu'elle suppure tout son saoul. Elle essuya d'une touaille la cuisse souillée de sanie et suggéra :

— Allons-nous laver dans la salle commune. D'autant qu'un bon gobelet de vin ne serait pas pour déplaire à mes nerfs.

XXVI

15 août 1348, un peu plus tard,
rue Saint-Victor, Paris

uelques heures plus tard, après qu'elles se furent restaurées d'une soupe despourveue[1] et de harengs saurets sur une tranche de pain, il leur sembla que la fillette respirait avec davantage d'aise. Les deux femmes convinrent que Gabrielle se rendrait à l'église afin d'offrir un beau denier en gratitude pour l'intervention bienveillante de la Très Sainte Mère. Elle irait ensuite faire le plein de victuailles peu périssables en cas qu'elles ne pourraient plus montrer leur museau au dehors de quelques jours. Adeline veillerait sur l'enfante durant ce temps.

Lorsqu'elle rentra au soir tombant, deux grandes touailles nouées suspendues aux bras, lourdes de vivres, le silence de la maisonnette alerta Gabrielle. Elle posa son faix sur la table et grimpa quatre à quatre à l'étage. Adeline était assise sur le lit. La couverture avait été remontée pour couvrir le visage de

---

1. À base de persil et de pain, avec un filet de vinaigre ou de verjus. Elle pouvait se faire au bouillon de viande avec des œufs battus pour les jours gras ou à l'eau pour les jours maigres. Une pincée de gingembre et de muscade en rehaussait le goût.

Blandine. La matrone se leva et déclara d'une voix plate :

— Elle a passé.

— Comment ? Votre pardon ?

— Un spasme très violent. Elle a soulevé le torse, ouvert grands les yeux et... s'est abattue sur le lit.

Désespérée, puisqu'elle avait cru l'enfante sauvée, Gabrielle se raccrocha à l'évidence :

— Elle n'a pas reçu le saint viatique[1]. Ni l'extr...

Parce qu'elle avait eu peur, parce que le chagrin la suffoquait, Adeline sauta sur ses pieds et pesta :

— Et en quoi Dieu y verrait-Il une différence, Lui qui sait tout ? Elle n'avait pas six ans. En quoi aurait-elle péché si gravement que notre Père lui refuserait Ses bras ? En quoi le denier offert à un prêtre ânonnant l'aurait-il rapprochée de son Créateur qui connaît tout d'elle ?

De fait, la colère est souvent plus aisée qu'un chagrin pour lequel n'existe plus aucune solution. Gabrielle se laissa elle aussi emporter par un inepte mouvement d'humeur :

— Vous blasphémez !

— Oh, certes pas ! On ne blasphème que contre le Père, le Fils, le Saint-Esprit et la Très Bonne Vierge. Plutôt périr que de m'y résoudre jamais ! Quant aux prêtres, chanoines et abbés, gras comme des oies de Noël, s'ils n'avaient tenu registre[2], je n'aurais jamais eu besoin de leurs services rémunérés pour ouvrir mon âme à Celui qui me l'a offerte ! Quoi qu'il en soit, n'en doutez pas : Blandine repose en très grande paix auprès de sa mère.

---

1. Communion eucharistique apportée aux malades en péril de mort.
2. L'état civil a été institué par François Ier. Avant cela, seuls les registres paroissiaux gardaient une « comptabilité » parfois approximative des naissances, baptêmes, mariages et décès.

✠

Gabrielle la considéra, yeux écarquillés. Elle trébucha sur ses mots :

— Insinueriez-vous… que… les sacrements sont… superflus ?

— Non pas. J'affirme simplement que l'unique juge est et demeure Dieu. Pensez-vous véritablement que le Divin Agneau se satisfait de ces indulgences[1] qui se répandent ? Qui engraissent-elles, selon vous ? Est-ce la vraie foi ou le goût de péter dans la soie qui guide ceux qui les proposent ? Qui sont-ils, ces hommes de robe, ces prélats ? Ont-ils été désignés par Dieu ? À l'évidence pas, mais l'auge est généreuse. Certes, nombre sont des cœurs purs. Cependant d'autres n'y voient que l'aubaine. Croyez-m'en, tout l'or du monde ne convaincra pas Dieu de votre pureté. Qu'aurait-Il à faire de richesses ? La seule, l'unique qui soit précieuse à Ses yeux est votre âme. Il y lit avec autant d'aise que dans un livre ouvert. Vous pourrez raturer les lignes qui vous déplaisent, Il les déchiffrera quand même. Et ce n'est pas un peu d'eau bénite ou d'huile sur le front qui changera l'affaire. Blandine est donc en Sa très sainte garde.

Gabrielle essuya d'un revers de main les larmes qui trempaient ses joues et hoqueta :

— En êtes-vous certaine ? Après tout, elle était baptisée.

Un hochement de tête péremptoire lui répondit, puis :

— Il va nous falloir sortir son cadavre à la nuit. En grande discrétion. Elle est si légère que nous ne porterons pas peine.

---

1. Elles virent le jour vers le IIe siècle et se propagèrent à partir du XIIe pour devenir ensuite un commerce florissant. On achetait le pardon d'un péché mineur, voire le droit d'en commettre un, comme par exemple manger gras un jour maigre.

— Et où...

— Je ne sais, la coupa Adeline. Nous agirons ainsi que nous le pourrons.

S'énervant soudain, elle ajouta :

— Madame Gabrielle, le temps des romans courtois est échu. Une démonerie se répand et risque de nous emporter tous. Que la dépouille de Blandine soit dévorée par les chiens errants ou rongée par des rats et des vers une fois en terre...

— L'image est... effarante !

— Certes, mais véritable. La terre est asséchée par un été particulièrement chaud. Il nous faudra plus de trois heures pour creuser une tombe assez profonde. Un miracle pourrait nous épargner d'être découvertes. Dans le probable cas contraire, quelle serait votre explication ? Blandine est morte subitement ? La plaie qu'elle porte à l'aine nous désignerait comme meurtrières. Ou alors, elle a trépassé d'une violente fièvre ? Les gens d'armes au fait de la quarantaine du quartier de la tour de Nesle comprendront que nous avons côtoyé une malade. Je vous laisse imaginer notre sort.

— Je... je pénètre dans un monde dont je n'avais pas idée. Je...

— Hum... Les crapauds ne se métamorphosent pas en jolis princes. Les colombes ne portent pas de messages d'amour enflammé. Les ruisseaux ne récitent pas de doux poèmes à l'oreille des belles alanguies.

Gabrielle ferma les yeux et expira avant de répondre d'un ton désolé :

— Une jeune niaise, n'est-il pas exact ? J'ai... je me suis tant réjouie de croire à ces fables...

— Et vous aviez raison puisqu'elles ont embelli votre existence. Néanmoins, un cruel réveil s'annonce.

Adeline ouvrit la bouche afin de continuer, de conter à la jeune femme ce que les runes avaient révélé. Toutefois, elle se ravisa. Gabrielle ne devait pas savoir qu'elle allait sans doute mourir avec l'enfant qu'elle portait.

— Quoi ? Que retenez-vous, ma bonne ?

— Rien.

— De grâce, j'ai senti une soudaine réserve de votre part.

— C'est que... j'ai faim, mentit l'autre en servant le premier prétexte qui lui passait par la tête. Nul irrespect, soyez-en assurée. Cependant, mon estomac qui crie famine ne changera rien au fait que...

— De juste. Sustentons-nous. Il nous faudra des forces pour... la suite. Pensez-vous que... N'y voyez pas caponnerie, mais... je suis avec enfant.

— Dieu seul sait si l'épouvante de cette maladie nous frappera à notre tour. Si... si elle était à vous échoir, encore une fois, je ne me le pardonnerais jamais.

Adeline lutta pied à pied contre l'appréhension que faisaient naître en elle les prédictions de l'Égyptienne.

XXVII

16 août 1348, un peu plus tard,
rue Saint-Antoine, Paris

Bernard, le garde-mengier taillé en ours, requit permission de pénétrer, tant ses grosses socques étaient boueuses d'une averse inattendue qui venait de s'abattre sans pour autant rafraîchir l'air.

— Viens donc et me raconte, le pressa le marchand Pierre Lentourneau.

L'autre se pencha pour ôter ses chaussures crottées, de crainte de maculer les beaux tapis de la salle d'études. Mais l'impatience avait gagné Lentourneau qui s'écria :

— Viens, te dis-je ! Alors ? Qu'as-tu appris ?

— Mme d'Aurillay a pas été vue d'la journée ni d'l'hier. J'a frappé à son huis, en vain. Un compère qui rentrait à la nuit, l'soir que j'la raccompagnée, l'aurait aperçue, sortant en hâte, lestée d'une ou deux bougettes.

— Et Aurillay ? s'enquit maître Lentourneau sans prendre la peine de tempérer le mépris qui transparaissait dans sa voix.

— Y s'rait rentré après son départ. Mais l'était point là non plus.

— Bernard, tu selleras un cheval dès l'aube et fileras à franc étrier jusqu'aux Loges-en-Josas. De ce que je sais, si... Mme Gabrielle, dans un emportement de nerfs, a cherché refuge hors le nid conjugal, elle n'a guère d'endroits d'accueil, hormis sa demeure ou celle de sa mère. Tu resteras très discret et épieras la maison de loin.

L'étonnement se lut sur le visage carré du garde-mengier.

Le riche marchand hésita une fraction de seconde. Il appréciait son serviteur. Sa fidélité n'avait d'égale que sa discrétion. De plus, sous son épaisse caboche et derrière sa langue lourde se dissimulait un esprit beaucoup plus vif qu'on ne le supputait à premier regard.

— Juge de mon encombre, Bernard. J'ai... j'avoue avoir jadis formé des soupçons à l'encontre de Mme d'Aurillay. J'ai songé que les indélicatesses répétées de son époux n'avaient pour autre objet que de lui assurer un train plus confortable. Jusqu'à ce qu'un des créanciers de jeu d'Aurillay se présente pour réclamer son dû. L'homme, à l'allure patibulaire[1], est tombé des nues lorsque je l'ai informé que le neveu de Charles de Solvagnat avait été congédié pour fourbe malhonnêteté. Il a évoqué les sommes indécentes que celui-ci perdait aux tables de dés ou de cartes. Cependant, à mes yeux, Mme Gabrielle n'en demeurait pas moins complice, voire simplement complaisante vis-à-vis des escroqueries de son époux. Jusqu'à sa venue à l'avant-hier soir. J'avoue avoir eu honte de mon empressement à l'accuser. La jeune femme que j'ai vue, qui défendait encore son mari, n'a rien d'une voleuse ou d'une scélérate. Quand à sa pâmoison provoquée par mes fâcheuses paroles, je ne trouve pas de mots assez durs pour m'en blâmer.

---

1. Pour l'anecdote : *patibulum* signifie « gibet ». Une mine patibulaire était donc celle d'un individu qui semblait mériter le gibet.

— L'a pleuré tout l'retour. Pensait que j'la voyais pas, que j'l'entendais point. Mais…

Le garde-mengier chercha ses mots. Silencieux par nature, il ressentait tant de choses sur lesquelles il ne parvenait pas toujours à mettre de paroles. Le sachant, Lentourneau patienta sans le brusquer.

— C'est que… j'ai ben eu la sensation qu'son effondrement venait pas d'la surprise, si vous voyez ?

— Tu veux dire qu'elle pressentait l'inacceptable méconduite de son époux mais refusait de l'admettre ? Que mes déclarations maladroites ont seulement contribué à la déciller tout à fait ?

L'énorme carcasse hocha du chef en approbation. Un léger soulagement allégea l'humeur de Pierre Lentourneau. Il ne s'était pas déshonoré en dénonçant tout de gob[1] un homme à son épouse, aussi condamnable soit-il. Il n'en demeurait pas moins que ses confidences avaient assommé une femme grosse. Une jeune femme sans le sou, ainsi que l'avait trahi sa mise plus que modeste. Une très jolie jeune femme, de belle tenue, d'admirable maintien. Une femme qui l'avait ému. La soudaine cassure qu'il avait perçue en elle, ses efforts pour rester composée et digne, redresser la tête dans l'adversité l'avaient touché.

Quoi qu'il en fût, si l'honneur de Gabrielle, bafoué, foulé aux pieds par son mari exigeait réparation, elle déciderait de s'éloigner. Du moins tant que de plates excuses et un amendement de conduite ne seraient pas offerts par Aurillay. Or, elle était sans argent et sans soutien. Pour preuve, elle avait dû se résoudre à le venir visiter au soir, sans accompagnement, alors qu'elle ne

---

1. De *gober* (sans hésitation, d'un seul coup). A donné « tout de go ».

l'avait jamais rencontré et le méjugeait. Peut-être même l'avait-elle craint. Beau courage de dame, mais terrible solitude.

N'étant pas homme à fuir ses responsabilités, évidentes en la situation, il devait la retrouver et s'assurer de sa sécurité et de son bien-être. Charles de Solvagnat à qui il avait fait porter message dès hier, au lever du jour, l'approuverait, à n'en point douter.

Et puis… s'il voulait être honnête avec lui-même, vraiment honnête, force lui était d'admettre qu'il n'avait pas ressenti ce trouble d'homme depuis longtemps. Il s'en était rendu compte alors qu'il approchait le verre de ses lèvres, un geste d'intimité presque déplacé. Elle était mariée et grosse. Cependant, les raisons du cœur échappaient souvent à l'esprit.

Veuf depuis douze ans, Pierre Lentourneau n'avait jamais souhaité nouvelles épousailles. Lorsqu'il songeait, le plus rarement possible, à sa défunte épouse, Annelette, un goût de cendres lui venait dans la gorge. Son entourage l'avait cru inconsolable. Il l'était, en effet. Inconsolable de ces années gâchées auprès d'un être dont la bêtise n'avait d'égales que l'indifférence et la superficialité. Seules des fausses couches avaient tenté de consolider une union bâtie sur un gigantesque malentendu. Annelette n'avait laissé aucun vestige d'elle. Si Lentourneau avait longtemps déploré le désert d'enfants, sans doute cela valait-il mieux. Annelette, bel oiseau charmeur aux plumes chatoyantes dont on ne découvrait les serres acérées que trop tard. Mais après tout, elle ne l'avait berné que parce qu'il le souhaitait. Elle était telle qu'en elle-même et il s'était acharné à la croire autre. Pis, il avait eu la prétention de penser qu'elle changerait pour lui plaire. Cuisante bévue !

Il lui fallait retrouver Gabrielle et s'assurer qu'elle était bien sauve.

Cette dernière pensée lui tira un sourire ironique. Fichtre ! Ne voilà-t-il pas qu'elle était devenue *Gabrielle* ?

XXVIII

16 août 1348, église Saint-Germain-l'Auxerrois, Paris

es rumeurs de plus en plus inquiétantes lui étaient rapportées. Des quartiers entiers étaient scellés sous quarantaine. L'on avait fait venir des maçons de toute la région afin d'ériger des murs qui contiendraient les pestiférés tentant de s'enfuir. On attendrait qu'ils trépassent. Puis, ils seraient jetés dans des charniers et recouverts de chaux vive. La reine et son entourage avaient rejoint le château de Vincennes. Le roi et le Dauphin séjournaient quelque part, on ne savait trop où. Les bourgeois et les nobles commençaient d'organiser leur exode en terre plus accueillante.

Les coffres de voyage de Geoffroy d'Aurillay étaient prêts. Il n'avait nulle intention de périr avec ses semblables. Quelle utilité ? Rendre l'âme avec des gueux ou moins gueux, pour quoi faire ? Il rejoindrait sa vaste demeure confortable de Rambouillet, s'y claquemurerait en compagnie de certains de ses gens, et attendrait des jours plus fastes. Il ne manquait pas de curés et de parabolains[1] en la capitale pour s'occuper des mourants.

---

1. À l'origine, gladiateurs d'immense courage. Ensuite, clercs affrontant de grands dangers afin de secourir les malades et notamment les pestiférés.

Quant à lui, le dédain sans malveillance dans lequel il tenait ses congénères ne l'incitait aucunement à trépasser pour les servir. À quoi bon administrer les derniers sacrements si l'on en mourait ?

La très vaste culture de Geoffroy l'avait alerté sitôt que de funestes rumeurs lui étaient parvenues. Les descriptions qui lui avaient été faites par ses serviteurs, qui les tenaient de vivandiers, de saucissiers[1] ou de lingères ne laissaient guère d'espoir. Elles évoquaient celles de Procope de Césarée, de cette peste justinienne qui décima des dizaines de milliers d'êtres chaque jour.

Que d'efforts contre sa nature il avait dû consentir ! Que d'exaspérations il avait refoulées lorsqu'il s'efforçait à la compassion et à la charité alors même que les confidences de ses ouailles le gavaient à dégorger ! Combien de fois avait-il fermé les paupières et feint de prier parce qu'ainsi il entendait moins les jérémiades, pleurs ou imprécations de ses interlocuteurs ?

Il n'avait jamais connu l'amour, hormis quelques brèves rencontres charnelles et discrètes, des rencontres d'apaisement de sens. Il ne s'en offusquait pas, ni ne le regrettait. Au demeurant, et même si les romans de M. Chrétien de Troyes[2] le bouleversaient aux larmes, tout ceci n'était que contes à dormir debout. Selon Geoffroy, l'amour entre homme et femme relevait d'une élégante invention. Elle permettait de justifier que l'on associât deux patrimoines, que l'on conçût des enfants, lesquels

---

1. Qui vendait toutes les préparations à base de porc à l'exclusion des autres viandes.
2. Vers 1135-vers 1190. Auteur de romans courtois, il eut un succès colossal, avant même l'invention de l'imprimerie. Il est considéré comme le père fondateur de la littérature arthurienne en ancien français.

conserveraient le bénéfice desdits patrimoines, que l'on prît soin de l'autre jusqu'à l'ultime séparation. Entre ces trois piliers, chacun pouvait s'y soumettre ou s'en accommoder en discrétion. Or, son rondelet patrimoine lui suffisait, les enfants l'ennuyaient, et il avait assez de biens pour faire appel aux meilleurs médecins le moment venu. Le déguisement des nécessités de la vie en fable pour donzelles et damoiseaux ne l'intéressait que lorsque les vers le décrivant sonnaient aimablement à l'oreille. Aussi, son office de chanoine – et les indiscutables avantages qui allaient de pair – ne lui pesait-il pas.

Pourtant, l'impatience le gagnait. Où donc était passé son pitoyable cousin ? Surtout, où se trouvait le diptyque, puisque le sort d'Henri le laissait parfaitement indifférent ? Les longues oreilles à qui il avait promis rondelette récompense pour des informations fiables étaient revenues berdouilles[1]. Le dernier renseignement intéressant lui avait été offert par Isaac ben Joseph, alias Robert Blanchet. Son locataire impécunieux était parvenu à dissuader Henri de faire traduire le parchemin peint dans l'une des anciennes juiveries de Paris. Du moins Geoffroy l'espérait-il.

Le cœur de Geoffroy d'Aurillay s'emballa au souvenir des quelques lettres qu'il avait distinguées, du Christ glabre. Certes, rien ne l'assurait de la pertinence de son intuition. Rien ne lui permettait de penser qu'il s'agissait du diptyque dérobé à André de Mournelle des années auparavant. Néanmoins, ce qu'il était parvenu à déchiffrer du parchemin soulignait assez que l'œuvre ne devait jamais tomber entre mauvaises mains. Et surtout pas

---

1. Sans doute de *boue*. A donné « bredouille ».

celles de l'Église. Du moins le chanoine s'en était-il convaincu.

Une lancinante appréhension, toujours la même, tempéra aussitôt son émoi. Il lui faudrait tôt ou tard quitter la cité, dès que le fléau se rapprocherait, et abandonner sa quête. Et si Henri trépassait de cette fièvre ? Et s'il se faisait dérober le diptyque ? Et s'il le vendait à vil prix en dernier recours ? Et si l'œuvre malhabile était détruite ? Et si elle disparaissait en quelque lieu indécelable ? Et si, et si...

La paix avec ses supputations ! Dieu avait placé ce malhabile tableau sur sa route. Dieu veillerait à ce qu'il le récupère.

XXIX

17 août 1348, rue de la Harpe, Paris

enri d'Aurillay avait attendu, en vain, le retour de son épouse dans la maisonnette de la porte Saint-Bernard. Il avait surveillé le logement de la matrone dont les volets demeuraient obstinément clos. La vieille avait-elle quitté la ville ? Beaucoup fuyaient la cité, tirant des charrettes à bras dans lesquelles s'entassait leur frusquin. Gabrielle accompagnait-elle la mère Musard ? Allons, pas dans son état !

Il se leva avec peine. Une invraisemblable fatigue le dissuadait depuis l'hier de retourner chez la matrone dans l'espoir qu'elle serait rentrée et posséderait quelque idée de l'endroit où logeait Gabrielle. Il essuya la suée qui trempait la racine de ses cheveux. Pourtant, le soleil n'était pas encore levé. Il se servit avec peine un verre de vin et l'avala d'un trait. Le breuvage l'écœura sans pour autant le désaltérer. Allons, l'homme, ressaisis-toi ! Il te faut remplir le broc à la fontaine de rue, l'une des rares qui persistât dans le quartier[1]. Néanmoins, la

---

[1]. Il s'agissait le plus généralement de constructions datant de l'époque romaine, tombées pour la plupart en ruine. Il faudra attendre la Renaissance pour voir leur grand retour.

simple idée de parcourir quelques toises l'épuisait. La tête lui tournait.

Où se cachait Gabrielle ? Le diptyque était-il en sa possession ? Surtout, que signifiait ce texte qui avait tant indisposé son cousin chanoine ? Des indications pour trouver un trésor ? Il se laissa choir sur la chaise.

Le souvenir un peu flou de l'apothicaire auquel il avait arraché l'œuvre fit une incursion dans son esprit. Un homme charpenté, très brun de poil s'il en jugeait par la noirceur de ses sourcils touffus, en dépit du fait qu'il était aussi chauve qu'un œuf. Un homme aux yeux d'escarbille[1] un peu plus âgé que lui. Il avait senti son désespoir à se séparer du diptyque. Cependant, ses pertes s'étaient accumulées toute la nuit et il lui fallait rembourser avant de quitter le cercle de jeu s'il voulait éviter une méchante volée de coups. Une inquiétude étreignit Henri.

Et si l'apothicaire avait feint l'accablement pour faire accroire que le tableau possédait une extrême valeur ? S'il s'était agi d'un stratagème de fripon[2] ? Non, impossible ! L'élocution et le vocabulaire de l'apothicaire trahissaient un homme d'éducation. Une sombre pensée tempéra aussitôt son regain d'optimisme : pourquoi l'homme avait-il pris la précaution de se munir du diptyque avant de pénétrer dans la salle de jeu ? Se doutaitil qu'il allait perdre ? En ce cas, pourquoi jouer ? Ou alors… était-ce bien pis que cela : une escobarderie entre le tenancier du cercle et un prétendu apothicaire qui entraînait les autres clients à la mise ? Si celui-ci per

---

1. Noir de houille.
2. À l'époque, une insulte désignant une personne sans scrupule capable de n'importe quel acte déloyal. N'a pris son sens d'« espiègle » que plus tard.

dait, quelle importance ? Il dédommageait le gagnant d'un diptyque de vilaine facture, une œuvre maladroite, selon Geoffroy, dont il devait posséder provision d'exemplaires. S'il gagnait, il plumait son adversaire et partageait le butin avec le tenancier. L'odieuse fourberie !

L'aigreur allégea un peu son mal-être. Ah, ça, il ferait rendre gorge à l'apothicaire et allait de ce pas exiger le paiement en bel argent de sa créance de jeu !

Vacillant, il sortit. Le vendeur de remèdes en question tenait boutique rue de la Harpe, à ses dires. Autant profiter du petit matin, avant que la fournaise ne s'installe à nouveau, pour rejoindre son échoppe.

Une petite heure lui avait été nécessaire pour parcourir la modeste distance. Il avait dû reprendre son souffle à maintes reprises, s'adosser aux portes et aux murs lorsque les vertiges le déséquilibraient. Mais qu'avait-il donc ? Certes, Henri n'avait pas mangé depuis la veille au matin, la seule pensée de la nourriture lui levant le cœur. Inquiet de ce malaise, rongé par son ire au sujet du vil marchand de potions, obsédé par son impécuniosité, ressassant la mauvaiseté du sort à son égard, il ne perçut pas le calme inhabituel des rues. Il ne remarqua pas le visage tendu des rares passants qu'il croisait, qui se hâtaient, tête baissée, et encore moins les façades d'immeubles dont tous les volets étaient refermés. Il ne vit pas les deux portes barricadées de planches clouées, distinguées de croix blanches peintes à la chaux.

La rue de la Harpe, habituellement encombrée et braillarde, besogneuse de sa multitude d'étaux et d'éventaires, semblait avoir été frappée par l'un de ces sorts de contes. En ce jour maigre, l'étal du poissonnier aurait dû être pris d'assaut. L'homme aurait eu les sangs retournés des récriminations fielleuses – mais pas toujours abusives – des clientes. Elles mettaient systématiquement en doute la fraîcheur ou la provenance des baudroies[1], des soles – fort prisées mais onéreuses. Le prétendu turbot semblait bien être de la barbue, moins chère. Quant à la pénurie honteuse de maquereaux et de harengs peu coûteux, organisée afin de pousser les infortunées commères à dilapider leurs deniers en poissons nobles, le méchant poissonnier aurait dû en rougir d'encombre s'il avait possédé un semblant de probité ! Point de cette commune effervescence, de ces inévitables vitupérations et menaces ce jour. Au lieu de cela, l'homme chassait d'une touaille les mouches voraces qui piquaient vers les poissons délaissés. La minuscule échoppe de l'oublayer[2] était close. Pourtant, il aurait dû être à l'œuvre s'il voulait parcourir les rues de Paris pour vendre ses oublies dès le soir.

Toutefois, Henri d'Aurillay ne vit rien. L'incessant bourdonnement qui avait envahi sa tête l'empêchait de réfléchir. Une vieille femme qui sortait au moment où il passait devant le pas de sa porte sauta vers l'arrière et claqua le battant. Il ne s'en étonna même pas. Il respira bouche ouverte pour lutter contre le point de côté qui lui sciait le flanc. Une violente quinte de toux sèche lui fit monter les larmes aux yeux. Il s'essuya les lèvres d'un revers de main e

---

1. Lotte.
2. Ou *obloyeur*. Oublieur, une corporation différente des pâtissiers. Ils étaient le plus souvent ambulants.

demeura interdit. Qu'était cette mousse rosâtre qui maculait sa peau ?

Enfin, il parvint devant l'apothicairerie, une assez jolie boutique à la devanture de bois clair percée de fenêtres. Henri jeta un regard à l'intérieur. À l'instar de tous les commerces qu'il venait de dépasser, aucun client ne s'y attardait. Il poussa la porte. Un homme, dont le crâne chauve dépassait d'un haut comptoir encombré de fioles et de sachets, se leva. Henri le reconnut aussitôt : son malheureux adversaire de dés. La reconnaissance fut mutuelle. L'homme rabattit sur son nez le museau de cuir qui pendait à son cou et se précipita vers lui, s'enquérant d'une voix trop aiguë quoique étouffée par la peau épaisse de son mufle de protection :

— L'avez-vous ? Quelle sottise, une déraison qui me hante ! J'avais trop bu. Cinglante leçon. J'avais tant perdu d'argent. J'étais certain de me refaire cette nuit-là. Fol que je suis... j'étais. Je vous le rachète au double. L'avez-vous ?

Un vertige déséquilibra Henri qui se retint de justesse au comptoir de préparation et de pesée. Il hocha la tête en signe de dénégation. L'autre recula de deux pas. Vaguement réconforté, Henri s'efforça de maîtriser son débit :

— Mon épouse l'a emmené. Par mégarde. Le double, proposez-vous ?

— Si fait.

La convoitise allumait le regard de l'apothicaire. Henri songea que, sans doute, aucune femme ne lui avait insufflé un tel désir. Eh quoi ? Pour une œuvre torchée par une main lourde ? Il poussa la chance :

— J'en veux le triple. Comprenez, les dettes se sont accumulées. Inutile de vous en préciser la nature, vous la connaissez. Ma mie aimée est proche de la délivrance… des frais en perspective.

— Va pour le triple, mon dernier prix.

— Sur votre honneur ?

— Sur mon honneur. Damné si je m'en dédis.

— Je vous la rapporterai au demain ou à l'aprèsdemain. Dès le retour de Gabrielle… mon épouse, précisa-t-il.

— Je loge au-dessus de l'apothicairerie. Votre heure sera mienne.

— Maître… ? Votre pardon, j'ai oublié votre nom.

— Baudry Plantard. Et, puis-je ?

— Henri d'Aurillay, pour vous servir. Ce diptyque est donc de valeur ? Mille excuses et votre pardon. J'ai… enfin, soupçonné une duperie de votre part.

Le regard de son interlocuteur se fit presque tendre, et pourtant Henri crut y distinguer une lueur de mépris.

— Précieux ? Oui-da. Cependant pas d'une valeur par vous recherchée, messire. Disons que… j'éprouve à son endroit une… affection disproportionnée. Mais bah ! puisque notre satisfaction à tous deux est assurée, quelle importance ? Vous repartirez avec de belles pièces trébuchantes pour couvrir vos dettes et accompagner la naissance de votre hoir et je pourrai, chaque soir, contempler cette Crucifixion.

Le soulagement se lisait sur le visage d'Henri d'Aurillay lorsqu'il sortit de l'apothicairerie. Il était sauvé ! Nul besoin de dénicher un érudit capable de traduire l'hébreu antique. Nul besoin de se mettre en quête d'un très hypothétique trésor ou de trouver un généreux acquéreur pour le diptyque. Une nouvelle quinte de toux l'immobilisa au bout de la rue de la Harpe. Entre apaisement et croissant malaise, Henri d'Aurillay ne s'aperçut pas qu'il était suivi.

XXX

19-21 août 1348, porte Saint-Bernard, Paris

lles avaient abandonné le corps de Blandine hors
l'enceinte de la cité, dans le petit cimetière du
faubourg Saint-Victor. Adeline avait poussé la
birouette[1] dans laquelle elle avait allongé le cadavre
maigrelet fourré dans un grand sac de chanvre[2]. Se
signant pour ce blasphème, la matrone l'avait recouvert
d'immondices pelletées dans la courette de sa maison.
De quoi décourager une fouille éventuelle de la part du
garde de faction à la porte. Après moult délibérations,
Gabrielle d'Aurillay marquant son vif mécontentement à
ce stratagème, elles étaient convenues que, le cas
échéant, la jeune femme enjôlerait ledit garde pour
livrer passage au macabre chargement. Agacée par les
prudes réticences de Mme d'Aurillay, la mère Musard
avait lancé :

— Eh quoi ! Préférez-vous finir dans la prison du
Châtelet, ou passer des semaines enfermée avec un
cadavre putréfié ? Il ne m'aurait pas déplu de charmer

---

1. Les brouettes avaient à l'origine deux petites roues avant.
2. Sa culture en France fut favorisée par Charlemagne car il servait
aussi bien à la confection de vêtements qu'à celles de voiles et de cordages pour les navires.

un garde. Toutefois, mon visage étant aussi ridé que mes fesses et mes nichons, je doute qu'il me trouve assez gironde pour y plonger le regard.

L'imparable argument avait fini par convaincre Gabrielle. Fort heureusement, l'homme était ivre lorsqu'elles arrivèrent et cuvait assis, jambes étendues, contre un mur, ronflant à faire trembler le voisinage.

Elles avaient allongé la petite morte avec délicatesse entre les tombes, joignant ses mains en prière. Adeline avait versé sur son front quelques gouttes d'eau bénite afin que Dieu la reconnaisse sans peine et l'accueille à bras ouverts. Puis elles l'avaient recouverte d'un linge, priant pour son âme avec ferveur. Les larmes avaient dévalé de leurs paupières.

Elles avaient ensuite rejoint la maisonnette de la matrone, pour n'en plus bouger, hormis les quelques incursions d'Adeline chez des commerçants éloignés afin qu'ils ne s'étonnassent pas de ses achats plus volumineux, de nature à trahir qu'elle nourrissait une seconde bouche. Sortant de chez un coquetier[1], elle crut apercevoir la silhouette d'Henri d'Aurillay au détour d'une ruelle, sans certitude.

Gabrielle avait terriblement mal dormi. Les endormissements profonds avaient alterné avec des périodes de somnolence heurtées par des rêves sans queue ni tête. Elle avait cru serrer son enfant contre elle. Elle s'était même entendue lui chanter une berceuse. La palpation de son ventre rond l'avait dissuadée. Elle s'éveilla tout à fait, la bouche desséchée, brûlante de fièvre et les intérieurs serrés d'une crampe.

. Vendeur d'œufs de volaille.

Un faible geignement l'encouragea à se redresser sur sa paillasse. Au prix d'efforts, elle parvint à se mettre debout. La chambrette semblait tanguer sous ses pieds. Des vertiges la déséquilibraient et des frissons lui parcouraient le corps. Se retenant à ce qu'elle pouvait, elle avança pas à pas.

Adeline, trempée de sueur, délirait et marmottait des paroles incompréhensibles. Gabrielle comprit et crut que son cœur l'abandonnait : elles avaient contracté la maladie de Blandine ! Elle plaqua les mains sur son ventre et supplia le bébé de naître aussitôt, de survivre

— Adeline ?

— Oh, je me sens... mal, au pis, madame Gabrielle bredouilla l'autre. La fièvre me dévore. J'ai... très soif.

— À mon pareil. Je... je vais rassembler mes forces.. descendre nous chercher à boire.

Un grommellement lui répondit. La tête de la matrone dodelina et elle parut s'assoupir.

Soudain, la voix poissarde[1] d'une femme monta de la rue :

— Adeline ? Holà, A-de-li-ne ? Où donc que t'es passée ma commère ? C'est rapport à ma nièce qui va bintôt me bas de c'qu'è dit. A-de-li-ne ? T'es pas en ton logement ? E pourquoi donc qu'tes volets sont point ouverts ? Fait plei jour !

Les braillements tirèrent la matrone de son inertie Elle ouvrit les yeux et adressa de la main un signe d dénégation à Gabrielle.

— Bon ben, j'revindrai au tant tôt[2].

Gabrielle patienta quelques instants puis descendi vers la salle commune en se cramponnant à la rambard tant son malaise lui faisait redouter une chute. Elle jet

---

1. Contrairement à ce que l'on croit souvent, le terme d'argot n dérive pas de « poissonnier » mais de « poix ».
2. Peu de temps après.

sur son épaule une des grosses outres en peau qu'Adeline avait remplie la veille au puits. Essoufflée, elle remonta, une ascension qui lui parut celle d'une falaise abrupte. Lorsqu'elle parvint enfin au court palier, elle redouta de tomber en pâmoison. L'outre pesait un âne mort. Elle la jeta sur le lit et s'affala sous l'effort. Elle en ôta le bouchon et souleva la tête d'Adeline qui but à longs traits. Gabrielle se désaltéra ensuite. Sans trop savoir comment, elle se retrouva allongée à côté de la mère Musard. Sa dernière pensée cohérente se résuma à une inquiétude : avait-elle réussi à reboucher l'outre ?

Il lui sembla entendre sa propre voix, très loin. Que disait-elle ? À qui s'adressait-elle ? Parfois, elle crut entendre un rire cristallin d'enfant et puis des bribes de phrases prononcées par Adeline, des bribes incompréhensibles. La voix criarde de la commère dont la nièce devait accoucher sous peu retentissait dans la chambrette par intermittence. Une voix exaspérée qui sommait Adeline de répondre.

Déliraient-elles toutes deux ? La pénombre succédait à l'obscurité, au soleil qui filtrait par les interstices des volets, puis à nouveau régnait l'obscurité. Les jours s'écoulaient-ils sans qu'elle en eût conscience ? Une odeur pestilentielle régnait dans la petite pièce, remugles d'excréments et de vomissures. Le corps de la matrone était bouillant de fièvre. Sa chaleur parvenait à Gabrielle alors même qu'elle s'était tassée sur le flanc et ne la frôlait pas. Elle n'avait donc pas trépassé, se rassurait Gabrielle. Mais peut-être était-ce sa fièvre à elle ? Elle avait l'impression de flotter dans un lieu étrange, désert, gris pâle et tiède. Un galop. Un cavalier monté sur un destrier pommelé immobilisait son cheval à quelques pieds d'elle. Souriant, aussi beau qu'un dieu antique, il murmurait :

— Ah, mon tendre amour, je vous cherche depuis si longtemps.

— Hugues, ma vie, mon âme, enfin, s'entendait-elle répondre[1].

Qui était ce Hugues ? Elle n'en connaissait aucun, hormis l'amant des fables de sa mère.

Dériva-t-elle à nouveau vers des limbes inconnus ? Elle n'aurait su le dire. Une femme âgée à la peau sombre lui murmurait d'un ton d'urgence : « Ne crois pas ce que tu espères. Contente-toi d'ajouter foi à ce que tu vois. Ne redoute pas ce que tu ignores. » Et puis, elle suivait en riant un enfant très blond qui courait devant elle de cette foulée peu assurée qu'ont les très petits. Une violente douleur la suffoqua. Quelque chose de tiède dévala entre ses cuisses. Elle tendit le bras. Elle venait de perdre les eaux. Elle lutta de toute sa volonté contre l'espèce de prostration qui la maintenait plus fermement que des entraves de cuir, allongée sur le matelas souillé de déjections. Que l'enfant vive ! Mon Dieu, qu'il vive ! Que lui avait enseigné la mère Musard au sujet de la perte des eaux ? Annonçait-elle un accouchement imminent ? Il lui sembla qu'elle sombrait à nouveau dans un sommeil peuplé de chevaux à crinière argentée, d'aigles aux yeux bleu d'orage, de roses rouge sombre, au cœur offert, des roses aussi larges qu'une main.

Une sorte de crampe la tira de la brume tiède et grise. Une contraction impitoyable suivit, puis une autre. Elle accouchait ! Elle enfantait seule, incapable de se redres-

---

1. Les hallucinations sont fréquentes lors de la peste bubonique.

ser, assoiffée. Elle palpa le lit, l'outre. Vide. Son contenu s'était-il renversé ou l'avaient-elles bu sans même s'en rendre compte ? Une voix incertaine marmonna :

— Poussez ! Pousse, ma fille ! Il est mort de la fièvre de ton ventre. Il faut qu'il sorte.

Non ! Non, il ne pouvait être mort, elle l'avait tant attendu, tant chéri, tant imaginé ! Non, Adeline se trompait, à l'évidence. Elle allait accoucher d'un petit vif, et Dieu lui donnerait la force de se lever, de le laver, de le nourrir. Gabrielle ferma la bouche et tenta de pousser le plus fort possible. Des sifflements retentirent dans ses oreilles. Une sueur profuse dévala de son front, de ses aisselles, de son ventre. La fièvre la dévorait. Hugues lui tendait un bouquet de roses rouge sang et lui baisait la main. Sa haute taille le contraignait à se plier. Il repoussait vers l'arrière une mèche de Gabrielle, collée de sueur. Lèvres contre la paume de la jeune femme, il murmurait :

— Ma mie chérie, tout ceci est un terrible instant. L'éternité lui appartient.

Son enfant qu'elle avait vu, auquel elle avait souri, pour lequel elle avait brodé tant d'heures, dont elle avait imaginé les premiers mots, les premiers pas, puis les premières bêtises, les incessantes questions, son enfant qui devait ressembler à Henri mais avec son regard à elle ne serait pas. Un effroyable chagrin l'étouffa. Allait-elle périr en couches, ou de la fièvre ? Après tout, quelle importance ? Au contraire, elle appelait sa fin de ses vœux. Elle rejoindrait ainsi, avant même d'en être séparée, le petit être qu'elle avait porté, qu'elle avait tant attendu. Ils se promèneraient au milieu des roses épanouies, des aigles. Les anges sont sans âge.

Elle se sentit à nouveau glisser et ne résista plus.

XXXI

21 août 1348, château de Vincennes

écapitulant les informations contradictoires et parcellaires qu'il recevait, messire Gui de Chauliac tentait de son mieux de protéger la famille royale et son proche entourage. En dépit de son inébranlable foi, du dégoût que lui inspiraient la plupart de ses congénères, il ne croyait pas une seconde à une punition divine. Certes, Dieu aurait eu motif de sanctionner Ses créatures pour leurs vices et turpitudes. Cependant, le médecin était certain que Son ire justifiée ne s'abattrait jamais sur des âmes pures, dont les enfançons. L'origine de ce mal se trouvait ailleurs, et Satan n'y était pour rien. Il caressait d'un geste inconscient son long nez mince, s'efforçant à la concentration scientifique. Il avait posé sur la table de travail sa coiffe carrée de médecin, tant la masse frisée de ses cheveux, alors même qu'il avait passé les cinquante ans, l'indisposait dans cette touffeur. Pas un souffle d'air ne s'infiltrait par les hautes fenêtres ouvertes de sa salle d'études.

S'il reconnaissait à la reine Jeanne une réelle intelligence politique, il jugeait son absence de modestie[1]

---

1. Le terme était beaucoup plus large à l'époque. Il impliquait la modération en tout, la pudeur, la retenue et aussi l'humilité.

peu seyante pour une représentante de la douce gent, fût-elle reine. L'extravagance de ses toilettes et de sa conduite déplaisait fort à messire de Chauliac. Ainsi, n'y avait-il pas indécence, ou du moins piètre bienséance, à danser avec ses dames qui riaient à gorges déployées et applaudissaient au progrès de pas d'une souveraine maintenant large comme un demi-muid[1] en dépit des sangles qu'on lui serrait autour de l'abdomen dans l'espoir de contenir son lard et de la faire paraître plus mince ? D'autant que la boiterie la rendait bancale, et qu'il fallait être bien flagorneur pour lui trouver une quelconque élégance.

Il décida de se rendre dans les appartements de la reine afin de vérifier si les consignes qu'il avait serinées à ses gens et les conseils qu'il avait prodigués à Jeanne étaient appliqués. La stupéfaction cloua le médecin lorsqu'un garde le fit pénétrer. Quant à son irritation, il éprouva grand-peine à la juguler.

L'estampie[2] ayant peu à peu cessé de plaire, on lui préférait maintenant la saltarelle[3] ou pis, selon messire de Chauliac, la tresque[4], récemment venue d'Italie. Voir ces dames se tenant la main sautiller autour de la chambre en chantant et s'esclaffant le laissa bée-gueule. Enfin quoi ! Les danses, contre lesquelles l'Église s'élevait de manière répétée à l'excellente raison qu'elles *suscitaient un dérèglement des corps*, se devaient d'être limitées aux grandes fêtes du calendrier et aux cérémonies, telles que le mariage, dans ce dernier cas parce qu'il eût été illusoire de s'y

---

1. À Paris : cent trente-quatre litres.
2. Pratiquée au moins depuis le XIIe siècle.
3. Dès le XIIIe siècle, une danse très vivante.
4. Dès le XIVe siècle, sans doute l'ancêtre de la farandole.

opposer. De plus, l'idéal était encore qu'hommes et femmes fussent séparés afin d'éviter tout attouchement[1] blâmable.

Découvrant son air courroucé, la souveraine rompit la chaîne formée par ses dames et tendit les mains vers lui. Pouffant par instants, elle se gaussa :

— Oh, monsieur mon merveilleux médecin, je vous vois grise mine. Allons, de grâce, déridez-vous ! L'on s'ennuie fort et un innocent divertissement ne saurait être boudé.

Il retint de justesse un persiflage : par exemple, lui conseiller la lecture d'un texte saint afin de se distraire et d'élever son esprit. En revanche, il ne put museler son exaspération d'homme de l'art et lâcha d'un ton plus âpre qu'il ne l'aurait souhaité :

— Madame, ne nous étions-nous pas entendus sur un nécessaire isolement ? Seule Mme de Soulay, votre dame, avait autorisation de vous approcher puisque, de vos dires, elle était demeurée en votre unique compagnie depuis des jours avant notre départ pour Vincennes. Or, que vois-je ?

Il s'interrompit, comptant à haute voix les compagnes de danse de la reine, et déclara d'une voix lourde de reproches :

— Cinq dames, dont Mme Catherine de Soulay !

— Si fait, monsieur mon médecin, pesta Jeanne. Et comment, diantre, danser la tresque à deux ?

— Eh bien, optez pour un autre amusement, plus seyant à souveraine ! ne put s'empêcher de siffler messire Gui, hors de lui.

— L'impertinence ! intervint Mme de Soulay. Auriez-vous perdu le sens, messire de Chauliac ?

---

1. De l'ancien français *attoucher* (toucher), le terme n'avait pas les connotations sexuelles qu'il a souvent aujourd'hui.

La barbe drue du médecin en trembla d'outrage, d'autant que Jeanne ne réprimanda pas sa dame. Les autres baissaient la tête pour dissimuler leurs moues moqueuses. Certes, Gui de Chauliac admettait qu'il avait parfois le sang vif. Il concédait que ses piques et saillies pouvaient dépasser sa pensée. Toutefois, cette femme n'était qu'une reine à laquelle le roi avait offert trop d'indépendance et permis trop d'initiatives. S'étant acquittée de son devoir – offrir ses terres à la Couronne et enfanter d'un prince – son utilité avait faibli. Surtout, elle l'empêchait de mener à bien sa mission par le roi confiée : la protéger. Jeanne reprit :

— Enfin monsieur, un savant tel que vous ne peut ignorer que rois et reines ne meurent pas ainsi. Dieu les a placés sur le trône et veille tout particulièrement sur eux.

La consternation envahit messire Gui de Chauliac. Linottes[1] que ces donzelles ! Il convenait donc de leur parler ainsi qu'à des enfantes de peu de jugement. Au prix d'un effort, il répéta :

— Je vous conjure, Madame, de n'être visitée par personne, hormis Mme de Soulay ou moi-même. Vous m'en aviez fait promesse. Vos mets seront servis dans votre antichambre et vous souperez seules, après avoir congédié vos serviteurs sans vous en approcher. Vos appartements seront nettoyés lors que vous ne vous y trouverez pas et vos gens ouvriront les fenêtres afin que soient chassés leurs miasmes.

— Leurs quoi ? pouffa une dame que messire de Chauliac vrilla de son regard noir.

— L'immense Hippocrate nous enseigne que les maladies se propagent par l'intermédiaire de miasmes

---

1. Un petit oiseau réputé stupide dont le nom vient des graines de lin dont il est friand. À l'époque le mâle se nommait le *linot*.

transmis par l'air corrompu, le souffle des malades, l'eau croupissante ou les nourritures avariées[1].

— Est-ce une sorte de petits insectes ? insista la dame.

Il lui jeta un regard de mépris qui lui mit le fard aux joues et détourna son attention d'elle en poursuivant au profit de la souveraine :

— Pour l'amour de Dieu, Madame ! Mon cœur saigne à la perspective d'annoncer au roi que vous trépassâtes de ne pas avoir suivi mes conseils. Imaginez son effroyable chagrin et celui de vos enfants.

Messire de Chauliac ne sut jamais quoi de la mention de sa mort ou de celle du chagrin royal la convainquit, et il s'en contre-moquait. Quoi qu'il en fût, la reine trancha d'un ton maussade en s'adressant à ses dames :

— Mes joyeuses mies, je me désole à vous devoir congédier. Notre danse de tresque n'est que remise. À vous revoir bientôt, lors que mon inflexible médecin prendra pitié de mon ennui.

Les quatre jeunes femmes se plièrent en révérence et sortirent en s'esclaffant, raillant de derrière leur main le vieux bougon de triste robe qui les privait d'un innocent divertissement et de la compagnie de leur souveraine.

---

1. Les Égyptiens pressentirent « l'invisible » environ 4 000 av. J.-C. Hippocrate (vers 460 av. J.-C.-vers 377 ou 370 av. J.-C.) suggéra que des « miasmes » étaient responsables de nombreuses maladies, dont les fièvres. Cette théorie des « miasmes » fut reprise par Rhazès (865-925 ou 926) qui alla même jusqu'à recommander que l'on brûlât les vêtements des malades, notamment des varioleux, puis par Avicenne (980-1037), preuve que l'idée qu'un « vecteur » propageait les maladies était bien présente dans les esprits des grands savants de ces époques.

Une fois le médecin parti, Jeanne se tourna vers Catherine et s'enquit :

— Que nous a appris notre longue oreille au sujet de cet Étienne Marcel[1] dont je me méfie ? Nervosité de femme ? Peut-être. Cependant, on en parle trop à mon goût. Je redoute qu'il n'entraîne les bourgeois derrière sa bannière.

— Son père de deuxième alliance, Pierre des Essarts[2], vient d'être libéré en échange d'une très lourde amende de cinquante mille florins de change. Et encore... grâce à l'intervention du comte de Flandre qui a obtenu sa réduction de moitié. Quant à Marcel, on le prétend fielleux, prompt à la colère et surtout préoccupé de ses intérêts, en dépit de ses protestations de vertu.

— Hum... S'il lui distribue des miettes et force promesses, le peuple l'habillera du vêtement de sauveur. Les mutations monétaires[3] forment engouement[4], les récents impôts subséquents à la guerre aussi. Le roi devrait y accorder plus d'importance. Tant qu'il mange à sa faim et vit en paix, le peuple se moque de savoir si son roi se nomme Édouard d'Angleterre ou Philippe de France. Et ma longue oreille, que j'apprécie fort ? Comment se porte-t-elle ?

— Ah, Madame, il vous admire tant.

Catherine pouffa et osa :

— Je ne serais pas autrement surprise qu'il soit un peu en amour de vous. Oh, en tout honneur et réserve.

---

1. Vers 1315-1358, drapier, il fut élu prévôt des marchands en 1355, un des futurs chefs de l'opposition réformatrice lors des états généraux de 1355-1356.
2. Gros négociant parisien et maître à la Chambre des comptes.
3. Le renchérissement ou la dévaluation des monnaies, leur poids en métaux précieux. Incessantes depuis Philippe le Bel, elles perturbaient l'économie et effrayaient la population.
4. Obstruction de l'œsophage ou des intestins. Il n'a pris son sens figuré, assez inverse, d'« emballement » que plus tard.

Son visage s'illumine dès qu'il vous mentionne. Il en deviendrait presque beau.

Jeanne ferma les yeux et murmura d'un ton attristé :

— Qui peut mieux comprendre une reine boiteuse qu'un nabot ?

— Votre boiterie est discrète, Madame, rectifia Catherine, sincère.

— Que tu es bonne ! Ta tendresse à mon égard te l'a fait un peu oublier. Contrairement au roi qui ne voit plus qu'elle. Comment se porte Mme Blanche de Navarre ?

— Catin ! feula Catherine. Avec ses ruses de chatte-mite[1] ! Qu'elle crève de cette fièvre qui court dans le royaume !

— Non pas. Elle fait ce à quoi je m'appliquai il y a des lustres : charmer le roi. Rien ne prouve qu'elle ait déjà partagé sa couche.

— Ce n'est pourtant pas faute d'y aller de battements de cils et de sourires conquis, lors qu'elle croit ne point être surveillée, s'offusqua la dame d'entourage. Ses petites moues enjôleuses me hérissent. Je la déteste ! Elle est promise à votre fils Jean, mais il n'y voit encore que du feu. Madame, je vous l'assure, elle tente de séduire votre époux.

— Le soin que tu prends de moi m'émeut et me console. Néanmoins, vois-tu, mes terres compensaient mon pied-bot. Blanche a la beauté pour elle et un corps neuf et jeune apte à porter maints enfants. Lui en vouloir reviendrait à condamner la pluie qui gâche un bel après-midi, mais fait revivre les fleurs. Les aiguillettes ont toujours démangé Philippe, et le lot de toute reine est d'être cocue. Pas de perdre son ascendant sur son époux, toutefois. Attachons-nous à

---

1. De « chatte » et de l'ancien français *mite* (hypocrite) : « prendre des mines doucereuses pour tromper ».

conserver le mien. Il existe tant d'autres... subtilités que la couche.

— Croyez que je m'y emploie avec application, Madame. Messire de Chauliac avait l'air fort marri, et je ne le sens point franc de col à votre égard, commenta Catherine.

— Bah ! il lui en passera avant que cela me vienne à nouveau, ironisa la reine. Quoi qu'il en soit, ma chère, je n'ai que faire des conseils de mon médecin en matière de gouvernement. Il n'y comprend goutte, en dépit de sa science. Qu'il continue d'être sujet de vigilance de la part de mes gens fidèles qui me rapporteront ses tentatives d'influencer le roi. De fait, messire de Chauliac ne m'apprécie guère, et je le lui rends bien. Néanmoins, nul ne possède son art aussi bien que lui. Composons donc en lui claquant le bec lorsque de nécessaire.

— J'y veillerai, ma chère reine.

— Catherine... Philippe est... usé. La bataille de Crécy* il y a deux ans l'a occis même s'il paraît encore bien vif. Sa fuite après sa blessure, pour chercher refuge au château de Labroye, a pris des allures de désertion. Ses soldats étaient bien plus nombreux que les troupes d'Édouard III. Toutefois, épuisés de chaleur et de marche forcée, ils se firent navrer en nombre, notamment par nos nobles arrogants qui tous voulaient diriger l'assaut dans un inqualifiable désordre. Une cinglante défaite, un carnage et une fortune engloutie. Un bel argent jeté au ruisseau par ceux qui ne le gagnent pas de leur labeur, voilà ce qu'en a retenu le peuple, non sans raison. Cependant, nos sujets se leurrent en songeant que les prochains états généraux[1] y apporteront bon ordre. Leur déception sera grande. Certes, moult

---

1. De fait, ils argumenteront leur longue liste de revendications sur cette défaite et la fuite du souverain, l'apogée survenant entre 1356 et 1358 avec, en toile de fond, un esprit antinobiliaire.

promesses leur seront faites, de tous côtés. Aucune ne sera tenue, à l'habitude.

Catherine de Soulay saisit la main de la reine tant elle percevait sa peine et surtout son extrême lassitude. Les danses, les chants et les parures n'avaient pour objet que de dissimuler aux yeux de tous la désillusion de la souveraine, que seule Mme de Soulay était autorisée à constater. Après un long soupir, Jeanne reprit :

— Philippe n'est que la moitié de l'homme que j'ai connu. Ses excès de chère et de vin ne connaissent plus de limites. Son esprit s'évade parfois, je ne sais où. Il rêve quand il devrait régner. Le royaume part en lambeaux. Il ne pense qu'à guerroyer, au fond pour se venger de la terrible défaite de Crécy et de la perte de Calais. Certes, mon fils Jean le seconde. Un habile euphémisme pour « l'écoute avec respect et n'en fait qu'à son vouloir ». Cependant... Jean est de nature chétive, bref, souffreteux, et la peur l'étouffe. Il a grandi au milieu des complots visant à abattre son père et donc lui. Il en a conçu une méfiance et un goût du secret qui confinent à la faute. Il se méfie de son ombre, et de moi. Il ferait une proie facile pour des courtisans sans vergogne qui le caresseraient dans le sens du poil et l'assureraient que seuls eux le protègent et l'aiment. Assurons-nous aussi de l'identité de ces caudataires[1] qui ourdissent leurs stratagèmes, une main sur le cœur et l'autre plongée dans la bourse de leur protecteur.

— Je vous obéirai en tout, Madame. Avec dévotion.

---

1. À l'origine : celui qui portait la traîne de la robe d'un cardinal. Puis : le valet intéressé d'un puissant.

Catherine s'agenouilla devant la reine. De fait, elle aurait marché pieds nus jusqu'au bout du monde pour secourir Jeanne. Celle-ci caressa ses cheveux relevés en couronne nattée.

— De grâce, relève-toi. Le merci, ma gente. N'est-ce pas bien étrange et consternant : ne me reste que toi à qui me fier. Toutes ces interminables années de règne, et rien, hormis toi, pour me réconforter et me prêter assistance. Quelle gifle à mon arrogance passée. Je voulais leur bonheur, leur tranquillité. J'étais certaine qu'ils m'aimeraient en échange, eux, la multitude. Au lieu de cela, ils m'ont détestée parce que j'étais femme et boiteuse.

— Détestée ? Que vous importe le désamour de sots qui savent à peine distinguer leur bouche du trou de leur cul ? Ça entre d'un côté et sort de l'autre. À cela se limite leur existence. Vous êtes, Madame, une étoile. Fi[1] des borgnes et des aveugles qui ne peuvent la voir ! Après tout, elle ne brille pas pour leur plaire.

Jeanne frappa dans ses mains et s'esclaffa :

— Que ton insolence me réjouit !

---

1. Interjection exprimant le dégoût et le mépris.

XXXII

22 août 1348, porte Saint-Bernard, Paris

ne touaille humide et fraîche lui nettoyait le ventre. Très loin dans son univers gris pâle et tiède, Gabrielle d'Aurillay s'efforça de revenir à la conscience. Pas sa mère qui ne se serait jamais abaissée à laver, nourrir ou torcher l'un de ses enfants. Peut-être cette jeune femme du village, avec sa bouche en cœur, couleur de cerise ? Qu'elle était tendre et prompte au rire ! Elle soulevait Gabrielle enfante et la brandissait à bout de bras pour tournoyer sur elle-même. Puis, elle semait son front de baisers en riant. Elle sentait le lait et le pis des vaches. Soudain, son prénom, que Gabrielle croyait avoir oublié, s'imposa :

— Sybille ? Est-ce toi ?

— Reprenez vos sens. C'est Adeline. Adeline Musard. J'ai nettoyé comme j'ai pu mais il faut vous lever. La paillasse pue à dégorger ses boyaux. Notre merde à toutes deux.

— Sommes-nous mortes, au paradis ?

— J'espère que ça ne sent pas le putel, contrairement à céans, et que le logement que saint Pierre m'offrira aura plus de charme. Sans quoi, autant rester ici-bas. Du moins est-on assuré de ce que l'on a.

Gabrielle parvint enfin à lever les paupières. Une effroyable fatigue l'écrasait sur le lit.

— Mon...

— Mort. Un gars. Heureusement, l'arrière-faix[1] a été expulsé. Quant au reste... je m'en suis occupée dès que mes jambes ont accepté de me porter.

Elle tut le fait que les mouches avaient pris d'assaut le bébé mort-né.

— Vous...

— J'l'a... je l'ai emporté dans ma bougette, enveloppé dans un linge trempé d'eau bénite. J'avais suspendu un petit crucifix à son cou. Je l'ai allongé à côté de Blandine.

Elle se garda de préciser que la dépouille de l'enfante avait été mise en pièces par des chiens errants, sans doute.

— Comment était-il ?

— Mort. Mort et rien d'autre, martela-t-elle. Nous sommes vives. Pour mystérieuses qu'elles soient, les volontés de notre Père sont indiscutables. Il nous a épargnées, rien d'autre ne compte. Levez-vous.

Les larmes dévalèrent des yeux de Gabrielle qui hoqueta :

— Je... je ne puis...

— Levez-vous, vous dis-je !

Gabrielle ne put contraindre plus longtemps ses sanglots. Divin Agneau, elle en avait assez. Mourir, de grâce mourir sitôt. Elle avait perdu son fils. La plus belle aventure de sa courte existence avait avorté, avait été expulsée sans vie du dedans d'elle. Et pourtant, elle l'avait chéri chaque jour, elle l'avait tant attendu. Elle n'avait nulle part où aller et son beau rêve amoureux s'était révélé une triste mascarade. Mourir, à la fin !

Prononça-t-elle les derniers mots ? Adeline cracha, furieuse :

---

1. Placenta et membranes après l'accouchement.

— Billevesées et geignardises ! Honte à vous ! La vie est un cadeau sans prix. On ne la perd que contraint ou à l'ordre du Seigneur. Madame d'Aurillay, savez-vous combien j'ai vu périr de femmes en couches et d'enfants, dont certains des miens ? Quant à ceux qui me restent, j'ignore à peu près tout de leur existence. Certains sont établis bien loin, d'autres n'ont plus le besoin de moi, hormis ma benjamine qui me vient parfois visiter. Même blessée, fort malmenée, la vie doit se remettre. Seriez-vous couarde ?

L'insulte souffleta Gabrielle en dépit de son épuisement. Elle rampa sur le matelas et parvint à s'asseoir au bord du lit, transpirant d'effort. Ce n'est qu'à cet instant qu'elle constata la maigreur de la matrone, son visage de cire et les larges cernes violets qui soulignaient ses yeux. La honte la gifla plus durement qu'une injure.

— Vous m'avez sauvée.

— Non. Je me trouvais trop mal en point pour ce faire. Tout juste vous ai-je nettoyée. Dieu est intervenu, j'en jurerais. Il souhaite que nous vivions, j'ignore pour quelle raison.

Ni Adeline ni Gabrielle ne devaient jamais se douter que leur obstination à sauver Blandine en incisant le bubon leur avait épargné une fin affreuse.

La matrone se laissa tomber sur le lit et expliqua :

— Le faubourg Saint-Victor est désert. Je n'y ai pas croisé âme qui vive. Certes, j'ai agi de nuit.

— Il devait se nommer…

— Taisez-vous ! Croyez-m'en, le temps n'est pas aux pleurs, ni aux regrets[1]. Au chagrin, peut-être. Encore

---

1. Rappelons qu'un quart seulement des enfants parvenait à l'âge de quinze ans. Le décès d'un nouveau-né n'était donc pas vécu de la même façon qu'aujourd'hui.

faut-il, en la circonstance, qu'il ne vous ôte pas vos dernières forces. Les portes des maisons du faubourg sont distinguées d'une croix blanche. Ils sont tous défunts. Or, ils n'étaient qu'à un jet de pierre d'ici. Nous devons fuir. Si quelque voisin, ou plutôt si une exaspérante fouine de voisine, s'est étonnée de mon absence et s'est répandue, telle la sotte qu'elle a toujours été, auprès des gens d'armes...

Il devait s'appeler Rainier. Elle avait cherché des jours entiers le prénom de son fils ou de sa fille, tournant, retournant maintes possibilités. Un prénom d'homme brave, valeureux et probe. Un prénom de femme aimante mais apte à défendre les siens. Sa fille se serait nommée Aliénor. Gabrielle se sentait orpheline de ses prénoms, de ses enfants.

— Nous risquons d'être emmurées avec les autres, compléta Gabrielle en repensant à la poissarde qui invectivait Adeline de la rue.

— De juste.

— Adeline, pensez-vous que nous contracterons à nouveau cette fièvre mortelle ?

— Je l'ignore. Mon expérience, qui n'égale guère celle d'un mire, veut que lorsque l'on s'est remis d'une fièvre, on ne la contracte pas de nouveau avant un certain temps.

— Où se terrer ?

— Votre demeure de province ?

— Les Loges-en-Josas ? Et si Henri s'y trouvait et me tançait vertement d'avoir abandonné le nid conjugal ?

Adeline la détailla un instant puis s'emporta :

— Cessez à la fin ! Et si, et si, et encore si ! Et s'il s'agissait de la fin du monde, de l'Apocalypse ? Quoi, nous avons réchappé des griffes de la mort, après une agonie de trois jours, votre fils a trépassé, et vous vous inquiétez d'une possible discourtoisie ?

— Votre pardon, de grâce. La fatigue me trouble l'esprit. Force est d'admettre que vos quarante ans sont plus fougueux que mes vingt printemps. Comment parvenir en ma demeure sans risquer une attaque de gredins ? Les chemins ne sont point sûrs.

— Pour les femmes ou les moines, et nous ne sommes ni les unes ni les autres.

— Qu'ouïs-je ?

Adeline biaisa :

— Les deniers que vous m'offrîtes ? J'en ai besoin, madame Gabrielle. J'ai dépensé la plus grosse part de mes maigres économies afin de nous pourvoir en vivres. Il me faut maintenant trouver un charriot attelé, plus ardu à dénicher en ce moment qu'une poule à dents. Tous ceux qui le pouvaient ont quitté la capitale, leurs possessions tirées par des chevaux ou des bœufs.

Gabrielle d'Aurillay se leva avec peine et se rapprocha de sa paillasse d'un pas incertain. Des vertiges la faisaient tituber. Elle souleva le matelas d'herbes sèches et de crin et récupéra le mouchoir noué dans lequel elle avait serré son maigre trésor. Neuf petits deniers tournois. Une étrange sensation lui nouait le ventre, qu'elle eut du mal à reconnaître :

— Je crois que... je crois que j'ai faim.

— Faste signe. Ne vous l'avais-je pas dit ? La vie s'acharne en nous, sourit faiblement la matrone. J'ai préparé une soupe épaisse au lard. J'ignore quel jour au juste nous sommes rendues. S'il est maigre, Dieu me le pardonnera. Mieux valait ne pas sortir encore. Je trouve le quartier bien silencieux mais ne souhaite pas me montrer, toute décatie[1] et hâve. Cela vaut pour vous à l'égal.

---

1. De *catir* (lustrer) : « enlever le lustre d'un vêtement qui paraît alors terne et vieux ».

Les larmes liquéfièrent le grand regard bleu marine de Gabrielle qui souffla :

— Il... Il n'était pas oint.

— L'eau bénite et le crucifix suffiront.

— En êtes-vous certaine ?

— Je le jure, sur mon âme ! D'autant qu'il a trépassé en vous qui êtes baptisée. Cessez vos larmes, vous dis-je. Elles ne servent de rien, croyez-m'en. Il repose en très grande paix auprès de son Créateur.

L'argument, pour incohérent qu'il fût, convainquit Gabrielle.

— Qu'entendiez-vous par « nous ne sommes ni les unes ni les autres », ni femmes ni moines ?

— Plus tard. Soupons d'abord, rassasions-nous après... ces jours et nuits de jeûne et de fièvre. J'ai rempli une bassine d'eau. Vous avez l'air aussi sale qu'une souillon.

— L'épuisement m'engourdit, Adeline. Ne pouvons-nous prendre un peu de repos et...

La matrone l'interrompit d'une voix péremptoire :

— Vraiment ? Croyez-vous que je me sente gaillarde ? J'ai le double de votre âge. Préférez-vous attendre que des gens d'armes nous extirpent d'ici à la pointe de leurs pertuisanes pour nous entasser telles bêtes de tuerie en quelque lieu ? Non ? Alors restaurez-vous et préparez-vous ! Je ne sais quand je parviendrai à trouver notre train.

— Neuf deniers n'y suffiront jamais.

— C'est fort mal me connaître, madame Gabrielle.

XXXIII

24 août 1348, château de Vincennes

A verti à l'avant-veille de l'ampleur et de la gravité de l'épidémie par messager rapide de messire Gui de Chauliac, son bon médecin, Philippe VI avait quitté en hâte Bourges pour rejoindre la reine et son entourage au château de Vincennes. Dans sa missive, messire Gui évoquait en termes prudents l'effrayante propagation de la maladie et les milliers de Parisiens décimés, *au point que ceux qui sont bien vifs et ont charge de les jeter en fosse, y choient à leur tour telles des mouches.* S'ajoutaient à ce sinistre tableau des pillages de maisons vidées de leurs occupants, défunts ou enfuis dans l'espoir d'éviter le trépas, des émeutes d'habitants encerclés par les barricades ou murs de quarantaine, émeutes réprimées dans le sang par des gens d'armes aussi effrayés que leurs prisonniers innocents. Même les charlatans toujours prêts à tirer de rondes pièces des misères humaines en vantant leurs remèdes et sorts prenaient peur.

Gui de Chauliac précisait que le mal s'était répandu dans tout le royaume après avoir été circonscrit à Marseille s'il en jugeait par les messages reçus de certains bons confrères d'art médical. Il avouait aussi son impuissance. Rien dans sa vaste science ne lui offrait espoir de lutter contre ce fléau. Quoi qu'il en fût, il suppliait le roi et le Dauphin de rentrer au plus preste. Peut-être quelques messes honorées de la présence royale rassureraient-elles la population ?

En son for intérieur, il l'admettait volontiers : une autre raison avait guidé sa main lors qu'il s'efforçait d'inciter le roi au retour. L'indiscipline de la reine Jeanne exaspérait Gui de Chauliac. Seul Philippe aurait l'autorité nécessaire pour y mettre un terme. Du moins le praticien l'espérait-il.

Le sort devait en décider autrement. Peu après le départ du messager, une servante affolée avait humblement requis audience de lui. Tremblante, la très jeune fille chargée de veiller au bien-être de l'une des dames d'entourage de Jeanne de France l'avait supplié de venir visiter sa maîtresse, Madeleine de Griscors, souffrante depuis le matin et qu'une fièvre de ventre semblait avoir prise tant « elle avait chié entre ses draps ». Gui de Chauliac avait remercié la servante pour le bon soin qu'elle prenait de Mme de Griscors. Dès qu'elle avait refermé le battant de la salle d'études après une courte révérence, messire Gui avait hélé le garde. Son ordre avait été simple et sans appel :

— Qu'elle soit sitôt jetée hors nos murs, de la pointe de vos lances. Ne la touchez pas.

— Euh... messire médecin... faut-il la...

— L'occire ? Certes pas. En cas de... maladresse, vous n'en rendriez compte. De toute façon...

— C'est'y qu'elle peut point faire son ballot ?

— Non. Elle part à l'instant. Cesse de discuter mon ordre...

Tous savaient en quelle estime le roi tenait le chanoine. Aussi le garde approuva-t-il d'un mouvement de tête.

— ... Ensuite... Tu choisiras deux souillons de cuisine pour leur force. Toutes les dames d'entourage de la reine, hormis Mme de Soulay, seront déménagées – avec égards, j'insiste, mais fermeté – dans le donjon[1]. Mme Madeleine de Griscors devra sans doute y être transportée sur une civière. Que ses amies soient installées en confort, sans qu'on s'en approche. Leur manger et leur boire seront déposés à la porte. Les plus vives aideront les... fiévreuses. Une fois leur mission accomplie, les souillons recevront quelques pièces et seront... déchargés de leurs devoirs céans. Quant aux logements occupés par ces dames en la bourgade de La Pissotte[2], ils seront clos et nul n'y pénétrera.

Le garde hocha la tête en signe d'acquiescement. Il n'y comprenait goutte mais sentait qu'une chose d'importance se tramait. Lui-même vivait avec sa famille et ses parents dans une masure de La Pissotte. Certes, les habitants s'étaient de tout temps réjouis de l'affection des rois et de leur cour pour les terres giboyeuses alentour, affection qui leur donnait du travail, d'autant qu'y pouvaient arriver du jour au lendemain cent ou deux cents cavaliers, leurs chevaux et leurs chiens. Louis VI s'était entiché de cette terre[3] pour y venir chasser. Du relativement modeste pavillon de chasse qu'il avait fait ériger, un manoir était ensuite sorti du sol, puis un petit

---

1. Entreprise vers 1337 par Philippe VI, sa construction s'étendra sur deux générations pour atteindre cinq étages et regrouper les appartements du roi, mais aussi toute l'administration fuyant l'avancée anglaise.
2. Au pied du château de Vincennes. Présence attestée depuis le XIe siècle, dépendance de la paroisse de Montreuil.
3. Vers 1150.

château[1]. Toutefois, les souverains successifs avaient construit des murs afin de protéger leur gibier, et réquisitionné des terres agricoles contraintes de fournir du fourrage pour nourrir leurs futures proies à la mauvaise saison. Les paysans du cru avaient obligation de gîte et de coutes[2], par ordre du roi. Ils devaient également veiller à la fourniture en bois de chauffage et à l'entretien des canalisations qui amenaient l'eau au château[3]. De petites maisonnettes bien entretenues par les villageoises étaient réservées aux dames d'entourage de la souveraine.

— M'entends, l'homme ! Nul ne rentrera dans leurs logements du bourg avant ma permission.

— Il sera fait à votre vouloir, messire médecin, s'inclina le garde. Et une fois ces dames accommodées…

— Ensuite ? Ton service s'arrête et je me chargerai du reste. Que leurs portes soient verrouillées et les clefs remises entre mes mains. À l'exclusion de toute autre, et notamment celles de la reine.

— Sauf votre respect, messire… enfin, si notre bonne reine s'offusque et…

— Et quoi ? N'ayant plus les clefs en votre possession, notre aimable souveraine me les viendra demander. Que ce… remue-ménage[4] aille avec célérité et discrétion. Évite-nous les glapissements outrés de ces dames. Aucune ne doit échapper à votre surveillance pour supplier la reine d'intervenir. J'attends ton rapport pour la midi.

---

[1]. Qui deviendra l'un des plus grands châteaux royaux au fil des siècles.

[2]. Les habitants devaient loger les invités du souverain et céder leur matelas, si de besoin, pour les occupants du château.

[3]. Percevant le mécontentement des riverains, Jean II le Bon allégera considérablement leurs contraintes et corvées.

[4]. Déplacement de gens, choses et meubles. N'a pris son sens figuré de « désordre » qu'ensuite.

La mission se déroula à la satisfaction de messire de Chauliac. Certes, les trois dames encore vaillantes protestèrent, vitupérèrent, menacèrent. L'une souffrit même d'un excès de nerfs et s'effondra en pleurs aux pieds d'un des gardes. Gui de Chauliac n'était pas certain qu'elles fussent atteintes par le mal. Il n'ignorait pas qu'il les condamnait à plus ou moins brève échéance en les contraignant à la promiscuité avec Madeleine de Griscors. Peu importait, si la reine était sauve. Au demeurant, si elles devaient toutes trépasser dans le donjon, peu lui en chalait. Il prierait avec ferveur pour leur âme, le mieux qu'il puisse faire.

Il s'absorba dans la lecture d'un manuscrit en latin recensant les maladies de peau et leurs traitements par les simples, la poudre de vipère desséchée, les bézoards[1] dont la pierre de vessie de cochon. Bien que ne remettant pas en doute la sagesse d'Hippocrate et de Galien[2], les grands médecins approuvés et vantés par l'Église – surtout Claudius Galenus qui professait que les idoles romaines devaient laisser place au véritable Dieu –, messire Gui songeait parfois que plus d'un millénaire s'était écoulé depuis leurs écrits. Certes, Dieu avait éclairé leur voie, leur accordant une acuité de jugement qu'Il ne réservait qu'à peu de Ses créatures, toutefois. Toutefois, messire Gui n'avait pas constaté l'efficacité curative de la poudre de vipère. Jamais. Pas plus que celle des prières, même si elles apaisaient et fortifiaient l'âme. Une voix dont mieux valait ne pas chanter, au risque d'excommunication ou de procédure inquisitoire. Aussi gardait-il ses réserves pour lui.

---

1. Concrétions calculeuses animales, très utilisées en médecine à l'époque, sans aucune efficacité, bien sûr.
2. Vers 130-vers 200-201.

Il s'apprêtait à reposer le gros volume relié de cuir vert sombre lorsqu'une trombe de soie bleue, coiffée d'un pain fendu gris pâle, déferla dans sa salle d'études sans annonce. Gui de Chauliac se leva, s'inclina et attendit la tempête en murmurant :

— Madame, quel honneur, quel bonheur que cette visite.

D'une voix glaciale, Jeanne feula :

— Nul honneur souhaité, monsieur ! Quant au bonheur, vous en avez, à l'évidence, une bien curieuse définition ! J'ordonne, m'entendez, *j'ordonne* que mes dames me soient rendues à l'instant. J'exige que vous les suppliiez d'accepter vos plus humbles excuses pour le dégradant traitement que vous leur fîtes subir. Emprisonnées telles des criminelles ? Avez-vous perdu le jugement, monsieur ! Libérez-les à l'instant ! hurla-t-elle, démontée.

— Non.

Jeanne le détailla, stupéfaite. Elle se rapprocha de sa table et il redouta un instant qu'elle ne le soufflette de fureur. Au lieu de cela, elle s'enquit d'un ton venimeux qui aurait glacé les sangs de tout autre :

— Qu'ouïs-je ? Auriez-vous l'outrecuidance et le peu de sens de me désobéir ?

Gui de Chauliac n'ignorait rien de l'influence de la reine sur le roi. La rumeur ne courait-elle pas que Jeanne avait fait condamner à mort le chevalier Robert VIII Bertrand, sire de Bricquebec[1], qui l'avait calomniée ? Elle aurait arraché au roi une signature au bas de l'arrêt de sentence à l'issue d'une épuisante nuit d'amour. Selon ces

---

1273-1348, il mourut de la peste. Il s'agit d'une noblesse prestigieuse mais sans particule.

fielleux ragots, le pauvre chevalier n'avait dû son salut qu'à la grâce tardive du souverain, dégrisé des plaisirs de nuit. Des langues malveillantes ajoutaient même que Philippe avait alors fessé Jeanne dans un accès de juste colère[1]. En dépit du plaisir qu'il aurait éprouvé à croire cette calomnie, Gui de Chauliac la jugeait absurde. Sire Bertrand avait toujours joui de la gratitude royale depuis Philippe le Bel, ce que justifiaient ses succès militaires. Il ne s'était démis de sa charge de maréchal de France que quatre ans plus tôt, lorsqu'il avait déjà soixante et onze ans. Philippe VI avait cependant souhaité qu'il demeurât membre de son Conseil.

— Certes, Madame, pour vous sauver, même contre votre gré.

Elle ouvrit la bouche mais il l'interrompit d'un geste pour poursuivre :

— Je gage que Mme de Griscors aura rendu l'âme au demain ou à l'après-demain. Je ne serais pas autrement surpris que vos trois autres dames subissent pareille malemort.

Jeanne avait blêmi. D'un ton d'alarme, elle s'enquit :

— Aurait-elle... contracté cette affreuse fièvre ?

— Tout me porte à le croire.

— L'examinerez-vous... ainsi que les autres ?

— Certes pas. Vivres leur seront déposés, si elles trouvent assez de force pour les venir quérir au pas de leur porte.

— Vous ne...

---

1. L'histoire a beaucoup couru. Il n'en existe aucune preuve. Il n'est pas exclu, loin s'en faut, qu'elle n'ait été qu'une des nombreuses rumeurs visant à discréditer Jeanne.

— Non, Madame. J'accepte de périr pour le roi, vous ou vos enfants. Pas pour l'une de vos dames, somme toute bien remplaçables. Sachez-le, je ne dispose d'aucun remède, ni pour la famille royale, ni pour moi-même, hormis isoler les malades des vifs.

Il perçut les efforts que la reine fournissait pour refouler ses larmes et demeurer digne. Pour la première fois de leur difficile cohabitation, messire Gui de Chauliac éprouva une vague tendresse à son endroit.

— Elles... Elles trépasseront seules, abandonnées de tous ?

— Oui. Je prie le Seigneur de les épargner et vous engage respectueusement à m'imiter. Cependant...

— Cependant, vous doutez de Son intervention ?

Il se contenta d'un soupir désolé pour toute réponse.

Jeanne de France parut chercher ses mots. Enfin, elle affirma :

— Monsieur mon médecin, je... Mon sang s'est montré trop vif à votre égard et je... le déplore. Tout cela à cause d'une ridicule danse de tresque qui ne me distrait pas même. C'est que...

Sachant qu'elle en venait à des paroles qu'elle regretterait sans doute, dont elle lui tiendrait peut-être rigueur, il la coupa d'un geste :

— Je sais, Madame, ou plutôt, je suppute. Toutefois, je ne suis pas votre confident de robe. Je m'efforce d'être votre médecin et de protéger votre enveloppe charnelle. Le reste m'est hors d'atteinte.

— Vous êtes pourtant chanoine.

— Oui-da, mais de bien humble extraction, fils de petit paysan devant lequel le monde de la connaissance s'est ouvert grâce à la bienveillance et à la générosité d'une dame de haut, Mme de Mercœur, qui paya mes études. Son nom lui allait comme un gant de belle facture, une femme de cœur. Les affres d'une reine me sont étrangères. Je ne me suis jamais frotté aux grands ainsi que d'autres, et ne comprends goutte à leurs aspirations ou à leurs encombres.

Il mentait, informé qu'il était de la solitude de la souveraine, de la hargne qui l'environnait et des infidélités de moins en moins discrètes de Philippe. Toutefois, il n'en pouvait mais. De plus, homme de véritable sagesse, il n'ignorait pas que les puissants oublient bien vite le besoin qu'ils ont eu de vous. Ils vous accusent ensuite d'avoir gagné leur intimité pour les mieux gruger. Chauliac resterait un chanoine médecin un peu distant mais que sa compétence extrême rendait indispensable.

Jeanne, peu dupe de ce discours prudent, sourit. Sa colère envolée, elle résuma :

— Chauliac, vous êtes homme de raison et d'intelligence. En d'autres temps, en d'autres circonstances nous aurions pu nous apprécier vraiment. Je loue cependant votre science et votre loyauté envers notre famille. Nous sommes bien fortunés que Dieu ait jugé souhaitable de vous mettre sur notre route. Veillez, je vous prie, à ce que ces dames soient enterrées... avec décence et en présence d'un prêtre.

— Ma parole, Madame, s'inclina le médecin.

XXXIV

25 août 1348, route de Chartres

n dépit de leur extrême fatigue à toutes deux, Adeline n'avait cessé de bourdonner autour de Gabrielle afin qu'elle se hâtât, qu'elle se prépa-ât, et au bout du compte qu'elle acceptât le strata-gème que la matrone avait inventé. La jeune femme avait protesté contre l'indécence de cette ruse, en vain. La mère Musard lui avait claqué le bec d'un péremptoire :

— Nos deux fortunes réunies se montent à dix-sept deniers. Ces bonnes pièces seraient englouties par la location d'un chariot avec son train de chevaux de trait, d'autant qu'avec l'épidémie de fièvre qui se répand tous les loueurs exigent ronde caution. Ils redoutent que leurs clients ne crèvent au détour d'un chemin. De sur-croît, il nous faudrait deux jours en chariot pour par-courir les quelques lieues[1] qui nous séparent des Loges-en-Josas, alors qu'une journée à cheval nous y mènera. Ajoutez que mes os sont trop usés pour supporter les cahots des routes.

_____

[1] Environ vingt-sept à vingt-huit kilomètres de Paris. On parcourait en moyenne dix à quinze kilomètre par jour en chariot contre trente trente-cinq à cheval.

De fait, faute d'entretien, les anciennes voies romaines se trouvaient dans un état de consternant délabrement. On utilisait les chariots ou les litières[1] avec parcimonie, et seulement pour transporter de lourdes charges ou des personnages de qualité, notamment des dames.

Il n'en demeurait pas moins que lorsque Adeline avait laissé tomber sur la table de la salle commune le gros ballot qu'elle portait à l'épaule, Gabrielle avait cru défaillir. La matrone avait sorti des braies moulantes de cavalier, un chainse de lin qui s'arrêtait en dessous des hanches, plus adapté à la selle, une tunique courte évasée à manches en velours râpé vert sombre qui avait connu des jours meilleurs des lustres auparavant, des bottes éraflées, sans oublier un informe chapeau de feutre. Elle avait conclu d'un tonitruant mais assez ironique :

— Vos atours, madame Gabrielle !

D'un geste, elle avait écarté la toile qui couvrait l'objet long et mince, coincé sous son autre bras, pour révéler un fourreau dans lequel était glissée une épée, à la pointe cassée.

— Mais que... Enfin, qu'est ceci ? avait soufflé Gabrielle.

— Ne vous avais-je pas prévenue que nous ne serions ni moines ni femmes ?

Soudain Gabrielle avait compris, et rugi :

— Ah ça, que nenni !

— Oh, que si ! Selon vous, deux femmes, dont l'une vieillarde, dissuaderont-elles les coupe-jarrets d

---

1. Sorte de lit couvert sans roues porté par plusieurs mulets ou chevaux placées devant et derrière. Ce type de « véhicule » venait des Romains.

chemins ? Nous irons donc vêtues en hommes. Je trouverai bien quelques nippes de feu mon bonhomme à me mettre su'l... sur le dos. Je ne me suis pas résolue à les jeter. Et elles étaient si élimées que je n'en aurais pas tiré un denier.

— Enfin, mère Musard, l'Église proscrit cette impudente... impudeur[1] !

— Vraiment ? avait lâché la matrone d'une voix sarcastique. Eh bien, mais qu'ils nous escortent, ces bons moines qui ont bouclé leurs porteries de crainte de la contagion ! Dès l'aube, nous irons rejoindre nos montures. Elles ne sont pas aussi fringantes que je l'espérais, mais faute de bœufs, l'âne laboure[2].

L'épuisement de Gabrielle, consécutif à la maladie et à la fausse couche, avait eu raison d'elle et ses protestations s'étaient taries. Jusqu'au lendemain matin, après une nuit agitée, qu'elle savait peuplée de rêves étranges. Ils s'étaient dérobés à elle dès qu'elle avait ouvert les yeux.

Elle sursauta lorsqu'elle découvrit un homme dans la chambrette, qu'elle reconnut vite : Adeline était fin prête, vêtue des braies de son défunt mari, d'une tunique dont dépassaient les manches de son gros chainse de lin et d'une aumusse en laine bouillie. Elle avait dissimulé ses cheveux relevés sous le bonnet de cuir des tanneurs. Elle haussa les épaules et précisa :

— Ça sent encore les teintures. Rien à faire pour en éliminer les odeurs. Allez, mada... monsieur Gabriel, le temps nous presse. Je vous attends en bas pour notre souper du matin.

---

[1] Le travestissement était formellement interdit, tout comme les vêtements « usurpant une qualité sociale supérieure ».

[2] « Faute de grives, on mange des merles. »

Après s'être aspergé le visage d'une eau presque tiède, Gabrielle passa les vêtements prévus par la matrone en plissant les lèvres de réprobation[1]. Le caleçon de selle trop grand lui tombait sur les cuisses et amplifia son humeur chagrine. En effet, une légère appréhension l'avait gagnée. Si, à l'instar de toutes les dames de haut ou presque, elle savait monter, en toute honnêteté elle ne pouvait se considérer ainsi qu'une écuyère accomplie. Fichtre, sept lieues ! Quant à Adeline, femme du peuple, avait-elle jamais grimpé sur autre chose qu'un mulet ?

Tenant la ceinture de son caleçon d'une main, elle descendit la rejoindre. La mère Musard la considéra, le front plissé d'attention, et conclut avec un vigoureux mouvement de tête :

— Assez d'allure, selon moi. Dieu merci pour votre haute taille, vous pouvez passer pour un représentant un peu maigrelet de la forte gent. En revanche, faites parcimonie de phrases ou adoptez des inflexions plus graves.

— Où avez-vous trouvé cette épée et ces hardes[2] ?

— Les pingres cadeaux des bourgeois ou des gens de noblesse à leurs serviteurs. Quand c'est usé jusqu'à la trame, taché, cassé, c'est assez bon pour nous autres. Ça évite d'allonger la pièce de merci ou d'étrennes.

— Vous nous tenez en piètre considération, ne put s'empêcher de rétorquer Gabrielle.

—————

1. Nombreuses sont les femmes travesties en homme, au fil des siècles. Il faut y voir une recherche de liberté et de sécurité et, notamment au XIXᵉ siècle, la possibilité de trouver plus facilement du travail. La « supercherie » était d'autant plus facile, si l'on peut dire, qu'il s'agissait d'une démarche ahurissante en ces époques. Personne ne s'interrogeait donc sur la réalité du genre au-delà des apparences. La première travestie célèbre est, sans doute, la reine Aliénor d'Aquitaine lorsqu'elle tenta de fuir la Touraine.
2. De l'ancien français *fardes*. Le terme désignait des vêtements quotidiens, avant de signifier de vieux vêtements en guenilles.

— Hormis vous ? J'en ai peu connu qui méritaient l'estime. Voyez, la courtoisie entre gens de même lignage est une habitude. Celle que l'on réserve aux puissants dont on espère un retour, une intelligence. En revanche, l'affabilité que l'on réserve aux petits, aux sans-rien, est une véritable élégance de l'âme. Plus important, elle leur démontre qu'ils existent à vos yeux autrement qu'en meubles utiles. Peu, fort peu possèdent cette délicatesse d'esprit.

Gabrielle s'attabla et la détailla avant d'admettre :

— Voilà portrait acerbe mais, sans doute, pertinent.

— Je vais vous trouver une ceinture. Prenez des forces mada... monsieur Gabriel. Mangez. On vous devine les os sous la peau.

Joignant le geste à la parole, elle versa une large louche de soupe au pain, au lard et au fromage dans le bol de la jeune femme avant de remplir son gobelet de cidre.

— Adeline... ne le prenez pas en offense... toutefois, savez-vous monter ?

— Suffit de serrer les cuisses et de suivre le mouvement en n'arrachant pas la bouche du cheval à tir de rênes et de mors.

— En résumé, en effet. Cela étant...

— Monsieur Gabriel, encore une fois, nous avons échappé de la mort. C'est pas un cul de bourrin qui m'effrayera ce jour !

La matrone fila vers la réserve située de l'autre côté de la courette. Gabrielle ne partageait pas son détachement. Quelle indignité qu'une femme chevauchant à la manière d'un homme. Les selles de dames étaient munies d'un pommeau un peu surélevé[1], et d'un

---

[1] Les cornes ou fourches de la selle d'amazone que nous connaissons ont été inventées au XVIe siècle par Catherine de Médicis, remarquable cavalière. Les femmes ne pouvaient monter à califourchon puisque on craignait que cet exercice ne les rende stériles.

unique étrier gauche. Un judicieux progrès par rapport à l'ancienne sambue, large siège posé sur l'arrière-main du cheval. Cette invention ancienne exigeait qu'un serviteur menât l'animal par la bride, animal dressé à marcher à l'amble afin de ne pas faire choir son précieux chargement. Seul le pas de marche convenait à une cavalière bien née. Du moins était-ce ce que l'on avait ressassé à Gabrielle d'Aurillay. Quoi qu'il en fût, en dépit des améliorations apportées aux nouvelles selles de dames, le galop restait périlleux et le saut d'obstacles impensable. De plus, un serviteur présentait toujours ses mains en coupe afin que la dame y posât le pied. Il la soulevait alors d'un élan. Fichtre ! Comment grimpait-on sur une selle d'homme ? Elle plongea dans ses rares souvenirs de promenades équestres avec Henri. Une idée déroutante s'imposa. Depuis quand n'avait-elle pas pensé à lui ? Depuis quand ne s'était-elle pas inquiétée de son état, de sa santé ?

Le retour de la mère Musard brandissant une ceinture de vieux cuir mit terme à sa stupéfaction. Henri posait toujours le pied gauche sur l'étrier pour se hausser d'un coup de jarret.

Leur souper expédié, la vaisselle nettoyée, les volets fermés de traverses intérieures, elles sortirent. Femme avisée, Adeline avait jeté une bougette lourde d'un en-cas de bouche sur son épaule, et Gabrielle avait fourré un change féminin et le diptyque dans la sienne. Après un dernier regard pour sa modeste maisonnette, la matrone lâcha :

— Bah, c'est pas qu'y... qu'il y ait grand-chose à dérober, mais j'aimerais la retrouver en état.

Gabrielle jetait des coups d'œil nerveux autour d'elle, de crainte qu'un passant ne les invective et ne s'insurge de leur accoutrement. Cependant, la rue était déserte. Elle s'efforça de rassurer la mère Musard :

— Notre… la maison des Loges-en-Josas vous sem-
blera confortable, je gage.

— Certes, mais ici, c'est mon chez-moi.

Lorsqu'elles parvinrent devant les écuries du loueur
de chevaux et d'attelage, Mme d'Aurillay sentit un fard
lui monter au visage. Ah, fichtre, qu'allaient penser cet
homme ou ses valets, puisque Adeline et lui avaient
ergoté[1] sur le débours la veille et qu'il la savait donc
femme ?

Le loueur, aussi large que haut, s'approcha mais
demeura à quatre bons pas d'elles. Contrairement à ce
qu'avait redouté Gabrielle d'Aurillay, il déclara :

— J'vous accueille pas plus avant, rapport à c'qui
court, et pas d'offense, hein ?

— Certes pas, rétorqua Adeline sans contraindre sa
voix à adopter des inflexions plus masculines. Nos chevaux sont-ils sellés ?

— Oui-da. Y sont abreuvés.

Désignant le fourreau pendu à la ceinture de
Gabrielle, il observa :

— J'chais point trop si vous brétaillez[2]. J'peux point
dire… qu'vot'… mise est pas insolite. Mais, par les temps
qui courent, c'est ben plus prudent. Mon conseil, vous
arrêtez pas en chemin et gardez-vous des faux agonisants qui s'couchent en bord de chemin pour vous pousser à la compassion. Dès qu'vous avez démonté, y vous
tombent su'le poil et vous volent jusqu'à vos braies. Les
vivres commencent à manquer. Les vivandiers redoutent
d'livrer passé la limite des faubourgs. Beaucoup vendraient

_____

. Le terme viendrait de *ergo* (donc) et non pas de *ergot* (ongle au pied
de certains animaux).

. Du celtique *brette* (couteau court) : tirer l'épée facilement. Même
origine que « bretteur ».

leur mère pour un sac de farine. Dieu vous garde, mes bonnes, ainsi qu'vos petiots, ajouta-t-il en dévisageant Gabrielle. Ayez point pitié des gredins, eux n'en auraient pas d'vous.

Un regard appuyé de la matrone dissuada la jeune femme d'intervenir. Le loueur tendit la main et Adeline lui remit douze deniers, un prix qu'elle avait âprement négocié en en appelant à la charité chrétienne et en dotant Gabrielle de deux enfançons qui attendaient, en larmes, leur mère aux Loges-en-Josas.

— N'ayez crainte, nous ramènerons les chevaux, assura-t-elle.

— Si Dieu vous prête vie, tout comme à moi. Sans quoi, j'm'en passerai. Suivez-moi... à distance.

Un valet qui ne devait pas avoir douze ans mena leurs montures sellées jusque dans la cour pavée des écuries, deux robustes hongres noir-pangaré[1], hauts de garrot. Le loueur précisa :

— J'vous ai choisi les plus noirs possible. Les bourrins noirs font peur. Mais, ceuzes autres sont placides.

Adeline lui adressa un sourire et hocha la tête en approbation. De fait, une appréhension l'avait gagnée.

— Allez, au montoir, intima-t-il dès que le jeune garçon eut disparu. Pied gauche à l'étrier, aligné contre le flanc, appel du pied droit et cramponnez la selle pour vous hisser. Pas de traction sur les rênes. Assoyez-vous gentement, sans vous laissez choir sur son dos. Vous, c'est l'plus haut des deux, ajouta-t-il au profit de Gabrielle. Y s'nomme Bellâtre. Tout hongre qu'il est, peut s'montrer ombrageux avec ses congénères. L'a été hongré trop tard, après saillies, si ben qu'il a point compris qu'il avait plus son appareil. L'autre, c'est son cadet Crépuscule, une bonne pâte.

---

1. Bai-brun. Robe, crinière, queue noires avec des zones fauves sous le ventre, aux coudes, naseaux, etc.

Après quelques tentatives infructueuses, elles s'installèrent, soulagées, en effet, par le calme olympien de leurs montures. Gabrielle avait tendu au loueur l'épée qui l'empêtrait. Si elle avait regretté qu'il ne leur prêtât pas main-forte pour s'installer en selle, elle en comprenait la raison. Elles démonteraient en cours de route et avaient tout intérêt à apprendre sitôt à se hisser sur le dos du cheval.

Le loueur leur offrit encore quelques conseils, tendit le fourreau à Gabrielle et entoura la bandoulière de chaque bougette au pommeau de selle. Puis, il hocha la tête en salut. Une claque sur la croupe de Bellâtre mit terme aux « À Dieu ». N'osant pas se retourner, Adeline lui cria :

— Le merci et Dieu vous garde toujours !

Le premier quart de lieue fut ardu. Heureusement, leurs complaisants chevaux ne tinrent pas grand compte de leurs incohérentes commandes de rênes et de jambes. Une sorte de compréhension instinctive de l'animal vint pourtant bien vite à Gabrielle. Beaucoup moins effrayée qu'à leur départ des écuries, elle tourna la tête vers la matrone. La sueur dévalait de son épais bonnet de cuir et la crispation de ses mâchoires trahissait son malaise.

— Ma bonne, si l'on serre des genoux contre les flancs, le cheval l'entend comme une invite à forcer l'allure. En revanche, si l'on tire sur les rênes, il le comprend à l'inverse, me semble-t-il.

— Ben, je serre et tire de crainte de choir, bougonna la vieille femme.

— Mieux vaut assurer son séant[1] sur la selle et lâcher un peu de rênes.

---

1. Du verbe « s'asseoir ».

Elles avancèrent. Une sorte d'euphorie avait gagné Gabrielle. Quelle sottise que la monte de dames ! Quelle griserie de se sentir d'aplomb, faisant corps avec un cheval, de surveiller ses mouvements d'oreilles ainsi que le leur avait conseillé le loueur : *S'il les plaque sur le crâne, gare !*

Prise d'une impulsion, elle encouragea Bellâtre au petit trot, vite rappelée à l'ordre par Adeline qui couina de peur, Crépuscule imitant aussitôt son grand frère.

Elles sortirent enfin par la porte Sainte-Geneviève de la cité devenue presque fantôme. Elles n'avaient croisé qu'une poignée de personnes sur une demi-lieue. Un air lourd, presque irrespirable, faisait donner de la tête à leurs montures. À la puanteur habituelle des détritus de rue s'ajoutait celle, si reconnaissable, de décadence[1] des chairs humaines. Une pestilence de charnier, songea Gabrielle. Elle sut en cet instant qu'elle ne parviendrait jamais à l'oublier.

Plongée chacune dans de sombres pensées, elles cheminaient depuis un moment, en silence, le long d'une route de terre sèche. Soudain, de hargneuses vociférations claquèrent dans leur dos. Bellâtre partit au petit galop, suivi par Crépuscule. Étrangement, Gabrielle n'eut pas peur. Elle maîtrisa le cheval de la voix et des rênes. Les deux animaux s'immobilisèrent en bord de champ.

Un lourd chariot les dépassa à vive allure. Un des charretons leur lança une bordée d'injures que le linge qu'il portait noué sur la bouche étouffa. Un peu plus loin, le chariot cahota sur les nids-de-poule et Gabrielle

---

1. Au sens propre. L'emploi figuré, majoritaire aujourd'hui, est plus tardif.

redouta presque qu'il ne verse. Quelque chose en glissa et chut au sol. Un homme dévêtu jusqu'à la taille et pieds nus. Adeline souffla :

— Douce Mère de Dieu !

N'y prêtant pas attention, Mme d'Aurillay lança sa monture au trot afin de s'en approcher. Elle détailla le cadavre. Un homme encore jeune, décharné, aux membres du haut couverts de pustules charbonneuses, aux côtes si saillantes qu'elles menaçaient de crever la peau grisâtre. Soudain, ses paupières se soulevèrent et il râla en tendant la main vers elle. Elle cria de surprise. Il supplia :

— À boire, par pitié !

Gabrielle lâcha les étriers et s'apprêtait à démonter lorsque Adeline rugit :

— Non ! Ne l'approchez pas !

— Mais il trépasse, se défendit la jeune femme.

— Justement ! Qu'il s'abreuve ou pas n'y fera pas de différence. Poursuivons notre route.

— Mais je...

— L'enfer dégueule, madame Gabrielle. Qu'espérez-vous tenter afin de l'endiguer ? Mourir avec ces pauvres hères ? Sottise !

Une onde de chagrin submergea Gabrielle d'Aurillay. L'homme tenta de se redresser en geignant et s'abattit, mort. De fait, Adeline avait eu raison. Qu'aurait-elle pu changer avec quelques gorgées d'eau, hormis risquer de contracter une autre fièvre, car l'homme ne présentait pas les mêmes symptômes que Blandine ? La rage bouta la tristesse hors d'elle. Elle cria :

— M'attendez céans !

Elle lança Bellâtre au galop. Satisfait de se délasser enfin les jambes, il fila, ses sabots soulevant une brume de poudre terreuse. L'ivresse de la course envahit Gabrielle. Il lui sembla que le cheval volait au-dessus de la route et les contractions des longs muscles de son poitrail lui parurent la plus belle chose du monde. L'odeur de sueur d'effort de l'animal lui nettoya les narines de celle de la décomposition humaine. Une odeur forte. Une odeur de vie, de puissance. Elle parvint vite à hauteur du chariot qui avait réduit l'allure. Elle cria aux charretons :

— Holà… un cadavre est tombé sur la route ! Arrêtez, mais arrêtez, à la fin !

— Ta gueule et passe ton chemin ! beugla le deuxième conducteur, celui qui les avait injuriées.

L'autre, absorbé par sa tâche, ne lui jeta pas même un regard. Le chariot poursuivit sa route. Une rage bouillonnante balaya tout dans l'esprit de Gabrielle. Eh quoi, ils allaient laisser ce miséreux pourrir au milieu du chemin, comme la charogne d'un renard ou d'un freux ? Une légère pression de mollets, Bellâtre partit au galop, crinière au vent. Elle l'immobilisa quelques toises plus loin, bouchant le passage au chariot, et tira l'épée. Une petite voix affolée répétait dans sa tête :

« Que fais-tu ? Aurais-tu tout à fait perdu le sens ? Tu es femme, ne l'oublie pas ! Ils sont deux, de respectable charpente. Tu ne sais pas même manier la longue lame. — Tais-toi ! » ordonna-t-elle à la voix. Elle flatta le col de Bellâtre afin de les rassurer tous deux. De fait, hongré tardivement, le cheval avait gardé son humeur d'étalon. Il aplatit les oreilles et étira le col, découvrant les dents lorsqu'il vit les deux chevaux de trait arriver sur lui. Il souffla par les naseaux, sa queue fouaillant[1]. Enfin, une sorte de hennissement aigu sortit de sa bouche close. Il était prêt au combat.

---

1. Battre rapidement à la manière d'un fouet.

Le charreton se redressa de son banc, tirant de toutes ses forces sur les rênes. Avant que Gabrielle n'ait pu tenter quoi que ce fût, Bellâtre s'était tourné et présentait sa croupe à ses congénères qui hennirent à leur tour, de panique[1] cette fois. Leurs sabots dérapèrent dans la terre desséchée. Enfin, le chariot s'arrêta et un bref silence stupéfait s'installa.

Le deuxième charreton avait baissé le linge qui lui protégeait la bouche et le nez, il éructa :

— Par le cul du diable, hors notre chemin, gredin, ou je te réduis la face en bouillie !

Gabrielle d'Aurillay eut le net sentiment qu'elle ne s'appartenait plus. Une sorte de force incoercible avait pris le contrôle de ses gestes, de ses paroles. Elle eut le sentiment diffus, sans doute inepte, qu'une main minuscule effleurait sa joue. Rainier. Mon doux ange. D'une légère tension de la rêne et du mollet gauche, elle fit tourner Bellâtre.

L'épée pointée vers les deux hommes, elle s'entendit déclarer d'une voix grave, lourde de menace :

— Messire de Dessyze, noble désargenté mais parentèle de la reine, l'homme, et ôte ton chapeau en respect et à l'instant ! Quant à me réduire la face en bouillie, je te déconseille de t'y frotter.

Elle avait utilisé le nom de sa mère sans même y réfléchir. Les deux charretons se consultèrent du regard, interdits. D'un geste inconscient, ils enlevèrent leurs couvre-chefs. Le braillard murmura quelques mots précipités à l'oreille de son compagnon qui hocha vigoureusement la tête en signe de dénégation.

Adeline était parvenue à mener Crépuscule au pas et les avait rejoints. Elle ne pipait mot, les yeux écarquillés.

---

1. Un cheval qui attaque se retourne souvent pour ruer et protéger sa tête des morsures.

Le changement d'attitude de celle qu'elle avait jadis surnommée « la gente bécasse » la stupéfiait. On eût pu croire qu'une autre femme avait investi l'enveloppe charnelle de Gabrielle. Certes, celle-ci n'avait jamais été pleutre. Mais une fougue, une ardente énergie semblait dévaler en elle. Une idée fugace traversa l'esprit de la matrone. Au fond, n'était-ce pas là la différence cruciale entre femmes de haut et de bas, aussi impécunieuses fussent-elles ? Une différence qui se résumait en un mot : certitude. Une certitude de supériorité qui trouvait sa source dans une particule, le hasard d'une naissance, l'histoire d'ombres passées. Une certitude qui se déclinait de toutes les nuances entre insupportable morgue, exquise désinvolture et insensé panache. De quelle nuance était donc la véritable Gabrielle, celle qui avait dormi d'un long sommeil, comme frappée par un vilain sortilège ? Adeline gageait qu'il s'agissait d'une belle teinte, chaleureuse, preuse et tenace.

— Et c'est quoi t'est-ce que vous voulez, messire de Dessyze ? s'enquit d'une voix tendue le charreton qui menait l'attelage.

— Va ramasser l'homme défunt. Qu'il soit enseveli ainsi que tout chrétien.

— Ben c'est que… enfin… on n'a pas envie de claquer. Y z'ont c'te démonerie d'maladie.

— Il est trépassé. Tu ne risques rien, inventa Gabrielle. Tu portes des gants de rênes plus épais que ceux des mires et médecins.

Forçant sur les graves de sa voix autant qu'elle le pouvait, elle tonna :

— N'y vois pas requête et encore moins supplique mais un ordre, l'homme ! Veux-tu que je conte au prévôt de Paris de quelle manière impie tu gagnes ta solde ?

Veux-tu que je lui dise que vous laissez choir des dépouilles pour qu'elles deviennent charognes ?

Elle se tourna vers l'autre et intima d'un ton sans appel :

— Quant à toi, le beuglard, vérifie sous mes yeux que d'autres agonisants n'ont pas rejoint votre affreuse cargaison.

L'homme la fixa d'un air mauvais. Farouche[1], elle tint son regard. Il baissa les yeux et jeta :

— Jamais !

— Ne me contrains pas à démonter, l'homme, tu t'en mordrais les doigts. Veux-tu tâter de la pointe de mon épée ? Pointe que j'ai d'ailleurs abandonnée à l'hier dans le ventre d'un petit vaurien, broda-t-elle.

— Jamais, j'veux pas claquer, j'ai femme et marmots qui comptent sur moi pour remplir leurs panses, s'obstina l'autre.

Adeline, inquiète de la fureur palpable qu'elle sentait entre Gabrielle et le charreton, intervint, elle aussi en adoptant une voix d'arrière-gorge :

— Il peut demeurer quelques vifs, jetés à la hâte dans le chariot, ainsi que l'homme qui a chu.

Le charreton la dévisagea comme si elle venait de proférer une stupidité sans précédent et vociféra, défiguré par la rage :

— Bien sûr, le vieux, qu'y a des vifs ! J'les entends geindre et pleurer d'mon banc. Qu'est-ce tu crois ? C'est ceuzes autres désignés par les hommes du prévôt. Et on les balance dans la grande fosse alors qu'ils nous supplient, qu'ils nous fixent comme des bêtes à la tuerie. Et on les recouvre de chaux vive et de terre pour les achever. Les ordres ! Les ordres ! hurla-t-il. Des enfançons,

---

1. À l'époque, « d'une rudesse », « d'une hostilité sauvage ». Le terme a ensuite évolué pour s'appliquer aussi à des personnes ou à des animaux timides qui prenaient vite peur.

des femmes, même grosses, tous ! Faut rafler tous les malades ! Les ordres, te dis-je !

Quelque chose dans le regard de l'homme bascula et Gabrielle toucha de l'âme l'enfer dans lequel il se débattait. Il plaqua ses grosses mains gantées sur son visage. Des sanglots secs, râpeux, firent tressauter ses épaules.

Le conducteur du chariot ajouta d'un ton doux, désespéré :

— Et Dieu nous regarde ! On a les sangs retournés quand qu'on rentre chez nous. Et on n'ose plus approcher nos femmes ou câliner[1] nos marmots d'peur que... rapport à... c'qu'on fait tout l'jour. Mais... on nous a menacés du Grand Châtelet si qu'on se pliait pas aux ordres et... faut ben bouffer.

Adeline eut la conviction qu'ils disaient vrai. Et elle, n'avait-elle pas menti telle l'arracheuse de dents qu'elle était devenue pour nourrir ses petits ?

— Messire Gabriel, allons, je vous prie. Nous avons déjà trop tardé.

Le doute s'était également insinué en Gabrielle. Ces hommes n'étaient pas d'infâmes coquins. Ils obéissaient et en pleuraient au fond d'eux. Pour rien au monde elle n'aurait voulu se trouver à leur place. Elle saisit l'honorable prétexte que lui offrait la matrone.

— Mon bon Adelin, que ferais-je sans toi ? Une affaire urgente nous incite à poursuivre notre chemin sitôt. Votre parole que l'homme trépassé sera enseveli ? Maudit qui s'en dédit. Quant aux autres, les agonisants... prions pour le salut de leur âme.

---

1. Le terme est ancien mais d'origine incertaine. Peut-être du latin *calere*, *calor* (brûler, chaleur).

Les deux hommes approuvèrent d'un mouvement de tête. Elles n'avaient pas fait trois pas que le braillard s'époumonait d'une voix frisant l'affolement :

— Messire ? Messire de Dessyze ? J'sais point lire ni écrire. Mais j'connais mes prières et j'y manque jamais. Vous qu'êtes de haut... c'est'y qu'vous croyez qu'on s'ra maudits rapport qu'on... achève des créatures de Dieu ? À l'ordre, seulement à l'ordre et on les dépouille pas. J'le jure sur la tête de mon dernier. Les voisins, les gredins et les gens d'armes s'en chargent.

Que pouvait-elle affirmer ? Elles avaient réchappé de la maladie. Preuve que Dieu permettait à certaines de Ses créatures éprouvées de survivre. D'un autre côté, tant mouraient, entraînant ceux qui les côtoyaient dans le trépas. Sauver une vie ? Et risquer d'en décimer cent autres, par charité chrétienne envers une personne ? Elle pria pour qu'un tel arbitrage ne se pose jamais à elle.

— Je ne sais. Je m'en désole. Cependant, je ne sais.

Une pression de mollets. Bellâtre partit au petit galop, imité par Crépuscule.

Elles abandonnaient deux hommes dévastés qui, jusque-là, étaient parvenus à se leurrer grâce à leur aveuglement. Il n'est pire poison de l'esprit que la lucidité lorsqu'elle n'a pas été invitée. Il n'est pire blessure d'âme qu'un choix impossible et de toute façon coupable.

Adeline, que la docilité de sa monture rassurait peu à peu, même si elle surveillait les oreilles de Crépuscule, s'étonna soudain d'un bruit étrange. Elle tourna le regard vers Gabrielle, qui claquait des dents de manière incontrôlable. Un gentil amusement la détendit tout à fait et elle vérifia :

— Un ricochet, n'est-ce pas ?

S'efforçant d'articuler, Mme d'Aurillay admit :

— Étrange, je ne crois pas avoir eu peur sur le fait. Cependant…

— Vos nerfs s'embrouillent maintenant ? Quoi de plus normal. J'avoue que j'en étais esbaubie. Quelle fougue, quel aplomb, quel courage ! Certains représentants de la forte gent pourraient en retenir couplet[1]. Ah, fichtre, vous m'avez même causé frayeur tant je vous voyais sur le point d'en découdre au fil de l'épée !

Gabrielle salua cette sortie d'un rire léger, ses claquements de dents évanouis.

Leur périple se poursuivit. Elles alternèrent trot, marche et galop afin de s'accoutumer à la monte à califourchon. Adeline finit même à résumer :

— Certes peu seyant à donzelles, mais infiniment plus aisé.

Gabrielle en vint à craindre les silences qui s'installaient parfois entre elles. Des litanies de « si » défilaient dans son esprit. Un « si » particulièrement. Et si Rainier avait vécu ? À quoi, à qui aurait-il ressemblé ? Elle s'interdit de l'imaginer, pressentit que la peine qu'elle en éprouverait serait intolérable. Adeline avait raison. Rainier était maintenant un ange. Bien fol et présomptueux icelui ou icelle qui tenterait de dessiner le véritable visage d'un ange, puisqu'ils sont magnifiques, au-delà de l'imagination.

---

1. En prendre de la graine.

XXXV

25 août 1348, château de Vincennes

atherine de Soulay avait picoré, amplement bu, et semblait absente en dépit de ses efforts pour répondre aux bavardages de la souveraine.

Elle se tamponna à nouveau le front et les lèvres de son linge de table[1] et força un sourire. Elle avait perdu le fil de la conversation et n'osait risquer une approbation ou une dénégation malvenue. Une violente quinte de toux lui fit recracher sa dernière gorgée de vin. Un vin auquel se mêlait un autre rouge, plus vif.

Jeanne, le regard rivé à la tache qui souillait la nappe blanche, murmura :

— Vous sentez-vous tout à fait bien, chère Catherine ?

— Non, Madame. Reculez-vous. Un accès de fièvre, depuis le début de notre souper. Mon souffle est laborieux. De grâce, faites quérir au plus vite messire Gui de Chauliac et ne m'approchez pas. Je ne sais si... mais votre vie est plus précieuse que la mienne.

---

1. L'habitude de s'essuyer les lèvres sur ses vêtements, ou avec la nappe ou de la main était de plus en plus mal vue. Bien que décrite à l'époque romaine, la serviette semble oubliée au Moyen Âge. Elle reparaît au XIIIe siècle, sporadiquement, pour se généraliser au XVIe.

La panique dessécha la gorge de Jeanne de France, qui se rua en claudiquant vers la cheminée et tira de toutes ses forces le cordon de passementerie qui commandait au service.

Un serviteur parut aussitôt et s'inclina sans s'approcher, ordre du médecin royal au risque, sans quoi, d'être jeté en geôle.

— Fais mander sitôt messire de Chauliac. Sitôt !

Lorsque Gui de Chauliac se présenta peu après, il trouva la reine adossée contre un mur. Mme de Soulay s'efforçait de respirer et grelottait de fièvre.

Le prestigieux médecin lui jeta un regard et se signa.

— Est-ce... commença Jeanne de France.

— Je l'ignore mais le redoute, Madame. Madame de Soulay, je vais vous devoir prier de me suivre vers une des chambres de...

— Non, s'affola-t-elle, je ne veux pas rejoindre les autres. On me dit que Madeleine de Griscors est mourante. Je... je ne veux pas...

— Mme de Griscors vient de rendre l'âme, lui apprit-il.

— Et les autres ? s'enquit la dame d'entourage.

— Elles ne tarderont pas à la rejoindre.

— Divin Agneau, souffla la reine en plaquant les mains sur son visage.

D'un ton peu amène, Gui de Chauliac reprit :

— Madame de Soulay, ne me contraignez pas à user de méthodes offensantes que je déplorerais. Allons, à l'instant.

De fait, il hélerait la garde si Catherine n'obtempérait pas de son gré. Affolée, celle-ci se leva et voulut se précipiter vers la reine afin de la supplier à genoux. Le médecin, pourtant âgé, fut sur elle en un clin d'œil, dague tirée.

— N'approchez pas la reine, misérable, ou je vous navre ! Vous ne pourrez alors vous présenter à Dieu, lavée de vos péchés par un sacrement.

En larmes, Mme de Soulay joignit les mains et balbutia :

— Ma reine, ma souveraine bien-aimée, intimez-lui de me laisser en paix. Je... je ne veux pas mourir seule, telle une bête ! Il faut que vous soyez informée... de ce qui se murmure. Messire de Chauliac a donné ordre qu'on laisse crever vos dames, en chiens. Toutes. Des serviteurs les entendent crier ou gémir, du matin au soir et du soir au matin. L'une, encore assez vive, tambourine contre la porte et supplie qu'on appelle un prêtre !

Jeanne se redressa. Elle n'ignorait rien de ces monstrueux détails. Elle éprouvait une réelle affection pour Catherine et ne doutait pas de sa fidélité ni de sa tendresse à son égard. Sa dame avait maintes fois manifesté cet attachement en laissant traîner ses oreilles où elle le pouvait afin de rapporter à sa maîtresse ce qui se tramait contre elle. Elle avait pris des risques en rencontrant le nain coutelier, cet Armand qui espionnait au profit de Jeanne. Cependant, en dépit de la lassitude que celle-ci éprouvait, le royaume, exsangue et exaspéré, avait encore besoin de ses conseils. Elle était reine, avant tout.

— Ma bien chère, obtempérez, je vous en conjure, pour l'amour de Dieu et de moi.

— Mais je... non...

— Je veillerai personnellement à votre confort, sur mon honneur et ma foi. Vous n'ignorez rien de l'affection que je vous porte. Messire de Chauliac aura à cœur de vous réserver un logement confortable qui soit éloigné de celui de mes autres dames. Je vous viendrai visiter chaque jour et nous discuterons de derrière la porte.

Après tout, nul ne peut affirmer que vous soyez atteinte de cette terrible fièvre, et je prierai pour qu'il en soit autre.

Vaincue par ces promesses, un peu rassurée puisque la reine lui manifestait autant de bonté, Mme de Soulay acquiesça d'un mouvement de tête.

— Précédez-moi, madame, décida Gui de Chauliac. Ma parole de médecin que les instructions de la reine seront scrupuleusement suivies.

Catherine se plia en révérence et ne put empêcher ses larmes de couler.

— Vous reverrai-je, Madame ?

— J'en ai l'intuition, mentit la souveraine. Or, vous connaissez l'habituelle pertinence de mes pressentiments. Dieu vous garde toujours. À demain, ma mie. Je vous apporterai de ces amandes confites que nous apprécions tant.

Et Jeanne regarda la porte se clore derrière eux. Il lui sembla qu'un autre morceau de sa vie se refermait à jamais. Elle ne reverrait jamais Catherine, elle en était certaine. Messire de Chauliac lui interdirait de monter causer avec sa dame d'entourage, même séparée d'elle par une porte. Il aurait raison et elle obéirait à cette sage mise en garde. Catherine allait mourir et, de fait, elle mourrait seule.

Jeanne lutta contre l'onde de tristesse qui liquéfiait son regard. Son médecin voyait juste. Une dame, quelles que fussent ses qualités, était remplaçable.

Elle était reine, reine avant tout.

XXXVI

25 août 1348, au soir échu, Les Loges-en-Josas

 atiguées par une interminable chevauchée, sous un soleil si ardent qu'il en devenait hostile, elles avaient traversé au pas le village, contourné l'église Saint-Eustache[1] puis suivi la Bièvre. Les Logeois avaient rejoint leurs habitations et seul le claquement rythmé des sabots de leurs chevaux troublait la paix environnante. Leurs montures étaient fourbues en dépit des arrêts décidés par Adeline pour qu'ils broutent un peu d'herbe ou s'abreuvent aux ruisseaux qu'elles longeaient. Elles en avaient profité pour dévorer leur en-cas de bouche et Gabrielle s'était découvert une faim de loup. La boutille de cidre qu'elles s'étaient partagée leur était un peu montée à la tête. La légère euphorie les avait revigorées.

Un soupir de soulagement s'échappa de la gorge de la jeune femme lorsqu'elles obliquèrent dans le chemin creux bordé des deux côtés d'arbres centenaires. La nuit s'installait peu à peu, mais Gabrielle reconnaissait chaque tronc. Elle aimait tant ses promenades sous leurs frondaisons qui se rejoignaient en berceau et dispensaient une bienvenue fraîcheur au plus intense de

---

1. Construite au XIIIᵉ siècle.

l'été. Seule. Des promenades solitaires. Une implacable comptabilité défila dans son esprit. En deux ans de mariage, elle n'avait en réalité côtoyé son époux que quelques mois. Elle chassa l'idée qui s'immisçait. Eh quoi ? Si Henri se trouvait chez eux, elle lui montrerait bien vite qu'il avait intérêt à se tenir coi et à faire échine basse. Rainier était défunt et tout avait basculé, à jamais. Plus rien ne la liait à son époux, hormis une supercherie de mariage. Mariage dont elle comptait demander l'annulation ou, à tout le moins, un *divortium quoad torum et mensam*[1], à l'excellente justification d'adultères répétés et de vices mettant en péril le foyer. Si elle ne l'obtenait pas, elle convaincrait sans peine Henri de rédiger devant notaire un pacte de séparation[2]. Elle n'avait pas d'héritage à lui offrir. Au demeurant, en cas contraire, il l'eût traitée avec infiniment plus d'égards ! Elle s'en voulut de l'aigreur qu'il faisait naître en elle. Après tout, elle avait fait preuve d'un aveuglement coupable et obstiné. Il en avait profité, voilà tout. Elle seule était responsable des jolies chimères qu'elle s'était mises en tête. Au fond, s'il l'avait bernée, humiliée, il ne l'avait pas trahie. Il avait piétiné les rêves d'une jeune femme qui croyait au prince charmant, rêves qu'il n'avait jamais partagés. La colère qu'elle avait pu ressentir s'était éteinte dès après le trépas de Rainier. L'enfançon mort-né, le chagrin secret qu'elle en conserverait avaient effacé tous regrets d'amour, toute passion rageuse d'amante blessée. Elle se débarrasserait aussi de l'amertume qui l'engloutissait par moments. Ne resterait que ce qu'Henri méritait : le mépris.

---

1. Séparation de lit et de table (de corps), admise dans certains cas par l'Église, mais qui empêchait un remariage.
2. La pratique se généralisera sans toutefois obtenir une reconnaissance officielle.

Elles démontèrent devant le perron de la demeure conjugale, une grande ferme qu'Henri avait héritée de sa mère. Adeline s'étonna du peu d'allure de la bâtisse. Elle n'aurait jamais cru que des gens de haut vécussent dans des maçonneries un peu délabrées, des huisseries en grand besoin de peinture et des volets dont les gonds se descellaient à l'étage. Le solin des trois cheminées s'effritait.

Toute à sa joie de retrouver sa maison, Gabrielle proposa :

— Je vais héler au service. Nous avons deux servantes et un homme de peine. Il conduira nos chevaux à l'écurie pour un repos bien mérité. Il les bouchonnera afin de les défaire de leur suée d'effort.

Elle tambourina contre la porte principale. La matrone remarqua que la tenture d'une des fenêtres vitrées du rez-de-chaussée frémissait. Pourtant, en cette heure entre chien et loup, aucune lueur de lampe à huile ou de chandelle ne brillait à l'intérieur.

— À la fin, que se passe-t-il ? marmonna Gabrielle, étonnée par l'absence de réaction.

Se tournant vers la mère Musard, elle ajouta :

— La demeure serait-elle désertée ? Où sont Marguerite et Sidonie ? Et Gaspard, l'homme de peine ? Sidonie n'est guère leste d'esprit, mais brave et probe travailleuse.

— J'ai perçu un mouvement.

Adeline s'époumona :

— Marguerite ou Sidonie, au service ! Ouvrez avant que nos biles ne s'échauffent. Mme d'Aurillay s'impatiente.

Un grincement de serrure, puis un des battants de la double porte s'entrouvrit, et une frêle jeune fille parut, le bonnet de guingois posé sur ses cheveux nattés. Gabrielle lui tendit sa bougette :

— Sidonie, pourquoi tardais-tu ainsi ? Te préparais-tu déjà pour le coucher ?

La servante la dévisagea et bafouilla :

— Ah ben, crénom ! Mais qu'ec… qu'ec… J'a cru qu'c'étaient deux hommes. Alors pour sûr qu'j'allions point ouvrir, rapport qu'je suis seule.

Gabrielle avait presque oublié leur déguisement, et se crut obligée de préciser :

— Mesure de prudence pour le chemin. Voici Adeline, une matrone de la capitale qui m'escorte. Et donc tu es seule ?

Sidonie hocha la tête en signe d'approbation et s'enquit :

— Et comment s'porte vot'ventre, madame ?

— Nous en discuterons demain. Nous sommes lasses et affamées. Gaspard peut-il s'occuper de nos montures qui méritent généreuse ration de foin et un peu d'avoine ?

Sidonie, interdite, la considéra et osa :

— Mais… L'est plus là. Ni Marguerite. J'suis seule j'vous dis.

Interloquée, Gabrielle ne sut que répondre. Adeline prit la relève et exigea :

— Bon, prépare-nous un en-cas de bouche. Nous… nous occuperons des chevaux durant ce temps, cela ne doit pas être trop compliqué.

Sidonie, dont la lèvre inférieure tremblait au point que la matrone redouta qu'elle ne fonde en larmes, finit par lâcher :

— Mais y'a rin à s'mettre sous la dent, j'vous dis. Y a qu'mon manger, pas grand-chose, que j'veux ben partager. Monsieur m'a permis d'rester céans tant qu'la maison a point trouvé acquéreur.

— Qu'ouïs-je ? s'exclama Gabrielle. La demeure serait en vente ?

— Oui-da. D'puis deux semaines. L'notaire de Jouy-en-Josas, qu'a rédigé l'acte, attend plus qu'un preneur.

Gabrielle eut le net sentiment que le sol se dérobait sous elle. Elle entendit le juron qu'Adeline n'avait pu retenir à temps :

— Foutre !

D'un ton qu'elle espérait posé, Mme d'Aurillay intima :

— Bien, je vais régler cette... stupéfiante énigme. Il s'agit d'une mécompréhension, à l'évidence. Entrons.

Une bien mauvaise surprise, une autre, les attendait. Le hall de réception, qui n'avait jamais été luxueux, était vidé de ses meubles et rares dorsaux fatigués. À l'instar de la salle de réception, de celle d'études et, ainsi qu'elles le découvrirent un peu plus tard, de toutes les chambres de l'étage, dont seuls les lits avaient été épargnés par un complet déménagement.

Interrogée, Sidonie relata, un brin admirative, que messire d'Aurillay avait ordonné la vente des meubles dont « ils n'auraient plus besoin puisqu'ils allaient demeurer à Paris, dans un somptueux hôtel particulier de la rue de Seine qu'il avait offert à son aimée pour la venue de l'hoir ». Les deux chevaux que Gabrielle avait toujours connus avaient été cédés, « pour une bouchée de pain », précisa la jeune servante.

N'en pouvant plus de feindre, de garder son impeccable maintien, Gabrielle feula :

— Le scélérat, l'ignoble coquin, le... le...

— La chiure de rat, proposa Adeline.

Le regard affolé de Sidonie passait de l'une à l'autre. Adeline la rassura :

— Je t'expliquerai. Tente de nous trouver quelque chose à manger sans rogner sur ta part. Que faisons-nous, madame ? demanda-t-elle alors à Gabrielle.

— Pour l'heure, nous dessellons les chevaux qui ont bien mérité leur repos, leur picotin[1] et leur foin. Le labeur devrait apaiser mon fiel. J'aviserai ensuite.

De fait, Gabrielle se concentra sur les bouchons[2] dont elle frottait les flancs de Bellâtre, sur l'eau qui dégoulinait de ses muscles puissants. Elle le flatta longuement, lui adressant moult compliments. Adeline imitait ses gestes pour le plaisir de Crépuscule.

— Vous semblez à votre aise ? commenta-t-elle, plus pour rompre le silence épais que par envie de conversation.

Il s'agissait d'un vilain silence, de ceux qui précèdent ou suivent une dévastatrice tempête, la vieille femme le sentait, pas de cette quiétude, complice et paisible, qui avait émaillé leur périple.

— Je l'ai vu faire tant de fois lorsque j'étais enfante et mon père de ce monde. Je...

— Oui ? l'encouragea la matrone.

Elle le savait : il n'est pire poison que celui qu'on ne peut recracher.

— Je... Il va me falloir tenter de maîtriser l'ire qui bout en moi à m'étourdir.

Après une dernière caresse à sa monture, occupée à se rassasier, elle sortit de l'écurie, imitée par la mère Musard

---

1. Petite mesure pour servir l'avoine aux chevaux.
2. Sorte de tresses de paille avec lesquelles on nettoyait la robe des chevaux.

La jeune femme inspira bouche entrouverte l'air tiède et parfumé de la nuit et se laissa aller contre la haute porte de l'écurie. Elle contempla le ciel semé d'étoiles brillantes et déclara d'une voix si sèche qu'Adeline s'alarma.

— Fi des atténuations ! Henri a tout vendu, ou presque, sans jamais m'en avertir, sans doute pour gagner un peu de temps auprès de ses créanciers et continuer de mener divertissante vie. Je ne sais s'il en avait déjà idée lorsqu'il m'a convaincue de le suivre en la capitale, pour mon confort et celui de mon enfant, affirmait-il... qu'elle est plaisante, celle-là ! Et que prévoyait-il, une fois notre maison vendue, alors même qu'il a brûlé ses vaisseaux[1] auprès de Charles de Solvagnat et de maître Pierre Lentourneau ? Me charmer afin que j'accepte de survivre dans un minable logement, environnée des odeurs de pourriture de la ville, sans serviteurs ? Y condamner notre enfant aussi ? Ah, quelle... quelle immondice, ne me vient aucun autre terme.

Son regard abandonna les étoiles et se fixa sur Adeline. Elle rectifia :

— Pardonnez cet... écart de langue.

— Non pas, en pareil cas vous m'auriez entendue de grande gueule, à vous en faire rougir les oreilles, tenta de plaisanter la matrone. Qu'allons-nous devenir, si la maison est vendue ? Paris, cette épidémie, ces émeutes, la faim...

— Gagner du temps, quoi d'autre ? Ainsi, nous pourrons mieux aviser[2] de notre futur.

— La manière d'y parvenir ?

---

[1]. En référence au débarquement d'Agathocle de Syracuse, vers IIIᵉ siècle avant Jésus-Christ. Lors de son arrivée en Afrique, il fit brûler tous ses navires, pour interdire une fuite de ses troupes qui devaient donc vaincre ou mourir.

[2]. Dans le sens de « imaginer », « trouver un moyen ».

Gabrielle serra les lèvres puis murmura :

— Après tout, je suis grosse. Nul n'aurait l'indécence et le peu de cœur de laisser à la rue une femme en attente d'enfant.

La surprise d'Adeline fut telle qu'elle ne songea même pas à rétorquer que cette mansuétude s'appliquait surtout aux donzelles de haut. La jeune femme poursuivit :

— Grâce à ce travestissement qui me fait paraître plus en chair, gageons que Sidonie ne s'est aperçue de rien. Un rembourrage, un coute feront l'affaire, une fois enfilés mes vêtements de femme. J'irai ainsi me lamenter auprès du notaire de Jouy-en-Josas et lui révélerai les vices d'Henri.

— En êtes-vous tout à fait certaine ? N'agissez pas sur une aigreur de bile, je vous en conjure.

Gabrielle tapa du pied de colère et siffla :

— Eh quoi ? Devrais-je encore me taire, avaler les humiliations lors que mon époux n'a pas hésité à me bouter hors de chez moi pour lutiner ses puterelles ! M'entendez ! cria-t-elle. Il est donc revenu céans, en dissimulation tel le lâche qu'il est, pour vider notre... ma maison de ses meubles, dont ceux qui m'appartenaient, et la mettre en vente. Pendant l'accomplissement de ce... forfait, je me morfondais à Paris, seule l'attendant en brodant ! À la fin, n'y a-t-il pas la matière à stupéfaction[1] ?

Adeline marqua une pause avant de rectifier :

— Si m'en croyez, y a... il y a surtout matière à rudes coups de pied au cul ! Hormis le regret que tant se per

---

1. De *stupefactio* (engourdissement du corps). Au figuré, les termes tels que « stupéfié », « sidéré », etc. ont beaucoup perdu de leur force aujourd'hui.

dent, me vient une autre ruse, certes d'une rare perfidie, mais qui pourrait se révéler d'intérêt. Je ne sais... si j'ose...

— Osez, de grâce !

— Dame de haut, un douaire est à vous revenir au décès de votre époux, surtout si vous êtes grosse de ses œuvres.

— Henri n'avait pas le sou. Au demeurant, en cas contraire, il aurait dilapidé jusqu'au dernier fretin.

— La maison lui appartenait. À défaut de fortune, vous conserverez un toit.

— Néanmoins, rien n'indique qu'il soit trépassé, argumenta Gabrielle, étonnée par sa propre réaction.

L'évocation de la mort de celui qu'elle avait cru son éternel amour ne la faisait pas ciller. Elle la considérait à la manière d'une information qui ne la concernait qu'indirectement. L'enfant mort-né avait emporté avec lui les rêves de jeune fille de sa mère. Elle doutait de jamais les regretter.

Adeline reprit :

— De juste. Rien n'indique non plus qu'il soit vif. Tous, en ce village, ont eu vent de l'épidémie qui ravage la cité, l'invraisemblable désordre qui s'y propage, les morts ensevelis à la va-vite sans que l'on se préoccupe de leurs noms. Fort heureusement, dans la confusion après les révélations de Sidonie, nous n'avons pas évoqué le paltoquet.

— Certes, mais si Henri reparaît céans ?

— Eh bien, vous aurez été abusée par une fausse nouvelle. Quant à lui, la menace de la narration de ses exploits à son bon oncle très fortuné devrait tempérer ses exigences.

D'un ton de compliment, Gabrielle souligna :

— Je ne vous savais pas si judicieusement retorse, ma bonne.

— Est-ce ainsi que l'on nomme une vieillarde qui s'est efforcée de survivre en ajoutant peu de foi aux déclarations de compassion de ceux qui n'auraient pas levé le petit doigt pour lui venir en aide ?

— Dieu vous aurait-il placée sur mon chemin ? sourit Gabrielle.

— Je vous retourne la question, à l'identique.

— Hum… Nous nous rendrons dès le demain chez ce notaire. Vous serez, pour la circonstance, ma bien-aimée nourrice. De quoi conforter ma qualité auprès du bonhomme.

— J'ai assez mis au monde d'enfançons pour pouvoir jouer les nourrices avec conviction, pouffa la mère Musard.

Elles se dirigèrent vers la maison, et Adeline se fit la réflexion qu'il y avait bien longtemps qu'elle ne s'était pas sentie… comment dire, pas sentie autant en vie. Peut-être parce qu'elle avait failli trépasser, ou parce que l'adversité était bien plus aisée à prendre à bras-le-corps lorsqu'on était deux pour y faire face. Et puis sa vie, toute sa vie depuis l'enfance, avait été d'un triste ennui, faite de petits moments sans charme, d'obligations, de devoirs, de servitudes. Aussi, l'aventure l'amusait-elle assez, même si elle ne l'avait pas sollicitée.

XXXVII

hacune dans leur chambre, Gabrielle et Adeline avaient fort mal dormi. Seule Sidonie avait ronfloté de félicité, toute à ses espoirs. La nouvelle du trépas de messire d'Aurillay lui avait tiré quelques larmes de circonstance, guère plus. Elle avait rencontré le mois dernier un gentil gars du bourg qui lui avait manifesté de l'intérêt. Enfin, ce qu'elle avait interprété comme une forme d'intérêt. Sidonie n'était guère gironde avec son torse creux, son museau effilé de souris et ses seins aussi plats que des limandes. De plus, à l'instar d'une musaraigne, elle était courte de vue et s'acharnait à le dissimuler afin de ne pas être congédiée ou pis, jugée infirme[1]. Aussi les mamours lui avaient-ils manqué. À presque dix-huit ans, elle se voyait déjà finir fille, un destin qui la terrorisait. Un destin injuste, de surcroît. Certes, elle n'avait pas inventé le fil à couper le beurre et en était consciente, mais elle était appliquée, travailleuse, probe et pieuse. Elle se savait le talent de devenir une bonne épouse et une mère aimante. Aussi, les quelques marques de gentillesse que lui avait destinées

---

[1] Les défauts de vision étaient, eux aussi, un peu suspects, sauf ceux dus à l'âge.

Jacques le Jeune, dont le père Grand-Jacques était fermier, lui avaient-elles tourneboulé l'esprit. Pour la première fois depuis le départ de Marguerite et de Gaspard, elle avait été heureuse de la solitude de la grande maison. Ainsi avait-elle pu ressasser durant des jours ce que lui avait dit Jacques le Jeune, pas grand-chose en vérité. Elle avait eu tout loisir de broder sur ce que, peut-être, il avait retenu. Les garçons sont souvent pris d'une étrange timidité, d'une patauderie soudaine, lorsqu'ils se retrouvent seuls avec une représentante de la douce gent. Rêvassant le ventre appuyé à la pâtissoire[2], elle avait repassé en mémoire un bon millier de fois leur rencontre, alors qu'elle allait chercher de la farine au village. Il l'avait regardée avec une certaine insistance. Les yeux baissés, elle lui avait répondu par un sourire de bon aloi. Il avait lancé : « Le bonjour, Sidonie. » À quoi elle avait renchéri par « Et à toi aussi, Jacques.

— Ça fait longtemps qu'on t'avait point vue.

— Gaspard nous déchargeait de l'approvisionnement en vivres.

— Hum...

— Euh, ta famille se porte-t-elle bien ?

— Oui-da, la tienne aussi, j'espère.

— Si fait.

— Bon, ben au plaisir de t'revoir Sidonie, hein ? » Après quoi, il avait tourné les talons, la laissant émue. Certes, pas d'allusions à retourner en tous sens afin de leur faire dire ce que la jeune fille souhaitait tant entendre, mais il avait quand même insisté sur le plaisir qu'il aurait de la revoir. Une insinuation qui devait bien signifier quelque chose.

---

1. De *pattes*, à l'origine jeune chien à grosses pattes d'allure maladroite.
2. Table sur laquelle on faisait la pâtisserie.

Dès l'aube, la jeune fille avait filé vers le potager qui la nourrissait en grande part depuis le départ des maîtres. Elle avait affronté le mécontentement du coq qui ne l'aimait guère et réussi à ramasser quelques œufs dans le poulailler en se méfiant du belliqueux volatile. Sa soupe aux feuilles[1] et au pain, liée d'œufs battus en omelette, n'avait pas grande allure. Toutefois, elle était goûteuse et apaiserait les estomacs.

Elles avaient soupé à la grande table de la cuisine, seule pièce qui avait échappé à la rapacité d'Henri, sans doute parce qu'il n'avait pas trouvé preneur pour des ustensiles vieux de deux générations. En dépit de ses efforts de modération, l'aigreur ne quittait plus Gabrielle.

Sidonie les avait ensuite aidées à atteler la carriole qu'utilisait Gaspard pour ramener les fonds d'office[2] ou un demi-cochon après une tuerie de village. Gabrielle s'était efforcée de paraître sous son meilleur jour, un exercice ardu étant entendu la médiocrité de son trousseau de dame. Cependant, elle était belle – la pâleur due à sa convalescence ajoutant de la grâce à ses traits –, de magnifique maintien, et les représentants de la forte gent s'y montraient très sensibles.

---

[1]. À cette époque, tous les légumes aériens.

[2]. Tout aliment que l'on conservait en grande quantité parce que non périssable, comme la farine ou le sel.

XXXVIII

26 août 1348, Jouy-en-Josas

lles pénétrèrent dans l'étude du notaire dès après tierce*. Deux personnes étaient occupées à tracer les actes. Adeline jeta un regard discret autour d'elle, se demandant pourquoi toutes les études avaient adopté la même tristesse. La vétusté se lisait dans chaque détail, depuis les bibliothèques lourdes de registres aux couvertures râpées ou élimées, jusqu'aux tables de travail, petites, de vilain bois, en passant par l'odeur de poussière et de renfermé qui flottait. Était-ce un moyen d'asseoir le sérieux de cette charge, une réprobation pour l'ostentation ? Un clerc d'un certain âge, aussi gris qu'une mite de farine, se leva en rectifiant les sur-manches de toile qui protégeaient ses vêtements des taches d'encre. Il les salua, un air interrogateur peint sur le visage.

— Madame Gabrielle d'Aurillay. Je souhaite m'entretenir avec maître Benoît Fomontel, notaire.

— Vous attend-il, madame ?

— Non pas. Cependant, il a commerce[1] avec mon époux, Henri d'Aurillay.

---

1. Au sens d'« échanges de toute nature, même intellectuelle ».

— C'est que… Maître Fomontel est fort occupé.

— Je n'en doutais pas.

Elle posa la main sur son ventre plus rebondi du coute qu'il ne l'avait jamais été de Rainier, et déclara d'un ton paisible et ferme :

— Je suis avec enfant.

— Oh ! Patientez, de grâce, et assoyez-vous, madame d'Aurillay.

L'attente ne dura que quelques instants et le clerc reparut, l'invitant à pénétrer dans la salle de travail du notaire. Feignant de ne pas intercepter le regard désapprobateur de l'homme grisâtre, elle entraîna « sa nourrice » à sa suite.

Maître Benoît Fomontel se leva à leur entrée et jeta, lui aussi, un regard critique à Adeline. Il était aussi jaunâtre de peau que son clerc était gris et d'une maigreur déplaisante, en dépit d'un petit nez écrasé de goret. De rares cheveux, semblables à des crins, s'échappaient de son bonnet de feutre.

— Le bonjour, maître. Ma nourrice m'accompagne partout de crainte que je ne défaille sous cette chaleur.

À cette mention, le notaire, qui s'imaginait bien mal réagir à une pâmoison de dame enceinte, se radoucit et accueillit Adeline d'un petit salut. Il pressa Gabrielle :

— Assoyez-vous, de grâce. Un gobelet rafraîchissant, peut-être ?

— Non pas, le merci. J'ai… appris que mon époux vous avait confié la vente de notre demeure conjugale.

— De juste. Il ressort des actes, dont le contrat établi votre mariage, qu'elle lui appartient en propre. De ce que m'a révélé messire d'Aurillay, il souhaitait votre commune installation en la capitale où il mène affaires.

— Vous n'ignorez rien du mal qui s'y répand, expliquant qu'Adeline et moi ayons quitté la cité à... l'avant-hier, se reprit-elle de justesse, puisqu'il aurait fallu deux jours de chariot pour rejoindre Les Loges-en-Josas.

— Certes, certes, une malédiction, m'a-t-on confié Cependant, si cette prudence vous honore dans votre état, je... j'ai été mandaté par votre époux pour mener cette vente à bien.

— Monsieur, je n'ai nul endroit où loger, donner le jour à notre enfant, et ne puis retourner à Paris, insista la jeune femme.

Elle vit le notaire se renfrogner. Il camperait sur ses positions, elle n'en doutait plus. Elle repoussa la vague d'inquiétude qu'elle sentait monter en elle. Un petit miracle s'opéra. Le courroux. Eh quoi ? Cet homme sec et jaune, la croyant avec enfant, n'hésitait pas à la jeter dehors et sans le sou. Elle ne sut au juste quelles pensées s'enchevêtrèrent alors dans son esprit. Maître Fomontel aurait tout autant jeté l'enfançon Rainier à la rue, s'il avait survécu à la fièvre de sa mère. Des larmes de rage dévalèrent des paupières de Gabrielle. Madrée Adeline s'engouffra dans la brèche et s'accroupit pour le prendre dans ses bras, interprétant à merveille son rôle d'ancienne nourrice.

— Ma petite... Madame... De grâce... pensez l'enfant... cet affreux chagrin...

Elle leva son visage empreint d'une fausse tristesse vers le notaire, figé d'embarras, et expliqua d'un ton douloureux :

— Monsieur est... Enfin, messire d'Aurillay est défunt... cette épouvantable fièvre...

L'homme maigre se signa et souffla :
— Dieu du ciel, mais que ne me l'a-t-elle dit ?

— C'est qu'à chaque mention de cette épouvante, les sanglots la suffoquent.

Soudain inquiet pour sa personne, le notaire se raidit sur sa chaise et recula le torse en s'enquérant :

— Et... l'avez-vous veillé ? Vous sentez-vous en belle forme ?

— Oui-da, par la grâce de Dieu, affirma la matrone.

Un peu rasséréné, l'homme de droit demanda :

— Auriez-vous un certificat d'Église attestant de son trépas, ou quelque témoin de son dernier souffle ?

— Hormis moi, aux côtés de ma dame durant cette épreuve, non. Nous l'avons veillé jusqu'à son denier soupir... Un peu à l'écart, toutefois. Maître, si je puis... une telle confusion règne en la ville ! Les gens d'armes ont ordre d'emporter au plus preste les dépouilles. Ainsi, j'ai couru dans tout Paris afin de connaître le lieu d'inhumation de monsieur. En vain.

— Ces fosses que...

Adeline lui intima le silence d'un froncement des sourcils. Il opina de la tête, soudain effleuré par une fugace compassion pour la jeune veuve. Ah, Dieu du ciel, mort et jeté tel un animal dans une fosse, sans doute parmi des gens de peu qu'il aurait répugné à côtoyer vif. Quel effroi ! songea le notaire.

— Toutefois, reprit-il, jugez de mon encombre. Je ne suis pas mauvais homme, mais le défaut de preuve d'un décès ne permet pas de...

Gabrielle, qui n'avait rien perdu de l'échange, intervint d'un ton doux mais ferme en essuyant d'un doigt fin les larmes :

— Monsieur, vous ne pouvez me priver d'un douaire ors que je suis grosse. Songez à votre réputation. Celle le vil coquin sans âme n'est guère souhaitable à homme le votre charge, d'autant que je vous sens de probité et l'honneur. De surcroît, vous commettriez un abus de loi ort préjudiciable. Ma mère, Louise de Dessyze, est parente de la reine Jeanne. Vous le vérifierez sur mon contrat de mariage.

— Mais... euh... Madame... je...

Les larmes de la jeune femme redoublèrent, et elle s'étonna. Fichtre, avait-elle des talents de bonimenteuse de foire ?

— Monsieur, ces scènes d'effroi sont gravées à jamais dans ma mémoire. La forte fièvre des dernières heures, les suées profuses, les dégorgements, les râles d'agonisant de mon époux. Il venait tout juste de passer quand les gens d'armes ont exigé sa dépouille. J'ai tenté de m'y opposer et me suis fait rabrouer[1]. Il me fallait penser avant tout à mon enfant à naître. Ah, monsieur, les gens périssent par milliers ! L'enfer, sans exagération.

Empêtré dans des arguments contraires, Benoît Fomontel hésitait. La loi d'un côté, de l'autre une dame de haut, grosse, qui s'affirmait veuve et partageait parentèle avec la reine Jeanne. Que faire, mais que faire ? Après un long soupir sifflant, il suggéra :

— Ne me reste qu'une solution, une seule, madame d'Aurillay. Par acte signé de votre main, acceptez-vous d'attester sur l'honneur que vous déclarâtes céans votre époux défunt de fièvre en Paris ? Cela me permettra de retirer votre demeure de la vente, de vous en laisser jouissance en douaire temporaire, jusqu'à... jusqu'à... plus ample développement.

— Dieu vous garde, monsieur. J'accepte, bien sûr d'attester de cette vérité sur l'honneur.

---

1. Le terme avait une connotation beaucoup plus physique qu'aujourd'hui.

Brimbalées[1] par les cahots de la carriole que Gabrielle menait en s'efforçant de ne commettre aucune bévue de rênes propice à lancer Crépuscule au trot, elles se taisaient.

Soudain, Adeline s'exclama :

— Ah ben ça ! Heureusement que je m'y trouvais, sans quoi, j'l... je ne l'aurais point cru. J'avoue, il m'est arrivé de raconter menteries plus grosses que moi, mais je salue bien bas votre faconde, madame Gabrielle !

La jeune femme lui jeta un rapide regard et soudain, un fou rire la plia, aussitôt suivi par celui de la matrone.

Entre deux hoquets joyeux, Mme d'Aurillay parvint à articuler :

— Moi qui croyais que si l'on se parjurait sur l'honneur, les foudres divines s'abattaient sur vous ! Eh bien non, et je puis tromper avec autant d'aisance qu'Henri ! À gredin, gredine et demie, et il ne récupérera pas cette demeure, quand bien même elle lui appartient. Et puis, il me déplaisait tout à fait, ce notaire, avec son teint de bile et son odeur de moisi. Quant à vous, chère Adeline, vous êtes précieuse comparse, et m'avez donné la réplique avec fougue et habileté. Nous voilà sauves pour un temps, preuve que les escobarderies, utilisées à bon escient, ont du bon !

Elles pouffaient encore par intermittence lorsqu'elles obliquèrent dans le chemin creux.

Sidonie fut réconfortée d'apprendre que la maison revenait en usufruit à Mme veuve d'Aurillay, à charge pour elle de la restituer à son hoir mâle à sa majorité[2].

---

1. De *brimbaler* : secouer par un branle continue. A donné « bringuebaler ».
2. Quatorze ans pour les garçons, douze pour les filles.

La jeune servante n'avait guère où aller, et imaginait le vif déplaisir de ses parents si elle se montrait. Une bouche de plus à nourrir, de quoi leur gâter l'humeur. De plus, ce retour au bercail[1] l'éloignerait de Jacques le Jeune, auquel elle ne cessait de penser. Madame avait eu l'honnêteté de l'avertir qu'elle ne pourrait lui régler ses gages avant quelques mois, mais se ferait fort de les lui remettre plus tard, généreusement arrondis. Bah ! la jeune servante avait gîte et couvert, le principal. Adeline n'avait pas les deux pieds dans le même sabot et savait, à l'évidence, tenir une maison. Elle l'aiderait donc. Quant à madame, Sidonie avait été stupéfiée par son changement depuis sa résidence en la capitale. Elle menait carriole, aidait à ramasser fruits et légumes et ne rechignait pas à pétrir le pain, un sourire aux lèvres.

---

1. À l'origine, étable pour les moutons.

XXXIX

26-27 août 1348, Les Loges-en-Josas

Menées par Gabrielle qui se découvrait une énergie insoupçonnée depuis que la crainte de se retrouver sans toit s'était éloignée, les trois femmes avaient tenté de rendre un semblant de confort à la grande demeure. Elles avaient descendu des combles des meubles bancals, presque des rebuts, avaient retrouvé des draps élimés, des couvertures râpeuses. Adeline avait adressé par moments des regards de mise en garde à la jeune femme qui en faisait trop pour une dame proche de son terme. Lors de leurs moments de confidence, la matrone avait été soulagée que Gabrielle n'évoque plus l'enfant mort-né, au risque de l'imaginer avec trop de dévastatrices précisions, de lui donner une vie qui lui avait été refusée. Cependant, elle ne se leurrait pas, la blessure mettrait du temps à cicatriser, si tant était qu'elle se refermât jamais tout à fait. La finesse de la mère Musard lui avait fait sentir que Gabrielle ne pouvait accepter les choses de la même manière qu'elle. Adeline avait accompagné tant de tristesses, tant de décès de petits, les siens, ceux des autres, qu'elle avait fait le choix de ne retenir que les éclats de lumière, les rares instants de bonheur de sa longue vie. Elle s'efforçait d'effacer de sa mémoire tous ces masques de femmes mortes d'avoir donné la vie. Un oubli de piètre résultat puisque lui revenait le souvenir de lèvres blêmes, de paupières closes, de mains crispées sur des draps rougis. Lorsque Gabrielle soudain silencieuse, entre sourire et larmes, semblait s'absenter, son esprit vagabonder, elle la savait avec un enfançon qu'elle n'avait jamais eu le privilège de tenir entre ses bras.

Au soir, épuisées par ce remue-ménage, elles avaient dévoré une poule en pot qu'Adeline avait réussi à soustraire à la vigilance du coq qui protégeait ses femelles avec vigueur et agressivité. Elle prévoyait de servir le bouillon gras le lendemain, au souper du matin. Il avait été décidé qu'Adeline et la jeune servante iraient ensuite au village dépenser leurs derniers deniers en vivres.

Gabrielle termina son gobelet de piquette. Le vin léger mais aigrelet, réservé aux domestiques, avait échappé aux griffes d'Henri. En revanche, des dires de Sidonie, il avait revendu leurs nectars aux quelques notables et gros fermiers du coin. Elles joignirent leurs efforts afin de ranger la cuisine. Gabrielle n'avait pas envie de dormir seule. La solitude devenait hostile, ennemie tant elle la ramenait à Rainier, à Henri, à sa presque mort de la fièvre, à l'aigreur de sa mère et puis, encore et toujours, à Rainier. Au fond, elle se reprochait son manque de générosité envers Louise, sa mère. La meurtrière déchirure de la mort de l'enfant aurait dû rapprocher mère et fille, encourager Gabrielle à lui pardonner sa sécheresse de cœur envers elle. L'inverse s'était produit. Parce que son âme saignait et se recroquevillait de chagrin, la jeune femme savait que si Dieu lui offrait à nouveau un jour un enfant, elle ne l'en aimerait que davantage. Elle le ou la chérirait aussi pour l'amour de Rainier. Jamais elle n'aurait la méchante sottise de lui en vouloir d'être vif alors que le fils avait péri. Non, elle ne voulait pas d'une autre nuit à se retourner dans un lit, à s'interroger sur l'enchaînement de sa jeune vie, à se ronger en cherchant ses fautes, ses manquements.

— Adeline, ne serait-il pas préférable que nous partagions la même chambre ? Sidonie pourrait investir la mienne, qui est plus fraîche.

La matrone comprit aussitôt.

— Volontiers, madame Gabrielle, je n'osais vous le proposer. Après ces scènes d'effroi, le décès de messire Henri et... le reste, j'ai fort mal dormi la nuit dernière, en dépit de l'épuisement du périple. Une autre présence m'apaisera.

— Au semblable.

Alors qu'elles suivaient le long couloir de l'étage jusqu'à la chambre à deux lits qu'avaient occupée Marguerite et Sidonie, Adeline, comme si elle avait lu dans les pensées de Mme d'Aurillay, murmura :

— Vous n'êtes coupable de rien, m'entendez ? De rien. On ne saurait être coupable de malchance ou de candeur amoureuse.

Elles s'endormirent peu après, aidées en cela par la rigueur des travaux domestiques de la journée.

Hugues ouvrait la porte d'une vaste écurie de brique. Il tenait par la main une fillette blonde et lui déclarait en riant :

— Allons ma mie, choisissons votre cheval.

— Une jument ?

— Non pas, elles ont souvent le sang trop vif. Un hongre philosophe me semble approprié.

— Philosophe ?

— Si fait. Un hongre qui regarde les vaches avec amitié, qui mange les feuilles de branches basses sans les arracher, qui promène un merle en croupe et répond au salut des colombes.

— Ce hongre existe-t-il, monsieur ?

— Bien sûr, et il se nomme Philémon[1].

Le battant de la porte s'écartait dans un grincement. Un grincement très proche. Arrachée à son rêve, Gabrielle ouvrit les yeux. Son cœur s'affolait, pressentant avant elle qu'un événement anormal se déroulait.

Un autre craquement dans le couloir ou la chambre qu'occupait Sidonie, mitoyenne de la leur. Elle se leva sans bruit et s'approcha d'Adeline, la réveillant de petites secousses. La matrone se redressa et découvrit Gabrielle, un doigt posé sur la bouche pour lui intimer silence.

D'un geste, elle désigna le mur puis, elle se dirigea vers le guéridon au pied grêlé de trous de vers qu'elles avaient redescendu du grenier. Elle récupéra sa dague de voyage, bien plus maniable et légère que l'épée achetée par la mère Musard.

Une série de bruits sourds, irréguliers, provenaient de la chambre.

— Un cauchemar ? suggéra Adeline dans un souffle.

Gabrielle hocha la tête en signe de dénégation et se précipita. La matrone tenta en vain de la retenir.

La porte de la chambre de Sidonie était entrouverte. Mme d'Aurillay s'avança à pas de loup, et la scène qu'elle découvrit fit se hérisser ses cheveux sur sa nuque. Dans la faible clarté lunaire qui filtrait par les peaux

---

1. En grec : amical, affectueux.

huilées tendues devant les fenêtres de l'étage, elle devina une forme massive penchée au-dessus du lit.

Elle poussa la porte du pied et cria :

— Qui va là ?

La forme se redressa. Un homme, très grand, lourd, au crâne chauve. Il sembla hésiter une seconde et se précipita vers elle, mains tendues, prêtes à la saisir. Elle hurla et brandit la dague. Il fut sur elle et la poussa avec violence contre le mur. Elle sentit les mains larges comme des battoirs remonter vers sa gorge. Gabrielle frappa au jugé. Un hurlement masculin, puis la pression autour de son cou se relâcha. Armée d'une escame[1], Adeline fonça sur le vaurien assassin. Gabrielle tenta de l'atteindre à nouveau de sa lame, serrant le pommeau dans sa main gluante de sang. Adeline asséna son arme improvisée et la leva à nouveau. Un gémissement. L'homme tourna les talons et s'enfuit, dévalant l'escalier.

La matrone courut vers la fenêtre et releva la peau huilée. Une silhouette s'éloignait à vive allure dans l'obscurité.

— Allez-vous bien, madame ?

— Je... je le pense. Il a tenté de... m'étrangler. Ah, Dieu tout-puissant !

Elle fonça vers le lit, ses pieds nus glissant dans le sang. Sidonie gisait, les yeux grands ouverts, défunte. De hideuses marques rouges encerclaient son cou.

Adeline ralluma les esconces à l'aide de la veilleuse de nuit. Les quelques nippes de la très jeune fille, celles qu'elle avait transportées de la grande chambre quelques heures auparavant, jonchaient le sol.

Gabrielle détailla la pauvre dépouille. Son chainse n'avait pas été remonté sur ses cuisses. Les draps étaient à peine en désordre. Sans doute dormait-elle lors de

---

1. Tabouret bas, en général à trois pieds, le plus souvent de forme triangulaire.

l'attaque sournoise. Mais pourquoi ? Par qui ? Enfin, cela n'avait aucun sens ! Sidonie ne possédait rien, hormis son honneur de jeune fille. Or à l'évidence, sa virginité n'intéressait pas l'odieux meurtrier. Une vengeance ? Mais qui Sidonie aurait-elle pu blesser ou offenser ? Adeline s'approcha et ferma les yeux de la petite morte.

Elles se signèrent en silence.

D'une voix d'outre-tombe, la matrone déclara :

— Nous aviserons au demain. Dans quelques heures. Je descends fermer les portes à double tour et basculer les traverses des volets du rez-de-chaussée. Je remonterai un grand coutelas de la cuisine.

Inquiète, Gabrielle s'enquit :

— Ah ça, vous ne pensez pas qu'il pourrait revenir, après son crime infâme ? Enfin...

— Bien sûr que si, puisqu'il n'a pas trouvé ce qu'il cherchait.

— Ce qu'il cherchait ?

— Hum... vous, sans doute. Vous avez dormi dans cette chambre à l'hier, et je gagerais qu'il épiait déjà nos habitudes afin de pouvoir frapper en toute connaissance des lieux.

— Je n'ai jamais rencontré cet homme, je l'aurais reconnu au cas contraire.

— Eh bien, à l'évidence, il n'en va pas de même pour lui. Je doute que nous nous rendormions. Discutons, voulez-vous ? Il ne s'agit pas d'un assassinat perpétré par un privé de jugement, ni par un échauffé de sens, ni même par un voleur. Aussi, efforçons-nous de trouver le motif qui le pousse.

— Suggérez-vous qu'il s'est faufilé à la nuit afin de m'occire ? s'alarma la jeune femme. Enfin, j'insiste, cela n'a aucun sens. En vérité, je ne l'ai jamais croisé. Il frappe le regard. Je ne l'aurais pas oublié. Au demeurant, pourquoi me voudrait-il du mal ?

— Je ne sais, madame Gabrielle. Quel embrouillement, quelle confusion ! Pauvre Sidonie.

Gabrielle recouvrit le visage de la jeune servante du drap. Un chagrin diffus, presque lointain l'habitait. Elle s'étonna de ne pas verser de pleurs. Avaient-ils tous tari ? Ou alors ses larmes savaient-elles déjà que le pire restait à venir et qu'elles redoubleraient ?

Elle soupira et déclara :

— Petite innocente. J'irai quérir le secrétaire du bailli dès l'aube. Que se passe-t-il, à la fin ? J'en viendrais à croire qu'une sorte de tempête démoniaque balaie tout sur son passage.

— J'irai, avec votre permission. Vous oubliez votre grossesse. Vous ne pouvez ainsi chevaucher par la campagne.

— Le merci, ma bonne. Venez, descendons et prions pour le repos de sa gente âme. Ensuite, vous avez belle raison, il nous faut réfléchir, démêler cette meurtrière devinette.

Jacques le Jeune ne devait jamais apprendre combien ses quelques mots de simple courtoisie avaient illuminé les dernières semaines d'une jeune fille triste, délaissée par tous et qui désespérait de connaître le frisson du véritable amour. Jacques ne sut jamais qu'il le lui avait offert, bien involontairement, lorsqu'il épousa, quelques mois plus tard, sa ravissante promise, au regard joyeux et aux longs cheveux ondulés.

XL

5 septembre 1348, non loin de Chartres

isèle ramassa les runes éparses au sol. Elle allongea les jambes. Ses genoux protestèrent en craquant. L'étrange obstination des galets l'inquiétait après l'avoir surprise. Quelque heure, quelque jour qu'elle les mélangeât afin de les faire rouler, les mêmes symboles apparaissaient. La mort rôdait, sans hâte, hésitante. Des chevaux étaient lancés à franc étrier. Des fuites, des tromperies et des mensonges s'enchaînaient. Les anges pleuraient, boutés hors le cercle béni. Toutefois, ils se réfugiaient non loin, attendant l'accalmie qui leur permettrait de revenir d'où ils n'auraient jamais dû partir. Une chimère naissait des cendres d'un passé menteur, brandissait un glaive qu'elle ignorait posséder. Ainsi était-il écrit, puisque des ombres malfaisantes et impitoyables se rapprochaient. Le diable ou ses suppôts. Une femme pâle et triste allait trépasser, sans que nul ne la pleure. Une autre vie venait d'être mouchée telle une chandelle.

Parfois, une autre rune apportait une précision, plus versatile. Un chaudron bouillonnait et se déversait, maculant la terre de sang. Une horde sauvage déferlait. L'océan engloutissait un fier navire.

La vieille Égyptienne ramassa les galets. Elle n'était pas dupe et connaissait assez les runes pour s'en méfier. Elles recelaient parfois de mystérieux messages, confus afin d'en emmêler la signification. De qui étaient-elles l'intermédiaire ? Gisèle voulait croire qu'elles formaient une sorte de pont fragile, intangible, avec Dieu, un pont enjambant une tumultueuse rivière. Cependant, elle n'aurait pour rien au monde tenté le diable en cherchant à percer des arcanes qui ne lui étaient pas destinés. Elle s'aida de son bâton pour se relever et grimaça de douleur. Elle était si vieille ! Si vieille qu'elle avait oublié son âge exact. Si vieille que la perspective de sa mort ne l'effrayait plus, mais l'amusait presque.

Elle s'approcha du petit âtre de la maisonnette où elle avait trouvé refuge. Le logement de Basile, l'un des siens qui sillonnait le royaume pour louer ses bras ci ou là. Il avait rejoint le Sud pour les vendanges[1].

Elle se reposait en ramassant des simples, en préparant des poudres de remèdes ainsi que d'autres, bien moins avouables et qui lui vaudraient le bûcher si on les découvrait.

Néanmoins des créatures démoniaques se congratulaient, se confortaient. Elles se mettraient bientôt en marche. Des créatures démoniaques qui ressemblaient à s'y méprendre à des hommes. Au demeurant, Gisèle n'en avait jamais rencontré d'autre sorte.

(À suivre)

---

1. Les gens du voyage étaient le plus souvent employés de façon saisonnière ou ponctuelle dans les châteaux.

Postface

L'épidémie du XIVe siècle a décimé environ la moitié de l'Europe. Quelle était la nature exacte de ce « fléau de Dieu » ? Les experts de cette pandémie ne sont pas d'accord et les « sangs s'échauffent » parfois entre les deux clans, les deux théories[1] : une véritable peste due à *Yersinia pestis*, ou une autre maladie et/ou un ensemble de maladies dont la peste.

Précisons aussitôt que mon intérêt pour la Grande Peste (encore appelée « peste noire » ou « mort noire ») du XIVe siècle remonte à 1987, lorsque j'ai passé un certificat de bactériologie à l'Institut Pasteur (Paris), affectueusement baptisé par les pasteuriens « le laminoir ». D'abord parce que la masse de données à ingurgiter et mémoriser en quelques mois pour réussir l'examen tient dans huit boîtes à archives, tassées, que j'ai conservées. Peut-être aussi parce que l'un de ses directeurs s'appelait Léon Le Minor, un très grand nom de la microbiologie auquel on doit, entre autres, un ouvrage qui fit référence durant de longues

---

1. Il en existe en réalité trois : la troisième, signée de Mark Baillie, impliquant un gigantesque tremblement de terre et/ou la chute d'une ou plusieurs comètes ne sera pas évoquée. Des témoignages de l'époque font état de secousses telluriques et vraisemblablement d'éclipses.

années : *Bactériologie médicale*[1]. À l'époque, l'histoire de cette épidémie de peste m'avait troublée, pour ne pas dire déroutée, par certains aspects. Bien que je ne sois certaine de la véracité d'aucune des deux théories, la seconde répond à quelques-unes de mes interrogations d'alors.

Mais commençons par le commencement. C'est au début du XXe siècle que s'imposa l'idée selon laquelle l'effroyable pandémie de « peste », qui s'étendit entre 1346 et 1353, était due à la peste de *Yersinia pestis*[2]. Rappelons que, bien que les chiffres varient d'un pays à l'autre et même d'une ville à l'autre, 30 à 60 % de la population européenne fut décimée, ce qui réduisit la population mondiale de près de cent millions de personnes à une époque où nous étions encore peu nombreux. Environ sept millions de Français sur dix-sept millions moururent.

La maladie :

Chez l'homme, la maladie causée par la bactérie *Yersinia pestis* se manifeste sous deux formes majoritaires. La peste bubonique, forme la plus fréquente, est contractée après une piqûre de puce, le plus souvent d'un rat. En effet, le rat meurt, se refroidit et les puces sautent sur un nouvel hôte, l'homme. Après une incubation de quelques jours (en général deux à cinq), la peste bubonique est caractérisée par un syndrome infectieux très sévère (forte fièvre, délabrement de l'état général, douleurs musculaires, migraines, etc.), accompagné

---

1. Léon Le Minor, Michel Véron, Flammarion, coll. « Médecine-Sciences », 1989.
2. Notamment par le biais des ouvrages (1893, 2e édition en 1908) de Francis Aidan Gasquet qui affirma que l'épidémie du XIVe siècle était due à la peste bubonique, thèse ensuite largement acceptée.

d'un gonflement, ou parfois de plusieurs des ganglions lymphatiques (bubon, souvent à l'aine, voire sous l'aisselle ou dans le cou) drainant le territoire de piqûre de la puce. Dans 20 à 40 % des cas, le bubon suppure et le malade guérit après un temps de convalescence assez long. Sinon, la maladie évolue vers une septicémie, très rapidement mortelle (3e forme). Les symptômes de cette forme septicémique sont : fièvre, nausées, vomissements, diarrhée, douleurs abdominales, etc.

Traitée par des antibiotiques[1], la peste bubonique est mortelle dans 13 % des cas. Non traitée, la mortalité passe à 60 à 80 % des sujets infectés.

La peste pulmonaire est la deuxième forme en termes de fréquence. Elle est transmise par voie aérienne, d'homme à homme par l'intermédiaire d'aérosols (postillons) émis par le malade lors d'épisodes de toux. En effet, *Yersinia pestis* peut atteindre les poumons d'un sujet contaminé et se propager ensuite par voie aérienne. L'incubation est alors très rapide : de un à trois jours. Les symptômes sont : toux sévère, fièvre, difficultés respiratoires, expectorations sanguinolentes, etc. En l'absence d'un traitement précoce (avant 24 heures) et approprié, la peste pulmonaire est presque systématiquement mortelle en deux ou trois jours.

Ce que l'on sait de la propagation
de cette pandémie de peste :

Selon Ibn al-Wardi[2], historien et géographe arabe, la peste aurait débuté dans l'actuel Ouzbékistan. En 1346, les Génois de Caffa en Ukraine sont assiégés par les

---

1. Des souches de *Yersinia pestis* multirésistantes aux antibiotiques ont été mises en évidence assez récemment.
2. Mort en 1348, donc contemporain des faits.

Mongols qui transportent avec eux la maladie. Elle passe ensuite de port en port et atteint Constantinople puis gagne le Péloponnèse et la Sicile. Marseille est touchée en novembre 1347. En 1348, elle se répand vers les Balkans, l'Italie, toute la France mais également au sud de l'Angleterre et au nord de la péninsule Ibérique. En 1349, elle gagne le nord de l'Europe, l'Écosse, l'Irlande. En 1350, elle frappe toute l'Allemagne, dont l'est était encore épargné, la Scandinavie et une bonne part de l'Europe centrale, dont la Pologne. Entre 1351 et 1353, elle envahit toute la Russie. L'Islande ne sera touchée que cinquante ans plus tard, mais près de 75 % de sa population sera décimée.

Les éléments troublants :

Ma première perplexité naît de cette dissémination en Islande. L'on décrit des agonies de trois à quatre semaines, difficilement envisageables avec la peste bubonique, puisque le décès survient en général en deux à sept jours après le début des symptômes, et encore moins avec une forme pulmonaire ou septicémique. Cette particularité revient dans d'autres témoignages européens de l'époque, notamment en Italie où des membres du clergé relatent des agonies d'un mois. De plus, il n'existait, à l'époque, aucun rat en Islande. La maladie fut-elle alors apportée par navire ? La distance entre l'Écosse ou le Danemark et l'Islande est respectivement de plus de cinq mille kilomètres ou deux mille kilomètres. Si l'on prend en compte qu'un voilier de plaisance actuel file entre cinq à dix nœuds, soit neuf à dix-huit kilomètres par heure (plus rapide qu'un lourd et large navire marchand de l'époque), il me semble peu probable qu'un bateau partant du Danemark ait pu rejoindre l'Islande avant que tout son équipage soit mort de la peste. Quant à une provenance écossaise, elle est matériellement impossible.

Le deuxième argument souligné par les défenseurs de la seconde théorie (la peste et/ou d'autres agents infectieux) n'est autre que le vecteur, les rats donc. Étant entendu l'énorme zone géographique de propagation, il faudrait imaginer que des dizaines de millions de rats aient été porteurs de puces infectées. Les rats mourant rapidement de la peste, comment se fait-il qu'aucun des chroniqueurs de l'époque n'ait rapporté que des monceaux de rongeurs morts jonchaient rues, caves et greniers ? S'ajoute la vitesse surprenante de propagation de l'épidémie, incompatible avec la distance que parcourt un rat[1] dans la journée puisque la maladie avançait de cinq kilomètres par jour en moyenne. Autre argument en « défaveur » des rats : la quarantaine imposée dans certaines villes fut efficace. La maladie ne se propagea pas, ce qui paraît étrange si le vecteur est un rat qui se faufile aisément. D'ailleurs, les mesures de quarantaine prises à Marseille durant la véritable peste bubonique de 1720 ne stoppèrent pas la propagation de la maladie. Enfin, la maladie se répandit durant l'hiver ou au cours d'étés très chauds et secs alors que la peste bubonique (et surtout les puces), du moins actuelle, se manifeste principalement à des températures modérées.

D'autres descriptions sont étonnantes, dont même cette appellation de « mort noire », « peste noire » : les « pustules noires » présentées par les malades (voir la description de Aḥmad bin ʿAlī bin Muḥammad Ibn Ḥātima en première page). Le bubon pesteux, très caractéristique, n'est pas noir, même si à la fin de la maladie une nécrose noirâtre des tissus apparaît, notamment au bout des doigts. En revanche, le charbon (ou *anthrax* en

---

1. Les rats sont des animaux grégaires qui restent en général sur un territoire assez restreint tant qu'ils y trouvent à manger.

anglais[1]) dû à *Bacillus anthracis* provoque des lésions de la peau noirâtres, ce que décrit entre autres Boccace en parlant de bubons, abcès, furoncles sur tout le corps. Cela est corroboré par l'iconographie de l'époque qui dépeint des pustules sur tout le corps et le visage alors que le bubon pesteux est le plus souvent unique, localisé à l'aine ou au cou, ou sous l'aisselle avec un œdème périganglionnaire. Le charbon peut exister sous forme cutanée (95 % des cas humains), pulmonaire ou intestinale[2]. *Bacillus anthracis* est une bactérie sporulée qui passe très facilement de l'animal, surtout des herbivores d'élevage, à l'homme. De plus, elle peut longtemps persister dans le sol, pour ressurgir des années plus tard, avec des « poussées » tous les cinq à quinze ans, contrairement à *Yersinia pestis*... ce que l'on constata lors de la Grande Peste et durant les décennies qui suivirent, jusqu'en 1502, avec d'autres épisodes de « peste ». La plupart des villes seront atteintes une bonne dizaine de fois en un siècle et demi.

L'autre question que je m'étais posée à l'époque tenait au taux de mortalité. Les rats ne parcourent pas quatre à cinq kilomètres en moyenne par jour ; un homme si. Certes, il aurait fallu que ce dernier soit encore assez vaillant pour tenir cette distance avec une peste bubonique qui épuise, ou pire, une peste pulmonaire qui engendre d'énormes difficultés respiratoires (rappelons que seuls les nobles et les bourgeois avaient des chevaux de selle). Mais admettons. Partons du principe que la peste devint pulmonaire, thèse accréditée par certains

---

[1]. Il règne aujourd'hui un grand flou en matière de dénomination de la maladie du charbon. *Anthrax* en français est un faux ami qui désigne des staphylococcies cutanées, le plus généralement bénignes, dues à *Staphylococcus aureus*, sans rapport avec *Bacillus anthracis*.
[2]. Sans traitement, la forme cutanée est mortelle à 20 %, l'intestinale 25-60 %, la pulmonaire à 95-100 %.

témoignages de l'époque dont celui de Louis Heyligen, musicien qui mourut en 1348 prétendument de la peste pulmonaire, du moins d'une maladie avec symptômes respiratoires. Cette hypothèse a le mérite de répondre aux arguments sur l'absence de milliers de rats morts dans les rues (qui ne furent pas non plus retrouvés lors de fouilles archéologiques), la vitesse de propagation, etc. Mais comment se fait-il alors que l'épidémie ait été « aussi peu » meurtrière puisque la mortalité aurait dû être voisine de 95-100 %, du moins dans les villes où la concentration humaine favorise la contagion, surtout sur une population malnutrie comme celle de cette époque après trois récoltes désastreuses ? En revanche, la mortalité à l'heure actuelle, sans traitement, de la forme dermatologique du charbon est de 20-30 %. Mais, gageons que sur une population mal nourrie, de santé précaire comme au Moyen Âge, elle aurait pu être plus importante et rejoindre le taux évoqué pour la pandémie qui nous occupe. Le bactériologiste J.F.D. Shrewsbury écrivit d'ailleurs en 1970 que les taux de mortalité rapportés dans des zones rurales de l'Angleterre étaient beaucoup plus faibles que ce qu'aurait laissé supposer une épidémie de peste pulmonaire ou même bubonique.

Les arguments archéologiques ne permettent pas de trancher de façon catégorique. L'étude de la pulpe dentaire de squelettes retrouvés dans certains charniers attribués à cette époque fait état de traces de *Yersinia pestis*, certains auteurs concluant à un « ancêtre » de la peste actuelle, d'autres affirmant que la bactérie qui a causé ce carnage au XIVe siècle était presque identique à celle qui a frappé Madagascar très récemment. D'autres équipes, travaillant sur d'autres sites, mirent en évidence des spores de *Bacillus anthracis* dans les fosses communes, mais pas de traces de *Yersinia pestis*.

Enfin l'argument de certains auteurs, avocats de la seconde théorie, relève de la génétique fine : l'allèle[1] CCR5[2] delta 32. Le gène CCR5 code pour des molécules présentes à la surface des globules blancs. Celles-ci jouent un rôle dans l'immunité et agissent à la manière d'un récepteur de chimiokines. Celui-ci permet à certains virus de pénétrer dans les cellules et d'y faire leurs dégâts. L'allèle delta 32 de ce gène rend ce récepteur non fonctionnel, interdisant au virus de pénétrer dans les cellules. Il offre donc une résistance à certaines infections virales. Il est particulièrement fréquent chez les individus de souche caucasienne[3] (et protège contre l'infection au VIH et vraisemblablement contre la variole due à un autre virus). Des études tendraient à prouver que sa fréquence a augmenté au moment de la Grande Peste, ce qui suggère que les individus porteurs de cette version du gène ont mieux survécu à la pandémie et ont passé cet allèle à leurs descendants. Or il n'apporte pas de protection contre *Yersinia pestis* (vérifié chez la souris). En d'autres termes, les individus porteurs de l'allèle delta 32 seraient autant morts de la peste que les non-porteurs. Du coup, la surfréquence de l'allèle dans les populations caucasiennes s'expliquerait beaucoup moins bien.

Faut-il en conclure que les individus porteurs de cet allèle ont mieux résisté à... un autre agent infectieux ? C'est la théorie de certains, qui évoquent un virus de type Ebola[4], dont la période d'incubation aurait été plus

---

[1]. Les allèles sont les différentes « versions » d'un même gène, chaque allèle se traduisant par une expression différente.

[2]. Ou CD 195.

[3]. Environ 10 % de la population alors qu'il est pratiquement absent chez les individus de souches africaine, asiatique, moyenne-orientale et amérindienne.

[4]. De la famille des Filovirus, il provoque une fièvre hémorragique gravissime et le plus souvent mortelle. La période d'incubation est de deux à vingt et un jours.

longue que celle de la peste (permettant ainsi sa très large et rapide dissémination par des sujets atteints mais pas encore malades, donc valides et capables de se déplacer). Cela répondrait à nombre des points troublants. Cependant, aucune preuve matérielle, hormis peut-être la surfréquence de l'allèle CCR5 delta 32 chez les Caucasiens, ne permet de confirmer cette théorie.

Nous restons donc avec trois hypothèses infectieuses : peste bubonique à *Yersinia pestis* ayant éventuellement évolué en peste pulmonaire, ou *Bacillus anthracis*, ou agent viral de type Ebola, ou enfin – et cette dernière hypothèse me semble la plus convaincante (sans certitude) – : peste accompagnée d'autres agents infectieux variant éventuellement en fonction des épisodes et des localisations.

Brève annexe historique

Abbaye de la Sainte-Trinité de Thiron :

Elle fut édifiée au XIIe siècle (charte de fondation de 1114) par saint Bernard de Ponthieu, né près d'Abbeville en 1046, ancien abbé de Saint-Cyprien de Poitiers, une élection décidée presque contre sa volonté puisque les honneurs ne l'intéressaient guère. Bernard souhaitait revenir à la stricte observance de la règle de saint Benoît, grâce, entre autres, à la protection de l'évêque Yves de Chartres et de Rotrou III le Grand, comte du Perche.

La réputation de sainteté de Bernard se propagea vite, et l'abbaye fut soutenue par de nombreux souverains, dont Henry Ier d'Angleterre. Elle connut très vite un grand rayonnement, au point que l'on parla de l'ordre de Thiron, et une expansion très importante puisque vingt-deux abbayes et plus de cent prieurés lui furent rattachés, notamment en Angleterre, en Écosse et en Irlande. À la mort de saint Bernard en 1116, l'abbaye était déjà royale, privilège accordé par Louis VI le Gros, roi de France, en échange du fait qu'elle devait accueillir d'anciens soldats invalides comme frères laïcs.

Une des abbayes filles de Thiron, l'abbaye de Kilwinning en Écosse, fondée en 1140 environ par Hugues de

Morville, est, selon la tradition, le berceau de la franc-maçonnerie écossaise.

L'extrême richesse de l'abbaye lui valut ensuite d'acerbes critiques dont on trouve la trace dans *Le Roman de Renart*.

La guerre de Cent Ans, puis les guerres de Religion et leur inévitable cohorte d'incendies et de pillages, lui causèrent beaucoup de dommages. Elle connut un nouvel éclat au XVIIe siècle, avec l'arrivée d'Henri de Bourbon comme abbé. D'autres bâtiments furent alors construits. Un siècle plus tard, le collège devint une école préparatoire à l'école militaire de Paris.

L'abbaye fut à nouveau incendiée et pillée durant la Révolution.

Il n'en subsiste aujourd'hui qu'une magnifique église abbatiale.

Bataille de Crécy :

26 août 1346. Il s'est agi d'un massacre et d'une véritable catastrophe militaire pour les Français, alors même qu'ils étaient beaucoup plus nombreux (vingt-cinq à cinquante mille hommes) que leurs adversaires anglais (huit à douze mille hommes), menés par Édouard III d'Angleterre. Le roi de France, Philippe VI, souhaitait couper la route du Nord au roi d'Angleterre qui voulait rejoindre ses alliés flamands, son but ultime étant de prendre ensuite Paris. La cuisante défaite française tint pour l'essentiel à deux paramètres. D'abord l'exténuation des troupes, arrivées à marche forcée sous un soleil de plomb et lancées aussitôt dans la bataille alors que les Anglais campaient depuis la veille. Ensuite l'obstination, la désorganisation et, disons-le, l'arrogance des chevaliers français qui avaient lourdement sous-estimé les archers gallois et souhaitaient pour

fendre l'ennemi au petit bonheur la chance. Ceux-ci avaient adopté l'arc long, beaucoup plus maniable, capable de tirer huit à dix flèches à la minute, contrairement aux lourdes arbalètes (trois à quatre flèches à la minute). Les chevaliers français chargèrent à découvert et en désordre, avec des chevaux peu ou pas protégés, pour s'empaler sur les pièges montés par les Anglais. De plus, les arbalétriers génois du roi de France pataugeaient dans la boue à la suite d'un violent orage et tombaient par centaines sous la pluie de flèches de l'ennemi. Personne n'entendit ou n'obéit aux ordres du roi de France qui aurait alors tenté de retenir ses troupes. Les Génois, comprenant qu'ils allaient se faire massacrer, s'enfuirent. Philippe VI lança sur eux ses chevaliers afin de les tuer. Blessé, le souverain se réfugia au château de Labroye, voisin. On lui prêta alors cette phrase : « Ouvrez, c'est l'infortuné roi de France. » Il n'en demeure pas moins qu'il s'est agi d'une terrible défaite et que bourgeoisie et peuple tinrent rigueur au souverain et à ses grands barons d'avoir dilapidé l'argent des impôts. De plus, Édouard III d'Angleterre, conforté par son écrasante victoire, lança aussitôt le siège de Calais. Philippe VI tenta bien de débloquer la ville, en vain. Les bourgeois de Calais, comprenant qu'ils n'avaient plus aucun secours à espérer, se rendirent le 4 août 1347. Calais devint alors une porte d'entrée pour l'Angleterre. Il fallut attendre 1558 pour que la ville soit reprise par François de Guise, dit le Balafré, lieutenant général du royaume, un soldat particulièrement audacieux.

Selon les sources, les pertes côté français auraient été de quatre mille morts (sans compter les fantassins) à trente mille (ce qui paraît très exagéré). Les Anglais ne perdirent « que » cent à deux cents hommes.

Clément VI, dit le Magnifique
(Pierre Roger, 1291-1352) :

Successeur de Benoît XII et prédécesseur d'Innocent VI. Fils de châtelain, il rejoignit en 1302 les Bénédictins. Remarquable orateur, habile politique, il devint l'homme de confiance de Philippe VI qui le nomma au Conseil royal et pour qui il effectua des missions d'ambassade à Avignon et en Angleterre. Il tenta, en vain, de chercher une issue diplomatique au conflit qui opposait le roi de France au roi anglais Édouard III. Grâce à la recommandation des deux souverains qui l'appréciaient, il fut nommé archevêque de Sens en 1329, archevêque de Rouen en 1330 puis, en 1338, cardinal. Philippe VI œuvra énormément pour son élection au Saint-Siège en 1342. Son surnom de « Magnifique » lui vint de son goût pour les fastueuses réceptions et pour un lustre sans précédent de la cour pontificale. Érudit, fin, intelligent, diplomate et galant homme, en plus d'être courageux, il eut de nombreuses protégées, sans que l'on puisse affirmer que sa tendresse pour elles ait dépassé les « limites » imposées à un pape. Clément VI œuvra avec talent pour rattacher le Dauphiné à la France. Il permit la signature d'une trêve entre la France et l'Angleterre entre 1343 et 1346. La protection qu'il offrit aux Juifs du royaume de France, accusés d'avoir propagé la peste en Europe et donc pourchassés et exterminés, est probablement ce que l'on a le plus retenu de lui. Après que plusieurs centaines de communautés juives eurent été décimées en France, dans la péninsule Ibérique et dans l'Empire germanique, le pape rendit publiques deux bulles en 1348 annonçant qu'il les prenait sous sa protection et menaçant d'excommunication ceux qui les maltraiteraient. Ce qui n'empêcha pas d'autres bûchers au nord de la France. Le pape resta à Avignon en pleine épidémie, alors qu'il aurai pu se mettre à l'abri. Certes, Clément VI, à l'instar de Clément V et d'autres souverains pontifes, fut notoire pour son népotisme et sa prodigalité familiale puisqu'il favorisa largement ses neveux dont quatre devinrent cardinaux, et un cinquième pape sous le nom de Grégoire XI. Souffrant de la goutte, une fièvre intense, associée à d'affreuses douleurs, le contraignit à s'aliter à l'automne 1351. Il mourut après un an de souffrance, en ayant beaucoup prélevé dans le Trésor pontifical.

Jean II dit le Bon (1319-1364) :

Fils de Philippe VI de France et de Jeanne de Bourgogne, il devint duc de Normandie en 1332. Après que son père eut été discrédité par la cuisante défaite de Crécy et la perte de Calais en 1347, il assura de fait la régence et monta sur le trône à la mort de Philippe en 1350. Il fut marié à Bonne de Luxembourg. Elle lui donna onze enfants, et décéda de la peste en septembre 1349, ne devenant donc jamais reine de France. Il épousa Jeanne d'Auvergne quelques mois plus tard.

Ce surnom de « Bon » est en réalité, sans doute, un synonyme de « Dispendieux ». En effet, Jean II menait grand train alors même que le peuple ployait sous les impôts et les dévaluations successives pour faire rentrer de l'argent dans les caisses et soutenir l'effort de guerre. Méfiant à l'extrême, pour ne pas dire paranoïaque, de santé fragile depuis sa plus tendre enfance, d'intelligence moyenne, Jean II pouvait devenir imprévisible et violent. Il dut résister aux complots de Charles le Mauvais, roi de Navarre, prétendant le plus direct à la Couronne. Il lui fallut aussi faire face à Édouard III et à son fils qui relancèrent la guerre de Cent Ans en 1355. En 1356, ulcéré par les manigances de Charles le Mauvais, Jean II le fit arrêter. Les états généraux de 1355 et 1356, menés par Étienne Marcel, dont « l'agenda » n'était guère limpide, virent naître un courant réformiste qui n'était pas en faveur du souverain.

Jean fut fait prisonnier par les Anglais à la bataille de Poitiers en 1356. En 1358, à la suite de soulèvements, le futur Charles V, fils aîné de Jean II, se fit nommer régent. Étienne Marcel fut assassiné en août de cette année. Jean II regagna la France en 1360 après avoir accepté de céder une petite moitié du royaume de France à Édouard III, dont sa façade maritime. Cette scandaleuse condition fut refusée par le Dauphin et les états généraux. Édouard III exigea alors une rançon colossale. Jean II parvint à trouver une partie de l'argent en mariant sa fille Isabelle. Le royaume fut saigné à blanc pour acquitter le solde. Jean II décéda à Londres en 1364. Il y était retourné de son plein gré, pour y prendre la place de son fils, Louis d'Anjou, qui avait bafoué sa parole d'otage envers Édouard III en rentrant en France. L'honneur était peut-être sauf, mais il s'agissait d'une bévue politique. Jean II laissa le pays dans un état catastrophique. Son fils, Charles V, lui succéda.

Jeanne de Bourgogne, puis de France (vers 1293-1348 ou 49[1]) :

Fille du duc Robert II de Bourgogne et d'Agnès de France (fille de Louis IX). Dite Jeanne la Boiteuse, un handicap qui attira sur elle une suspicion, puisqu' l'époque voyait dans les infirmités de naissance une possible intervention diabolique.

---

1. Les sources consultées sont discordantes. Pour certains historiens la reine serait morte en septembre 1348, pour d'autres en décembre 1349. L'auteur a opté pour la seconde date, plus fréquemment citée.

On sait relativement peu de choses de cette femme qui fut tant calomniée et insultée à son époque et ensuite. Sans doute à tort. Elle épousa Philippe de Valois, futur roi de France, vers 1313. Elle fut donc successivement comtesse du Maine, puis comtesse de Valois et d'Anjou, puis reine de France. Elle assura la régence du royaume alors que Philippe VI livrait bataille. Sa boiterie, le fait que le roi lui ait confié les pleins pouvoirs lors de ses absences, preuve de sa confiance, ajouté au fait qu'elle eut la réputation de le manipuler lui valurent énormément d'inimitiés et le surnom de la « Male Roine boiteuse ». On l'accusa de son vivant (et toujours aujourd'hui) d'avoir provoqué la mort à la naissance, ou peu après, de certains de ses enfants en raison de ses excès de boisson et de nourriture[1]. Calomnies ou faits, les preuves convaincantes font défaut. On l'accusa également d'avoir voulu faire pendre un chevalier – et s'être fait rosser à l'occasion par le roi, fort mécontent – et d'avoir tenté d'empoisonner un évêque, là encore sans aucune preuve formelle. Au contraire, il semble qu'elle ait été une femme pieuse, intelligente et de forte volonté. En revanche, il est certain qu'elle favorisa les liens entre le royaume et la Bourgogne, ce qui lui valut les foudres des anti-Bourguignons et, plus tard, celles des pro-Anglais. Robert d'Artois ne fut pas le dernier à ternir sa réputation en la surnommant la « Deablesse » puisqu'elle était opposée à sa volonté de ravir le comté d'Artois à sa tante Mahaut.

Elle donnera au roi une douzaine d'enfants, sans doute plus puisque les documents concernant les naissances royales font défaut sur une période de seize ans, ce qui avec la fréquence des grossesses à l'époque laisse supputer qu'il y en eut bien davantage. Deux vécurent jusqu'à

Aline Vallee-Karcher, « Jeanne de Bourgogne, épouse de Philippe VI de Valois : une reine maudite ? », *op. cit.*

l'âge adulte, dont le futur Jean II dit le Bon. On pense qu'elle serait morte de la peste en décembre 1349 (ou septembre 1348). Elle fut remplacée un mois plus tard par la ravissante Blanche de Navarre, théoriquement promise à Jean II, le fils de Philippe VI.

Justices :

Après avoir été surtout pénale jusqu'au XIIe siècle, la justice seigneuriale s'appliqua ensuite au civil quoique les justiciables aient longtemps eu le choix du juge dans ce dernier cas, et aient le plus souvent préféré des juges royaux, plus au fait des subtilités du droit. Elle s'exerçait sur trois niveaux, étant entendu que les seigneurs ne pouvaient juger que des laïcs. Le droit de haute justice, qui remplaça au XIIIe siècle « la justice de sang », les autorisait à juger toute affaire et à prononcer toute peine, même capitale. Le droit de moyenne justice leur permettait de juger des délits importants mais non punis de mort, comme les rixes, les vols, les escroqueries graves, etc. Les condamnations prononcées dans ce deuxième cas allaient du bannissement à de fortes amendes ou à des châtiments corporels, voire à des peines de prison. Le droit de basse justice était réservé aux délits mineurs comme les conflits de voisinage, désordres causés par des ivrognes, ou les manquements aux droits du seigneur, etc. Les peines se limitaient alors à des amendes modestes. D'une façon générale, hormis crime grave ou politique, la prison punitive était assez peu fréquente au Moyen Âge. Existait, en revanche, une prison « préventive », notamment pour empêcher qu'un accusé ne se volatilise avant son procès. Ainsi nombre des prétendus culs-de-basse-fosse ou oubliettes trouvés dans les châteaux de l'époque sont en réalité des fosses de latrines ou de cuisines, voire des caves ou des entrepôts de nourriture.

Existait également une justice d'Église exercée dans les domaines relevant de la foi et de la morale ou visant à protéger l'Église et ses membres. L'Église jugeait ainsi les problèmes d'hérésie (tribunal inquisitoire) mais également tous les aspects découlant des sacrements comme la validité d'un mariage, donc des successions et des filiations.

La justice royale, quant à elle, s'intéressa bien sûr aux affaires relevant de la sphère politique même si certains souverains, dont Saint Louis, s'attachèrent à juger des affaires de droit commun, plus pour rappeler aux seigneurs que le jugement du roi l'emportait sur le leur que par réel intérêt. C'est du reste sous le règne de Saint Louis que se développa la procédure d'appel à laquelle eurent de plus en plus recours des justiciables en désaccord avec la sentence rendue. Cette procédure eut un effet dissuasif qui permit d'assainir la justice puisque le juge de première instance était condamné si le tribunal royal donnait raison à l'appelant. Se mit également en place une condamnation sévère pour « fol appel », qui frappait les justiciables de mauvaise foi, de sorte à les dissuader de faire systématiquement appel d'un jugement.

Rappelons également que la justice médiévale était basée sur le principe de la « loi du talion » (Exode 21, 23-25), où la peine doit être proportionnée au crime, du moins symboliquement, dans le sens où les actes étaient punis par « où » ils avaient été commis. Ainsi, on coupait la main du voleur. Cela peut sembler féroce à notre regard moderne mais, dans l'esprit de l'époque, il s'agissait au contraire de ne pas punir un acte de façon abusive, comme punir de mort un voleur, par exemple.

Le Moyen Âge, une période « douce » ?

Bien que les estimations puissent varier, le Moyen Âge s'étend approximativement du VIe au XVe siècle.

« L'historien » amateur est souvent troublé par une affirmation qui revient, portée parfois par des spécialistes de la période : le Moyen Âge ne serait pas l'époque dure[1] qu'on en a fait. Certes, tout est affaire d'appréciation et de point de comparaison, peut-être aussi de « sous-période » du Moyen Âge (haut ou bas Moyen Âge). Toutefois, à l'époque où se situe ce roman (XIVe siècle), les caractéristiques politiques et sociales de la France n'encouragent pas le contemporain à considérer cette époque comme « douce », même si nombre de ses « vertus » fascinent à juste titre.

S'ajoutait au servage (état de non-liberté, une forme d'esclavage), aux multiples et lourds impôts qui pesaient sur le peuple, aux conditions de confort presque inexistantes, aux épidémies, aux famines qui ravageaient le pays assez souvent, à la torture[2], à l'Inquisition, à la justice souvent très dure et expéditive, à l'état presque permanent de dénutrition, à la faible longévité[3], à la mortalité des enfants[4], aux balbutiements de la médecine, à l'extrême pauvreté de la plupart, à la condition

1. La remarquable historienne, grande spécialiste du Moyen Âge, Claude Gauvard, évoque la « violence de la société médiévale », in Claire Judde de Larivière, « Claude Gauvard : "L'historien est comme le poète, il fait exister le merveilleux" », *Le Monde des Livres*, 7 mai 2010.
2. Le métier d'exécuteur des supplices et peines de mort, donc de bourreau, ne vit le jour que vers le XIIIe, peut-être un peu plus tôt dans certaines grandes villes, preuve qu'il y avait du « travail » !
3. Au Moyen Âge, 10 % des adultes parvenaient à soixante ans, contre 96 % en 2000. Il est vrai que le premier pourcentage est abaissé par nombre considérable de femmes qui décédaient en période périnatale.
4. Au Moyen Âge, la moitié des enfants n'atteignaient pas cinq ans, seul un quart parvenait à l'âge de quinze ans.

des femmes[1] très délabrée, sauf pour certaines dames de noblesse, le fait que la France fut encore plus lourdement éprouvée par la Grande Peste (1347-1352) qui décima environ 40 à 60 % de la population européenne, puis par la guerre de Cent Ans, que subirent cinq générations, par épisodes. D'autres épidémies de peste eurent aussi lieu. Seul « mérite » de la peste : les conditions du servage furent ensuite considérablement adoucies afin de maintenir une main-d'œuvre dans les campagnes.

Philippe VI de France, dit « de Valois » et « le Fortuné » (1293-1350, roi en 1328) :

Premier roi de la branche des Valois, fils de Charles de Valois, lui-même unique frère germain de Philippe le Bel. Il épousa d'abord Jeanne de Bourgogne, fille du duc de Bourgogne Robert II, union dont naquit le futur roi Jean II le Bon. À la mort de son cousin Charles IV, dernier fils de Philippe le Bel, dont la veuve était enceinte, Philippe assuma la régence en tant que plus proche héritier mâle. La reine accoucha d'une fille, Blanche, et Philippe fut reconnu roi par les grands barons du royaume qui tenaient, avant tout, d'écarter d'Édouard III d'Angleterre du trône de France. En effet, la mère de celui-ci, Isabelle de France, fille de Philippe le Bel, reine d'Angleterre, faisait d'Édouard un prétendant légitime à la couronne française, n'eût été la loi salique, dévoyée de son véritable contenu

---

1. Après avoir quitté la tutelle de son père, la femme mariée était frappée d'incapacité juridique. Son statut était, bien sûr, meilleur lorsqu'elle était personnellement fortunée, même si les maris géraient les biens de leurs épouses. Cependant, entre le ve et le xe siècle, l'Église limita les cas d'annulation de mariage et interdit la simple répudiation (le mari étant le seul à avoir la capacité de rompre l'union), rendant un peu moins précaire la situation des femmes.

afin de justifier que la succession ne pouvait provenir des femmes ce qui, bien sûr, arrangeait les Valois. C'est sous le règne de Philippe VI que commença véritablement la guerre de Cent Ans, les griefs étant alimentés par cette succession mais également par la volonté de contrôle des Flandres et par l'alliance franco-écossaise qui menaçait Édouard. Le fameux Robert d'Artois, neveu de Mahaut d'Artois[1] qu'il tenta de spolier en produisant des faux et qui finit banni et ruiné, n'y fut pas pour rien. Après avoir fui en Angleterre, en 1334, alors même que Philippe VI l'avait couvert d'avantages et de privilèges, il n'eut de cesse d'attiser la querelle entre Anglais et Français pour se venger. La bataille de Crécy* (1346) fut, au fond, fatale au roi Philippe VI, qui se réfugia dans un château voisin après avoir été blessé. Sans doute faut-il ne voir aucune pleutrerie dans cette retraite, car il avait combattu avec courage. En revanche, la certitude que s'il décédait, le royaume serait gravement menacé, le poussa à la fuite. La prise de Calais, un an plus tard, ne fit qu'accroître l'amertume du peuple et des bourgeois à son égard, lourdement ponctionnés par l'impôt pour financer la guerre contre les Anglais, sans oublier les successives mutations monétaires qui fragilisèrent considérablement l'économie. Son gisant à Saint Denis le montre obèse.

Servage :

Plusieurs statuts frappaient les serfs, c'est-à-dire les non-libres, variables en fonction des régions. Outre

---

1. Certes femme de poigne et légitime héritière de l'Artois par son père, elle n'avait rien de l'empoisonneuse que l'on a pu décrire. Au contraire, femme pieuse, protectrice des pauvres et des arts, elle se montra une excellente gestionnaire de son comté, ce que n'aura jamais été son neveu Robert. Elle mourut très probablement d'un empoisonnement en novembre 1329 et Robert fut soupçonné.

l'absence de liberté, le travail et les corvées qui leur étaient imposés, ils étaient frappés par de lourds impôts. Le servage « personnel » était indépendant de la situation économique du serf. Il s'agissait d'une forme d'esclavage qui se transmettait de génération en génération, par la mère, dans de nombreuses régions. La recommandation de l'Église, qui voulait que les enfants de serfs soient considérés comme libres, n'était pas appliquée. Le servage « réel » était, quant à lui, lié à la terre. Un serf pouvait s'affranchir s'il abandonnait des terres et son héritage au seigneur. Au XIVᵉ siècle, les règles s'adoucirent, les seigneurs tentant de retenir les paysans, donc la force de travail, sur leurs terres puisque ces derniers partaient vers les villes, nombre affranchissant automatiquement les nouveaux arrivants. Ce mouvement s'accéléra encore après la Grande Peste qui prit fin en 1352.

Louis XVI abolit le servage sur les domaines royaux de France et la Révolution l'abolit définitivement en 1789. Cette suppression fut beaucoup plus précoce en Angleterre sous le règne d'Élisabeth Iʳᵉ (1574) et beaucoup plus tardive en Russie (1861) et au Tibet (1959) par exemple.

Glossaire

Les offices liturgiques :

(Il s'agit d'indications approximatives, l'heure des offices variant avec les saisons, donc le cycle jour/nuit.)

Outre la messe – et bien qu'elle n'en fasse pas partie au sens strict – l'office divin, constitué au VIᵉ siècle par la règle de saint Benoît, comprend plusieurs offices quotidiens. Ils réglaient le rythme de la journée. Ainsi, les moines et moniales ne pouvaient-ils souper avant que la nuit ne soit tombée, c'est-à-dire après vêpres.

Vigiles ou matines : vers 2 h 30 et 3 heures.

Laudes : avant l'aube, entre 5 et 6 heures.

Prime : vers 7 h 30, premier office de la journée, sitôt après le lever du soleil, juste avant la messe.

Tierce : vers 9 heures.

Sexte : vers midi.

None : entre 14 et 15 heures.

Vêpres : à la fin de l'après-midi, vers 16 h 30-17 heures, au couchant.

Complies : après vêpres, dernier office du soir, vers 18-20 heures.

S'y ajoutait une prière de nocturnes vers 22 heures.

Si l'office divin est largement célébré jusqu'au XIᵉ siècle, il sera ensuite réduit afin de permettre aux moines et moniales de consacrer davantage de temps à la lecture et au travail manuel.

Les mesures de longueur :

La traduction en mesures actuelles est ardue. En effet, elles variaient avec les régions.

Lieue : équivaut environ à 4 kilomètres.

Toise : de longueur variable en fonction des régions, de 4,50 mètres à 7 mètres.

Aune : de longueur variable en fonction des régions, de 1,20 mètre à Paris à 0,70 mètre à Arras.

Pied : équivaut environ à 34 ou 35 centimètres.

Pouce : environ 2,5 ou 2,7 centimètres.

Monnaies :

Un véritable casse-tête ! Elles différaient en fonction des règnes et des régions. De plus, elles ont été – ou non – évaluées par rapport à leur poids réel en or ou en argent et surévaluées ou dévaluées.

Livre : unité de compte. Une livre valait 20 sous ou 240 deniers d'argent ou encore 2 petits-royaux d'or (monnaie royale sous Philippe le Bel).

Petit-royal : équivalant à 14 deniers tournois.

Denier tournois (de Tour) : il devait progressivement remplacer le denier parisis de la capitale. 12 deniers tournois représentaient 1 sou.

Bibliographie
des ouvrages le plus souvent consultés

BERTET Régis, *Petite Histoire de la médecine*, L'Harmattan, 2005.

BLOND Georges et Germaine, *Histoire pittoresque de notre alimentation*, Fayard, 1960.

BRUNAUX Jean-Louis, *Nos ancêtres les Gaulois*, Seuil, coll. « L'univers historique », 2008.

BRUNETON JEAN, *Pharmacognosie, Phytochimie et Plantes médicinales*, Tec & Doc, Lavoisier, 1993.

BURGUIÈRE André, KLAPISCH-ZUBER Christiane, SEGALEN Martine, ZONABEND Françoise, *Histoire de la famille*, tome II, *Les Temps médiévaux, Orient et Occident*, Le Livre de Poche, 1994.

CAHEN Claude, *Orient et Occident au temps des croisades*, Aubier, 1983.

Cahiers Percherons, « Le château Saint-Jean de Nogent-le-Rotrou », Association des amis du Perche, n° 2, 1957.

Cahiers Percherons, « Abbayes et prieurés du Perche », Association des amis du Perche, n° 9, 1959.

Cahiers Percherons, « Répertoire des principaux monuments et curiosités du Perche », Association des amis du Perche, n° 11, 1959.

Cahiers Percherons, « Chroniques du Perche, Bellavilliers », Association des amis du Perche, n° 42, 1974.

Delarue Jacques, *Le Métier de bourreau du Moyen Âge à aujourd'hui*, Fayard, 1979.

Delort Robert, *La Vie au Moyen Âge*, Seuil, 1982.

Demurger Alain, *Vie et Mort de l'ordre du Temple*, Seuil, 1989.

Demurger Alain, *Chevaliers du Christ, les ordres religieux au Moyen Âge, XIᵉ-XVIᵉ siècle*, Seuil, 2002.

Duby Georges, *Le Moyen Âge, 987-1460*, Hachette Littératures, 1987.

Eco Umberto, *Art et Beauté dans l'esthétique médiévale*, Grasset, 1997.

Équipe de la commanderie d'Arville, *Le Jardin médiéval de la commanderie templière d'Arville*.

Eymerich Nicolau & Pena Francisco, *Le Manuel des inquisiteurs* (introduction et traduction de Louis Sala-Molins), Albin Michel, 2001.

Falque de Bezaure Rollande, *Cuisine et Potions des Templiers*, Cheminements, 1997.

Favier Jean, *Dictionnaire de la France médiévale*, Fayard, 1993.

Favier Jean, *Histoire de France*, tome II, *Le Temps des principautés*, Le Livre de Poche, 1992.

Ferris Paul, *Les Remèdes de santé d'Hildegarde de Bingen*, Marabout, 2002.

Flori Jean, *Les Croisades*, Jean-Paul Gisserot, 2001.

Fournier Sylvie, *Brève histoire du parchemin et de l'enluminure*, Gavaudin, Fragile, 1995.

Gauvard Claude, Libera (de) Alain, Zink Michel (sous la direction de), *Dictionnaire du Moyen Âge*, Paris, PUF, 2002.

Gauvard Claude, *La France au Moyen Âge du Vᵉ au XVᵉ siècle*, PUF, 2004.

Jerphagnon Lucien, *Histoire de la pensée ; Antiquité et Moyen Âge*, Le Livre de Poche, 1993.

Lécuyer-Champagne Françoise (sous la direction de), *Le Roman des Nogentais, des origines à la guerre de Cent*

Ans, catalogue de l'exposition, musée du château Saint-Jean, 2004.

LHERMEY Claire, *Mon Potager médiéval*, Équinoxe, 2007.

LIBERA Alain (de), *Penser au Moyen Âge*, Seuil, 1991.

MACCHI Jean-Daniel, *Hébreu biblique, vocabulaire de base*, université de Genève, faculté autonome de théologie protestante, faculté des lettres.

MELOT Michel, *Fontevraud*, Jean-Paul Gisserot, coll. « Patrimoine culturel », 2005.

MELOT Michel, *L'Abbaye de Fontevraud*, Petites monographies des grands édifices de la France, CLT, 1978.

PERNOUD Régine, *La Femme au temps des cathédrales*, Stock, 2001.

PERNOUD Régine, *Pour en finir avec le Moyen Âge*, Seuil, 1979.

PERNOUD Régine, GIMPEL Jean, DELATOUCHE Raymond, *Le Moyen Âge pour quoi faire ?*, Stock, 1986.

PICAUD Christophe, GRUNENWALD Jean-François, et *al.*, *Saint-Évroult-Notre-Dame-du-Bois, une abbaye bénédictine en terre normande*, Condé-sur-Noireau, NEA éditions, 2001.

REDON Odile, SABBAN Françoise, SERVENTI Silvano, *La Gastronomie au Moyen Âge*, Stock, 1991.

RICHARD Jean, *Histoire des croisades*, Fayard, 1996.

SIGURET Philippe, *Histoire du Perche*, Céton, éd. Fédération des amis du Perche, 2000.

SOURNIA Jean-Charles, *Histoire de la médecine*, coll. « La découverte Poche », 1997.

TOUSSAINT-SAMAT Maguelonne, *Histoire naturelle et morale de la nourriture*, Bordas, coll. « Cultures », 1987.

VERDON Jean, *La Femme au Moyen Âge*, Jean-Paul Gisserot, 2006.

VIOLLET-LE-DUC Eugène, *Dictionnaire des armes offensives et défensives de l'époque carolingienne à la Renaissance*, Éditions Decoopman, 2014.

VINCENT Catherine, *Introduction à l'histoire de l'Occident médiéval*, Le Livre de Poche, 1995.

Table

La peste, une maladie ré-émergente
à Madagascar 7
Liste des personnages 9

    I.   17 mai 1341, environs de Saulieu,
        Bourgogne 11

   II.   8 juin 1341, abbaye de la Sainte-Trinité
        de Tiron* 17

  III.   9 juin 1341, abbaye de la Sainte-Trinité
        de Tiron 23

  IV.   14 décembre 1345, non loin de l'abbaye
        de la Sainte-Trinité de Tiron 28

   V.   15 décembre 1345, Abbaye
        de la Sainte-Trinité de Tiron 41

  VI.   1er novembre 1347, Marseille 47

 VII.   7 novembre 1347, Marseille 61

VIII.   3 août 1348, entre la porte Saint-Bernard
        et la porte Saint-Victor, Paris 67

  IX.   3 août 1348, Rouen 74

   X.   7 août 1348, alentours de Paris 80

  XI.   7 août 1348, salle d'arrêt du Grand
        Châtelet, Paris 91

 XII.   11 août 1348, église Saint-Germain-
        l'Auxerrois, Paris 95

XIII.   11 août 1348, île de la Cité 110

XIV.	13 août 1348, non loin de la tour Barbeau, Paris	117
XV.	14 août 1348, rue Saint-Victor, Paris	125
XVI.	14 août 1348, aux environs de la tour de Nesle, Paris	137
XVII.	14 août 1348, rue de la Harpe, Paris	154
XVIII.	14 août 1348, plus tard, rue Saint-Antoine, Paris	170
XIX.	14 août 1348, au même moment, palais de la Cité, Paris	180
XX.	14 août 1348, au même moment, non loin de l'île de la Cité, Paris	189
XXI.	14 août 1348, un peu plus tard, porte Saint-Bernard	194
XXII.	14 août 1348, au même moment, île de la Cité, Paris	208
XXIII.	14 août 1348, au même moment, porte Saint-Bernard, Paris	215
XXIV.	15 août 1348, porte Saint-Bernard, Paris	224
XXV.	15 août 1348, non loin de la porte Saint-Bernard, Paris	233
XXVI.	15 août 1348, un peu plus tard, rue Saint-Victor, Paris	245
XXVII.	16 août 1348, un peu plus tard, rue Saint-Antoine, Paris	250
XXVIII.	16 août 1348, église Saint-Germain-l'Auxerrois, Paris	255
XXIX.	17 août 1348, rue de la Harpe, Paris	259
XXX.	19-21 août 1348, porte Saint-Bernard, Paris	266
XXXI.	21 août 1348, château de Vincennes	272
XXXII.	22 août 1348, porte Saint-Bernard, Paris	282
XXXIII.	24 août 1348, château de Vincennes	288

XXXIV. 25 août 1348, route de Chartres 297
XXXV. 25 août 1348, château de Vincennes 315
XXXVI. 25 août 1348, au soir échu,
Les Loges-en-Josas 319
XXXVII. 26 août 1348, Les Loges-en-Josas 329
XXXVIII. 26 août 1348, Jouy-en-Josas 332
XXXIX. 26-27 août 1348, Les Loges-en-Josas 339
XL. 5 septembre 1348, non loin
de Chartres 346

Postface 348
Brève annexe historique 357
Glossaire 370
Bibliographie des ouvrages
le plus souvent consultés 372

XXXI. ....
XXXII. ....
XXXIII. ....